KB198990

大河역사소설 고국

6권 中原의 쇠락

金夷吾 지음

좋은땅

제6권 목차

1부

요동을 잃다

1. 발기의 난과 공손씨

2세기 말, 하북의 요동에서는 공손역이 키워 준 공손도公孫度(탁)가 요동태수가 되어 이미 토황제의 지위를 누리고 있었다. 그는 동탁董卓이 낙양에 입성하기 이전 기주자사를 지냈는데, 동탁의 밑에서 중랑장으로 있던 서영徐榮이 같은 고향 출신인 그를 천거해 요동태수가 될 수 있었다. 그래도 공손도의 뿌리를 아는 요동의 호족들은 그를 업신여기고 있었다. 공손도는 태수로 부임하자마자 공손소公孫昭와 전소田韶 등 자신을 얕보던 요동의 권문세가 100여 호의 사람들을 무자비하게 처단해, 백성들을 공포에 떨게 했다. 야심으로 가득 찬 공손도는 동쪽으로는 〈고구려〉를, 서쪽으로는 〈오환〉을 공격하면서 자신의 영역을 확충하는 데 열을 올리기 시작했다.

그러던 192년경, 마침내 후한 조정을 혼란에 빠뜨렸던 동탁이 제거되었다. 그러자 동탁이 군림할 때는 조용히 숨죽이고 있던 자들이 곳곳에서 일어났는데, 漢나라를 생각하기보다는 자신의 사욕을 채우기 바빴다. 황건군 진압에 나섰던 도겸陶謙이 서주徐州에서 자리를 잡았고, 또 다른 황실의 종친인 유언劉焉은 익주益州에서 자립을 꿈꾸고 있었다. 요동의 공손도 역시 가만히 있지 않았다. 그가 수하들에게 말했다.

"이제 漢의 시대는 끝났다. 우리가 새로운 왕국을 세우면 될 일이다!"

공손도는 요동후遼東侯 평주목平州牧을 자칭하면서, 한고조 유방劉邦과 후한 광무제 유수劉秀의 사당을 건립하고 제를 올렸다. 이후 황제만 탄다는 난거鸞車를 타고, 우림기사羽林騎士의 호위를 받으며 행차했다. 그러자 그 명성과 위세가 널리 퍼졌고, 어지러운 세상을 피해 그에게 의탁해 오는 자들도 늘어만 갔다. 세력을 키운 공손도는 이후 〈고구려〉와 〈오환〉에 공세를 펼치면서 자신의 영역을 확장시키는 일에 더욱 몰두했다. 공손도의 강역은 발해만을 낀 요수 좌우의 땅이었으며, 대체로 옛 〈위씨조선〉의 서편, 낙랑에 해당되었다.

그 직전인 AD 189년경 공손도가 북쪽에 위치한 서부여왕에게 사신을 보내 화친의 손을 내밀었다. 반反고구려 세력인 〈서부여〉 또한 그동안 착실하게 세력을 키워 왔기에 공손도는 서부여와 연합해 고구려에 대항하려 했다. 서부여 간위거簡位居왕 역시 공손도의 힘을 인정해 기꺼이 화친에 응했고, 아우인 대지大知를 사신으로 보내 공손도에게 특산물을 바치면서 화답했다.

서부여왕의 화친 의사를 확인한 공손도는 이듬해인 190년이 되자 서부여와의 연맹을 다지는 차원에서 서부여왕에게 자신의 딸인 보루宝婁를 시집보내면서 매우 적극적인 외교공세를 펼쳐 왔다.

"내가 듣기로 대왕께서 아직 가정을 이루지 못하셨다고 들었습니다. 해서 감히 천한 자식을 보내 드리니, 건즐巾櫛(아내)로 삼아 주시고 행여 버리지는 말기를 바랄 뿐입니다!"

이에 서부여왕이 크게 감동했다.

"오오, 공손대왕께서 이토록 크나큰 배려를 베풀어 주시니, 기꺼이 공주를 아내로 맞아들일 것이오. 여봐라, 즉시 요동의 공손대왕께 준수한 백마 3쌍을 골라 폐물로 보내 드리도록 하라!"

서부여왕은 공손도에게 서둘러 답례의 결혼예물을 보내고, 보루를 왕후로 맞아들였다. 그해 10월, 서부여는 부산富山에 머물던 요동군에 군사 지원을 보내 그 승리를 도왔고, 그 결과 많은 전리품을 나누고 돌아왔다.

그러던 AD 197년 4월, 〈고구려〉에서 갑작스레 고국천제가 43세의 나이로 사망했다. 태왕이 나른 여인에서는 사식을 두었으나, 우황후가 자식을 갖지 못해 이때까지 후사를 정해 두지 않았다. 그 때문에 고구려가 일순간 권력의 공백이 생기는 위급한 상황에 처하게 되었다. 그런데 당시 고국천제에게는 세 명의 동생이 있었다. 제일 위가 고국천제의 동복아우 발기發岐였고, 그 아래로 이복아우이자 선황 신대제의 서자들인 연우延優와 계수罽須가 있었다.

고국천제가 죽자, 고구려 역사에서 가장 문제적 여인이었던 우于황후가 범상치 않은 행동에 나섰다. 우선 그녀는 주변에 국상國喪이 난 사실을 일체 발설하지 못하도록 단속한 다음, 은밀히 신대제의 적자인 발기를 찾아 말했다.

"방금 형님 태왕께서 승하하셨습니다……. 흑흑!"

"뭐라구요? 그것이 사실입니까? 아니, 어떻게 그렇게 갑자기……"

발기가 크게 놀라며 황당해하자 우후가 그를 진정시키며 넌지시 의미심장한 제안을 했다.

"태왕께서 후사를 정해 놓지 않아 지금 그것이 가장 큰일입니다. 나는 선황의 적자嫡子인 태자께서 태왕의 뒤를 잇는 것이 마땅하다고 생각합니다. 그래서 태자를 제위에 올리고자 하는데, 그 전에 나를 황후의 자리에 앉힐 것을 약조해 주셔야만 하겠습니다……"

그러면서 야릇한 눈으로 발기를 바라보았는데, 도저히 남편을 잃고 상을 당한 여인의 표정이 아니었다. 순간 우후의 얄팍한 속내를 읽고는 이내 기분이 상한 발기가 표정을 달리한 채, 오히려 우후에게 면박을 주고 말았다.

"황후마마, 하늘의 운은 따로 있는 법이라 새로운 태왕을 옹립하는 문제가 이렇게 가벼이 처리되어서는 곤란할 것입니다."

그러자 우후의 표정이 싸늘하게 변하면서, 잔뜩 의심 가득한 눈초리로 발기를 노려보았다. 그러자 발기가 아예 대놓고 부연했다.

　　"더구나 이렇듯 한밤중에 황후가 신의 집에 행차하는 것 자체가 예법에도 어긋나는 일이 아니겠습니까?"

　　"뭐라구요? 아니, 내게 어떻게 그런 말을……"

　　순간 참을 수 없는 모욕과 수치심을 느낀 우후가 도끼눈을 뜬 채로 발기를 한참이나 노려본 끝에 방문을 박차고 나왔다. 발기에게 한마디로 문전박대를 당하고 나온 우후는 끓어오르는 분을 삭인 채, 곧바로 다음 계획을 이행하는 데 착수했다.

　　우후는 그 길로 차선책이었던 연우延優의 집으로 발길을 돌렸다. 과연 연우는 발기와 달리 서둘러 의관을 갖추고 대문 앞까지 나와 우후를 맞이하면서 극진하게 영접했다. 그러나 일설에는 우후가 젊고 외모가 준수한 연우를 좋아해 두 사람이 이미 서로 통하는 사이였다는 소문도 있었다. 어쨌든 우후는 갑작스러운 국상 소식과 함께 발기를 찾아갔던 일들을 연우에게 말했다.

　　"태왕이 후사도 없이 돌아가셨으니 어른인 발기가 당연히 뒤를 이어야겠거늘, 나를 보고 딴마음이 있다며 무례하게 대하여 이렇게 숙叔(아재)을 보러 온 것이오……"

　　그러자 연우 역시 당황한 기색이었으나, 이내 우후에 대한 예의를 잃지 않고 말했다.

　　"황후마마, 이리도 황망한 순간에 소신의 집까지 찾아 주시니, 신은 그저 몸 둘 바를 모르겠습니다……"

　　연우가 그때 우후를 대접한다며 직접 칼을 들고 고기를 썰다가 잘못하여 손가락을 베이고 말았다. 연우가 예를 다하여 애쓰는 모습을 본 우후가 허리띠를 풀어 연우의 다친 손가락을 싸매 주었다. 그리고는 환궁할 즈음에 연우에게 부탁을 했다.

"밤이 깊어 무슨 불의의 사태가 있을지 모르니, 숙께서 나를 궁까지 바래다주었으면 하오……"

그리하여 연우의 호위를 받으며 그날 밤늦게 두 사람이 같이 궁으로 들어왔다. 그때 우후는 발기에게 했던 것처럼 연우에게 비슷한 조건을 제시하되, 이번에는 훨씬 단도직입적이면서도 솔직하게 속내를 내비쳤다. 순간 연우가 당황한 눈치였으나, 이내 고분고분하게 답했다.

"황공하옵니다, 황후마마! 소신은 그저 마마의 뜻을 따르고자 할 뿐입니다……"

연우가 끝까지 예의를 갖춰 대하려 들자, 우후가 과감하게 연우의 말을 끊고 말했다.

"아시다시피 이 일은 너무도 중차대한 일이라서 그냥 우리 사이에 말로만 이루어질 문제는 아닙니다. 숙께서도 내가 믿을 수 있도록 무언가 확약을 해 주셔야지요……"

"……"

연우가 즉답을 찾지 못한 듯 우물거리자, 우후가 빙긋이 웃으며 당연한 일이라는 듯 거침없이 말했다.

"간단한 일이지 않습니까? 그대와 내가 오늘 밤을 같이 보내는 것이지요……"

그렇게 우후는 연우와 함께 하룻밤을 보냈다. 이튿날 날이 밝자, 우후는 국상을 알리게 하고 거짓 조서를 내려 고국천제의 유지를 받들어 아우인 연우가 새로운 태왕의 자리를 이을 것이라고 공표했다.

연우의 모친은 궁인 출신인 주朱씨였는데 어느 날 꿈속에서 황룡이 자신의 몸을 둘둘 감고 자신과 교합하는 꿈을 꾸었다고 했다. 주씨로부터 꿈 얘기를 들은 신대제가 이를 범상치 않게 여겨, 그날 밤을 주씨와 함께 보내고 태어난 아이가 연우였다. 연우는 태어나자마자 사람을 쳐다볼 정도였는데, 방 안이 향기로 가득해 상서로운 기운을 갖고 태어났다고 했다. 장성해서도 총명한 데다 지혜로웠으며 잘생기고 중후한 외모를 지녔는데, 우후가 그런 연우를 특별히 총애했다고 한다.

그해 6월, 우于황후가 남편인 고국천제를 고국천원故國川原의 언덕에 묻고 장사 지냈다. 과거 추모대제 시절 고두막한의 불이성이 있던 지역을 고국故國이라 했으므로 고국천은 도성인 위나암(국내, 불이, 관성) 서쪽을 흘러내리는 난하로 보였다. 한 달이 지난 7월에 우황후가 남편의 유명을 따른 것이라며 마침내 연우를 금천궁金川宮으로 맞아들이고, 태보 마정麻靖을 비롯한 조정 대신들이 지켜보는 가운데 빈궁嬪宮에서 혼인식을 가졌다. 그가 바로 고구려의 11대 태왕인 산상대제山上大帝였다.

산상제가 이때 태왕의 면포를 착용하고 나타났는데, 우황후가 친히 새보璽宝를 바치면서 네 번을 절하고 말했다.

"첩은 선황의 총애를 받았음에도 자식이 없어 따라 죽는 것이 마땅할 것입니다. 그러나 선황께서 이르시길 당신은 반드시 내 동생과 혼인해 아들을 낳아 선황의 뒤를 이으라고 하셨습니다. 중외대부 상해尙薢가 곁에서 이 말씀을 들었고, 선황께서 임종하시자 새보를 첩에게 건네주면서 대왕께 바치라 하였습니다. 원하건대, 태왕께서 선황을 따라 죽지 못한 가련한 첩에게 조속히 훌륭한 아들을 점지해 주신다면, 그로써 선황의 영혼을 위로해 드리는 것이 될 것입니다."

산상제가 답하여 절한 뒤 새보를 받고 나서 말했다.

"형수를 처로 받아들이는 것은 마땅한 일이오. 조속히 태자를 낳아 형황께 바칠 수 있도록 하시오!"

이에 태보 등 모든 조정 대신들이 엎드려 산상제의 즉위를 축하하고, 민세를 불렀다.

산상제는 모친인 주朱씨를 태후로 올리고, 외조부인 주로朱輅를 우보로 삼았다. 우황후의 부친인 우소于素는 선왕仙王으로 올리고, 상해를 성을 지키는 총책인 호성대가護城大加로 삼는 등 인사를 단행했는데, 이때 외척인 주朱씨들이 조정에 대거 진출하게 되었다. 신대제의 적자嫡子인 발기發岐가 이 소식을 듣고는 도저히 분을 삭이지 못한 채 행동에 나서려고 했다.

"우후, 그 여우 같은 것이 감히 나를 제치고 서자인 연우를 제멋대로 태왕의 자리에 올리다니, 내 절대 좌시할 수 없다. 당장 사병들을 집합시켜라! 내 지금 곧 궁으로 쳐들어가 이것들을 요절을 내고 말 것이다!"

발기의 처 호천虎川과 아들 교위거驕位居가 이를 말리려 애썼으나, 발기가 말을 듣지 않고, 자신의 사병 3백여 명을 데리고 궁궐로 향했다. 호천이 급하게 궁으로 달려가 이 사실을 고변했는데, 그때는 산상제와 우황후가 동침에서 아직 깨어나기도 전이었다. 이에 주태후와 우소가 상해에게 무장병력으로 하여금 엄중하게 궁궐을 지킬 것을 명했다.

이윽고 발기가 궁 앞에 당도해서 보니, 궁궐의 문이 단단하게 닫혀 있고 사방에 중무장한 위병들이 빽빽이 지키고 서 있었다. 발기가 노하여 고래고래 소릴 질러 댔다.

"연우, 네 이놈! 형이 죽으면 아우에게 돌아가는 것이 당연한 예禮이거늘, 네놈이 순차를 뛰어넘어 태왕의 자리를 찬탈했으니 이것이 보통 큰 죄가 아님을 알기는 하느냐? 그러니 연우 너는 속히 나오너라! 그렇지 않으면 내 반드시 네놈의 처자까지 모두 죽이고 말 것이다! 연우,

네 이놈! 어서 문을 열어라!"

그러자 연우를 대신해 만궁滿弓이 슬그머니 나타나 발기를 향해 소리 질렀다.

"태왕께서는 우애롭고 어지신 마음으로 이미 왕자님을 용서하셨습니다. 그러니 여기서 더 이상 다가오시면 아니 됩니다. 내 명령 한 마디면 곧 후회하시게 될지도 모르니까요……"

"무어라? 저놈이 내가 누구라고 저런 소리를 함부로 지껄이는 게냐? 네 이노옴!"

발기가 울분을 터뜨리며 악을 썼으나, 산상제는 3일 동안이나 궁문을 굳게 닫고 일체 대응하지 않았다. 결국 제풀에 지친 발기가 이미 어찌할 수 없는 상황임을 깨닫고, 부득이 사병들을 데리고 발길을 돌렸다. 얼마 후 발기가 돌아갔다는 소식을 들은 산상제가 그제야 우림좌장군羽林左將軍인 주설朱喆을 불러 크게 호통을 치며 화를 내는 척했다.

"그대는 좌장군이 되어 아랫사람들이 짐의 형님에게 어찌 그리 막 대하도록 내버려둘 수가 있느냐? 이는 그대가 짐을 똑같이 가벼이 여기고 있다는 반증이 아니더냐? 그렇다면 짐이 그대를 도저히 용서할 수 없는 일이니, 지금 당장 그대를 참형으로 다스려야겠다!"

그러자 호성장군 상해가 급히 나서서 이를 말렸다.

"태왕폐하와 황후께서는 자식을 빚는 중이오니 이러한 때에 살생을 하셔서는 아니 될 것입니다. 통촉해 주옵소서!"

결국 산상제가 주설을 참형에 처하는 대신, 오라를 지어 귀양을 가도록 조치했다. 그렇게 상황이 종료되자 주설의 군대는 우림羽林으로 돌아갔는데, 그곳에 도착하자마자 모두들 기뻐하며 새로운 황제를 연호했다.

"새로운 태왕 만세! 만만세!"

자신들의 부대가 새로운 태왕을 지켜 내는 데 결정적인 공을 세웠음을 자축한다는 의미였다.

　그때 국상인 을파소 역시 나라의 주인이 이미 정해졌으므로 제위를 다투려 든다면 이는 곧 고구려의 적이라면서, 발기를 받아들이지 않았다. 산상제는 발기가 어리석을 따름이지 역모를 모의한 것은 아니라며 죄를 면해 주고, 배천형왕裵川兄王에 봉하는 관대한 모습을 취했다. 그러나 발기는 이를 받아들이지 못하고 연노부涓奴部 관할인 두눌杜訥 땅으로 들어가 스스로 칭제하면서, 산상제에게 반기를 들었다.
　이때 아주 소수의 사람들만 발기를 따랐을 뿐, 대부분의 조정 대신들은 산상제 편에 굳건하게 서 있었다. 이렇게 되기까지는 사실 을파소의 역할이 결정적이었는데, 사전에 을파소와 우후 간에 모종의 합의가 있었을 가능성이 있어 보였다. 한편, 형에 대한 미안함으로 그동안 인내하는 모습으로 일관해 오던 산상제는 발기가 달아나 칭제한다는 소식을 듣고는 비로소 크게 화를 냈다.
　"내가 형왕을 그토록 배려했건만 어찌하여 따로 칭제를 할 수 있단 말이더냐? 이는 절대 묵과할 수 없는 일이다!"
　산상제는 발기의 처인 호천을 을파소의 처로 주어 버리고는 그의 재물도 함께 취하게 했다.

　AD 197년경, 두눌로 들어간 산상제의 이복형 발기는 내심 고구려 조정에서의 추격을 두려워하면서도, 미리 생각해 둔 바가 있었다. 복수심으로 가득한 발기가 당시 요동 일대를 장악하고 있던 공손도公孫度를 찾아 지원을 요청하기로 한 것이었다. 당시 요동의 바로 아래 유주幽州에서는 공손찬이 10년 동안이나 원소와 패권 싸움을 해 왔다. 덕분에 공손도는 요동에서 온전하게 자기 세력을 강화하는 데 주력할 수 있었고, 그 무렵에는 황제에 버금가는 위세를 떨치고 있었다. 발기가 공손도를 찾아 말했다.

"나는 고구려 태왕 남무男武(고국천제)의 동모제同母弟 발기라 합니다. 아국이 지금 불행을 겪고 있어 이렇게 찾아왔습니다. 얼마 전 형님인 남무가 죽고 아들이 없다 보니, 내 아우 연우가 형수 우씨와 통모해 거짓 조서를 꾸미고 제위에 올라, 천륜을 저버리는 악행을 저질렀습니다. 따라서 이를 바로잡고자 대왕께 군사를 빌려 고구려를 평정하고자 하니, 부디 나를 도와주시기 바랍니다. 나라를 되찾게 되면 반드시 보답할 것입니다."

이 말을 들은 공손도가 즉답을 피한 채 우선 발기를 물러나게 한 다음, 신하들에게 말했다.

"고구려에서 증모처수烝母妻嫂(아버지나 형이 사망하면 친모 이외에 형수나 제수를 거두는 제도)는 흔한 일이거늘, 이는 지금 저자(발기)가 형수를 처로 삼지 못하고 제 아우에게 빼앗긴 것이 틀림없다. 그래 놓고 이제 와서 예법을 따지며 제위를 다투고 있으니 한심하기 짝이 없구나. 이 기회에 말로는 발기를 돕는 척하다가 때를 보아 고구려를 기습한다면 나라를 빼앗을 수도 있지 않겠느냐?"

그러자 공손도의 아들인 공손강公孫康이 이를 만류하며 다른 안을 제시했다.

"고구려에는 을파소라는 명재상이 있다 들었습니다. 게다가 고구려 깊숙이까지 들어가 튼튼하기 짝이 없는 방어망을 깨뜨리는 일이 결코 쉽지는 않을 것입니다. 그러니 발기의 무리와 함께 출정하되, 우선 고구려의 서쪽 변방부터 먼저 빼앗아 차지하는 것이 상책일 듯합니다!"

그뿐이 아니었다. 공손도는 이때 서부여왕에게 사람을 보내 함께 힘을 합해 고구려를 치자고 제안했다.

"구려의 테지 발기가 찾아와 잃어버린 태왕의 자리를 되찾겠나며 병력을 빌려 달라 합니다. 구려가 내란에 휘말리게 되었으니 구려를 칠 절호의 기회가 아닐 수 없습니다. 부여에서 이번에 우리와 힘을 합해 구려를 친다면 일이 더욱 수월해질 테니 구려 공략에 반드시 동참하시길 바랍니다."

그러나 서부여왕은 이 일이 내키질 않았다. 아직은 고구려에 대항할 힘도 부족하거니와, 무엇보다 그즈음 단석괴가 이끄는 선비의 공격에 크게 당한 터라 서쪽 변방의 땅을 내주고 세력이 크게 위축된 상태였던 것이다. 서부여왕이 답했다.

"그대도 알다시피 구려는 우리 부여와 함께 원래 같은 조상을 모신 나라로 한 핏줄이나 다름없소. 그런 터에 서로 죽이고 죽는 전쟁을 감행하는 것은 피차 감내하기 어려운 일일 것이오!"

서부여왕이 정중하게 연합 출정을 거부했다는 보고에, 공손도는 크게 실망했다. 그럼에도 공손도는 고구려에 내란이 일어난 이 기회를 놓치고 싶지 않아 홀로 고구려 원정에 나서기로 했다. 얼마 후 과연 공손도가 발기를 돕겠다며 3만의 요동군을 내주고, 고구려로 출정시켰다.

처음에 요동군은 고구려로 곧장 진격하는 듯했으나, 국경을 넘게 되자 이내 방향을 바꿔 고구려 서쪽 변방을 휩쓸고 다니며 고구려 城들을 차례로 격파했다. 공손도의 벼락같은 기습을 염두에 두지 못했던 고구려는 별다른 저항도 하지 못한 채 무기력하게 밀려나야 했다. 순식간에 개마盖馬, 구리丘利, 하양河陽, 도성菟城, 둔유屯有, 장령長岺, 서안평西安平, 평곽군平郭郡 등 고구려 요동의 9개 城이 공손도의 수중에 떨어지고 말았다.

대부분의 성들은 일찍이 대무신제가 후한 초기인 AD 50년을 전후해 그 땅을 빼앗고 세웠던 〈요동십성〉에 해당하는 것들이라 사실상 漢나라와의 국경선이나 다름없었다. 허무하게도 고구려가 약 150년 만에 이 성들을 공손도에게 빼앗긴 셈이었으니, 참으로 어이없는 일이 벌어진 셈이었다.

"공손도 이놈, 천벌을 받을 놈! 나와의 맹약을 깨뜨리고 어찌 이럴 수 있단 말인가? 도적에게 속은 내가 진정 어리석었도다……. 아아, 내가 죽는다 한들 장차 선황들을 어찌 뵐 수 있단 말인가?"

순진하게도 외부세력을 끌어들여 복수를 하겠다던 발기는 그 자신마저 공손도의 군대에 밀려 다시 두눌로 쫓겨 오고 말았다. 그는 배신감과 분노에 치를 떨며 자신의 어리석은 행동을 후회했다. 그러나 이미 돌이킬 수 없는 상황에 대한 극심한 심리적 부담 때문이었는지, 이내 등창까지 나고 말았다.

이때 산상제를 포함한 고구려 조정은 공손도가 도성까지 쳐들어올 것을 걱정해 뒤늦게 창수淌水 남쪽에 '창남淌南산성'을 쌓았다. 이후로 산상제는 아예 거처를 옮겨 우후于后와 함께 창남산성에서 머무는 소극적인 모습을 보였다. 그해 9월이 되어서야 안정을 찾은 산상제는 급기야 아우인 장군 계수罽須를 시켜 두눌杜訥을 정벌하고 발기의 세력을 뿌리 뽑도록 했다. 결국 전투 끝에 발기가 패해 달아나게 되었는데, 그때 계수가 선봉이 되어 발기를 추격하자 발기가 계수를 향해 소릴 질렀다.

"네가 동생이 되어 정녕 늙은 형을 죽이려 드는 게냐?"

그 말에 계수가 형인 발기를 차마 어쩌지 못하고 대신 이렇게 답했다.

"연우(산상제)가 나라를 사양하지 않은 것은 의義가 아니지만, 그렇다고 일시적인 분을 못 이겨 나라를 멸하려는 것은 대체 무슨 의도인 게요? 사후에 선대 태왕들을 무슨 면목으로 뵈올려고 이러느냐 말이오?"

발기가 계수의 말을 듣고 부끄러워 저항을 그친 채, 배천裵川으로 달아나 아들인 박고駁固에게 말했다.

"내가 적장자임에도 우씨 딸년의 놀음에 서얼에게 쫓겨났고, 나라의 서쪽 땅마저 공손씨에게 빼앗기고 말았으니, 무슨 면목으로 세상을 살아가겠느냐?"

그리고는 이내 칼로 자신의 목을 찔렀으나, 박고가 달려들어 구하는 바람에 당장 죽지도 못했다. 그러나 결국은 스스로 강물에 빠져 죽고 말았다.

이 소식을 들은 계수가 슬퍼하며 발기의 시신을 거두고는 우선 약식으로 장례를 지내고 돌아왔다. 산상제가 계수의 공을 치하한 다음, 명을 내려 발기의 상을 제대로 치르게 하고, 발기를 왕의 예우로 배령裵嶺에 장사 지내 주었다. 〈발기의 난〉은 그렇게 마무리되었으나, 그때 공손도에게 빼앗긴 북경 일대 대부분의 땅은 그의 사후 쉽사리 되찾지 못했다.

발기는 적장자라는 자신의 행운만을 내세울 줄 알았지, 냉엄한 국제질서를 깨닫지 못한 우매한 인물이었으니, 태왕의 자리에 오르지 못한 것이 당연한 순리였을 것이다. 그 4백여 년 전, 창해왕 남려가 우거왕을 내치고자 漢무제를 끌어들인 탓에 〈위씨조선〉이 멸망하고, 한사군이 난입하는 일을 겪은 역사가 있었다. 섣불리 외세를 끌어들여 요동의 9성을 상실케 한 〈발기의 난〉은 그때 이래로 가장 치욕적인 사건으로 남게 되었으니, 韓민족의 역사에서 영원히 잊지 말아야 할 귀중한 교훈이 아닐 수 없었다.

공손도의 요동군 침입으로 인한 난리가 잠잠해질 무렵인 AD 200년 정월이 되니, 요동군에 편입되었던 개마와 하양 2개 郡이 고구려로 다시 귀부해 왔다. 그사이 고구려에서는 빼앗긴 요동의 성들을 되찾는 일을 급하게 서두르지는 않았다. 대신, 우산牛山에도 성을 쌓고 수비를 강화하는 한편, 배후에서 회유와 설득을 거듭한 끝에 일부 성과를 낸 것이었다.

그러나 그 1년 전에 중원에서는 원소가 공손찬을 패퇴시키고 유주 등 4개 郡을 확보하면서 하북 최고의 군벌로 떠올랐다. 공손찬이라는 완충제가 사라지자 이제 공손도는 막강한 원소와 직접 영역을 마주하게 되었다. 이로써 공손도는 한순간에 위아래로 고구려와 원소라는 양대 세력의 사이에 끼이게 되는 위기 국면에 처하고 말았다. 반대로 고구려로서는 공손도의 요동을 공략해 빼앗긴 고구려 성들을 되찾아올 절호의 기회가 찾아온 셈이었다.

그런데 아쉽게도 그때 원소가 곧바로 방향을 아래로 돌려 조조와의 패권 다툼에 주력하는 바람에, 고구려로서는 쉽사리 요동을 공략하지 못했다. 산상제가 모처럼 찾아온 기회를 이토록 무기력하게 흘려 버리게 된 것은, 아무래도 비정상적인 제위 계승과 그로 인한 고구려의 내분이 여전히 그의 발목을 잡았기 때문이었을 것이다. 그 무렵 중원에서는 헌제를 품은 조조가 허도로 옮기고, 원술이 〈중仲〉나라 건국을 선포하는 등 내란이 한창 고조되고 있었다.

산상제 6년인 AD 202년, 우황후의 부친이자 태보였던 우소于素가 죽었다. 그는 수려한 외모를 가진 데다, 무엇보다 어떤 질병이라도 능히 다스릴 수 있는 당대 최고의 선술仙術로 널리 추앙받던 인물이었다. 삼보의 지위에 올라서도 정사에 그다지 관여하지 않았는데, 그런 인품으로 일찍이 선황인 고국천제가 정윤이던 시절부터 동궁조의東宮皂衣가 되어 깊은 인연을 맺게 되었고, 그의 딸을 동궁비로 삼아 혼인까지 했으니, 그녀가 바로 우후于后였던 것이다.

뜻밖에도 주朱태후가 이런 우소를 흠모해 오운전五雲殿에서 그와 동거하며 자식을 낳기까지 했다. 그는 매일 이침 일찍 일어나 목욕하고, 향불 앞에서 일만 편의 경經을 암송했는데, 주태후에게도 늘 욕심을 부리지 말라고 가르쳤다고 한다. 주태후가 친히 소복을 입고 우소의 죽음 앞에 예를 다했다.

이듬해 봄, 산상제가 아들을 얻고자 여기저기 산천을 찾아 빌고 다니던 때였다. 어느 날 산상제가 국상 을파소와 국사를 논의하던 중에 한숨을 지으며 말했다.

"선황께서 형수를 맡기며 아들을 낳아 달라 하셨건만, 벌써 7년이 흐르도록 후사가 없어 그 은혜를 갚지 못하니 불효의 하나요, 발기와 다투다가 서쪽 땅을 잃었으니 둘이요, 태후께서 편력이 많아 세상을 소란스럽게 하였는데도 그를 말리지 못했으니 불효의 셋인 셈이요……"

그러자 듣고 있던 을파소가 산상제를 위로했다.

"하늘과 사람의 운명이란 이미 정해져 있는 것이라 모두가 운이 아닌 것이 없을 것이니 그리 상심하실 일만은 아닙니다. 또한 폐하의 춘추 아직 젊으시니 장차 소후小后를 들이시면 해결될 문제입니다."

사실 우황후는 두 명의 태왕을 모시고 권력을 탐한 여인이었으나, 그 대가를 치르느라 그랬는지 아들을 낳지 못하는 석녀石女의 신세였다. 우황후보다 열다섯 살 정도 연하인 산상제에게도 이것은 커다란 고민일 수밖에 없었다. 을파소가 그때 주통촌酒桶村을 다스리는 관노부灌奴部의 명족 출신인 연백椽栢의 딸 후녀后女를 추천했는데, 몇 년이 지나 과연 산상제가 그녀를 거두게 되었다.

그해 AD 203년 여름, 국상 을파소가 65세의 나이로 사망했다. 그는 을두지乙豆智의 후손으로, 서하西河태수를 지낸 부친 을어乙魚가 황실의 외척들에게 밉보여 파직을 당한 이후, 산중에서 숨어 살다시피 하면서 세상에 나오지 않았었다. 이후 고국천제가 그를 불러내어 국상을 맡기니, 〈7정七政〉을 행했다. 임금을 옳게 섬기고, 백성들을 보살피며, 현자를 기용하고, 사람을 올바로 가르쳐 키우는 외에 좋은 기술과 재주를 함양하고, 농사와 수렵에 힘쓰며, 변방을 굳게 지키니 이것이 바로 칠정七政이었다.

을파소는 고국천제와 호흡을 맞추고 새로이 〈진대법賑貸法〉을 시행해, 고구려 건국 이래 최대 규모의 혁신을 단행한 개혁의 상징이었다. 이후 〈발기의 난〉도 무난히 수습했으나, 이때 공손도의 침략으로 서쪽 땅을 빼앗기고 말았다. 문제는 강성한 공손도에 대해 이후로도 소극적 자세로 일관하다 보니, 잃어버린 요동의 성들을 되찾지 못했다. 크게는 중원의 혼란기를 이용해 창해 등 하북의 고토를 회복할 절호의 기회였으나, 우후와 발기로 비롯된 정치적 혼란을 피하지 못해 때를 놓치고 말았으니 못내 아쉬운 일이었다. 그 시절 사람들이 〈우소〉, 〈파소〉, 〈연백〉을 三王으로 여기며, 우소를 신선지왕神仙之王, 을파소를 정교지왕政教之王, 연백을 은일덕행지왕隱逸德行之王이라 부르며 추앙했으니, 이들은 시대를 풍미했던 북방의 현자들임이 틀림없었다.

을파소의 뒤를 이어 고우루高優婁가 국상이 되고, 상제尙齊가 대주부大注簿에 올랐다. 고우루는 고루高婁의 후손으로 고복장高福章의 조카였는데, 을파소와 함께 지내다가 그를 따라 천거되어 패자와 대주부를 지냈다. 상제는 상경尙庚의 아들로 고우루의 처남이기도 했다. 그의 처 어고於姑는 명림답부明臨答夫의 딸로 아름답고 지혜로워 산상제가 잠저에 있을 때 자주 방문해 아껴 주었다. 이후 제위에 올라 선궁仙宮으로 맞아들여 딸을 낳았는데, 우후于后의 투기로 쫓겨나 南部에서 살다가 우후의 기세가 꺾인 후 다시금 도성으로 들어와 사는 등 우여곡절을 겪었다.

後漢의 중원은 여전히 군벌들 간의 전쟁으로 혼란스런 가운데 AD 200년 〈관도대전〉에서 원소袁紹를 격파한 조조가, 마침내 중원의 절대 강자로 군림하기 시작했다. 이와는 별개로 요동에서는 공손도가 요수 서쪽 오환과 선비의 땅까지 세력을 확장하면서, 동북방의 신흥강자로 군림하고 있을 때였다. 당시 조조가 공손도를 회유하고자 표를 올려 무위武威장군 영녕향후永寧鄕侯에 봉했는데, 이를 듣고 공손도가 크게 화를 냈다.

"미친놈들이구나! 내가 요동의 황제이거늘, 대체 영녕 따위가 무슨 대수라고……. 쳇! 이까짓 인수印綬(도장끈)는 무기고에 갖다 처박아 버려라!"

동북방 일개 변방의 기주자사 출신 공손도가 제 주제를 잊은 채 사실상 황제 노릇을 하며 자신의 권력이 하늘에 닿을 듯 행세했던 것이다.

AD 204년, 조조가 원袁씨 형제들을 견제하기 위해 요동의 바로 아래 낙랑樂浪태수로 양무涼茂를 파견했는데, 이때도 공손도가 양무를 붙잡아 큰소릴 쳤다.

"들자니 조조가 업현을 비우고 원정을 갔다는데, 내가 당장이라도 보병 3만, 기병 1만으로 업현으로 쳐들어간다면 누가 이를 막아 낼 수 있겠나?"

그러자 양무가 전혀 굴함이 없이 오히려 공손도를 나무랐다.

"지금 큰 난리로 나라가 기울고 있어 이를 걱정한 조조공이 백성을 구하려 나선 것이고, 많은 사람들이 그 공덕을 칭송하고 있소. 장군은 10만이나 되는 병력을 끼고 앉아 구경만 하고 있었으니, 지금 병사를 일으켜 서쪽으로 간다고 한들 그 존망이 뻔한 것 아니겠소? 장군은 그저 맡은 바나 충실하게 행하시오!"

이 말에 장수들이 크게 술렁였으나, 공손도는 이때 양무의 기개를 높이 인정하는 한편, 그의 말에 일리가 있다며 양무를 풀어 주었다. 당시 공손도가 동북의 고구려와 한창 적대적 긴장 관계를 유지하고 있었기 때문이었다. 자칫 조조와 전쟁을 벌일 경우 양쪽에서 협공 당하는 상황을 초래할 수도 있어, 쓸데없이 조조를 자극할 필요가 없다고 판단했던 것이다. 그러나 그해 요동에서 호시절을 누리던 공손도가 나이가 들어 사망함으로써, 서庶장자인 공손강公孫康이 그의 뒤를 잇게 되었다.

그 무렵 〈발기의 난〉을 계기로 공손씨가 고구려 요동의 9개 城을 탈취한 지 어언 8년이 지난 때였다. 고구려 조정 대신들이 이때가 되어서야 비로소 기회를 놓치지 않으려, 산상제에게 요동 출정을 건의했다.

"폐하, 요동태수 공손도가 죽고 그 아들 공손강이 자리를 이었다 합니다. 요동에 커다란 변화가 생겼으니, 공손강이 자리를 잡기 전에 요동을 쳐서 빼앗긴 땅을 되찾을 절호의 기회입니다."

결국 이듬해인 AD 205년 봄, 고구려는 진서鎭西장군 주설朱舌을 대장으로 삼아 공손씨의 서안평 정벌에 나섰다. 고구려군은 평호平湖에서 공손강의 요동군遼東軍과 맞붙어 오랜만의 일전을 벌였지만, 요동군은 그리 만만한 상대가 아니었다. 충분한 사전 준비와 전략 없이 오히려 섣부르게 대들었던 고구려가 〈평호전투〉에서 패배를 당했고, 이때 10명의 고구려 장수들이 전사하는 수모를 겪고 말았다.

그러나 고구려는 여기서 포기하지 않았다. 〈평호전투〉에서의 참패가 고구려의 전투 혼을 일깨웠던지, 그해 여름이 되자 고구려는 다시 전열을 가다듬고 주곡朱曲을 진서장군으로 삼아 또다시 서안평을 공략했다. 두 번째 공략인 〈서안평전투〉에서는 공손강의 요동군이 고구려군을 막지 못해 물러나니, 서안평이 마침내 다시금 고구려의 땅이 되었다. 고구려가 공손도에게 빼앗겼던 요동의 8개 郡 중에 무력을 동원해 되찾은 첫 사례였고, 오늘날 북경北京 동남 바로 아래 안평安平으로 추정되는 지역이있다.

그러나 거듭되는 전쟁으로 이제 공손씨와 고구려 양측의 증오는 돌이킬 수 없을 정도로 커져만 갔다. AD 207년에도 고구려는 공손씨와 전쟁을 벌였다. 이어 새로이 진서장군이 된 우목于目이 공손우公孫友의 군대와 평서平西와 남산男山에서도 맞붙었는데, 두 전투에서 모두 공손우를 꺾고 승리할 수 있었다. 그해는 조조가 작심을 하고 〈백랑산전투〉에서 오환 연합군과 원씨 형제들을 패퇴시켰던 때라, 공손강으로서도 고구려에만 주력할 수 없었을 터였다.

〈오환〉이 참패하자 원袁씨 형제는 살아남은 수천의 기병을 이끌고, 동쪽으로 요수를 건너 요동遼東태수 공손강公孫康에게로 달아났다. 공손강은 부친 공손도와 마찬가지로 後漢과는 철저히 거리를 둔 채 사실상 요동의 황제와도 같은 생활을 누리고 있었다. 그러던 것이 이때에 이르러서야 공손씨도 비로소 태풍처럼 밀려오는 후한의 혼란에 직면할 수밖에 없게 되었다. 당시 조조의 참모들은 이대로 원씨 형제를 추격해 요동으로 진격하자고 권했으나, 조조가 그럴 필요까지는 없을 것이라며 회군을 결정했다.

"두고 보아라. 머지않아 공손강이 틀림없이 원씨들의 머리를 보내올 것이다, 껄껄껄!"

조조가 말은 그리했으나, 실제로는 서남쪽의 경쟁 군벌들이 여전히 득실거리는 판에, 구태여 동북의 끝단에 치우쳐 있는 요동까지 전선을 확대하는 것이 무리라고 판단했을 것이다. 무엇보다 공손씨의 요동을 정벌하게 될 경우 곧바로 동북의 강호 고구려와 국경을 맞닿게 되는데, 이는 좀 더 차원이 다른 부담일 수도 있었다. 조조는 이때 사실상 공손씨의 요동을 고구려와의 완충지대로 설정하고, 가급적 고구려를 자극하지 않으려 했을 가능성이 컸다.

반대로 고구려 입장에서도 중원의 이 혼란한 시기를 이용해 요동을 적극 공략하지 않은 것은, 마찬가지로 후한과 직접적으로 국경이 맞닿는 상황을 피하려 한 때문일 수도 있었다. 그러나 이는 단지 시간의 문제였을 뿐, 언젠가는 중원과 직접 대치할 수밖에 없는 국면이 도래할 것임을 내다보았어야 했다. 아쉽게도 고구려는 모처럼의 기회를 주저주저하며 소극적으로 보내 버리고 말았고, 머지않아 그 값비싼 대가를 톡톡히 치러야만 했다.

한편, 부친의 정권을 인수한 지 얼마 되지 않은 공손강은 강성했던 원씨들이 행여 자신들의 지역을 어찌할까 싶어 좌불안석이 되었다. 무엇보다 자칫 그들을 보호했다가 장차 조조의 원망이라도 사는 날엔 그와의 보복전쟁에 휘말리게 될지도 모르는 일이기 때문이었다. 당장 고구려와의 영토전쟁에 시달리고 있는 상황에서 남쪽에서 조조가 올라온다면, 순식간에 위아래 협공에 노출될 수 있었던 것이다. 이는 상상조차 하기 싫은 최악의 국면이기에 공손강의 머리가 복잡해졌다.

'아니, 이것들이 눈치도 없이 왜 가만히 있는 우리 요동으로 기어들어오고 난리야? 절대 조조의 비위를 건드리지 않도록 조심해야 되니, 이참에 아예 이놈들을 잡아다 조조의 환심을 사 두는 것이 훨씬 득이 될 것이다……'

마음을 굳힌 공손강이 어느 날 도부수刀斧手를 벽 뒤에 숨긴 채 원씨 형제를 불러들이고는, 가차 없이 두 사람의 목을 날려 버렸다. 그렇게 신속하게 우환거리를 제거한 다음, 공손강이 이내 그들의 목을 허도許都로 보내자 조조와 그 참모들이 모여 한바탕 웃지 않을 수 없었다. 조조가 공손강을 양평후襄平侯 좌장군으로 올려 주었는데, 이때 절세미인으로 이름난 원희의 이내 견락甄洛은 조조의 장남 조비曹丕의 차시가 뇌었다. 그러나 요동 사람들은 이 일로 장차 공손강은 뒷날이 없을 것이라며 혹평했다.

그 무렵 후사가 없어 고민하던 고구려 11대 태왕 산상제에게 죽은 을파소가 한 말이 있었다. 을파소는 산상제의 나이가 아직 젊으니 얼마든지 젊은 후궁을 들여 아들을 생산하면 된다고 위로함과 동시에, 주통촌酒桶村에 사는 관노부灌奴部의 명문 연백椽栢의 딸이 아름답고 뛰어나다며 추천한 적이 있었다. 산상제가 태왕에 오르기까지 우후于后가 일등공신이지만, 후사를 갖는 데 있어서는 지나치게 우후에 의존할 필요가 없다는 뜻이기도 했다.

AD 208년 겨울, 제수용 돼지인 교시郊豕가 풀려 달아나는 바람에 담당하는 관리가 이를 잡으려 뒤쫓다가 주통촌에까지 이르렀다. 그때 돼지가 이리저리 날뛰는 바람에 사람들이 우왕좌왕하는데, 스무 살쯤 돼 보이는 고운 얼굴을 한 여인이 앞질러 나가더니 손쉽게 교시의 뒷다리를 잡아챈 다음, 멋쩍게 웃어 보이며 관리에게 돼지를 넘겨주었다. 산상제가 이 내용을 보고받고는 짚이는 데가 있어, 어느 날 주통촌까지 거동하여 예의 그 여인을 몰래 따라가 보았다. 산상제가 여인의 건강한 아름다움에 매료되어 시종을 시켜 여인을 불러오게 해서 직접 대면했다. 시종이 여인에게 말했다.

"고구려의 태왕께서 오셨느니라. 예의를 갖추거라! 네 이름이 무엇이고 부친이 누구이더냐?"

그 말을 들은 여인이 크게 놀라 떨리는 목소리로 겨우 답했다.

"황공하옵니다, 태왕폐하! 소녀는 연백의 딸이옵고, 후녀라 합니다……"

"흐음, 기이한 일이로다, 네가 바로 그 아이로구나……"

과연 산상제가 예상했던 그대로였다. 후녀后女의 부친인 연백의 집에서도 갑작스러운 산상제의 행차에 놀라기는 매한가지였다. 밤이 되자 산상제가 조용히 후녀를 방으로 불러 가까이하려 들자, 그녀가 부끄러워하면서도 속마음을 드러내 말했다.

"태왕의 명을 소녀가 어찌 어길 수 있겠습니까? 다만, 만일 아이라도 생기게 된다면, 부디 저버리지는 마옵소서……"

이를 기특하게 여긴 산상제가 빙긋이 웃으며 약조를 한 다음, 후녀를 거두었다. 그날 한밤중이 되어 산상제는 조용히 환궁했다.

얼마 후 과연 후녀가 산상제의 아이를 갖게 되었다는 소식이 들려오자, 산상제가 몹시 기뻐했다. 산상제가 환나의 소수小守(태수 아래 직) 상관尙寬을 은밀히 불러 밀명을 내렸다.

"연백의 딸 후녀가 내 아이를 가졌다. 그러니 이후로는 그대가 후녀의 아비인 연백을 각별히 보살피도록 하라!"

이는 곧 후녀를 돌보라는 말이었다. 그 후 시간이 흘러 느티나무에 꽃이 필 무렵인 봄이 되자, 산상제가 후녀는 물론, 그녀의 동생인 괴래槐萊를 함께 처로 맞아들였다. 젊고 아름다운 처자들의 등장에 우후가 바짝 긴장하며, 사태를 주시하고 있었다.

이듬해 5월이 되자 후녀의 등장을 못마땅해하던 우후于后가 흉심을 품고 행동에 나섰다. 질투에 눈이 먼 우후가 몰래 사람을 보내 후녀를 죽이려 들었는데, 그때 상관이 나서서 이를 막다가 싸움이 벌어졌다. 이 일로 양쪽에서 사상자가 나오기까지 했다는 소식에 산상제가 크게 노했다.

"아니, 우후가 짐의 아이를 잉태한 사람에게 어찌 이리도 모질게 대할 수 있는 것이냐?"

비록 자신을 태왕으로 올려 준 공이 있으나, 우후의 이런 무도한 행태에 드디어 산상제가 우후를 멀리하기 시작했다. 산상제는 후녀를 보호하기 위해 서둘러 그녀를 후궁으로 삼았다. 이런 우여곡절 끝에 9월이 되어 후녀가 마침내 아들을 낳았다. 고대하던 아들을 안아 본 산상제가 커다란 기쁨에 들떠 말했다.

"오오, 이 아이가 진정 내 아들이란 말이구나? 이는 하늘이 내게 사자嗣子(후계자)를 내려 주신 것이로다. 이제야 조상님과 선황에게 면목이 서게 되었도다, 하하하!"

산상제가 후녀의 노고를 치하하고 비로소 소후小后에 봉했는데, 달아난 교시로 인해 그 어머니를 얻게 되었다 하여 아들에게 교체郊彘라는 이름을 붙여 주었다. 당초 연백의 처가 소후를 임신했을 때 무당이 말하기를 이 아이가 반드시 황후를 낳을 것이라고 했는데, 과연 딸을 낳게 되자 연백이 딸아이의 이름을 후녀后女라 지었다고도 했다.

그해 10월이 되자 산상제가 창남灊南의 우산牛山으로 천도를 단행하겠노라고 전격 선언했다. 고구려는 동명성제가 홀본의 홀승골성에 처음 도읍을 꾸렸다가 2대 유리명제 때 위나암으로 천도한 것이 전부였다. 당시 나라가 번성하면서 홀본이 도성으로서의 기능을 하기엔 너무 비좁은 데다, 방어에도 문제가 있다는 이유 때문이었다. 그러나 그 이면에는 소서노의 기반이 너무 강한 홀본을 떠나려는 속셈도 있었다. 위나암은 이후 열 명의 태왕과 함께 2백 년이 지나도록 수도로서의 역할을 충실히 해 왔다.

난하의 동쪽에 위치한 위나암은 이후 절노부 출신이 지배하는 지역이었는데, 우후 역시도 그 출신이었다. 새로이 아들을 얻은 산상제가 이제 우후와 그 친인척 세력에서 벗어나고자 했던 것이다. 더구나 위나암은 발기가 왕궁을 포위하고 자신을 공격했던 곳으로, 산상제로서는 좋지 않은 기억을 떠올리게 하는 장소였다. 무엇보다 산상제는 즉위 당시 〈발기의 난〉으로 요동에 있던 고구려의 9개 성을 일거에 공손도에게 빼앗기는 수모를 당했다.

당시 태왕에 즉위한 직후라, 아직 경험이 부족한 산상제가 받은 충격과 공포가 엄청난 것이어서, 그는 가능한 공손도로부터 멀리 떨어져 있고 싶어 했다. 그리하여 당시 공손도의 침입에 대비하기 위해 위나암 (관성)의 동쪽에 위치한 환도산 아래로 〈창남산성〉을 쌓고, 임시 피난처인 밀궁을 지어 줄곧 우후와 지내 오던 터였다. 따라서 이미 그때부터 태왕이 떠난 위나암은 사실상 도성으로서의 기능이 마비된 상태였다. 그것으로도 부족했는지, 산상제는 즉위 2년째인 AD 198년부터 아예 천도를 목적으로 창수瀍水 아래 창남의 우산牛山 인근에 새로운 도성 축조를 위한 공사를 착수케 하고 사업을 진행시켜 왔던 것이다.

난하 동쪽의 창남 지역은 동명성제 때 계루여왕이 다스리던 환나국桓那國의 도읍지로, 이를 병합한 이후에는 계루부桂婁部로 분류되기에 이르렀다. 결국 11년에 걸친 장기 공사 끝에 새로운 도성이 완성되자, AD 209년경 산상제가 창남의 우산 지역으로 거처를 옮겼다. 이어 그곳의 이름을 바꾸어 〈환도丸都〉라 부르게 하였는데 둥글다는 의미의 환은 알, 곧 하늘(天)을 뜻했으니, 말 그대로 하늘의 도읍이라는 뜻이었고, 고구려의 세 번째 도읍이었다. 환도성은 위나암(국내성)의 동쪽 아래로 그리 멀지 않은 곳에 있었으나, 그사이에 드높은 환도산(1846m)이 가로막고 있어 천도遷都의 효과는 분명했다.

당시 요서의 서북쪽은 조조가 오환과 선비를 내쫓아 백랑산까지 도달해 공손씨를 압박하는 지경이었다. 환도성 천도는 조조에 내몰린 오환과 선비를 포함한 공손씨 혹은 조조의 위魏나라를 경계하기 위해 환도산 아래로 옮긴 것으로 보아야 할 것이다. 발기의 난으로 공손씨에게 요동의 성들을 내준 후유증이 그만큼 컸던 것이고, 그 배경에는 문제적 여인인 우후于后의 어두운 그림자가 여기저기 드리워져 있었다. 심약한 산상제는 이런 문제를 천도를 통해 일거에 풀어 나가려 했던 것이다.

그 무렵 중원에서는 조조가 〈적벽대전〉에서 뜻밖의 참패를 당하는 바람에 그 위세가 크게 꺾이게 되었다. 이처럼 후한이 여전히 대혼란에 휩싸여 있었음에도 불구하고, 고구려는 요동의 공손씨에게 밀려 난하 동쪽으로 천도하면서 다분히 방어적인 자세로 일관했다. 그사이 공손도에게 빼앗겼던 요동의 9개 성 가운데, 개마와 하양은 고구려로 곧바로 귀부했고, 서안평은 고구려가 직접 공격해 다시 빼앗아왔다. 그러나 나머지 6개 성들은 여전히 공손씨의 수중에 들어가 있었다. 조조가 적벽에서의 참패로 당분간 위축되어 있을 것을 예상한 데다, 고구려의 소극적 입장을 간파한 공손강은 이 틈을 이용해 동북의 고구려 쪽에서 돌파구를 찾고자 했다.

당시 중원이 혼란스러운 틈을 타, 후한의 古낙랑군 일대가 크게 흔들리고 있었다. 이 지역은 120년경 태조황제 시절 요동을 정벌하고, 요서를 공략할 때 사실상 고구려로 편입되었다. 그 후 141년과 146년 두 차례 대방쪽에서 난이 있었으나, 그때마다 고구려가 이를 평정했었다. 그 후 170년을 전후해 요동의 태수들이 고구려를 번갈아 침공했으나, 172년 〈좌원대첩〉 이후로는 다시금 일어나지 못하고 잠잠해졌다.

그러나 이후 190년경 공손도가 요동태수가 되면서 조금씩 상황이 변하기 시작했다. 특히 197년 〈발기의 난〉으로 공손도가 고구려를 침공해 요동과 요서의 성들을 차지하면서 상황이 급변했다. 산상제가 난하의 서쪽 땅을 내주다 보니, 이때 비로소 낙랑 지역이 공손씨의 강역으로 들어가 버린 것이었다.

이처럼 낙랑 지역이 혼란에 휩싸이게 되자 낙랑 지역에 속했던 여러 군현의 관리들이 이를 통제하지 못하는 지경에 이르렀다. 그러자 古부여의 한예韓濊(마한, 예맥) 출신 백성들이 漢族(공손씨)의 지배를 피하고자 낙랑 지역을 떠나 고구려 등지로 대거 이주해 갔다. 공손강이 이 기회를 놓치지 않았다. 그가 고구려 둔유屯有 이남의 빈 땅들을 속속 차지하더니, 〈대방군帶方郡〉이라 부르기 시작했는데, 오늘날 하북 천진天津 일대였다.

이로써 〈고구려〉와 〈漢나라〉가 번갈아 가며 지배했던 낙랑 일대가 공손씨의 땅이 되고 말았다. 옛 번조선의 땅으로 〈기씨조선〉과 〈위씨조선〉의 땅이자, 〈中마한〉의 땅이었고, 일부는 대륙 〈백제〉의 땅이기도 했다. 또 BC 108년 한무제가 흉노의 왼 팔을 꺾고, 동북 고조선 진출의 교두보를 확보하고자 설치했던 〈한이군漢二郡〉 즉, 낙랑과 현도의 중심이기도 했다. 후한의 광무제 또한 〈고구려〉를 공략할 최상의 전략적 요충지로 인식해, 낙랑군 존속을 위해 세 차례나 파병을 강행하는 등 각별히 신경 썼던 지역이었다. 그러나 끝내는 태조황제 이래 반세기 가량 고구려가 장악해 왔는데, 이때 비로소 다시금 공손씨의 수중으로 넘어갔던 것이다.

공손강은 이내 공손모公孫模와 장창張敞 등을 〈대방군〉으로 보내 백성들의 이탈을 막게 하고 단속을 강화해 나갔다. AD 210년 봄이 되자 더욱 대범해진 공손강이 북경 바로 동쪽 인근의 서안평西安平을 되찾을 속셈으로 재차 고구려를 공격해 왔다. 다행히 고구려군의 선전으로 공손강이 이내 퇴각하고 밀었다. 〈서안평전투〉에서 공손강의 공격을 어렵사리 막아 내긴 했으나, 고구려 조정의 불안은 좀처럼 수그러들지 않았다. 이에 장차 공손강이 재차 침입해 올 경우를 대비해 새로운 방안을 논의하게 되었다.

"하양河陽성은 물가에 있어 지키기가 어렵습니다. 그러니 남소南蘇성의 서쪽, 즉 안평의 북쪽에 새로이 성을 쌓는다면 대방이 다시 침략해 오더라도 서안평을 지키는 데 효과가 있을 것입니다."

그 결과 고구려가 새로이 성을 쌓고, 그 이름을 〈신성新城〉이라 했다. 확실히 신성은 서안평과 위아래에서 서로 호응할 수 있는 거리에 있어, 공손강의 공격을 막아 낼 수 있는 탄탄한 교두보를 마련한 셈이었다. 실제로 공손강은 이후 고구려에 대한 침공을 포기해야 했다.

212년 4월, 산상제가 주통궁의 소후小后와 그 아들인 교체태자를 거느리고, 모처럼 서쪽 순행에 나섰다. 순행 길에 백성들을 두루 만나 천도에 대한 여론이나 안위도 물어보고, 군부대에서는 열병을 거행하면서 군기를 점검하기도 했다. 돌아오는 길에는 온천을 들러 휴식을 취하면서 닷새 만에 환궁했다. 소후와의 순행을 마치고 난 이듬해 AD 213년 봄, 산상제는 이제 다섯 살밖에 되지 않은 어린 교체태자를 서둘러 정윤으로 삼았다. 자신이 태왕에 즉위한 지 17년이 지났고, 나이 40이 넘도록 교체 이외에는 여전히 후대를 이을 아들이 없기 때문이었다. 이때 30명의 관리를 보내 황태자를 보살피게 했고, 소후에게도 20명을 보내 주었는데, 그들 모두는 계루부 출신의 연椽씨 성을 지닌 자들이었다.

AD 215년경, 화직禾直의 아들이자 을포乙布의 외손자인 태보 화백禾白이 85세의 고령으로 죽었는데, 그는 후한의 유주를 공격하는 등 공이 많은 데다 겸손하고 청렴해 뭇사람들로부터 존경을 받았다. 이를 계기로 주朱태후의 일가들이 대거 요직에 앉게 되었는데, 우선 주회朱回를 태보로, 목등穆登을 우보로 삼았다. 특별히 주태후의 오라버니인 주곡朱曲은 마산공馬山公에 봉하고 진서鎭西대장군으로 임명하는 외에 황산黃山과 마산 두 군을 목읍沐邑으로 하사했다. 산상제가 외가인 주씨 일가에 크게 의존했던 것이다.

그런 주태후 또한 221년 정월, 춘추 67세로 세상을 떠났다. 길고 억센 팔에 욕심 가득한 눈매를 가졌는데, 늙은 나이에도 황음을 버리지 않아 빈축을 샀다. 말년에 어둡고 추운 산궁山宮에서 외로이 지내다 변을 당했다고 한다. 산상제가 애통해하면서 유명에 따라 산궁에 재궁(가묘)을 두고 3년을 가득 채운 연후에 비로소 신대제 무덤 안으로 합장해 주었다.

한편 중원에서는 〈적벽대전〉 이후 유비가 일방적으로 형주荊州를 차지하면서 손권의 분노를 사게 되어 〈오촉吳蜀동맹〉에 균열이 가기 시작했다. 손권이 여몽呂蒙을 시켜 유비를 공격하려던 즈음인 AD 215년, 적벽赤壁 참패의 충격에서 벗어난 조조가 둘째 딸을 헌제에게 바치고 황후로 세웠다. 그리고는 이내 한중漢中을 공략하기 위해 직접 10만의 대군을 이끌고 진창陣倉을 나왔다. 화들짝 놀란 유비와 손권을 대신해, 제갈량諸葛亮과 제갈근諸葛瑾 형제가 만나 형주를 분할 통치하기로 합의하고, 조조의 공략에 대한 대비를 서둘렀다.

이윽고 조조의 선봉인 장합張郃 등이 수만 명이 지키던 양평관을 함락시키자, 성주인 장노張魯는 그 기세에 눌려 조조에게 투항했고, 조조는 그를 낭중후閬中侯에 봉해 주었다. 그 시간 손권은 조조가 한중을 공략하는 틈을 타, 반대쪽을 공략하기 위해 10만 대군을 이끌고 장강長江을 넘어 북상하여 합비성合肥城을 겹겹이 포위했다.

당시 합비성은 장료張遼 등이 고작 7천의 병사로 지키고 있었는데, 동요하지 않고 성을 잘 지켜 내니 십여 일이 넘도록 성이 떨어지지 않아, 결국 오吳나라 군대가 철수하기에 이르렀다. 놀랍게도 장료가 이때 철수하는 오나라 군대를 추격해 맹공을 퍼부은 끝에, 손권의 10만 대군이 참패를 당하고 말았다. 확실히 전쟁은 병력만 갖고 하는 것이 아님이 또다시 입증되었고, 적벽대전의 승리로 우쭐해 있던 손권은 크게 체면을 구기고 말았다.

관중關中을 정복하고 개선한 조조는 이듬해인 216년 마침내 위왕魏王에 올랐는데, 후한 정권에서 유劉씨 성이 아닌 이성異姓왕이 나타난 것은 처음이나 다름없는 일이었다. AD 218년에는 양평관을 탈환하려는 유비에 맞서 조조가 허도를 비운 사이, 헌제를 옹립하려는 쿠데타가 진압되기도 했다. 그뿐이 아니었다. 조조가 남쪽에 온통 신경을 쓰고 있을 그 무렵, 북방의 유주幽州 대군代郡에서도 다 쓰러진 줄만 알았던 오환족이 대규모로 다시 일어나 봉기했다.

이에 조조가 25명이나 되는 여러 아들 중 무예를 가장 좋아했던 조창曹彰을 북중랑장으로 삼고, 명장 전예田豫를 대동시켜 진압에 나서게 했다. 조창이 병력을 이끌고 탁군涿郡의 역수 북쪽에 진을 쳤는데, 병마들이 모두 집결하기 전이라 1천의 보병과 수백의 기병뿐이었다. 갑자기 그때 미리 매복해 있던 수천 명의 오환 기병대가 나타나 기습공격을 가해 왔다. 조창의 병사들이 큰 피해를 입고 우왕좌왕하는 사이, 전예가 사태 수습에 나섰다.

"모두들 당황하지 마라! 이제부터 마차를 한군데 모아 둥글게 진을 치고, 병사들을 마차 사이에 매복시키도록 하라, 서둘러라!"

전예는 마차 안에 활과 쇠뇌를 가득 채우고 오환군의 다음 공격을 기다리게 했다. 이윽고 오환군의 공격이 다시 시작되었으나, 마차 사이에 숨어 있던 전예의 군사들이 화살과 쇠뇌로 무한 세례를 퍼붓는 바람에 크게 타격을 입고 물러났다. 조창의 부대가 그때부터 퇴각하는 오환족을 추격하면서 뒤에서 화살 공격을 퍼붓기 시작했다. 그렇게 한나절이 다 지나도록 집요하게 오환족을 따라잡은 거리가 무려 2백여 리나 되어 상건桑乾까지 다다랐다. 장졸들이 지친 데다 너무 멀리 왔다며 추격을 멈추자고 건의했으나, 조창이 버럭 소리를 지르며 다그쳤다.

"적을 놓쳐 달아나게 하는 자는 훌륭한 장수가 아니다. 그러니 다른 소리는 일체 말라! 앞으로 늦게 출동하는 자는 가차 없이 목을 벨 것이니 추격을 멈추지 마라!"

조창의 성화에 추격전은 하루 낮과 하룻밤을 꼬박 걸려 이어졌고, 그 사이 목을 베거나 포로로 잡은 오환족의 수가 2천이나 되었다. 이렇게 조창과 전예가 이끄는 위군魏軍이 전세를 역전시키고 대군代郡 일대를 평정했는데, 이때 오환족을 잔인하게 짓밟고 돌아갔다. 전예는 뛰어난 용기와 전공을 인정받아 남양태수로 승진했다. 반면 代郡의 오환족은 이때 너무 큰 타격을 입은 나머지, 이후로 동호東胡(진한)의 양대 세력이었던 〈오환烏桓〉이 사실상 궤멸되는 운명에 처하고 말았다. 당시 수만의 기병을 이끌던 선비족의 大人 가비능軻比能이 가까이서 이 전투를 관전했으면서도 감히 돕지 못했다고 했다.

그 와중에 AD 220년이 되니 중원에서는 마침내 2백 년을 지탱해 오던 〈후한後漢〉(東漢)이 망하고 말았다. 그해 위왕魏王 조조曹操가 사망해 아들인 조비曹丕가 위왕에 올랐으나, 이내 헌제를 내쫓고 새로이 〈魏〉나라를 건국했던 것이다. 조비는 〈위〉의 황제를 칭하고 낙양을 도읍으로 삼았다. 이듬해 221년이 되자 성도成都의 유비劉備도 〈촉한蜀漢〉을 건국하고 황제에 올랐으며, 양자강 중하류를 차지하고 있던 손권孫權은 229년 건업建業(남경)에서 〈吳〉의 건국을 선포하고, 황제를 칭했다. 요동에서는 〈대방국帶方國〉의 왕을 자처했던 공손강이 죽었는데, 그 자식들이 어리다 하여 아우인 공손공公孫恭이 뒤를 이었다.

산상 28년인 AD 224년 2월, 동궁비 명림전明臨鱣이 황손인 연불然弗을 낳았다. 전비는 명림식부와 우후의 여동생인 우술于術의 딸이었다. 이듬해 2월에는 전鱣비를 동궁대비로 삼고, 황림皇林과 양원陽原 두 읍을 목읍沐邑으로 하사했으며, 두 읍 사이에 압궁鴨宮을 짓게 했다. 5월에는 동궁우비인 주남 또한 아들 주근朱根을 낳으니, 갑자기 여기저기서 황손이 늘어나는 진풍경이 연출되었다. 그 후 AD 227년 5월, 산상제가 재위 31년 만에 서도西都의 금천궁金川宮에서 55세의 비교적 이른 나이에 세상을 떠났다.

비록 고국천제의 황후였던 우후에게 발기를 대신해 선택된 덕분에 연우가 산상제에 올랐으나, 당시 미심쩍기 그지없는 고국천제의 죽음은 물론, 국상인 을파소와 우후의 연합도 납득하기 어려운 부분이 적지 않았다. 우후보다 15살 정도나 연하였던 산상제는 이후 음흉하기 짝이 없는 우후에 끌려 다니기 십상이었다.

게다가 산상제의 생모 주朱태후 또한 만만치 않은 여인이었다. 그녀는 태후의 지위에서도 우후于后의 부친이자 태보였던 우소于素를 사인私사(정부)으로 삼고, 아들딸을 낳은 데다 황실의 인사에 관여했다. 결국에는 주朱태후와 우于황후가 동궁비 문제로 틈이 벌어지고 두 가문이 충돌하는 지경까지 이르렀으니, 사실상 산상제는 재위기간 내내 강성한 두 여인의 치마폭에 싸여 있던 나약한 군주였다.

그런 성격 때문이었는지, 즉위 초기 〈발기의 난〉으로 야기된 공손도의 침공을 막지 못해 대무신제로부터 물려받은 요동의 9개 성과 함께 古낙랑 지역을 빼앗기고 말았다. 〈황건적의 난〉 이래 극심한 혼란을 겪으며 후한이 멸망의 길을 걷는 시기라, 요동은 물론 중원까지도 내다볼 수 있는 절호의 기회였음에도, 산상제는 30년이 넘는 재위기간 내내 소극적인 태도로 일관했다.

뿐만 아니라, 공손씨의 요동군을 피해 위나암을 떠나 난하 동쪽 환도산 아래 환도성으로 세 번째 천도를 감행했다. 그러나 이 또한 결과적으로 공손씨에게 낙랑(대방) 땅을 내주는 결과를 초래하고 말았다. 나라의 미래와 안위보다는 눈앞의 사욕과 권력에 더욱 충실했던 문제적 여인 우후가 산상제를 택하기까지는, 산상제의 이런 소심하고 무능한 품성을 간파했기 때문인지도 모를 일이었다.

2. 포상8국의 전쟁

AD 190년 〈백제〉 초고왕이 숙적인 〈사로〉를 집중 공략해, 마침내 〈부곡대첩〉의 대승을 이루었다. 초고왕이 즉위 원년에 사로의 조비천성을 공격했다가 패해 모후인 전田씨가 아달라왕에게 항복하는 굴욕을 당했는데, 이로써 이십여 년 만에 설욕에 성공한 셈이었다. 그러자 193년경 〈대가야〉의 미리신美理神여왕이 초고왕에게 사신을 보내 명주와 함께 용주龍舟를 공물로 바쳐 왔다. 이때 백제가 대가야와 처음으로 화친의 관계를 맺었다.

그 후 AD 196년경 사로에서는 벌휴왕이 죽고, 그의 손자인 내해奈解(나해)가 11대 이사금에 올랐다. 벌휴의 사돈인 김구도金仇道는 석昔씨왕조의 출현에 크게 기여한 인물로 사실상 내해의 모후인 내內태후를 대신해 섭정을 했다. 그 무렵 백제에서는 태자였던 구수仇首가 초고肖古왕의 선위를 통해 8대 어라하에 올라 있었다. 사로에 원한을 지녔던 그의 부친 탓인지, 백제와 사로는 양쪽 모두 군주가 바뀌었음에도 여전히 적대적 관계를 지속하고 있었다. 199년경 사로에 지진이 일어났는데, 혼란한 틈을 타서 백제가 사로의 국경을 공격할 정도였던 것이다.

　　그러나 백제의 구수왕은 지나치게 정무에 열심이었던지 건강을 크게 해쳤고, 결국 즉위 10년째 되던 203년 6월, 35세 한창의 나이에 허망하게 세상을 뜨고 말았다. 그 와중에 태자인 사반이沙伴이 급하게 왕위에 올랐으나 너무 어리다 보니 왕의 조부인 초고왕이 기어코 수습에 나서야 했다. 그가 사반의 모후이자 자신의 딸이기도 한 소내素嫄를 찾아 말했다.

　　"사반이 어라하 자리에 오르긴 했지만, 아무래도 어린 나이에 정사를 보기엔 무리다. 허니 사반을 대신해 네 숙부인 고이가 왕위를 맡도록 해야 될 듯싶구나……. 대신에 네가 고이와 혼인을 하면 되지 않겠느냐?"

　　그리하여 초고왕의 아우인 고이古爾가 자신의 조카인 소내와 혼인했고, 사반왕을 대신해 9대 어라하에 올랐다. 고이왕은 초고왕과 같은 어머니인 전田태후가 초고의 부친인 구지왕의 아우 고시古尸와의 사이에서 낳은 아들이었다. 고이왕은 소내를 정식 후后로 세우고 구내仇嫄를 부후로 삼았는데, 소내후와는 6살 아래의 배다른 자매 사이였다.

　　그런데 2년이 지나 사반왕이 아직 어린 나이에 덜컥 사망하고 말았는데, 그 원인이 알려지지 않아 다소 석연치 않은 죽음이 되어 버렸다. 다시 그 2년 후인 207년이 되자, 왕실의 최고 어른인 田태후가 72세의 나이로 파란만장한 생을 마감했다. 길선吉宣의 딸로 어린 나이에 늙은 구지왕에게 시집왔다가, 그의 배다른 아우인 고시와 눈이 맞았다. 이 일로 아들인 초고왕의 눈치를 살피느라 고역이었으나, 부친으로 야기된 사로국의 침공을 수습하는 등 여장부로서의 면모를 유감없이 드러냈다. 그녀는 백제의 전신인 미추홀의 여왕 소서노 이래로 조정의 정치를 좌우하면서 가장 큰 권력을 누린 백제의 여걸이었다. 왕실에서는 그녀를 구지왕릉에 장사 지냈다.

그 무렵인 201년경, 해가 바뀌자마자 〈대가야〉가 이번에는 〈사로〉쪽에 사신을 보내 입조했는데, 그럴만한 이유가 있었다. 약 10년 전〈부곡대첩〉때 사로국이 백제에 참패를 당하는 것을 본 대가야가 백제에 공물을 보내 화친을 맺었다. 이후 대가야가 백제로 크게 기울더니 백제와 연합해 사로를 치려고까지 했다. 대가야가 백제에 호응해 모반을 도모하려 한다는 정보가 사로국에 들려오자, 사로의 군신들이 크게 분노했다.

"우리에게 변함없는 충성을 맹세했던 가야가 우리를 배신하고 부여와 모의하여 침공하려 든다니, 도저히 좌시할 수 없는 일입니다. 즉시 군병을 일으켜 가야를 쳐야 합니다."

"가야는 틈만 나면 다른 생각을 하는 못된 버릇이 있으니, 이참에 단단히 응징해야 합니다!"

사로국에서 대가야를 징벌하려 한다는 소문이 들리자, 비로소 대가야의 군신들이 크게 두려워했다. 실제로 그 이전에 백제가 사로에 지진이 난 틈을 이용해 변경을 침공하기도 했던 것이다. 이에 맞서 사로에서도 이듬해 가을, 알천에서 대규모 사열을 감행하는 등 전쟁 준비에 박차를 가하면서 양측의 분위기가 또다시 험악해지고 있었다. 이러한 상황에서 대가야의 미리신여왕이 일단 사로국의 비위를 맞추기 위해 화친의 사절을 보내왔던 것이다.

그러던 203년경, 백제가 재차 변경을 침범했다. 사로에서 즉시 이음利音이 출정해 백제군에 맞서자, 백제군은 이내 철수했다. 가을이 되니 이번에는 사로국의 북쪽 변방을 말갈(동예)이 침범해 들어왔다. 훤견萱堅이 병사들을 이끌고 나가 말갈을 격퇴했지만, 거듭된 이웃 나라의 침공에 사로 조정은 이래저래 긴장을 늦출 수 없었다. 그 밖에도 그즈음 사로에서는 나라에 전염병이 돌아 왕이 도산桃山에 올라 제를 올리기도 했다. 205년경에는 갑자기 한여름에 서리와 우박이 번갈아 내려 관청에 보관해 둔 곡식이 물에 젖는 등 피해가 극심했다. 그해 태사 두선斗宣이 아뢰었다.

"태백성이 달을 범했습니다."

태백성은 초저녁에 가장 밝게 빛나는 금성金星을 말하는 것으로 당시 역법에서는 이런 천문현상을 매우 불길하게 여겼다. 어수선한 분위기 속에 이번에는 도성인 금성(서라벌) 안에 위치한 독두나무 제단과 시조묘를 모신 양정壤井의 사당 뜰에 여우가 나타나 울고 다녔다. 이처럼 신성한 장소에서마저 불길한 징조가 이어지자 도성 안의 백성들이 불안해했고, 이에 내해왕이 탄식하며 주변에 말했다.

"내가 덕이 부족해 이런 일이 반복되는가 보오, 대체 어찌하면 좋겠소?"

그날 일성왕의 아들인 자정紫井태자가 죽었는데, 누런 구름이 하늘 가득 퍼졌다고 했다. 그즈음 변경을 지키던 이음으로부터 국경지대의 동태가 심상치 않아 서로군西路軍의 병력을 증강해야 한다는 상소가 올라왔다. 내해왕이 이를 즉각 수용한 것은 물론, 이듬해인 206년 봄이 되자 왕이 직접 서로군을 돌아보면서 군기를 살피는 동시에 병사들을 위로하고 돌아왔다.

그런데 당시 남해안의 〈금관가야〉 서쪽 해안가에는 예전의 〈구야국〉과 같이 선주민으로 이루어진 또 다른 가야의 8개 소국들이 흩어져 있었다. 이들 대다수가 해안가에 인접해 있다 보니 통칭하여 〈포상浦上8국〉이라 불렀다. 그렇다고 이들이 딱히 연맹의 성격을 갖춘 것도 아니어서 제각각 독립된 소왕국에 다름 아니었다. 이들 중에는 대륙의 舊부여는 물론이고, 일찍이 사로국과의 병합을 반대해 한반도로 이주했던 대륙 진변(변한)의 세력들이 포함된 것으로 보였다. 이들 모두가 반도 남부해안 일대의 토착민들과 어우러져 살아온 것이었다.

일설에는 이들에 앞서 반도의 서남단인 전남 영암 일대에 대륙으로부터 이주해 온 백토白兔 집단이 〈월나月奈〉라는 소국을 이루고 있었다고 했다. 놀랍게도 이들의 시조라 여겨지던 백토라는 인물은 〈동부여〉금와왕의 서자로 고구려 시조 주몽의 생모인 유화부인의 아들이라고 알려졌다. 이처럼 남해안의 서쪽에 먼저 정착한 백토의 월나 세력이 점차 동쪽으로 세력을 확장해 나갔고, 그 후예들이 주변의 세력들과 어우러져 포상의 소국들을 이룬 것이라고 했다.

이들 선주민 가야 세력이 남해안의 중서부 쪽을 선점하고 있었기에, AD 40년경 요동을 떠나 남해안에 도착했던 북방세력들, 즉 김수로를 비롯한 작태자(탈해) 및 알지 집단들 모두가 남해의 서쪽을 돌아 동쪽의 김해 쪽으로 진출할 수밖에 없었던 것이다. 그 후로 김수로가 김해 양동리 인근에 〈가야국〉을 건국한 뒤에도, 초기의 가야국은 한동안 동쪽만을 바라보아야 했을 것이다.

그러다가 가야국이 대성동 지역에 있던 〈변진구야국〉을 흡수, 통합하는 데 성공했고, 그 결과로 후일 낙동강 동편의 왜인(임나) 세력까지 누르게 되면서 〈금관가야〉(김해가야)로 확대 재편되기에 이르렀다. 이로써 2세기 후반에 반도의 남해안 지역은 서쪽으로 월나, 중서부 쪽에 포상 소국들이 있었고, 동쪽으로 금관가야 세력이 낙동강 하구 양안兩岸을 장악하고 있던 셈이었다. 그리고 그사이 사로와 더불어 이들 남해안 일대의 가야 세력들 또한 바다 건너 열도로 진출해, 토착민들과 함께 여기저기 분국의 형태인 소국들을 이룬 것이 틀림없었다.

이들 포상8국의 소국들을 보면 대략 전남 쪽의 〈보라保羅〉를 비롯해 경남 해안가에 〈고자古自〉(고사포, 고성), 〈사물史勿〉(사천), 〈초팔草八〉(합천), 〈골포骨浦〉(마산), 〈칠포漆浦〉(칠원)국 등이 있었다. 기타 경북 내륙으로 포상과는 거리가 있는 〈가리加利〉(함창), 〈성산星山〉(성주)가야가 포함되었다고 했으나 알 수 없는 일이었다. 아무튼 이들 포상8국은 김해 쪽의 금관가야가 출현하기 전에는 저마다 특산물을 생산하고 교역을 통해 이득을 챙기면서, 비교적 안정된 상태에서 평화로운 시절을 보내고 있었다.

무엇보다 변한 지역의 대표적 특산품인 철鐵제품이 각광을 받기 시작하면서부터, 해외 거래를 통해 커다란 이득을 취하고 있었다. 당시 〈후한〉의 낙랑이나 〈백제〉, 왜 열도의 소국들에 이르기까지 연안 위주로 제법 광범위한 해상무역이 이루어지고 있었던 것이다. 그러나 강력한 〈금관가야〉의 등장으로 이들의 해상교역 시장이 잠식당하기 시작했고, 급기야 이 시기에는 아예 금관가야가 사실상 철 무역을 독점하다시피했다.

당시 가야 지역에서는 자연 상태의 철광석을 녹여내 얻은 연철軟鐵에다 적당한 탄소를 가미하는 고급기술high-tech을 사용하고 있었다. 이렇게 하면 쇠의 강도가 높아지면서도 쉽게 부서지지 않는 양질의 강철鋼鐵

생산이 가능했던 것이다. 게다가 쇳덩이를 뭉툭한 도끼날처럼 만든 가야의 철정鐵鋌은 그 양쪽 날 끝만을 강철로 처리하되 두 번을 사용할 수 있도록 설계되어, 타 지역의 제품보다 가성비가 높았다. 따라서 여러 나라에서 인기 있는 수출품이었고, 가야 지역의 돈줄이 되는 대표적 효자 품목이었다.

그런 철정의 수출을 금관가야가 독점하게 되면서 이들 해안가(포상) 소국들의 철수출이 위축되자, 특히 주요 철산지를 끼고 있던 골포국 등을 중심으로 그 불만이 쌓여만 갔다. 더구나 금관가야의 서쪽 함안 일대에 위치한 또 다른 가야세력인 〈아라阿羅가야〉까지 나서서, 주변의 소국들을 병합해 나가고 있었다. 변진弁辰 지역의 가야권이 함안의 〈아라〉와 김해의 〈금관가야〉 중심으로 빠르게 통합되고 있었던 것이다.

당시 금관가야가 낙동강 하구 동편의 〈임나가야〉를 품게 되면서, 초기에는 임나의 위쪽에 자리한 사로와 영역다툼을 하는 등 충돌했다. 그러나 이후 사로국이 점차 자리를 잡으면서 주변의 소국들을 병합해 감은 물론, 가야권 전체를 대표하던 〈대가야〉마저 누르게 되자, 금관가야 또한 사로국에 대한 적대감을 버리고 점차 화친의 관계로 돌아서 있었다.

그러한 상황에서 이들 포상8국의 눈에 〈사로〉와 숙적의 관계에 있는 〈백제〉가 들어왔다. 포상국들의 입장에서 경쟁 상대인 금관이나 아라를 치더라도, 그들과 가까운 사로국이 개입할 가능성이 있었다. 따라서 사로와 앙숙인 백제를 끌어들인다면, 사로를 견제할 수 있을 것으로 기대되었다. 결국 이 무렵에 백제와 포상국들 사이에 사신들이 오고 간 끝에, 은밀하게 상호 협조를 위한 밀약이 성사된 것으로 보였다.

10여 년 전 〈부곡대첩〉 이후 대가야의 미리신여왕이 승전국인 백제와의 화친을 성사시켰는데, 금관가야의 부상을 견제하려는 의도가 있었고 이때 주변의 포상국들까지 동조한 것이 틀림없었다. 그러나 이후 사로의 반발로 대가야가 다시금 시로와 화친의 관계로 돌아가 버리자, 대가야의 배신에 등을 돌린 포상국들이 직접 백제와의 통모를 시도한 것으로 보였다.

그러던 203년경, 마침내 포상8국이 함안의 〈아라〉를 상대로 선제공격을 개시했다. 이 전투 결과가 알려지지는 않았으나, 대체로 포상8국이 아라를 꺾지 못한 채로 철수한 것으로 보였다. 그러나 이 공격을 시작으로 포상8국은 이후 아라 및 금관가야 등과 함께 10년이 넘는 전쟁을 지속하게 되었다. 남해안 변진가야권의 해상교역과 주도권 확보를 놓고, 중서부 쪽의 선주 세력과 동부 김해 쪽의 신흥세력이 패권 다툼을 벌인 셈이며, 이것이 이른바 〈포상8국의 전쟁〉이었던 것이다.

전쟁 개시 후 3년이 지난 206년경에는 포상8국이 드디어 낙동강 하구의 〈금관가야〉(김해가야)에 대해 직접 공격을 가하기 시작했다. 이때도 양쪽에서 이렇다 할 전과는 알려지지 않았는데, 2차례에 걸친 포상8국의 공격 시도는 모두 상대의 전력을 시험해 보기 위한 소규모의 탐색전으로 보였다. 다만, 〈백제〉가 그때마다 〈사로〉의 서쪽 변경을 공격한 것이 눈길을 끌었다. 이는 사전의 밀약에 따른 것으로, 사로의 시선을 붙잡아 두기 위해 백제가 사로의 변경을 도발한 것이 틀림없었다.

또 하나, 이때도 포상국들은 대가야를 치지 않은 것으로 보였는데 대가야가 가야권을 대표하던 세력인 데다, 철무역의 당사자가 아니었기 때문이었을 것이다. 그런 이유로 대가야는 그 무렵 내내, 전쟁의 바깥에 있는 역외자의 신세로 전락한 것으로 보였다. 필시 백제와 사로의 충돌을 예상한 대가야가 중립적 입장을 고수한 것이 틀림없었다. 그럼에도 불구하고 당시 반도의 중남부 지역 전체에 팽팽한 전운이 감돌고, 어느 나라 할 것 없이 이 패권 다툼에 연루되지 않은 곳이 드물 정도였다.

그런 상황이다 보니 여러 나라의 지도층들이 긴장에 휩싸여 지낸 것이 틀림없었다. 백제 또한 이처럼 복잡한 상황에서 두 차례 사로에 공격을 가했는데, 이런 일련의 사태가 과로로 사망한 구수왕의 죽음과 결코 무관하지 않았을 것이다. 그 무렵에 사로국에서도 금성이 달을 범하고, 시조묘 뜰에 여우가 나타나 우는 등 불길한 기운으로 가득했다. 그만큼 사로 조정의 분위기 또한 전운이 감도는 가운데 긴장의 연속이었던 것이다.

그해 사로의 내해왕이 서로군을 돌아보고 귀경하자마자 변방에서 새로운 정보가 들려왔다.

"부여와 포상의 가야국들이 은밀히 서로 왕래하며 무언가를 공모하는 모습이라는 보고가 들어왔습니다!"

결국 그해 가을 내해왕이 길두ᄒ斗를 사신으로 삼아 금관으로 보냈는데, 백제와 포상국들의 통모 여부를 확인하고, 양자 간의 소통을 차단하기 위한 조치를 논의하기 위해서였을 것이다. 이처럼 백제와 사로, 포상 8국과 금관가야 간의 숨 막히는 첩보전과 사신을 통한 외교전은 이듬해에도 지속되었다. 그렇게 시간이 지날수록 서로의 불신과 의심이 더욱 깊어지는 분위기였다.

이듬해 정월, 내해왕은 왕자 이음利音을 이벌찬에 임명하는 한편, 동시에 내외병마사를 겸하게 해 두루 군정을 살피게 했다. 5월에는 술명述明을 재차 금관가야에 사신으로 보내 모종의 논의를 진행시켰다. 208년 2월이 되자, 내해왕이 친히 서쪽과 북쪽의 변경을 돌아보겠다는 뜻을 밝혔다.

"부여와 포상 소국들의 움직임이 예사롭지 않은 만큼 아무래도 내가 직접 변경의 방어 상태를 두루 살펴보고 군기를 확인해야겠다. 즉시 준비를 서두르도록 하라!"

내해왕이 먼저 서쪽 변경으로 나이기 일선 薜과 사벌沙伐 등을 돌아 보는 순행을 감행했다. 이어 관성管城에서 병사들을 위로하고 날기捺근 와 소문召文을 거쳐 귀경하다 보니, 무려 17일이나 걸린 장거리 순행길 이 되었다. 말 그대로 장차 있을 남쪽 포상국들과의 전쟁에 대비하기 위 해, 반대쪽 변경의 방어태세를 먼저 확인하기 위한 것이었다. 그해 가을 이 되자 〈대가야〉의 사신이 입조해 미리신여왕이 물러나고 그 아들인 하도河道가 새로이 5대 왕위에 올랐음을 알려 왔다. 반도의 아래쪽 전체 에 전운이 감돌자, 서둘러 남성으로 왕위를 교체한 것으로 보였다.

이듬해인 209년 7월, 사로 조정에 갑자기 금관가야의 태자인 우고구 考가 입조해 긴박한 상황을 전했다.

"포상의 여덟 나라가 하나가 되어, 느닷없이 우리 가라를 침공해 왔 습니다. 그 병력과 기세가 전과 달리 대규모라 전면전을 걸어 온 것이 틀림없으니, 아왕께서 소신을 보내 대왕께 병력지원과 구원을 요청하라 하셨습니다, 부디 우리 가라를 도와주옵소서!"

이에 내해왕이 고개를 끄덕이며 말했다.

"드디어 올 것이 온 것이로구나. 이벌찬 이음은 속히 6부의 군사를 이 끌고 나가 가라를 지원하도록 하라!"

내해왕은 이때 6부의 군사를 총동원한 것은 물론, 도성을 지키는 근 군近軍(근위대)까지 파병할 정도로 금관가야의 지원에 적극적으로 나 섰다. 이로써 〈포상8국〉의 연합군과 〈사로〉의 지원을 받은 〈금관〉, 〈아 라〉의 양대 세력이 사활을 건 전쟁에 돌입했다. 공교롭게도 백제가 이 결정적인 순간에 전투에 참가한 흔적이 보이지 않았다. 〈백제〉는 그 1 년 전, 〈말갈〉의 침공으로 사도성문이 불타 버렸기에 말갈을 경계하기

46

바빴던 것이다. 덕분에 사로국은 김해의 가야를 지원하는 데 전력을 쏟을 수 있었을 것이다.

사로에서는 이때 이음利音을 장수로 하는 지원군이 황산강을 넘어 곧장 김해로 진격했다. 당시 전쟁의 규모와 전투 양상이 자세하게 전해지지는 않았으나, 결국 사로의 지원을 받은 김해 세력이 이 전쟁에서 완승을 거두었다. 그 결과 포상8국의 장수들이 대부분 전사했고, 그들에게 포로로 잡혀갔던 금관가야인 6천여 명을 사로군이 되찾아 주었다. 당시 양측에서 사뭇 치열하고 처절한 싸움이 전개되었기에 이 전투야말로 사실상 포상8국의 〈1차 전투〉나 다름없었다.

그 후로 3년이 지난 212년경, 1차 전투에서 참패했던 포상8국이 그사이 기력을 회복했는지 다시금 모여들더니, 금관가야를 재차 공격해 오는 일이 벌어졌다. 3월이 되자 금관가야에서 또다시 우고태자가 사로국으로 들어와 지원을 요청했다. 이에 내해왕이 지엄한 명을 내렸다.

"가라를 도와는 주되, 반드시 그 왕자를 인질로 삼을 것임을 분명히 하라!"

내해왕이 이때도 이음을 내보냈는데, 포상8국과의 전쟁을 끝장낼 요량으로 모든 군사 지원을 아끼지 않은 것으로 보였다. 그 결과 비로소 이 〈2차 전투〉를 통해 보라, 고자, 골포 등 포상8국 모두로부터 항복을 받아 내고 말았다. 이로써 치열했던 2차전마저 승리로 이끌고, 마침내 포상8국 모두를 멸망시키는 데 성공한 사로군이 백성들의 열렬한 환호 속에 당당하게 금성으로 귀환했다.

"와아, 와아! 사로군 만세!"

개선장군이 된 이음 등은 전쟁영웅으로서의 명성을 확고히 얻게 되었다. 이때 내해왕은 사전에 공언한 대로 금관의 우고태자를 인질로 삼아, 금성에 머물도록 조치했다.

그렇게 포상8국과의 전쟁이 마무리된 후 3년쯤 지난 215년경이 되니, 모두가 망한 줄로만 알았던 포상국의 잔병들이 모여 또다시 가야를 침공해 왔다는 소식이 들려왔다. 조정에서 전모를 알아보니, 이번 포상국의 재침공은 금관의 바로 서쪽에 이웃하고 있던 〈골포〉를 중심으로, 〈칠포〉와 〈고사포〉 3국의 잔병들이 모여 갈화성竭火城을 공격해 온 것이었다. 울주로 추정되는 갈화는 사로의 금성과 금관의 김해 사이에 위치했다. 이로 미루어 당시 이들 포상3국의 군대는 모두의 예상을 깬 채, 전격적으로 금관가야의 후미를 노린 것으로 보였다. 그러나 갈화성은 오히려 사로에 더 인접해 있었다. 보고를 받은 내해왕이 주변에 명을 내렸다.
"포상의 전사들이 참으로 질긴 족속들이로구나. 이번에야말로 내가 친히 출정해 이 지루한 전쟁을 반드시 끝장을 내도록 할 것이다!"
그리하여 내해왕이 직접 나서서 신속하게 군병을 이끌고 갈화성을 향해 출정했다. 결국 포상3국과의 〈3차 전투〉가 갈화성을 둘러싸고 치열하게 전개되기에 이르렀다. 그러나 이번에도 물계자勿稽子 같은 용장이 수십 명에 이르는 포상의 잔병들을 베는 등 분전한 덕에, 사로의 군사들이 포상3국의 공격을 쉽사리 막아 내고 격퇴할 수 있었다. 이로써 포상팔국의 전쟁이 완전히 종결되면서, 그 지도자와 백성들은 사방으로 흩어지게 되었다. 포상국의 대다수 백성들은 김해와 아라가야로 흡수되었으나, 일부 핵심 지도 계층은 바다 건너 열도의 〈왜倭〉로 달아나 망명하기도 했다.
그런데 전쟁이 끝난 후 전공을 가리는 자리에서, 그간 전투 때마다 가장 혁혁한 공을 세운 물계자勿稽子가 소외되는 사태가 벌어지고 말았다. 그의 출신이 한미했던 데다, 물계자의 눈부신 전공이 왕자 이음 등의 전공을 가릴 수도 있었기에 상부로부터 철저히 소외당한 것으로 보였다. 사람들이 그의 공을 칭송하는 가운데 그가 주변에 말했다.

"능히 목숨을 내놓고 전투에 임했으면서도 이를 주변에 널리 알리지 못했으니, 장차 무엇을 내세워 조정에 나갈 수 있겠는가?"

크게 실망한 물계자가 그 길로 머리를 풀고 아끼던 금琴을 들고는 산중으로 들어가 버리니, 많은 사람들이 이를 안타깝게 여겼다.

그 무렵 중원에서는 4백 년 漢나라의 멸망과 함께, 위魏, 촉蜀, 오吳의 삼국이 난립하는 시기였다. 대륙 중원의 규모에 비할 바는 아니지만, 한반도의 중남부 지역에서도 이처럼 여러 소국들이 이합집산을 거듭하면서 사활을 건 전쟁의 시기를 보내고 있었던 것이다. 공교롭게도 이러한 시기에 오직 대륙 동북의 고구려만은 나약하기 그지없는 산상제가 우후于后와 주朱태후라는 탐욕스러운 여인들의 권력다툼에 끌려다니고 있었다.

그 후 마지막 〈갈화성전투〉를 주도했던 사로는 가야와의 관계에서도 상대적으로 더 큰 목소리를 낼 수 있게 되었다. 사로가 서쪽의 앙숙인 백제의 위협이 지속되는 와중에도 무리하다 싶을 정도로 김해 세력을 지원하는 데 총력을 기울였던 것은, 해상루트를 끼고 있는 데다, 철의 집산지가 있던 남해안 가야권을 전략적으로 크게 중시했기 때문으로 해석된다.

그러나 전쟁이 마무리되면서부터는 사로가 우위에 서서 금관가야를 통제하려 했고, 이를 위해 금관가야의 태자를 볼모로 삼은 것이었다. 결국 우고于孝태자는 금성에서 3년의 인질 생활을 마치고, 포상8국과의 마지막 전투가 끝난 215년 7월이 되어서야 본국인 김해로 돌아갈 수 있었다. 〈포상8국 전쟁〉의 패배로 대략 2백여 년 동안 존속했던 가야 소국의 대다수가 이때 멸망하고 말았다. 이를 계기로 남해의 가야권은 낙동강 바로 서쪽에 위치한 함안(아라)과 김해 양대 세력 위주로 빠르게 재편되기 시작했다. 특히 금관(김해)가야는 부산 지역과 대마를 거점으로 하는 임나가야를 포함해, 낙동강 서편 영남권으로 그 영역을 넓히면서 남해안 가야를 대표하는 패자로 우뚝 서게 되었다.

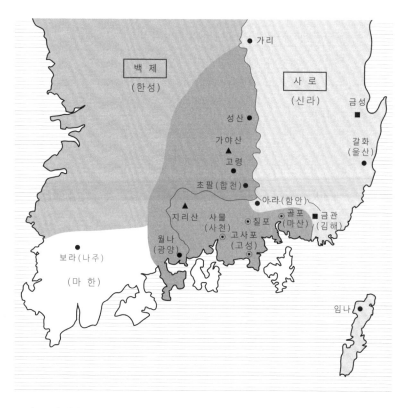

포상8국의 전쟁

그에 반해 백제는 포상8국이 김해 세력의 수중에 떨어진 데 이어, 동부권인 경상 지역에서 상대적으로 사로의 영향력이 증대되는 모습을 불편한 시선으로 지켜봐야만 했다. 실제로 이는 남해 가야의 주도권을 놓고 벌인 사로와의 경쟁에서 패한 것이나 다름없는 것이라, 그에 대한 반성과 함께 불만의 목소리도 터져 나왔다. 사실상 백제의 고이왕은 이 시기 사로와의 경쟁보다는 동북의 말갈에 신경 쓰기 바빴다. 이에 210년경, 사현沙峴(적현赤峴)과 사도沙道 2성을 쌓게 한 다음, 동부의 백성들을 이주시켜 살게 하면서 성을 지키게 했던 것이다.

그런데 그해 가을 과연 말갈이 〈백제〉를 침공해 왔는데, 이때 사도성으로 들어와 약탈과 함께 성문을 불사르고 물러났다. 그 무렵 태왕太王인 초고왕이 병이 든 데다, 남부지방에서는 황충의 피해가 커서 수많은 백성들이 굶주림에 시달렸다. 고이왕이 스스로를 자책하며 말했다.

"하필이면 나의 치세에 재난이 이처럼 심한 것이냐?"

그 후로도 백제 조정에서의 어두운 분위기는 상당 기간 지속되었다.

그러던 214년경 7월이 되자 사로의 도성인 금성으로 파발마가 달려와 긴박한 소식을 전했다.

"아뢰오, 부여의 기습이 재개되었습니다. 부여군이 느닷없이 요거성을 침공해 오는 바람에 성이 함락되었고, 불행히도 성주께서 전사하셨습니다!"

오랜만의 침묵을 깨고 드디어 〈백제〉가 〈사로〉에 대한 공격을 재개하면서 서부 변경의 요거성腰車城(경북상주)을 때린 것이었다. 갑작스러운 백제군의 기습에 사로군이 요거성을 빼앗긴 데 이어, 성주인 설부薛夫가 전사했다는 보고였다. 요거성 함락에 사로국 조정이 또다시 술렁였다.

"드디어 부여왕 고이가 보복에 나선 것입니다. 우리도 가만히 이를 지켜볼 수만은 없는 일이니 즉시 출병으로 맞서야 합니다."

그 결과 이번에도 이벌찬 이음利音이 나서서 정예병 6천을 거느리고 백제를 향해 출병했다. 이음의 사로군은 이때 이미 함락된 요거성을 포기하는 대신, 백제의 사현성(세종 일원)을 공격했다. 비록 전투의 양상이 자세히 전해지지 않았지만, 이 전투는 〈사현대전沙峴大戰〉으로 불릴 만큼 양측에서 전력을 다해 싸운 치열한 전투였다. 전쟁 초기에는 사로가 사현성을 격파하는 데 성공했으나, 이어진 백제의 추가 공격에 사로군이 성을 내주고 철군한 것으로 보였다. 양측 모두 무수한 희생자를 양산한 전쟁이었고, 백제의 승리가 틀림없었다.

그런데 백제는 그 무렵 사로뿐만 아니라, 사로의 북쪽에 위치한 〈말갈末曷〉(동예)과도 수시로 충돌하고 있었다. 포상8국이 김해가야와 사로의 연합군과 결전을 벌이는 긴박한 순간에도 백제는 말갈을 상대해야만 했다. 그해 가을, 사현성 전투가 끝난 지 얼마 지나지 않았음에도 백제의 고이왕은 말갈 원정에 나서라는 명을 내렸다.

"동북쪽 말갈의 침공이 점점 거세지고 있어 이를 좌시할 수 없다. 북부장군 진과眞菓는 지금 즉시 병력을 이끌고 출정해 말갈에 대한 반격에 나서되, 철저하게 응징하도록 하라!"

당시 사로와 백제 양국이 전쟁을 벌이는 틈을 타, 말갈이 백제의 북부 변경을 노린 모양새였다. 이때의 반격으로 백제가 석문石門에서 말갈과 일전을 벌인 끝에 말갈군을 크게 깨뜨리고 성을 빼앗는 데 성공했다.

그러나 말갈 또한 만만치 않은 군사력으로 이내 보복에 임했는데, 다음 달이 되자 백제의 술천성述川城(경기여주)을 공격해 왔다. 백제군이 방어에 적극 나서서 성을 지켜 내는 바람에 결국 말갈군은 이렇다 할 소득 없이 철수해야만 했다. 이처럼 백제가 동쪽과 북쪽에 이웃한 나라들과 잇따라 전쟁을 벌이는 어수선한 상황에서, 태왕太王으로 지내던 초고왕肖古王이 춘추 61세로 산궁山宮에서 별세했다.

초고왕은 구지왕의 다섯째 아들로 길선의 딸인 전田태후의 소생이었다. 체격이 크고 힘이 장사인 데다, 활쏘기와 말타기에 능하여 무인기질을 타고난 군주였다. 부친인 구지왕이 사로와 화친정책으로 일관한 반면, 초고왕 때부터는 초기부터 사로국과 충돌을 거듭하더니, 점차 전면전의 양상을 보이며 전선이 확대되었다. 그 결과 190년에는 마침내 〈부곡대첩〉을 이끌어 내 벌휴왕이 다스리는 사로를 제압하기에 이르렀다.

이후로 4년 뒤 초고왕은 사십 대의 한창인 나이에 태자인 구수왕에게 갑자기 왕위를 선위하고 물러나, 산궁에 머물며 태상신왕을 자처했다. 그러나 구수왕의 이른 죽음으로 자신의 동복아우 고이를 왕위에 올리는 등, 백제 왕실의 최고 어른으로서 배후에서 조정을 좌우하게 되었다. 백제가 사로와 오래도록 적대적인 관계를 지속하게 된 데에는 사로에 대해 강경했던 초고왕의 입김이 가장 컸을 것이다. 즉위 원년부터 사로에 당한 굴욕으로 인해, 자신을 포함 3대에 걸쳐 반세기 동안이나 강경한 반反사로 정책으로 일관했으니, 안타까운 일이 아닐 수 없었다.

그러나 백제와 사로의 대치 국면은 반도 안에서의 패권을 다투는 중차대한 문제였다. 군주의 입장에서 혈연 등의 사소한 감정보다는 나라의 앞날과 대의를 따라야 되는 일이었기에, 숙명적인 측면도 없지 않았을 터였다. 말년의 초고왕은 음악이나 여색보다는 선도仙道에 심취했고, 흙이나 나무와 같은 자연에 빠져들었다고 했다. 초고왕은 부지런히 나라를 강건하게 하여 평생의 숙적 사로를 꺾는 반전에 성공했고, 스스로를 다스리는 데 있어서도 흔들림이 없었다. 초고왕은 그때까지 백제를 다스렸던 역대 제왕 중에서 가장 두드러진 강성 군주였던 것이다.

이듬해 여름이 되니, 백제의 도성으로 다급한 소식이 들려왔다.

"어라하, 말갈이 또다시 병력을 몰고 와서 적현성을 에워싸고 있다는 보고입니다!"

"무엇이라, 말갈이 적현성을 포위했다고? 아니 되겠다, 이번에는 내가 직접 출병하여 말갈을 반드시 꺾고, 내 굳건한 의지를 사방에 드러내고야 말겠다!"

그즈음 적현(사현)성에서는 성주가 백성들과 한마음이 되어 죽을 각오로 성을 지키며 버티고 있었다. 그 와중에 고이왕이 현장에 도착해 보니 말갈군이 겹겹이 성을 둘러싸고 있었다. 그때 말갈 진영의 병사들이 고이왕의 지원군이 도착한 것을 보고는 크게 동요하기 시작했다.

"큰일이다, 백제왕의 깃발이다. 백제왕이 나타났다!"

고이왕의 출현에 놀란 말갈의 장수가 병력을 철수시켜 물러나기 시작했다. 적현성으로 들어온 고이왕이 성주와 백성들을 달래기가 무섭게 즉각 명령을 내렸다.

"적들이 지금 퇴각하고 있으니, 즉시 날랜 기병 8백을 선발해라. 내가 직접 말갈을 추격할 것이다!"

고이왕 또한 강성했던 초고왕을 닮았던지, 이내 성을 나와 친히 말을 몰아 말갈군의 뒤를 쫓기 시작했다. 결국 적현성에서 얼마 멀지 않은 사도성 아래에서 말갈군의 후미를 공격하니, 당황한 말갈군이 큰 타격을 입고 달아나기 바빴다. 고이왕이 이끄는 백제군이 이때 말갈에 대승을 거두었다. 〈적현성 전투〉가 끝난 이듬해 AD 217년경, 고이왕은 사도성 옆에 두 개의 목책을 세우게 했다. 두 목책의 거리는 동서로 10리밖에 되지 않으나, 적현성을 지키는 병사들에게 두 곳의 목책을 지키도록 했다.

〈동예東濊〉로 추정되는 말갈은 오랫동안 불모지를 전전하며 살았던 이유로 약탈에 능한 민족이 되어 있었다. 이들이 강성한 고구려에 밀려 한반도로 진출한 이후에도 동북부의 산악지대를 기반으로 하다 보니 너른 땅을 갖지 못했다. 그런 이유로 고구려에 예속된 이후에도 이웃한 사로와 백제의 변경을 드나들며 수시로 약탈을 일삼았던 것이다.

적현성에서 말갈을 크게 격파했음에도 불구하고 고이왕은 사로와 말갈 양국과 번갈아 가며 전쟁을 치러야 했는데, 반복적으로 이어지는 긴박한 상황 속에서도 조금도 굴하지 않았다. 이듬해인 218년경에는 오히려 먼저 사로의 장산성獐山城을 공격해 포위했다. 사로국에서도 내해이사금이 직접 출정하여 양측에서 일전이 벌어졌고, 결국 원정 공격에 나섰던 백제군이 포위를 풀고 물러나야 했다. 고이왕과 내해왕 두 군주는 하나같이 나라를 다스리는 데 부지런한 데다, 강성하기 그지없어 그야말로 강 대 강의 대치가 오래도록 이어졌다. 이는 마치 다루왕과 사벌왕의 13년 〈백서伯徐전쟁〉이나, 초고왕과 벌휴왕이 충돌했던 시대를 방불케 하는 것이었다.

2년 뒤인 220년경에는 백제 왕성의 서문西門이 불에 타는 어수선한 분위기 속에서 말갈이 다시 침공해와 북쪽의 변경을 노략질하고 돌아갔다. 이듬해 5월에는 동부에 큰 홍수가 나서 40여 개의 산이 무너져 내리는 일까지 있었다. 그럼에도 고이왕은 그 석 달 뒤에 한수(한강)의 서쪽에서 대규모 사열을 강행하면서 군기를 점검했다.

해가 바뀌어 222년 10월에는 고이왕의 명령으로 백제군이 사로의 북쪽 변경 우두진牛頭鎭(춘천)을 공격했다. 백제군이 이때 무자비한 약탈을 감행하여 사로 백성들이 커다란 피해를 입었다. 사로 조정에서도 즉각 대응에 나섰다.

"충훤에게 5천의 병력을 내주고, 급히 우두주牛頭州로 향해 부여의 도적들을 막게 하라!"

마침내 사로국의 이벌찬 충훤忠萱이 북쪽으로 출정해 웅곡熊谷에서 백제군과 맞닥뜨려 일전이 벌어졌다. 그러나 충훤의 사로군이 백제군의 기세를 당하지 못해 이내 밀려나고 말았다. 싸움에 패한 충훤이 이때 홀로 말을 타고 돌아왔다는 기막힌 보고에 내해왕이 분노했다.

"에잇, 이벌찬이 제 병사들을 적지에 두고 혼자 달아나 오다니, 장수 된 자가 어찌 그럴 수가 있단 말이냐? 이벌찬을 당장 우두진주로 내치고, 대신 연진을 대신하게 하되 병력 등을 추가로 지원토록 하라!"

결국 사로의 또 다른 장수 연진連珍이 새로이 이벌찬 겸 병마사에 올라 재차 출병했다. 연진이 우두진에 도착해 백제군에 싸움을 걸자, 새로이 보충된 병력과의 싸움에 지친 탓인지 이번에는 전황이 역전되어 드디어 백제군이 밀리기 시작했다. 결국 전세를 뒤집지 못한 백제군이 사로군에게 패해 퇴각하기에 이르렀고, 연진은 생포한 포로들을 이끌고 도성으로 개선했다.

〈우두진전투〉에서의 역전과 승리로 자신감을 되찾은 사로국은 그것으로 만족하지 않았다. 2년 뒤인 224년 여름이 되자, 사로의 연진이 또 다시 병력을 이끌고 백제의 봉산성烽山城(미상)을 향해 진격해 들어갔다. 양측이 봉산성 아래서 맞붙어 이내 격렬한 전투가 벌어졌는데, 이 전투에서는 처음부터 백제군이 밀리고 말았다. 〈봉산성전투〉에서 백제군이 고전하고 있다는 보고를 받은 고이왕이 태자를 시켜 명을 내렸다.

"봉산성의 전황이 매우 불리하게 돌아간다니, 자칫하다간 병사들 모두를 잃게 생겼다. 더 이상의 희생을 막아야 하니, 태자는 즉시 전장으로 가서 성 안팎을 모두 비우게 하고 병사들을 철수시키도록 하라!"

그러나 이 전투에서 연진의 사로군이 일천여 명에 이르는 백제군의 수급을 베면서 또다시 승리했고, 연진은 우두진에 이어 봉산성전투를 연거푸 승리로 이끈 영웅이 되어 개선했다.

사로와의 전쟁에서 거듭 패배의 쓴맛을 봐야 했던 백제의 고이왕은 오래도록 이어진 잦은 전쟁으로 심신이 크게 지쳐 버린 듯했다. 그 와중에 새로이 〈고구려〉가 백제의 북쪽 변경을 노리고 있다는 정보에 백제 조정이 크게 긴장했다. 고이왕은 서둘러 장정들을 모으는 한편, 위례성慰禮城과 아차성阿且城을 수리하고 지붕을 고치게 하는 등 장차 있을 지도 모를 전쟁에 대비케 했다.

그러던 AD 225년 11월, 고이왕이 춘추 52세의 아직은 이른 나이에 세상을 떠나고 말았다. 태왕인 초고왕의 총애가 커서 구수왕에 이어 어라하에 올랐고 부모에 대한 효성과 형제들에 대한 우애가 컸다고 한다. 아침 일찍부터 밤늦게까지 정무를 보기 일쑤였고, 나라를 다스림에 있어 근검을 기본으로 강조했다. 무엇보다 중앙의 왕의 권력을 강화하고자 대대적으로 행정조직의 개편을 단행하여 6좌평佐平 16관등제官等制를 실시했다.

중앙의 내신內臣좌평은 왕명의 출납을, 내두內頭좌평은 재정, 내법內法좌평은 예법, 위사衛士좌평은 호위, 조정朝廷좌평은 형사, 병관兵官좌평은 지방군사에 관한 업무를 담당했고 모두 1품에 해당했다. 왕의 아우인 우수優壽를 내신좌평에 기타 진가眞可를 내두에, 우두優豆를 내법, 고수高壽를 위사, 곤노昆奴를 조정, 유기惟己를 병관좌평으로 삼았다.

이처럼 고이왕은 보기 드문 백제의 개혁군주였다. 고이왕이 선대에 이어 사로국에 강력하게 맞설 수 있기까지는, 그 배경에 왕의 권력을 탄

탄히 하기 위한 개혁조치가 선행되어 있었기 때문이었다. 고이왕 자신은 오래도록 이어진 전쟁 등으로 밤잠을 설치는 등 남다른 고생이 많다 보니, 끝내는 과로로 건강을 크게 상한 것이 틀림없었다.

초고왕 이래 두 왕들이 모두 국정을 살피는 데 지나치게 몰두한 나머지 과로사를 할 정도로 백제는 긴박한 상황의 연속이었다. 그럼에도 불구하고 반세기에 걸쳐 부지런하고 강건했던 초고왕 3代가 다스리던 시대가 있었기에, 백제는 반도 안에서 한강 일대를 근거로 확고한 위상을 확립할 수 있었다. 그런 고이왕의 죽음에 많은 백성들이 비통해했으니, 그 역시 선군善君임에 틀림없었다.

한편 고이왕과 그토록 치열하게 다투었던 사로의 내해왕도 5년 뒤인 230년 3월, 재위 35년 만에 세상을 뜨고 말았다. 내해왕은 통치 기간 내내 끊임없는 외세와의 세력 다툼에 시달려야 했다. 즉위 2년 만에 재개된 서쪽 백제의 공격을 시작으로, 대를 이어 가며 달려드는 강성한 초고왕 3대를 상대해야 했고, 아래로 가야의 포상8국과 10년이 넘는 전쟁을 치러야만 했다. 또한 북으로 말갈과도 싸워야 했으니, 그는 사로국 역사에서도 그때까지 가장 많은 전쟁을 치른 임금 중 한 명이 틀림없었다.

그만큼 어려운 시기였으므로 늘 긴장 속에 나라를 다스려야 했음에도, 조금도 흐트러지지 않은 모습으로 백성들을 위로하고 다독였다. 재해로 인해 백성들이 기아에 허덕이면 창고를 열어 구휼에 힘쓰고 세금을 줄여 주었으며, 가벼운 죄수들을 수시로 방면해 주었다. 재위 초기인 200년에는 대사 국량國良이 군주가 지켜야 할 12가지 도리를 해설한 〈왕도王道 12조條〉를 바치자, 이를 기꺼이 받아들이는 등 원로 지식인들의 말에 귀 기울이고 그들을 우대하는 것은 물론, 오吳나라 등 대륙 중원의 선진문물을 받아들이려 애썼다.

전쟁에 임해서도 부지런히 외교적 노력을 선행했고, 군수품과 병장기는 물론 수시로 군기를 점검하는 등 사전 준비를 철저히 했다. 또한 첩보전과 같은 정보수집에 힘쓰고, 이를 바탕으로 고도의 전략을 수립해 전쟁을 효율적으로 이끌었다. 또 수많은 전쟁에서 직접 병사들을 이끌고 출정해 솔선수범하는 모습으로 일관했으니, 그는 전형적인 북방계의 지도자 그 자체였다.

이런 그의 성실한 노력으로 사로는 그 어느 때보다도 강성했던 백제의 도전을 물리치면서 선대(벌휴왕) 때 당했던 치욕을 씻을 수 있었다. 무엇보다도 〈포상8국의 전쟁〉에 적극 개입하는 과감한 외교정책으로 남해안 중동부의 가야 소국들은 물론, 떠오르는 〈금관가야〉에 대해서 확실하게 우위에 서는 반전을 일구어 냈다. 내해왕은 이처럼 끊임없는 외부로부터의 도전과 위기에 적극적인 자세로 맞대응함으로써 3세기 초반 통일 사로국 발전의 주춧돌을 튼실하게 놓은 셈이었다.

그러나 사실 이런 내해왕도 처음 이사금에 즉위할 때부터 결코 순탄한 것이 아니었다. 그의 모후인 내후內后(내례)는 지마왕과 애후의 딸인 최고 신분의 성골聖骨정통으로, 아달라와 벌휴 두 형제 모두를 사실상 지아비로 모셨다. 그에 앞서 두 이성異姓 형제의 모친인 지진내례只珍內禮는 일성왕의 뒤를 이어 아달라를 제위에 올리는 동시에 벌휴를 정통 태자로 삼게 했고, 순수 박씨 혈통으로 소위 천신天神정통이라는 내후를 태자비로 받들게 했다. 지후只后는 그렇게 사전에 치밀한 정지작업을 마무리한 연후에 비로소 일성왕을 따라 과감하게 불구덩이로 몸을 던졌던 것이다.

그런데 공교롭게도 이후 내후는 두 왕과의 사이에서 모두 공주를 두었을 뿐이었지만, 소광태자의 딸로 벌휴왕의 제2황후였던 자황紫凰은 벌휴와의 사이에서 골정과 이매 두 아들을 두고 있었다. 그런 상황에서 아달라왕 재위 시 내후가 하필이면 벌휴의 차남인 이매와도 정을 통해 유일한 아들인 내해를 낳았고, 이매는 수년 후 일찍 사망했다. 얼핏 복잡한 족혼으로 보이겠지만, 장차 제왕의 혈통을 이어받을 아들을 원했던 내후의 계산에 의한 행위가 틀림없었다.

그 후 아달라왕이 붕어하자, 이미 부군이었던 왕의 동생 석昔씨 벌휴왕이 이사금에 올랐는데, 내후의 적극적인 지지가 있었을 것이다. 대신 내후는 벌휴왕 재위 시 자황의 핏줄들을 모두 제치고, 자신의 친아들이자 벌휴왕의 손자인 내해를 태자로 삼게 했는데, 마치 지진내례가 벌휴를 태자로 올리던 상황과 판박이였던 것이다.

다시 벌휴왕이 세상을 뜨자, 내후가 벌휴의 손자인 내해(나해)태자를 이사금으로 올리고 조서를 내려 지엄한 뜻을 밝혔다.

"신금新今의 나이가 아직 많지 않지만 대임大任을 받들어야 한다. 너희 대소신료들은 내 뜻에 따라 신금을 돕도록 하라!"

이에 따라 자황이 낳은 선금의 아들들, 즉 아달라의 아들인 내음柰音과 이음利音 형제에 이어 벌휴의 아들인 골정骨正이 모두 배제되었으니, 바로 이것이 천신天神정통인 박朴씨 내후內后의 힘이었던 것이다.

당시 벌휴왕의 사돈이자 골정의 장인인 김구도金仇都가 실권을 장악하고 있었음에도 이를 어쩌지 못했고, 대신 섭정을 통해 정치 전반을 좌우했을 뿐이었다. 그러나 내해왕은 즉위 때 이미 26세로 한창의 나이였다. 이후 내해왕 치세 기간 내내 구도의 활약이 뜸한 것으로 미루어, 내해왕이 이내 구도 세력을 누르고 권력을 장악한 것으로 보였다. 이처럼 내해왕의 즉위 자체가 온갖 우여곡절 속에 극적으로 이루어진 것이었으니, 그 모두가 사로국의 장래를 위한 일이 아닐 수 없었다.

어쨌든 내해왕은 통일 군주였던 파사왕 이래로 가장 빛나는 치적을 남긴 임금으로, 그 후 6세기 진흥왕이 출현하기까지는 신라에서 그만한 현군賢君이 오래도록 나타나지 않았다. 오히려 그의 치세가 석昔씨 왕조의 역사이다 보니 후일 신라新羅의 김씨 왕조에서 내해왕의 치적을 보다 자세히 전하지 않은 것 같아 아쉬울 뿐이었다. 사로국은 그의 통치 이후 오래도록 평화로운 시대를 누렸으나, 여인들이 일어나 정치를 좌우하고 건전한 기풍이 사라지면서 나라가 점차 쇠약해지는 길로 들어서고 말았다.

실제로 내해왕의 뒤를 이은 것은 그의 아들인 석우로가 아니었다. 내해왕의 왕후인 흥후紅后가 자신의 친자식인 우로가 아니라, 오빠인 조분助賁태자를 내세워 12대 이사금으로 오르게 하고 성대한 즉위식을 가졌던 것이다. 조분과 흥후 남매는 김구도의 딸인 옥모玉帽가 죽은 골정과의 사이에서 낳은 자식들이었다. 지진내례와 내후에 이어 이번에는 소문국召文國 혈통의 김씨 옥모가 왕위를 좌우하게 되었는데, 이 모두는 박朴씨에서 석昔씨, 나중에 김金씨로 왕통이 변하는 과정에서 빚어진 일이었다.

비록 이성異姓 왕에 의한 정권 교체가 연달아 이루어지기는 했지만, 여전히 반발하는 세력이 있다 보니, 직전 왕실의 혈통을 정통 왕후로 삼아 저항을 무마하려 들면서 혈통을 따져야 했던 것이다. 모계를 중시하던 북방민족의 전통에다, 왕실 혈통이 수시로 바뀌면서 생겨난 이런 현실적인 문제가 더해져, 유독 사로(신라) 왕실에서 특유의 가족혼이 빈번해졌는데, 이것이 후대에 문란한 모습으로 비춰졌던 것이다.

3. 이이제이

AD 227년 여름, 고구려의 산상제가 몸이 문드러지는 종창에 시달리다가 금천궁金川宮에서 세상을 떠났다. 황망한 중에도 우于황후가 급하게 태자를 불러 빈소에서 상제喪祭를 올리게 했다. 이어 태보 및 좌, 우보, 국상, 중외대부 등 대신들을 불러 내전에서 태자의 즉위 예식을 거행했다. 이렇게 하여 산상제의 뒤를 이어 교체郊彘태자라 불리던 19세의 동천제東川帝가 12대 태왕에 올랐는데, 동양대제東襄大帝라고도 했다. 모친은 주통촌酒桶村 연옹椽翁의 딸인 후녀이자, 향부香部의 소후小后였다.

수려한 외모에 담력을 지녀 용맹한 데다 기사騎射(말타기, 활쏘기)에 뛰어나 병사들을 가르칠 정도였다. 산상제의 정비인 우황후가 자식을 낳지 못해 일찍부터 정윤에 올라 있었다. 작은 일에 내색을 하지 않았고, 위아래 사람 모두가 그의 인자함과 관대함을 칭송했다. 중외대부 명림식부明臨息夫의 딸이자 동궁비였던 전鱣씨를 새로이 황후로 올려 황림궁皇林宮에 기거하게 했고, 우황후를 금천金川태후로, 모후인 소후를 주통酒桶(태)후라 하고 연椽씨 성을 하사했다.

선황先皇을 산상릉山上陵에 모신 다음, 장인인 식부를 우보 겸 섭정대왕으로, 고우루高優婁를 국상으로 삼는 등 인사를 단행했다. 부친인 산상제가 생전에 태자비인 전씨를 위해 새로이 대각궁大角宮을 짓게 했는데, 옥으로 치장하게 하는 등 각별히 신경을 쓰던 중에 중병으로 작업이 중단되어 있었다. 대신들이 태왕에게 건의했다.

"태왕폐하, 선황께서 시작하신 대각궁을 마무리해 황후마마의 새로운 거처로 삼고, 황실의 위엄을 널리 떨치게 하옵소서!"

그렇게 황후의 신궁新宮이 완성되었는데, 보옥과 향내 나는 나무로 지어져 사치함이 극에 달한 데다, 사방을 꽃나무로 에워싸게 하니 노상 새들이 날아와 지저귈 정도였다. 중원을 비롯한 한반도 등 바깥세상이 온통 전쟁으로 혼란에 휩싸인 동안 오직 고구려 황실만이 안온하기 그지없는 모습이었다.

그보다 10년쯤 전인 219년 7월, 위왕魏王 조조를 몰아내고 한중漢中을 장악하는 데 성공했던 유비劉備는 스스로 한중왕에 올랐다. 그때 형주를 지키던 관우關羽가 공명심에 자리를 이탈하고 북상해 위군魏軍이 지키던 번성樊城을 함락시켰다. 위魏 장수 우금于禁이 항복했다는 소식에도 관우를 의식해 뜸을 들이던 조조에게 사마의司馬懿가 조언을 했다.

"지금은 강남의 오나라를 움직이셔야 합니다. 오왕 손권에게 사신을 보내 강남의 지배를 인정해 주고, 대신 관우의 배후를 치라고 하면 호응하지 않겠습니까?"

마침 손권은 〈적벽대전〉이 끝나고서도 유비가 형주를 내놓지 않아 유비를 공략하려던 참이었다. 과연 손권이 조조의 제의를 받아들여 유비와의 동맹을 깨고, 새로이 위나라와 동맹을 맺었다. 이어 여몽呂蒙으로 하여금 번성의 관우를 치게 했다. 번성의 승리로 자만에 빠져 있던 관우가 여몽의 속임수에 걸려 번성의 포위를 풀고 맥성麥城에서 농성하다가, 아들과 함께 참변을 당했고, 이로써 吳나라는 형주를 되찾게 되었다.

이듬해 220년 1월, 조조曹操가 낙양에서 병사하자 아들 조비曹丕 (220~226년)가 위魏왕에 올랐다. 그해 10월 조비는 어린 헌제獻帝를 다 그쳐 억지로 선양을 받아 낸 다음, 정식으로 독립된 〈위魏〉나라의 건국을 선포하고 황제에 올랐다. 이로써 〈전한前漢〉과 〈후한後漢〉에 이은 4백 년 〈漢〉나라가 완전히 멸망하고 말았다. 그러나 후한의 2백 년은 시조인 광무제 유수와 초기 몇 대를 제외하고는, 1세기 이후 내내 외척과 환관의 국정농단으로 사실상 나라가 마비된 것이나 다름없었다.

어쨌든 〈위〉나라의 태동에 자극을 받은 유비 또한 이듬해인 221년 4월, 성도成都에서 〈촉한蜀漢〉을 건국하고, 황제에 즉위했다. 이와 달리 강동의 손권은 재빨리 조비에게 사신을 보내 신하임을 자청했고, 이에 조비가 손권을 오왕吳王에 봉하면서 사실상 화친의 관계를 맺었다. 이래저래 화가 난 유비는 의형제인 관우를 죽음에 이르게 한 손권을 응징하기 위해, 제갈량의 만류에도 불구하고 남진을 시작했다. 그러나 그 와중에 오히려 또 다른 의제義弟인 장비張飛마저 수하들의 손에 피살되고 말았다. 분노한 유비가 성급하게 吳나라 토벌에 나섰으나, 〈이릉吏陵전투〉에서 육손陸遜의 화공에 허망하게 무너진 채 다급히 백제성白帝城으로 피해야 했다.

그때 魏나라가 손권에게 아들을 인질로 보낼 것을 끈질기게 강요했다. 이것이 손권을 자극했고, 결국 그해 여름 손권은 〈위〉로부터의 독립을 선언해 버렸다. 이로써 중원이 이른바 〈삼국三國시대〉로 접어들고 말았다. 이듬해 조비가 대군을 동원해 〈吳〉나라 응징에 나섰으나 모두 실패했고, 결국 철군 명령을 내려야 했다. 그해 223년 4월, 이릉전투의 패배로 실의에 빠져 있던 유비가 황제에 오른 지 3년 만에 병사하고 말았다. 공교롭게도 유비, 관우, 장비 세 의형제의 죽음 뒤에는 공통적으로 교만과 지나친 자만이 숨어 있었다.

16세 어린 유선劉禪(223~263년)이 유비의 뒤를 이었고, 제갈량이 그를 보필했으나 각지에서 반란이 속출했다. 이듬해 〈위〉나라의 눈치를 보던 〈오〉나라는 촉한이 장차 魏나라 토벌에 나서겠다는 것을 전제로 촉한과 다시 동맹을 맺었다. 그사이 魏의 조비는 숱하게 〈오〉나라 원정에 나섰지만 번번이 실패했고, 그 와중인 226년 급사하는 바람에, 조비와 견견甄부인의 아들인 조예曹叡(226~239년)가 2대 황제에 올랐다. 그때쯤 남정南征을 마친 〈촉한〉의 제갈량은 227년 3월, 유선에게 유명한 〈출사표出師表〉를 내고, 본격적으로 〈위〉나라 북벌에 나섰다.

이듬해인 228년이 되니, 동북방 요동에서도 공손공恭이 자신의 조카 공손연公孫淵에게 갇히는 신세가 되었다. 당초 그의 형인 공손강康이 죽었을 때 황晃과 연淵 두 조카가 있었으나 모두 어리다는 평계로 공손공이 대방왕에 올랐다. 그 후 조카들이 장성해서 20년이 지나도록 공손공이 물러나지 않으니, 마침내 아우인 연이 숙부를 내쫓고 스스로 요동태수 겸 대방왕의 지위를 차지한 것이었다.

당시 위나라에서는 공손연의 〈대방국〉을 여전히 인정하지 않은 채 위나라에 속한 〈요동군〉으로 간주하고 있었고, 따라서 생전의 공손강은 좌장군 겸 양평후陽平侯로 지방의 제후일 뿐이었다. 그렇지만 삼국이 대치하는 상황에서 동북의 공손씨 토벌에 섣불리 나설 수도 없었기에, 魏의 2대 황제 조예는 일단 대방국과의 충돌을 피하고자 다음과 같은 명령을 내렸다.

"공손연이 요동태수의 직위를 잇게 된 것을 추인해 줌은 물론, 새로이 양렬揚烈장군에 봉하노라!"

이듬해인 229년 4월에는 〈吳〉나라의 손권孫權 또한 칭제를 하고 나섬과 동시에, 북쪽의 건업建業(남경)으로 천도를 감행해 장차 북벌에 대한 강한 의지를 드러냈다. 그즈음 제갈량은 〈위〉나라에 대한 북벌을 수차례 강행했고, 231년 4차 북벌에서는 제갈량이 위수 인근의 상규上邽 및 기산岐山전투에서 위의 사마의司馬懿를 꺾었다. 그러나 촉한의 원정군이 식량부족에 시달리는 것을 잘 알고 있던 사마의는 이내 장기 농성에 들어가 지구전으로 맞섰다. 결국 제갈량이 북벌을 접고 물러나 내정內政에 치중하기로 했다.

　중원대륙이 이처럼 온통 전쟁의 소용돌이에 휘말려 있던 그해, 대방왕 공손연이 고구려의 현토성을 기습적으로 공격해 들어왔다. 고구려에서는 우위右衛장군 주희朱希가 즉각 출병해 대방군을 격퇴시켰다. 대방군이 물러가기는 했으나, 중원을 감싸고 있던 전운이 서서히 고구려에까지 미치기 시작한 것을 감지한 동천제는 더 이상 가만히 있을 수가 없었다. 이듬해 정월이 되자마자 마침내 동천제가 지엄한 명령을 하달했다.

　"지금 즉시 5부에 명령을 전달하도록 하라! 다음 달 내성에서 대대적인 사열을 거행할 것이니 만전의 준비를 하도록 하라!"

　그해 2월 동천제는 장차 있을지 모를 전쟁에 대비하기 위해 내성內城의 들판에서 5부의 위사衛士들을 집결시킨 다음, 대규모 사열을 실시하고 군세를 점검했다.

　고구려의 방어력이 결코 만만치 않음을 확인한 공손연 또한 또 다른 작업에 착수했다. 그의 고민은 〈대방국〉이 가장 강력한 〈위〉나라와 〈고구려〉 사이에 東西로 끼어 있어 여차하면 협공을 당할 위험에 늘 노출되어 있다는 점이었다. 이에 맞서기 위한 대방의 전략은 위로는 〈서부여〉를 끌어들여 고구려와 선비를 견제하고, 아래로는 바다 건너 〈오〉나라와 동맹을 맺어 위나라를 견제하는 것이었다. 당시 서부여가 세력이 미미한 데다 같은 동족이나 다름없는 선비에 밀려 위축된 상황이었음에도, 공손연은 이들과 남북동맹을 구축해 동서 위협에 맞서고자 했던 것이다.

　그러던 중 232년 3월이 되자, 마침 〈吳〉나라로부터 손권이 보낸 사신주하周賀가 대방에 도착했다.

"우리 오나라 황제께서는 장차 대방과 오나라가 서로 동맹을 맺고 하나가 되어 강포한 위나라를 위아래서 공략한다면 크게 효과를 볼 수 있을 것으로 기대하고 있습니다."

뜻밖의 제안에 공손연이 솔깃해 吳와의 밀약에 동의했다. 공손연은 손권의 뜻에 호응하기로 하고, 즉시 吳나라에 숙서宿舒 등을 사신으로 보내 초피와 말 등의 공물을 바치면서, 吳나라에 칭신稱臣하고 귀부하겠노라는 의사를 밝혔다. 손권이 이를 크게 반겼다.

그런데 그해 9월이 되자 吳나라의 손권이 보낸 사신들이라며 진단秦旦과 황강黃彊 등이 고구려 조정에 입조했는데, 다분히 수상한 말들을 늘어놓는 것이었다.

"고구려 태왕을 뵙습니다. 실은 우리 오나라 황제께서 장차 고구려와 맹약을 맺어 공손연을 치고자 한다는 서찰을 태왕폐하께 전하라 하셨습니다. 불행히도 여기로 오던 중에 커다란 풍랑을 만나 방향을 잃는 바람에, 요동 해안에 도착했는데, 이내 그곳의 관리들에게 수색을 당하고 말았습니다. 결국 태왕께 바치고자 했던 금보진대金宝珍帶와 공문을 죄다 빼앗기고 일행이 모두 갇혀 있던 중에, 요행히 저희들만 탈출에 성공해 이렇게 오게 되었습니다."

그러면서 오제吳帝의 명령을 제대로 이행하지 못해 죽을죄를 면할 길이 없다며 하소연했다. 당시만 해도 고구려는 남쪽 바다 멀리 떨어진 오나라와는 소통이 없었기에 다소 황당하기 그지없는 말이었다. 동천제가 명을 내렸다.

"사실이야 어떻든지 간에, 먼 길을 마다않고 찾아온 성의를 인정해 일단 저들에게 술과 음식을 내주도록 하라!"

아울러 새롭게 불거진 〈오〉나라와의 동맹 문제를 당장 논의에 부쳤다. 그 결과 〈오〉나라와 〈대방국〉의 동맹을 차단하고, 강성한 〈위〉나라를 견제할 수 있는 괜찮은 기회리고 핀단해, 〈오〉와의 동맹에 응하기로 했다. 고구려에서는 이를 위해 조의皂衣 상월尙越을 중심으로 하는 대규모 사신단을 꾸렸다. 가는 길은 바닷길을 이용하되, 풍랑을 만났다는 〈오〉나라 사신 일행을 데리고 안전하게 호송해 주기로 했다.

상월이 吳나라로 들어가 손권에게 귀하다는 초피貂皮(담비가죽) 1천 장과 갈계피鶡鷄皮(멧닭가죽) 10구具 등을 바치며, 태왕의 말을 전했다.

"우리 태왕께서는 공손연은 뒤집기를 잘하는 품성이라 결코 믿을 사람이 못 되니 특히 이 점에 유념해 주실 것을 전하라 하셨습니다. 아울러 우리 고구려의 육군과 오나라의 수군이 함께 힘을 합친다면 공손연을 쉽게 쳐낼 수 있을 터이니, 함께 동맹을 맺자는 폐하의 제안을 기꺼이 수용하겠다고 하셨습니다."

오나라에서는 위나라의 머리 위쪽에 있는 동북의 공손씨나 고구려 둘 중 어느 나라가 되든지 상호 내통해 〈위〉나라를 견제하면 그만이었다. 그런 탓인지 양국의 동맹조약 체결이 순조롭게 성사될 수 있었다. 진단과 황강 등은 사태를 수습하고 고구려와의 동맹을 성사시키는 데 결정적 기여를 한 공으로 모두 교위로 임명되었다.

그런데 사실 吳나라가 고구려와 동맹을 체결하게 된 데는 또 다른 숨은 이유가 있었다. 손권은 공손연이 칭신을 해 오는 등 자신의 동맹 제안에 적극 호응해 오자 즉시 실무 단계에 착수했다. 얼마 후 손권은 장미張彌와 허안許晏을 사신으로 삼고, 수십 명의 호위무사까지 딸려서 공손연에게 내려 줄 연왕燕王의 인수를 들려 보냈다. 문제는 그사이에 공손연의 마음이 바뀌고 말았다는 점이었다.

'아무래도 미덥지 못한 오나라에 기대 강성한 위나라를 건드렸다가 는, 오히려 큰코를 다칠지도 모른다……'

생각이 여기까지 미치자 공손연은 吳나라 사신단을 오히려 魏나라와 의 교섭에 쓰는 미끼로 활용하기로 마음먹고, 명을 내렸다.

"지금 당장 오나라 사신의 호위무사들을 은밀하게 체포해 현도군에 가두도록 하라!"

그리하여 진단秦旦을 포함한 60여 명의 무사들이 졸지에 현도군에 갇히는 신세가 되었다. 그런데 이들 호위무사들의 일부가 용케 성을 넘 어 탈출하는 데 성공해 고구려로 들어와 거짓을 늘어놓았고, 그들이 바 로 진단과 황강이었던 것이다. 이들이 귀국하여 손권에게 자초지종을 보고하니, 손권은 공손연의 배신행위에 크게 분노했다. 그리고 기왕지 사 일이 이렇게 된 바에야 구태여 공손연과 동맹을 체결했던 사실을 숨 긴 채, 이내 고구려와의 동맹 체결에 나선 것이었다.

吳나라가 이처럼 당장의 결과만을 생각하고 고구려를 속였으나, 이 모두는 조만간 백일하에 드러날 일이었다. 더구나 당사자인 고구려와 대방 두 나라가 서로 적대적 관계에 있었음을 감안할 때, 吳나라의 행태 는 경솔하기 그지없는 외교 행위였고 신흥국의 한계를 드러낸 것이었 다. 고구려는 북방민족을 대표하는 종주국으로 3백 년을 이어온 전통의 강호이기에 吳나라가 그리 만만하게 생각할 나라가 아니었던 것이다. 결국 이 문제는 얼마 후 외교 분쟁으로 비화해 전혀 엉뚱한 결과를 낳게 되었다.

이듬해 吳나라 손권은 고구려와의 동맹에 대한 답례로 사굉謝宏과 진 순陣恂 등의 사절단을 통해 많은 의복과 진귀한 보물 등을 보내왔다. 동 천제 또한 주부 책자笮資와 대고帶固 등을 다시금 吳나라로 보내 동맹 체결에 대한 약간의 답례품을 전하게 하되, 吳나라의 동정을 잘 살펴보고 오라 일렀다. 그런데 이들이 귀국해 예기치 못한 보고를 하는 것이었다.

"태왕폐하, 오나라는 바닷길로 공손연을 기습할 만큼 수군이 강하지 못한데도, 큰소리를 치면서 고구려의 공물만 챙기려든 게 아닌가 싶습니다. 또 손권이 우리 사신의 면전에서는 공손한 태도를 보였으나, 그 내용을 자국의 백성들에게 알릴 때는 동이東夷를 정복해 그 사자가 들어와 조공을 바쳤다는 식으로 신민들을 속이고 있어서, 그 속내가 심히 의심스럽기 짝이 없습니다."

동천제가 책자 등의 보고에 심사가 뒤틀어졌고, 吳나라의 진정성을 크게 의심하게 되었다.

얼마 후 고구려 조정에 뜻밖의 소식이 들려왔다.

"폐하, 당초 오나라 손권이 공손연에게 사신을 보내 연왕燕王에 봉해 주었다고 합니다. 그런데 공손연이 느닷없이 그 사신들의 목을 베어 위나라 조예에게 보내 버렸다고 합니다."

당시 진단 등이 대방을 탈출했다는 보고를 받자, 모든 일이 틀어진 것으로 판단한 공손연이 즉시 장미張彌와 허안許晏을 살해하고, 그 목을 魏나라로 보낸 것이었다. 동시에 〈오〉나라와의 관련 정보를 〈위〉나라에 제공함으로써 오히려 위나라로부터 환심을 사두려는 얄팍한 계산인 셈이었다.

동천제가 비로소 吳나라에 속은 것을 깨닫고 크게 분노했다. 고구려 조정이 이에 대한 대응책을 마련하느라 분주해졌다. 그런데 사건이 이것으로 끝난 것이 아니었다. 吳나라 사신의 목과 함께 吳의 외교정책을 간파하게 된 魏나라 조정에서는 이에 대응하고자 또 다른 계책을 꾸미고 있었다.

"공손연의 공을 인정하는 뜻에서 그를 대사마 겸 낙랑공樂浪公으로 봉해 주옵소서. 그런 다음 역사力士들을 보내 기회를 보아 공손연을 격살해 버리라는 명을 내리시옵소서!"

그리하여 〈위〉나라에서는 대방으로 보내는 사신단 일행에 은밀하게 군센 살수殺手들을 끼워 넣고, 반드시 공손연을 암살하려는 지령을 내렸다. 참으로 대범한 계획이었다. 魏의 사신이 황제의 밀명을 받고 공손연을 알현하고자 대방국 조정에 입조했는데, 현장의 살풍경한 모습에 크게 놀라고 말았다. 황제의 책명을 받기로 한 행사장에는 중무장한 대방의 호위무사들이 삼엄하게 늘어서서 위용을 뽐내고 있었고, 사신들의 일거수일투족을 주시하고 있었던 것이다. 〈위〉나라 조정에서의 정보가 새나간 게 아니라면 있을 수 없는 일이었을 것이다. 魏의 사신 일행은 아무런 일도 없다는 듯 행사만을 마친 후, 빈손으로 귀국해야만 했다.

그러던 235년 4월경, 고구려 조정에 魏나라 조예가 보낸 사신이 도착했다는 보고가 들어왔다.

"아뢰오, 지금 조정 밖에 위나라 황제가 보낸 사신이 도착해 폐하의 알현을 청해 왔습니다!"

조예는 이때 중원의 이름난 병서兵書와 보검, 옥상玉床(옥책상) 등을 보내왔는데, 고구려와 동맹을 맺은 다음 장차 공손연公孫淵의 〈대방〉은 물론, 남방의 〈오〉나라까지 함께 토벌할 것을 제안했다. 중원 여러 나라들의 입장에서 볼 때 당시 요동의 강호 고구려와 먼저 손을 잡는 나라가 전략적 우위를 차지할 수 있었기에, 일시적이나마 고구려에 대한 화친제의love-call가 넘쳐났던 것이다.

고구려 조정에서도 마침 〈吳〉나라와 〈대방〉의 행태에 대책을 강구하고 있던 터라 반색을 했다. 魏나라의 사신단이 떠난 뒤 고구려 조정에서도 이 문제에 대한 검토를 서두르면서 발 빠르게 움직였다. 동천제가 이

번에는 위나라 황제 조예에게 밀사를 보내, 위나라와 고구려 간의 공수
攻守동맹을 추진하게 한 것이 있다. 그 내용은 고구려가 요동의 대방을
치면 魏가 육군으로 고구려를 지원하고, 魏가 남쪽의 吳를 치면 고구려
가 수군으로 魏를 돕는다는 것이었다. 아울러 장차 오와 대방을 멸망시
킨 다음에는 대방국은 고구려가 차지하고, 오나라는 위가 차지하기로
약조했다. 당시의 외교 첩보전이 얼마나 치열하고 긴박하게 전개되었
는지를 적나라하게 보여 주는 사례였다.

　그러던 236년 2월, 오나라 손권의 사신 호위胡衛가 고구려 조정에 입
조했는데, 다행히도 그는 그간 북방에서 은밀하게 벌어진 일들에 대해
전혀 모르는 눈치였다. 게다가 호위의 언사가 전에 없이 방자하고, 예물
또한 더없이 야박한 것이라 동천제의 심사를 더욱 뒤틀어지게 했다. 잔
뜩 벼르고 있던 동천제가 급기야 더 이상 참지 못하고 호위를 나무라며
트집을 잡았다.

　"너희 왕은 공손연에 대해서는 끔찍이도 섬기면서 나를 섬기는 데 있
어서는 어찌 이리도 야박한 것이냐?"

　그러자 호위가 뻔뻔스럽게도 변명을 늘어놓았다.

　"황공하옵니다, 폐하! 예물은 지난번 풍파를 만나 물에 빠뜨려서 그
러한 것이었고, 우리 황제의 뜻은 공손연에게 베푼 것과 다를 바 없는
것이었습니다."

　그러자 동천제가 이맛살을 찌푸리며 지엄한 목소리로 질타했다.

　"지난해에는 진단과 황강이 와서 나를 속이려 들더니, 이번에는 너조
차 그런 것이냐? 도무지 아니 되겠구나, 여봐라, 저자를 즉시 옥에 가두
어 다스리도록 해라!"

　당시 태보太輔 명림식부明臨息夫는 병이 들어 사가私家에 있었다. 그런

데 吳나라 사신을 옥에 가두었다는 소식을 듣고는, 식부가 병든 몸을 이끌고 달려와 태왕을 만류했다.

"폐하, 어이하여 오나라의 사신을 옥에 가두려 하십니까? 강성한 위나라를 견제하기에 이보다 적합한 나라는 없을 것입니다. 하물며 오나라 황제가 동맹에 응해 왔는데, 그 사신에 해를 가함은 장차 오나라의 원한을 사는 일이 될 터이니 재고해 주옵소서!"

식부는 魏에 대한 경계심이 더 큰 나머지 吳나라의 전략적 가치를 더욱 중요시 여긴 듯했다. 그러나 이미 魏나라와의 동맹을 맺은 동천제는 식부의 뜻을 따르지 않았고, 호위를 서쪽 변방 현토성玄菟城에 안치하라 일렀다. 그리고는 얼마 지나지 않아 더욱 강경한 명령을 내렸다.

"호위의 목을 쳐 유주幽州의 관청으로 보내게 하라!"

진정성도 없이 눈앞의 이해만을 따져 섣불리 행동했던 〈오〉나라는 고구려의 신의를 잃고, 〈고구려〉와 〈대방〉 양국 모두에게서 그 사신의 목이 베어진 채 적국으로 보내지는 외교참사를 당하고 말았다. 예나 지금이나 외교란 국가 간의 신뢰가 관건인 만큼, 신중하고 섬세하게 다뤄야 하는 것이었다.

그 일이 있기 전인 233년, 〈오〉나라 손권이 또다시 북상해 〈위〉나라의 합비合肥와 신성新城 등을 공략했으나 이번에도 실패하고 말았다. 손권은 이미 229년경부터 거의 매년 합비 등으로 출정하다시피 했으나, 위군魏軍의 견고한 수비에 막혀 번번이 실패로 끝났을 뿐이었다. 그런데 그해 연말이 되자 魏나라 북쪽 변경인 병주幷州의 누번樓煩에서 선비鮮卑의 보도근步度根이 〈위〉나라에 저항해 군사를 일으켰다.

당초 보도근이 부족장인 대인大人이 되었을 때 그 세력이 갈수록 쇠약해지다 보니, 그의 사촌형인 부라한扶羅韓(어부라)이 수만에 이르는 부족들을 나누어 스스로 대인이 되었다. 그 후 헌제 치세인 207년경 조조가 원袁씨 형제들을 추격해 오환왕 답돈蹋頓을 도빌하고 유주幽州 일내를 장악했다. 그 무렵 조조에게 귀의했던 오환교위烏桓校尉 염유閻柔는 원래 원소袁紹의 수하에 있던 자로 오환이나 선비와 친한 인물이었다. 선비 대인 보도근과 가비능이 염유를 통해 조조에게 공물을 바치며 화친의 관계를 맺었다.

그런데 그 후 대군代郡의 또 다른 오환대인 능신저能臣抵 등이 다시금 〈위〉나라에 등을 돌리고, 부라한을 찾았다. 소식을 접한 부라한이 반색을 하며 1만에 이르는 소속 기병을 거느리고 나와, 능신저 일행을 열렬히 환영해 맞아 주었다. 그럼에도 부라한을 만나본 능신저 일행은 그에게 실망한 나머지 다른 생각을 하고 있었다.

"우리가 기대했던 것과 달리 부라한의 부족은 법도와 금령이 느슨하기 짝이 없다. 이래서는 아무래도 대업을 달성하기 어려울 듯하니, 은밀하게 사자를 보내 가비능에게 청을 넣어야겠다."

능신저의 기별을 받은 가비능이 이때 1만여 기병을 거느리고 상건桑乾 일대에 도착했다. 가비능이 이때 부라한과 결맹을 맺는 척하다가, 그 자리에서 방심한 부라한을 척살해 버렸다. 가비능이 즉시 부라한의 부대를 병합해 버리니 부라한의 아들 설귀니를 포함해 모두가 가비능에 귀속되었다. 이 사건을 계기로 가비능은 선비를 대표하는 세력으로 우뚝 서게 되었으나, 선비의 또 다른 대인 보도근은 가비능의 행동을 비겁하다며 비난하고 나섰다.

그즈음 위魏나라에는 사나운 북방민족을 다스릴 줄 아는 유능한 관리들이 적지 않았다. 소위 오환교위 또는 선비교위와 같은 직책을 가진 이들은 주로 북방민족들을 포섭해 〈위〉나라로의 귀속이나, 위군魏軍에 대한 협조를 유도하는 일을 수행하던 자들이었다. 그런 다음에는 이들 귀속 선비인들을 집단 이주시키거나 아니면 여기저기로 소개시켰고, 직접 이들을 다스리기도 했다. 이들은 북방민족과 그 특징에 대해 잘 알고 있으면서도 하나같이 魏나라에 충성했는데, 견초牽招, 전예田豫, 염유閻柔와 같은 자들이었다.

북방민족에 대한 전문지식으로 무장한 이들은 겉으로는 북방인들과 교류하면서 유화책으로 우대하는 척했다. 그러나 실제로는 주로 돈을 살포해 부족들 사이를 이간질하거나, 세력을 분산시키는 데 주력했다. 끝내는 오랑캐들끼리 끊임없이 서로 의심하고 대립하도록 하는 교활한 수법을 즐겨 사용했던 것이다. 한무제 이래 중원에서는 이제 소위 오랑캐는 오랑캐로 제어한다는 '이이제이以夷制夷'가 북방민족을 다루는 기본 전략으로 완전히 자리 잡은 모양새였다.

220년경 조비가 魏의 황제에 오르자, 보도근은 오환교위겸 병호선비幷護鮮卑인 전예에게 말 떼를 바치고는, 그 대가로 조비로부터 왕의 칭호를 내려 받았다. 형식적이나마 위나라를 등에 업게 된 보도근은 이후 선비 최대의 집단을 거느리던 가비능에게 도전해 여러 차례 싸웠다. 그러나 병력에서 열세인 탓에 갈수록 밀리다 보니, 결국은 수하의 1만여 호를 이끌고 태원과 안문으로 들어가 안전을 꾀했다. 보도근이 이때 부라한의 아들인 설귀니에게 사람을 보내 포섭에 나섰다.

"당신은 어째서 부친을 살해한 원수에 의탁하여 지내는 것이오? 지금은 가비능이 당신을 우대하는 듯하지만, 장차 그 마음이 변하지 않을 것이라고 누가 장담할 수 있겠소? 따지고 보면 우리야말로 당신들과는 골육지친이나 다름없으니, 지금 구차스럽게 그곳에서 지내는 것은 실로 우리에게로 오는 것보다 못한 일이오."

결국 보도근의 설득에 마음이 흔들린 설귀니가 자신의 부족들을 거느리고 보도근에게 달아나 의탁했다. 가비능이 뒤늦게 설귀니를 추격했으나 이미 소용없는 일이었다. 그런데 가비능은 매우 유연한 사고를 가진 지도자였다. 그해에 가비능 또한 魏나라 조정에 사자를 보내 좋은 말들을 공물로 바치자, 조비는 가비능에게도 부의왕附義王이라는 칭호를 내렸다.

이듬해인 221년 가비능은 소와 말 7만여 마리를 몰고 나와 代郡 변방에 시장을 설치해 교역을 하는 한편, 변방에서 선비와 어울려 살던 위나라 사람들 1천여 가구를 상곡上谷으로 이주시켜 살게 함으로써 위나라와의 화친에 앞장서는 모습을 보였다. 그와 동시에 동부의 선비대인 소리素利는 물론, 보도근의 수하에 속해 있던 부족들을 공격하는 등 세력다툼을 그치지 않았다. 그 바람에 위나라의 호오환교위護烏桓校尉 전예田豫가 나서서 이들을 화해시키기 바빴다.

224년경, 이제 3만 가구가 넘는 부락민을 이끌게 된 보도근이 아예 위나라 조정으로 가서 공물을 바치고 조비에게 입조했다. 위나라가 그를 예우하고 상을 내려 주자, 이후 설귀니가 변방을 굳건히 지키게 되면서 북방 선비족들의 위나라 변경에 대한 침공과 약탈이 잦아들게 되었다. 위나라 변방에서의 이러한 평화 기조는 조예가 즉위한 이후에도 한동안 지속되었다.

그러나 그 무렵에 안문雁門태수로 있던 견초牽招가 위나라 조정의 지시에 따라 선비족들에게 이간계를 써서 이들의 분열을 획책하려 들었다. 당초 그는 조비 수하의 호護오환교위로 있으면서 선비족들에게 아량을 베풀고 신의로 대해, 많은 선비인들이 그에게 귀순해 왔다. 또 선비대인 소리素利와 미가彌加 등을 회유해 10만에 달하는 선비 부락민들이 관소館所로 들어와 살게 하는 수완을 발휘했고, 이러한 공을 인정받아 후에 안문태수에까지 오른 인물이었다.

견초가 마침내 가비능과 적대관계에 있던 보도근과 설귀니를 시켜 선비 최대의 세력인 가비능을 공격하도록 사주했다. 위나라의 변방으로 물러나 선비의 침공과 약탈을 막아 주고 있던 보도근이 견초의 교활한 속마음을 모르고, 선비 부락으로 되돌아가 느닷없이 가비능의 부대를 공격했다. 보도근의 기습으로 가비능의 아우 저라후耳羅侯와 위나라에서 오환으로 귀부해 온 귀의후歸義侯 왕동王同, 왕기王寄 등이 목숨을 잃게 되었고, 이제 보도근과 가비능은 서로 돌이킬 수 없는 원수가 되고 말았다.

그런데 가비능에 대한 공격이 그것으로 끝난 게 아니었다. 얼마 후 견초 본인이 직접 가비능을 공격하기 위해 설귀니 등과 함께 운중雲中(호화호특)으로 출격했고, 이로써 기어코 선비족 간의 싸움에 노골적으로 개입하고 말았다. 견초와 설귀니 연합군의 공격이 쇄도하자 가비능의 선비군 또한 무너져 달아나기 바빴다. 비록 견초가 이때 가비능을 패퇴시키는 데 성공했으나, 이로써 魏軍이 기어코 선비족 간의 세력다툼에 깊숙이 개입한 결과가 되고 말았다. 이는 가비능으로 하여금 魏로부터의 이탈과 함께 魏에 대해 사무친 원한을 품게 하는 결과를 초래하고 말았다.

'견초 이 교활한 놈, 어디 두고 보자……'

이처럼 보도근에 이은 견초의 거듭된 공격에 크게 타격을 입은 가비능이 가만히 있을 리 없었다. 그가 전열을 가다듬어 이번에는 소리素利를 공격했다. 이 소식이 위군 진영에 전해지자, 이번에는 전예가 무장한 기병들을 거느리고 가비능의 배후를 견제하려 들었다. 이에 가비능이 수하인 쇄노瑣奴를 시켜 전예를 막도록 했으나, 이내 패하여 달아나고 말았다.

견초에 이은 전예의 공격에 분노한 가비능이 이번에는 魏의 보국輔國 장군 선우보鮮于輔에게 편지를 보내 항의했다.

"보도근이 우리 부락을 침범해 내 아우를 죽이고 약탈을 자행했소. 그런데도 교위 전예가 이 싸움에 직접 개입해 방해하고 있으니, 위나라 와의 화친을 생각해서 부디 이를 저지해 주길 바라오!"

가비능이 이때 위나라 교위들이 선비족 내부를 이간질하고 있음을 강력히 항의하고, 경고를 한 것이 틀림없었다. 화들짝 놀란 선우보가 이 사실을 魏 황제에게 보고하자, 조비가 지시를 내렸다.

"전예는 가비능을 불러 오해를 풀고 그를 위로해 줌과 동시에 우호관 계를 맺도록 하라!"

선비 최고의 지도자인 가비능을 예우하라는 황제의 지시에 따라 전 예가 선비에 대한 개입을 중단하자, 비로소 가비능과 그 부족들이 단합 하면서 더욱 강성해질 수 있었다. 그는 약탈 등으로 새로이 얻게 된 재 물을 균등하게 나누게 하고, 모두가 보는 앞에서 공정하고 일관되게 사 안을 결정했으므로 그의 밑에서는 사사로이 이익을 챙기려는 자가 드 물었다. 수하들 또한 그런 가비능을 따르고 목숨 바쳐 충성을 다하려 드 니, 다른 부족의 대인들까지 그에게 존경심을 보내고 두려워했다. 그사 이 가비능은 강궁으로 무장한 10만여 기병을 거느리게 되었고, 최초로 선비를 통일했던 단석괴檀石槐 이래로 선비 최강의 세력으로 성장할 수 있었다.

견초는 이후 하서河西 선비의 족장들을 중심으로 10만여 가구를 규합 한 다음, 상관성上館城에 주둔 병사들을 배치해 그 안팎의 인구를 통제하는 데 주력했다. 그 이전에 생전의 조비가 인재들을 양성하고자 낙양에 교육기관인 〈태학太學〉을 열었다. 견초는 선비인 출신 중에 재능과 식견이 있는 자들을 선발해 태학에 보내 수업을 받게 했고, 그들이 다시 돌아와 사람들을 가르치게 했다.

또 안문군의 치소인 광무廣武의 우물물이 모두 짜고 써서 백성들이 먼 길까지 물을 퍼 날라다 먹는 것을 보고는, 산등성이를 파서 수원水原을 찾아 성안으로 흐르게 했다. 이런 공들로 견초가 다스리는 지역의 치안이 크게 안정되고, 그에 대한 평판이 좋아지니 새로 즉위한 조예가 그 공을 인정해 관내후의 작위를 내려 주었다. 조예는 동시에 선비 대인 보도근에게도 거기장군의 칭호를 내려 주었다.

그 후 228년경, 전예가 무언가를 협의하고자 통역관인 하사夏舍를 가비능의 사위인 을축건에게 보냈다. 하사가 도착했다는 보고에 을축건의 얼굴이 시뻘겋게 달아올랐다.

"무어라, 전예가 사람을 보내왔다고? 이것들이 그야말로 우리를 바보로 보는 게로구나……. 에잇!"

전예에 대한 적개심으로 가득 차 있던 을축건이 가차 없이 하사의 목을 베어 버리고 말았다. 그러자 소식을 들은 전예 또한 가만히 있지 않았다. 그해 가을, 전예가 다시금 선비 대인 포두와 설귀니의 부족을 이끌고 요새를 나가, 을축건에게 보복 공격을 감행해 대패시켰다.

당초 선비의 대인들끼리는 중원의 나라에 말(馬)을 주지 않기로 맹약한 바가 있었다. 그런데 소리가 이 맹세를 어기고 魏軍에 말 1천 필을 제공했다. 복수를 벼르고 있던 가비능이 이를 빌미로 다시금 소리를 공격했는데, 다급해진 소리가 이때 전예에게 구원을 요청해 왔다. 전예가 소리를 구하기 위해 출병을 했는데, 어느 순간 가비능의 대부대가 나타나 앞뒤로 그의 부대를 막아섰다. 전예의 부대가 후퇴를 거듭해 겨우 마읍'성馬邑城으로 돌아와 농성에 들어갔는데, 무려 3만에 이르는 가비능의 기병대가 성을 겹겹이 에워쌌다.

위기에 처한 전예가 이때 견초에게 서둘러 구원을 요청했으나, 당시 병주并州의 규정에 따르면 견초의 출정이 불가능한 것이었다. 견초는 지절장군 전예가 포위당해 있는 만큼 관리의 의견에 얽매일 수 없다는 상소문을 올리고 이내 출격에 나섰다. 견초의 구원 소식을 들었는지, 마읍성의 전예 또한 기지를 발휘해 가비능의 군대에 강력히 저항하는 바람에 선비족들의 희생이 적지 않았다.

마침 평성平城에 이웃해 있던 상곡태수 염지閻志는 평소 선비족들로부터 신임이 두터웠다. 그는 207년 원袁씨 일가가 망했을 때 가비능을 설득해 조조에게 조공을 바치도록 주선했던 호오환교위 염유閻柔의 아우였다. 마읍 사태에 대한 소식을 들은 염지가 나와서 가비능을 만나 포위를 풀 것을 설득했다.

"대인의 분노는 충분히 이해할 수 있소이다. 그러나 전예나 견초는 위나라 황제께서 신임하는 장수들이오. 결코 그들이 곤경에 처하는 것을 보고만 있지 않을 것이고, 만일 불상사가 생긴다면 대인에게 그 화가 미칠 것이 틀림없소이다. 조만간 견초의 지원부대가 도착할 텐데, 그리되면 사태가 걷잡을 수 없이 악화될 테니 이쯤 해서 대인께서 넓은 아량으로 한발 물러나 주는 것이 피차에게 좋은 일일 것이오. 그리고, 사태가 마무리된 다음에는 다른 방법도 있질 않겠소이까?"

"……."

전예의 저항이 만만치 않은 상황에서 이제 곧 견초의 지원부대가 도착할 것이라는 염지의 회유에 가비능의 마음이 움직였다. 아마도 염지가 이때 장차 강경파들을 퇴출시킬 수 있다는 언질을 주었을 가능성이 매우 커 보였다. 결국 가비능이 7일간의 포위를 풀고 물러났는데, 선비의 대부대에 용맹하게 맞선 전예는 장락정후長樂亭侯에 봉해졌다.

그 무렵 유주자사 왕웅王雄은 견초와 전예 등이 필요 이상으로 선비에게 강경하게 대응한 탓에 변방이 소란스러워졌다고 생각하는 온건파였다. 낙양의 위나라 조정에서도 왕웅의 의견에 무게를 실어 주었고, 과연 강경파인 전예가 여남 태수로 전출되는 반전이 일어났다. 이와 함께 선비교위의 직을 겸임하게 된 왕웅은 전예와 달리 가비능의 비위를 잘 맞춰 주었고, 곧바로 선비로부터 두터운 신임을 얻었다. 그 결과 가비능이 자주 관문까지 나와 서로 어울리거나, 유주의 역소에 공물을 보내 줄 정도로 상황이 호전되기에 이르렀다.

그러던 231년경, 촉한의 제갈량이 조진曹眞이 지휘하는 위군에 맞서고자 〈4차 북벌〉에 나섰다. 이때 견초는 가비능이 자칫 제갈량과 연합할 수 있다고 보고, 조정에 상소를 올려 방비를 강화해 줄 것을 주문했다. 당시 제갈량은 위수 아래 기산을 향해 진격해 오고 있었고, 가비능은 장안에서도 한참 떨어진 병주에 있었다. 따라서 위나라 조정에서는 양쪽의 거리가 너무 먼데다가 그사이를 위군이 지키고 있어, 견초의 말에 신빙성이 없다며 믿으려 들지 않았다.

그러나 놀랍게도 제갈량이 이때 은밀히 사자를 보내, 가비능과의 연합을 성사시키고 말았다. 게다가 상황이 이것으로 그친 것이 아니었다. 이번에는 가비능이 앙숙이던 보도근에게 사람을 보내 병주를 떠나 자신과 힘을 합치자고 설득했다.

"대인께서도 아시다시피 천하의 제갈량이 승승장구하는 바람에 위나라가 쩔쩔매고 있습니다. 그러니 우리 선비가 힘을 합쳐 제갈량과 함께 위나라를 위아래에서 공격한다면 반드시 승산이 있지 않겠습니까? 우리 대인께서 자잘한 구원일랑 모두 잊겠다고 하시니, 이참에 위나라에 기대 사는 구차함을 떨쳐 버리시고 선비족이 하나가 되는 데 동참해 주시지요!"

이에 보도근이 가비능에게 돌아오기로 결심했고, 이때 설귀니를 포함한 부족민 모두가 과연 병주를 떠났다. 가비능은 보도근 일행을 환영하기 위해 손수 1만의 기병을 이끌고 형북陘北까지 나가 그들을 뜨겁게 맞이해 주었다.

"어서 오시오 대인! 우리 선비족 모두가 한자리에 모이는 이날이 오기만을 학수고대하였소이다, 껄껄껄!"

가비능이야말로 진정으로 선비를 결집시키려 애썼던 지도자였다는 증거였다. 소식을 들은 병주자사 필궤畢軌가 다급하게 장군 소상蘇尙과 동필董弼을 등을 보내 가비능을 저지하게 했다. 가비능 또한 즉시 자신의 아들에게 기병을 나눠 주고 위군에 맞서게 했다. 이때 양측이 마침내 누번에서 맞닥뜨려 치열한 공방을 펼쳤다. 보도근의 합류로 사기가 오른 선비의 기마부대가 위군을 사정없이 몰아붙이는 데 성공했고, 魏장군 소상과 동필이 끝내 전사하고 말았다.

그 후로 가비능은 제갈량에게 호응하기 위해 선비의 대군을 이끌고 병주를 나와 북지군北地郡의 석성石城까지 도달해 있었다. 이로써 위군은 위아래로 선비와 촉한蜀漢에게 양쪽에서 협공을 당할 수 있는 형국에 처해지고 말았다. 다급해진 조예가 견초에게 조서를 내려 적당한 시기에 출병해 가비능을 저지하라고 일렀으나, 이때는 이미 가비능이 막남으로 들어간 뒤였다. 견초가 서둘러 병주자사 필궤를 만나 조언했다.

"가비능이 이미 막남으로 들어가 버렸다니, 더 이상의 추격은 의미가 없어졌소이다. 차라리 신흥新興과 안문雁門의 수비 병력을 한데 모아 형북을 지키는 데 주력하는 것이 맞을 것이오."

그러던 중에 12년간이나 안문 일대를 지키던 견초가 병으로 세상을 떠나고 말았다. 그는 죽을 때까지 북방민족의 분열을 위해 분주히 뛰면서 선비족을 들었다 놨다 한 인물로 중원에서는 더없는 영웅으로 기록되었다.

때맞춰 위군에서도 대사마 조진이 사망하는 바람에, 조예는 아래쪽의 형주를 지키던 사마의를 불러 위군의 총 지휘를 맡겼다. 기산을 포위하고 있던 제갈량은 사마의를 직접 상대하고자 상규上邽로 진격했고, 사마의의 선발격인 곽회郭淮 등을 가볍게 격파한 뒤 그 땅의 보리를 모두 베어 버렸다. 그 후 사마의의 본대 또한 제갈량과 기산 남쪽에서 만나 급기야 정면 대결을 펼쳤으나, 이내 대패하고 말았다. 사마의는 서둘러 기산으로 달아나 장기 농성에 들어갔다. 강성한 촉한군과 맞서기도 쉽지 않은데다, 뒤에서는 가비능이 지휘하는 선비의 대군이 장안의 북쪽에서 위군을 노리며 진격을 방해하고 있었던 것이다.

8월이 되어 장마철에 접어들자 사마의의 예측대로 장거리 원정에다 식량난으로 시달리던 제갈량이 결국 대치를 풀고 본진의 철군을 개시했다. 이에 魏장수 장합張郃이 서둘러 촉군을 추격했으나, 기산 동쪽 아래 목문木門 근처에서 기다리고 있던 촉한의 복병에게 또다시 참패하고 말았다. 그러나 제갈량 또한 4차 북벌에서도 이렇다 할 성과 없이 귀국하기는 마찬가지였다. 제갈량은 이후 지친 병사들을 쉬게 하고 흐트러진 내정을 돌아보는 데 주력했고, 그사이 전세는 잠시 소강 국면을 유지했다.

233년이 되자 남쪽의 吳나라 손권이 친히 대군을 이끌고 또 다시 장강(양자강)을 넘어와 합비를 공략했다. 그러나 위나라 장수 만총滿寵은 이런 상황을 예견하고 일찌감치 신성新城을 구축하는 등 만반의 대비를 갖추고 있었다. 손권의 부대가 무리하게 상륙을 시도하다가 6천여 만총의 복병에 급습을 당하자, 손권은 부득이 칠군을 명했다. 바로 그해에 요동의 대방왕 공손연이 손권이 보낸 사신들의 목을 베 〈위〉나라로 보내왔던 것이다. 그러나 이 사건은 위나라 조정이 오히려 공손연을 더욱 경계하게 만드는 계기가 되었을 뿐이었다.

연말이 되자, 이번에는 위나라 북쪽 변방 누번樓煩에서 선비의 보도근이 위나라를 침공해 왔다. 보도근은 과거 위나라에 귀속했으나 제갈량의 4차 북벌을 전후로 가비능과 화해하여 그 일원으로 되돌아갔고, 이때 비로소 위나라에 창을 들이댄 것이었다. 병주자사 필궤가 보도근에 맞서고자 음관陰館에서 누번까지 진격했으나, 곧바로 보도근과 가비능의 선비 연합군에 패해 퇴각하고 말았다. 북쪽의 상황이 심각해지자 조예는 효기장군 진랑秦朗에게 大軍을 내주고 재차 선비토벌에 나서게 했다.

그런데 이처럼 위군의 공세가 거듭 강화되자 보도근을 따르던 설귀니가 크게 흔들렸다. 결국 설귀니가 자신의 부하들과 함께 은밀하게 선비부락을 빠져나와 또다시 가비능을 배반한 채, 위군에 투항해 버리고 말았다. 이때도 필시 위군 쪽에서의 이간계가 작동한 듯했다. 조예가 이를 크게 반겼다.

"선비대인 설귀니를 귀의왕歸義王에 제수하고, 그를 병주에 거하도록 하라!"

이와 함께 설귀니에게 특별히 의장용 깃발과 손잡이가 있는 우산, 악대까지 하사품으로 보내 주었다. 소식을 들은 가비능이 크게 분노했고, 틀림없이 그 배후에 보도근의 사주가 있었을 것이라고 확신했다. 어느 날 가비능이 은밀하게 살수殺手를 시켜 보도근을 살해해 버리고 말았다.

가비능은 원래 선비의 수많은 부락 속에서도 작은 종족 출신이었다. 그러나 워낙 건장한 체구에 용감하여 승승장구했고, 부하들을 공평하게 대한 데다 개인적으로 재물을 탐하지 않으니 사람들의 추대로 대인에 오를 수 있었다. 그 후 원소가 하북을 장악했을 때 수많은 漢人들이 도망쳐 와서 변방 가까이 있던 그에게 의탁했는데, 이때 한족들로부터 새로운 무기류를 제작하는 기술과 문자 등을 배우게 되었다. 이를 계기로 보다 세련된 漢族의 문화를 선호하고 선망하던 그가, 조조 재위 시 염유에게 포섭되어 공물을 바치고 위나라 편에 서게 되었던 것이다. 그러나 그 후 원袁씨 일가를 도와준 오환족이 위군과 맞설 때는 또다시 오환 편에 서서 위군을 공략했다.

이런 식으로 가비능은 수시로 입장을 바꾸는 유연한 태도로 난세를 헤쳐 나갔는데, 조비로부터는 부의왕附義王이라는 칭호까지 내려 받기도 했다. 이후 선비 대인들과의 경쟁에서 우위를 차지하면서 세력을 확장하는 데 크게 성공했고, 나중에는 10만여 기병을 거느리는 선비 최대의 세력으로 성장했던 것이다. 그러나 魏나라의 거듭된 이간계로 선비 부족 간에 분열이 반복되다 보니, 결국 이때에 이르러 〈위〉나라와 영원히 결별하게 되었다.

이듬해 234년 2월이 되자, 또다시 중원 전역이 싸늘한 전운戰雲에 휩싸이고 말았다. 부지런한 데다 집요하기 그지없는 촉한蜀漢의 제갈량이 병력을 재정비해 3년 만에 드디어 10만에 이르는 대군을 이끌고 마지막 〈5차 북벌〉에 나선 것이었다. 이와 동시에 〈위〉나라 아래쪽의 吳나라에서도 손소孫韶 등이 회음淮陰으로 향했고, 육손陸遜과 제갈근諸葛瑾이 그 뒤를 따랐다. 5월에는 황제인 손권 자신도 출병해 10만 대군으로 또다시 합비合肥와 신성新城을 공략해 포위했다.

〈위〉나라가 〈촉한〉과 〈오〉나라 양쪽으로부터 협공을 받는 위기의 순간에 처하자 위황제 조예도 가만히 있을 수 없었다. 조예는 냉상 만총이 버티고 있는 합비를 구원하기 위해 친히 병력을 이끌고 수춘으로 향해 손권 토벌에 나섰다. 그 와중에 〈위〉와 〈촉한〉 대군이 곳곳에서 혈전을 벌이며 상호 간에 승패를 반복했는데, 그해 8월 제갈량이 위수渭水가 흐르는 장안 서쪽 오장원伍丈原의 진영 안에서 54세의 나이에 과로로 숨을 거두고 말았다.

합비성에서는 황제 조예의 지원군에 힘입은 만총의 부대가 손권의 맹공에도 불구하고 꿋꿋하게 맞서고 있었다. 그러다가 틈을 보아 화공火攻을 펼쳐 吳軍의 공성 무기 모두를 불태우는 데 성공했다. 성안에서 일제히 박수와 함성이 터져 나왔다.

"와아, 적들의 공성 무기가 죄다 불타고 있다. 와아, 짝짝짝!"

이를 보고 전의를 상실한 손권이 포위를 풀어 또다시 철군을 시작했고, 회음과 양양에서 魏軍과 대치하던 병력도 함께 돌아가야 했다. 제갈량을 잃고 실의에 빠진 촉한軍 또한 서둘러 귀국하지 않을 수 없었다.

이로써 조조 사후에도 십여 년이나 지루하게 펼쳐졌던 三國 간의 전쟁이 일단락을 짓게 되었다. 〈천하삼분지계天下三分之計〉로 시작했던 제갈량의 포부는 어느새 〈천하통일天下統一〉이라는 거대한 야망으로 비화되어, 중원을 전쟁의 소용돌이에 휩싸이게 했다. 그러나 산동과 하북 등 유서 깊은 중원의 핵심 지역을 차지한 채, 이미 일강一强one-top 체제를 구축한 魏나라는 국력이나, 인재, 행정체계 등에서 타의 추종을 불허했고, 제갈량의 이상을 꿈 그 자체로 머물게 하기에 충분했다.

제갈량은 무인武人 출신도 아니면서 병법에 통달해 있었으니, 어쩌면 바로 그런 재주 때문에 천하의 야심가가 되어 마치 전쟁의 화신처럼 굴었는지도 모를 일이었다. 동시에 명분을 중시한 그는 스스로 황제가 되기보다는 죽을 때까지 자신을 알아준 유비劉備와의 의리를 지키고자 고군분투했으니, 다소 현실과는 동떨어진 이상주의자에 가까워 보였다. 〈촉한蜀漢〉은 그의 사후 30년을 버티지 못한 채 멸망의 길을 걸어야 했고, 드넓은 중원대륙 전체가 다시 통일되기까지는 그 후로도 20년의 세월을 더 보내야 했던 것이다.

그로부터 약 1,200년이 지난 후대의 〈명明〉나라 초기에, 나관중羅貫中이란 사람이 삼국시대의 역사를 인물 위주의 《삼국지연의三國志演義》라는 유명한 소설로 꾸며 발표했다. 그는 이 책을 통해 오랜 세월 북방민족에게 지배를 받아 온 漢族 사회에 민족적 긍지를 일깨우고자 했다. 책 속에는 한족들의 활약상을 두드러지게 하거나 일부는 역사적 사실이 아닌 내용들로 가득 했기에, 새로운 明황실은 물론 한족 사회에서 선풍적인 인기를 끌었다. 소설 속에서 촉한의 유비, 관우, 장비 3의형제를 각별하게 미화하고, 유비를 도운 제갈량을 비바람을 부르고 신출귀몰하는 전략을 구사하는 도인처럼 신격화시켰으나, 역사적 사실과는 거리가 먼 소설일 뿐이었다.

그 와중에 이듬해인 235년이 되자, 선비 대인 가비능이 한룡韓龍이라는 자객에게 피살된 채 싸늘한 주검으로 발견되었다. 한룡은 그와 그토록 친하게 지냈던 유주자사 왕웅이 은밀하게 보낸 무사였다. 〈촉한〉의 실질적 지도자였던 제갈량이 죽고, 〈오〉나라 손권 또한 〈위〉나라에 크게 패해 달아났으니, 위나라가 이제 다시금 하북에 눈을 돌리기 시작했던 것이다. 위나라로서는 제갈량을 도와 위나라를 곤경에 빠뜨렸던 가비능을 결코 용서할 수 없었을 것이다.

게다가 이제 가비능이 확실하게 선비 전체를 이끄는 지도자로 거듭나 있었기에, 그는 어떻게든 반드시 제거되어야 할 대상일 수밖에 없었다. 위나라 조정이 가비능과 친했던 온건파 왕웅에게 그를 살해하라는 밀명을 내렸을 가능성이 높았던 것이다.

가비능軻比能은 단석괴가 그랬던 것처럼 선비족의 통일을 목전에 둔 채, 불행히도 피살되고 말았다. 선비는 BC 2세기 초, 흉노 묵돌의 〈동호 침공〉으로 古조선의 〈진한辰韓〉에서 떨어져나간 이래, 부족들이 뿔뿔이 흩어져 오래도록 제대로 된 나라를 이루지 못했다. 동쪽 古조선 강역에 남아 살던 대다수 부족들은 〈북부여〉에 이은 〈고구려〉 등에 통합되었으나, 이를 거부하고 독립된 생활을 고집하던 부족들은 서쪽의 몽골 초원 등지로 옮겨가 떠돌이 생활을 했다.

그 후 초원의 강자 〈흉노〉가 漢族에게 밀려나자, 선비가 그 자리를 차지하면서 서쪽 내몽골의 초원에서 동부의 산악에 이르는 광활한 지역을 누비고 다녔다. 그사이 AD 2세기가 되자 고구려 서북의 서자몽 지역에서 북부여의 후예인 〈서부여〉가 부활했다. 2세기 중엽에는 단석괴라는 걸출한 영웅이 나타나 잠시 선비를 하나로 통일했으나, 그의 죽음과 함께 다시 분열되었고, 그 후로는 형제나 다름없던 오환족에게도 밀리는 형국이었다.

AD 184년 〈황건적의 난〉으로 중원의 漢나라가 150년 만에 또다시 분열되기 시작하자, 그 틈을 타 요동태수 공손도가 일어나 세력을 구축하면서 고구려의 서쪽 변경과 후한의 낙랑군 지역을 침범하기 시작했다. 급기야 〈발기의 난〉을 계기로 공손公孫씨가 옛 번조선이자 후한의 낙랑郡을 차지하면서 〈대방국〉을 건설했다. 이때 공손씨가 북쪽의 〈서부여〉와 결탁해 고구려에 저항하니, 아쉽게도 〈선비〉와 〈고구려〉 사이를 〈서부여〉와 〈대방〉 두 나라가 영구히 갈라놓은 셈이 되고 말았다.

3세기에 접어들자 오환은 하북의 패자 원소袁紹 일가를 도운 죄로 조조의 토벌대상이 되었고, 이후 자멸의 길을 걷고 말았다. 조조가 이때 수많은 오환족들을 이끌고 산동 일대로 소개시킨 채 자신의 병력으로 활용했으나, 후일 백 년쯤 지나서는 이것이 화근이 되어 오히려 중원의 나라를 괴롭히는 부메랑이 되기도 했다.

221년 4백 년을 이어 온 漢나라가 마침내 멸망했고, 중원은 이제 〈위魏〉, 〈촉蜀〉, 〈오吳〉 3국 중심의 치열한 통일전쟁시대로 완전히 돌입했다. 오환이 사라진 북방은 비로소 선비의 독주 무대가 되었고, 그 아래로 강성한 조曹씨 魏나라와 국경을 다투었다.

그 와중에 선비부족 간의 주도권 다툼이 필연적으로 재현되었고, 이를 이용하려는 魏나라의 갖은 탄압과 회유, 끈질긴 이간계에 시달리면서도 선비는 그 세력을 점점 키워 나갔다. 그 결과 선비를 다시금 규합하는 데 가장 크게 성공했던 인물이 가비능이었다. 그는 운중雲中과 오원五原의 동쪽에서 요수(영정하)에 이르기까지 너른 강역을 넘나들면서, 유주와 병주의 한인들을 끊임없이 괴롭혔으므로, 漢族들로부터 공포의 대상일 수밖에 없었다. 유주자사 왕웅은 그간 가비능과 쌓은 친분 덕에 한룡을 시켜 그에게 접근시키기가 수월했을 것이다.

가비능이 제거되자, 왕웅은 가비능의 아우를 선비의 대인으로 내세웠으나, 구심점을 잃은 선비는 이후 빠르게 흩어져 버렸다. 그러나 흉노가 그러했듯이 선비 또한 강인한 북방민족의 당당한 주역으로, 역사 속에서 쉽사리 사라질 나약한 민족이 아니었다. 수없이 뜯기고 짓밟혀도 다시금 일어나는 초원의 잡초처럼, 그들은 드넓은 초원과 산악으로 달아나면 그뿐이었다. 다만 선비족은 이제 그렇게 숨을 죽인 채로, 언젠가 또 다른 시절이 오기를 기약도 없이 마냥 기다려야만 했다.

제갈량과 손권이 魏나라에 대해 대대적인 협공을 개시하기 직전인 234년 정월, 〈고구려〉의 도읍 환도성에서는 새로이 화려하게 지어 올린 대각궁大角宮에서 남방의 〈吳〉나라 사신을 위한 연회가 한창 벌어지고 있었다. 오나라 사신이 짐짓 훌륭한 궁이라며 동천제의 비위를 맞춰 주었다.

"태왕폐하, 중원의 어디에 내놓아도 손색없는 훌륭한 궁을 지으셨습니다!"

이에 동천제가 크게 웃으며 답했다.

"하하하, 아니오! 원래 우리는 궁궐을 검박하게 짓는 것이 관행이오만, 이 궁은 지나치게 화려한 것 같아 탈이오!"

그해 가을, 문제적 여인 우于태후가 사망해 산상릉 곁에 묻어 주었는데, 주통태후의 아들인 동천제는 두 분의 무덤 사이에 소나무를 일곱 겹이나 심어 앞을 가리게 했다. 살아생전 그토록 자신의 모후를 핍박했던 우후에 대한 보복으로, 필시 주통태후의 입김이 작용한 것으로 보였다. 다음 달이 되니 동천제가 주변에 명을 내렸다.

"지금 당장 호천으로 갈 것이다. 서둘러 모후를 모셔와야 할 것 아니겠느냐?"

동천제는 우태후가 사라진 그때서야 비로소 궁 밖의 호천虎川에 머물던 모친을 마침내 궁 안으로 모셨다. 이때부터 연椽씨 형제들이 대신의 자리에 올라 우于씨와 주朱씨 가문을 대신하기 시작했고, 주통酒桶태후가 권력의 핵심으로 부상했다. 이때 주통태후의 나이가 46세였는데, 여전히 젊은 여인처럼 튼튼해 자식을 낳을 수 있을 정도였다. 자식 된 도리로 이를 막을 수도 없는 일이었기에, 동천제는 이들 배다른 형제 모두를 열왕쥇王과 공주로 봉해 주어야 했다. 동천제는 출신 때문에 많은 맘고생을 겪은 자신의 모친에 대해 가엾이 여기고, 그녀를 극진하게 예우했으니 틀림없는 효자였다.

4. 공손연의 멸망

237년경, 위魏나라가 두려워하던 〈촉한〉의 제갈량이 마지막 〈5차 북벌〉 도중 오장원에서 숨을 거두고, 오吳나라 손권이 魏의 합비성 전투에서 패퇴한 지 3년의 세월이 흘렀다. 커다란 근심을 덜게 된 위나라 조정에는 여유로운 분위기가 감돌았고, 군의 사기는 충천해 있었다. 그러자 위나라가 마침내 본격적으로 하북으로 눈을 돌리기 시작했다.

그해 봄이 되자, 魏의 명제明帝 조예는 유흔劉昕과 선우사鮮于嗣, 오림吳林 등을 은밀하게 불러 특수한 임무를 부여했다. 즉, 본격적인 대방 토벌에 앞서 미리 대방에 잠입해 곳곳에서 일종의 국지전(게릴라전)을 펼치고, 각종 선전책동으로 민심을 교란시키라는 것이었다. 당연히 대방인들의 위나라에 대한 반응과 동향을 파악하고, 대방에 등을 돌리도록 현지인을 포섭하는 공작 임무도 포함되었다. 이를 위해 유흔을 대방태수, 선우사를 낙랑태수로 임명했다. 그러나 이는 어디까지나 대방 현지에서의 원활한 활동을 위해 부여한 임시직책이었을 뿐이었다.

이후 이들 한인漢人 위장태수들은 적당한 수의 병력을 거느린 채 은밀히 바다를 건너와, 우선 자신들이 활동할 교두보 확보에 주력했다. 아마도 발해만 천진 일대 대방의 수비가 허술한 郡단위의 작은 지역들을 대상으로 했을 것이다. 대방국은 원래 번조선의 땅이자 漢나라 낙랑군의 땅으로, 공손연이 〈대방국〉을 선포하면서 그 북쪽을 낙랑, 남쪽을 대방이라 구분해 다스렸다. 그러나 그곳의 백성들은 대부분 옛 中마한의 예인濊人들로 고조선 韓人의 후예들이었다.

이후 대방과 낙랑으로 각각 잠입해 들어간 유흔 등은 中마한 출신의 수장급 신지臣智들과 읍차邑借들에게 은밀하게 연락해, 자신들에게 협조하는 이들에게 魏나라의 새로운 읍군과 읍장의 인수印綬를 주겠노라는 것을 미끼 삼아 포섭 활동에 나섰다. 그런데 〈위씨조선〉이 몰락한 이래, 이 지역이 오래도록 후한의 식민지인 〈낙랑군〉의 지배 아래 놓이다 보니, 사람들이 한족漢族의 세련된 문물과 풍속에 익숙해지고, 고급스러운 의책衣幘(관복, 관모)을 선호했다고 한다. 일설에는 이때를 전후해 중원으로부터 인수와 의책을 받은 한인韓人들이 천 명이 넘었다고 했다.

그러나 이는 나중에 魏로 돌아간 위장僞裝태수들이 자신들의 활약상을 부풀린 것으로 다분히 과장된 기록으로 보였다. 그보다는 현지 토착민들이 공손씨의 지배에 대해 강한 거부감을 드러냈거나, 위나라를 두려워한다는 내용이 핵심이었을 것이다. 필시 위나라 조정에서는 이때 대방의 韓人 토착민들이 위나라에 대해 딱히 거부감을 드러내지 않았고, 앞다퉈 위나라의 의책을 받아 갔다는 보고를 매우 고무적으로 평가했을 것이다. 어쨌든 이들 위장태수들은 위에 대한 선전과 요인 포섭활동 외에도, 최종적으로는 곳곳에서 가시적인 국지전을 펼침으로써 대방 사회를 크게 요동치게 한 것이 틀림없었다.

대방왕 공손연은 뒤늦게 魏의 태수라는 자들이 대범하게도 일부 지역에 잠입해 선전책동을 펼치고, 곳곳에서 소요사태를 벌이며 민심을 교란시키고 갔다는 사실을 알게 되었다. 당시 대방 사회 전체가 이 사건으로 크게 동요하게 되자, 사태의 심각성을 깨달은 공손연이 얼마 후 분위기 반전을 위한 대응책을 하나 꺼내 들었다.

"이제부터 국호를 새로이 바꾸어 연燕으로 할 것이다. 이를 대내외에 널리 공표하도록 하라!"

공손연은 스스로 연왕燕王임을 자처하고, 이때부터 천자天子가 사용하는 화려한 의장儀仗을 쓰는 등 자신의 위세를 떨치고 다니기 바빴다.

자신의 나라가 건재함을 사방에 드러냄으로써, 민심 이반을 막기 위한 고육지책이었던 것이다. 이로써 위魏, 촉蜀, 오吳에 이어 중원의 바깥 요동에 4번째 나라인 공손씨의 〈연燕〉나라가 공식적으로 출범하게 되었다. 사실상 중원이 三國에서 〈사국四國시대〉가 된 셈이었다.

그 무렵에 고구려 조정에서도 공손연이 국호를 바꾸고 燕왕이라 칭하며, 마치 황제라도 된 양 한껏 위세를 뽐내고 다닌다는 보고가 들어왔다. 아울러 위나라의 수상한 공작 활동에 대한 정보도 입수했을 것이다. 동천제가 이때 공수동맹 관계인 위나라 조예에게 사신을 보냈다. 위나라가 대방에서 펼친 국지전에 대한 진의를 파악하고, 이참에 함께 공손연 토벌에 나서자는 제안을 하기 위해서였다. 그 결과 조만간 〈고구려〉와 〈위〉 양국이 동서 양쪽에서 동시에 燕을 협공하기로 했다.

먼저 위나라 조예가 공손연公孫淵에게 사람을 보내 위나라 도성인 낙양으로 입조할 것을 요청했다. 당연히 공손연이 이에 응하지 않을 것을 뻔히 아는 터라, 장차 이를 빌미로 트집을 잡고 전쟁의 명분으로 삼으려는 것이었다. 예상대로 공손연이 조예의 요구를 무시한 것은 물론, 오히려 위나라의 유주 변방을 도발했다. 이로써 이제 위나라는 〈燕〉을 칠 당위성을 확보하게 되었다. 이어서 고구려가 움직였다. 동천제가 명림어수明臨於漱와 책자箐資, 대고帶固 등에게 수만 병력을 내주면서 명을 내렸다.

"이제부터 양수로 진격해 곧바로 연을 공격하도록 하라!"

양수梁水는 양강兩江, 이수二水, 쌍강, 이하梨河 등 여러 이름으로 불리던 패수의 상류로 보였으니, 대방의 위쪽인 낙랑을 겨냥한 것이 틀림없었다.

위나라에서도 황제 조예의 신임이 두터운 관구검丗丘儉을 유주자사 겸 도요渡遼장군, 호護오환교위로 삼아 〈燕〉 공략에 나서게 했다. 관구검은 이때 수만에 이르는 유주의 병력을 이끌고 북상한 끝에 요수遼水(영정하) 하류의 대방 일대로 보이는 요수遼隧 지역에 주둔했다. 그 무렵 북경 서남쪽 우북평右北平(부평阜平 일원)에는 오환족 선우 구루돈寇婁敦과 요서 오환족의 도독 솔중왕率衆王 호류護留 등이 머물고 있었다. 이들은 과거 조조의 오환족 토벌 때 원상袁上을 따라 요동으로 달아난 자들이었다. 기회를 엿보던 이들이 이때 5천여 병사들을 이끌고 나와서 슬그머니 관구검의 군대에 합류했다. 이때쯤에는 오환의 남은 잔당들까지도 대부분 魏나라에 귀속된 것이나 다름없어 보였다.

이에 맞서 대방왕 공손연淵 또한 기다렸다는 듯이 즉각 군대를 편성해 대응에 나섰다.

"장군 곽흔郭昕, 유포柳蒲 등은 동쪽의 고구려를 상대하고, 비연卑衍과 양조楊祚 등은 서남쪽으로 들어오는 위군을 막아 내라!"

그렇게 〈위-고구려〉 연합이 공손씨 〈燕〉을 상대로 하는 전쟁이 본격적으로 개시되었다. 전쟁 초기에 현지 지리에 밝은 비연 등이 이끄는 燕軍이 요수遼隧에 머물던 관구검의 군대에 선제 기습공격을 가해 커다란 타격을 주었다. 관구검이 요수遼水 서쪽으로 퇴각해 병력을 점검하고, 반격의 기회를 찾고자 했으나, 공교롭게도 그때부터 장마철이 시작되어 큰비가 열흘이나 쏟아져 내렸다. 관구검이 장탄식을 했다.

"휴, 하늘이 도와주질 않는구나. 홍수에 강물이 넘쳐흐르니 어쩔 도리가 없다. 분하지만 일단 철수해 다음 기회를 노리는 수밖에⋯⋯"

결국 관구검의 魏軍은 요수遼水를 넘지 못하고 부득이 우북평으로 철수했다. 반면, 동쪽의 전선은 상황이 달랐다. 고구려군이 그 틈을 이용해 燕軍을 밀어내고, 곧바로 燕이 차지하고 있던 서북쪽 현도로 치고 들어갔다. 그 결과 燕의 북쪽 낙랑군에 속해 있던 현도의 서쪽 땅 백여 리를 이때 고구려의 땅으로 편입시키고 개선했다.

〈공손연燕〉에 대한 관구검의 〈1차 원정〉이 실패로 끝나자 위나라 조예는 바짝 독이 오르고 말았다. 이듬해 238년 정월이 되자, 조예는 촉한蜀漢의 북상에 대비해 그동안 장안長安에 머물게 했던 사마의司馬懿를 낙양으로 불러들였다.

"제갈량과 맹장 위연이 사라졌으니 촉한은 당분간 조용할 것이오. 대신 동북의 공손연이 칭왕을 하고 입조를 거부하니 이번에야말로 태위太尉께서 나서 줘야겠소. 우북평에 유주자사 관구검이 주둔해 있으니, 그와 합류해 이번에 반드시 연을 멸하도록 하시오!"

조예가 사마의에게 4만의 대군을 별도로 내주고, 공손燕에 대한 〈2차 원정〉에 나서게 했다. 사마의의 대군은 봄에 출발했는데도 6월에나 요수(영정하)에 닿을 수 있었다. 사마의는 제갈량을 상대하던 魏나라 최고의 재상이자 군사 전략가였다. 그는 본격적으로 공손燕을 때리기 전에 반대편 동쪽에 위치해 있는 고구려로 사자를 보내 燕에 대한 협공에 나서 줄 것을 청했다.

동천제가 기꺼이 이에 호응해 명을 내렸다.

"이번에는 사마의까지 직접 출정했다니 대방도 더 이상 버티기가 쉽진 않겠구나. 장군 주희朱希를 주부대가注簿大加로 삼고, 5천의 병력을 내주어 출정케 하라. 다만 대방을 반드시 꺾고 말겠다는 조예의 의지가 확고한 만큼, 사마의가 적극 공세를 펼칠 테니 주장군은 무리할 것 없이 사태를 관망하면서 위군을 성원하면 될 것이다."

그리하여 주희가 고구려군을 이끌고 대방의 북쪽인 남소南蘇(평곡) 방면으로 출정했다.

이에 맞서고자 대방왕 공손연公孫淵 또한 수만 명의 병력을 동원해 본격적으로 진투에 응했는데, 이미 1차 침입로인 서남쪽 요수遼隧에 진지를 쌓고 견고한 방어선을 구축해 놓은 뒤였다. 사마의는 먼저 관구검을 시켜 燕의 수장 비연과 양조가 지키는 요수遼隧를 공격하게 했다. 그러나 방어선이 워낙 튼튼해 쉽게 뚫리지 않았고, 이에 양측이 강을 사이에 두고 서로 대치하게 되었다.

그 무렵 공손燕의 또 다른 주력부대는 동쪽의 고구려군을 막기 위해 양수梁水로 출진했는데, 그 바람에 도성인 양평襄平이 사실상 비다시피 했다. 이를 간파한 사마의가 서남쪽 관구검의 부대에 급히 명령을 내렸다.

"지금 즉시 전방에 군기를 잔뜩 꽂아 늘어놓고, 주력부대의 병사들이 많이 주둔해 있는 것처럼 보이게 하시오!"

사마의는 서남쪽 전선에 위장진陣을 펼쳐 燕軍을 남부 전선으로 묶어두는 동시에, 몰래 관구검의 군사를 빼돌려 자신이 이끄는 본대로 합류시켰다. 그렇게 세를 더욱 크게 불린 주력부대를 이끌고 은밀히 요수遼隧의 서북쪽을 돌아가는 원거리 행군을 감행한 결과, 끝내는 양평으로 내려와 성을 기습, 포위하는 데 성공했다. 그때 연왕 공손연公孫淵은 아래쪽 남부군을 지원하기 위해 요수遼隧로 가던 중에 도성이 포위되었다는 소식을 듣고는, 곧장 회군해 양평으로 향하면서 다급히 명령을 내렸다.

"지금 속히 요수를 지키는 비연에게 파발을 보내 도성이 포위되었으니, 군사를 나누어 즉시 도성으로 돌아오라고 전하라!"

아래쪽에서 관구검을 상대하던 비연은 도성이 포위되었다는 황망한 소식에, 군사를 쪼개 양평을 구하고자 급히 도성으로 향했다. 그러나 사마의 魏軍은 중원에서 수많은 전투 경험을 쌓아 야전에 능한 부대로, 전투력에 있어서 燕軍을 압도했다. 비연의 지원부대는 도중에 위군에 차단된 채로 전투를 벌였으나, 이내 싸움에 패해 물러나고 말았다. 공손연淵이 그사이 용케 도성 안으로 들어왔으나, 사방이 포위된 채로 장기 농성에 들어가야 했다.

그 후 사마의는 맹장 우금을 시켜 수시로 성안을 공격하게 했다. 연왕 공손연은 양평성 안에 갇힌 채로 30여 일을 버텼으나, 굶주림에 시달린 데다 도저히 성을 사수할 가망성이 없어 보이자 사자를 보내 조심스레 항복의 의사를 타진했다. 그러나 사마의는 물론 낙양의 조예까지도 독 안에 든 생쥐 신세로 전락한 공손연에게 자비를 베풀 생각이 전혀 없었다. 사마의가 공손연의 사자에게 일갈했다.

"무조건 항복만이 있을 뿐이다. 무슨 구구한 조건을 내거는 게냐? 그대의 왕이 아직도 이 상황이 어떤 것인지 도통 파악이 안 되는 모양이로구나."

공손연은 사마의가 자신의 항복 제의를 거부했다는 소식에 크게 절망했다. 궁지에 몰린 공손연이 마침내 양평성을 버리기로 하고 병사들 몰래 포위망을 뚫고 달아났으나, 이내 위군에 붙잡히고 말았다. 사마의는 일고의 여지도 없이 병사들이 보는 앞에서 공손연淵을 참수해 버리고 말았다. 이로써 중원의 내란을 틈타, 요동과 낙랑을 호령했던 공손公孫씨가 도度, 강康, 연淵 3代 약 50년 만에 끝내 멸망하면서 역사 속으로 사라져 갔다.

사실 공손씨가 세웠던 〈연燕〉나라는 옛 번조선의 땅이자 산융과 낙랑의 땅이었고, 漢무제 이전에는 〈기씨조선〉에 이어 〈위씨조선〉의 땅이었다. 그때까지만 해도 서남쪽의 〈창해국〉이 발해만을 끼고 있어 중원의 진출을 차단해 주었으나, 창해왕 남려가 무제에 속아 나라가 소멸되었고, BC 108년경 위씨조선이 멸망하면서 漢나라의 진출을 허용하고

만 것이었다. 위씨조선의 강역에 한사군을 설치하려던 무제는 이후 〈북부여〉 고두막한에 의해 뜻이 좌절되자, 난하의 서쪽 위아래로 북쪽의 현도군과 아래쪽의 낙랑군 〈漢二郡〉을 세우는 데 그쳤다.

그 뒤 〈북부여〉가 멸망한 뒤로 이 지역에 새로이 〈中마한〉이 들어섰으나, 북경 위쪽으로 사로국의 전신인 서나벌과 진변, 백제, 예맥, 말갈에 서부여와 고구려까지 끼어들어 각축을 벌이면서, 이 지역은 하북의 가장 뜨거운 분쟁지역이 되고 말았다. 특히 고구려 공략을 위해 이 지역의 전략적 가치를 높이 평가했던 광무제 유수는 무려 3차례나 고구려를 침공할 정도로 요동을 〈후한〉의 지배 아래 두고자 했다.

그러다 태조황제의 요동공략과 함께 이 땅이 다시금 고구려의 강역으로 편입되었다. 그러나 AD 197년경 〈발기의 난〉을 계기로 공손도가 고구려의 요서지역으로 들어와 낙랑 지역까지 차지한 다음, 〈대방국帶方國〉을 세우고 다시 〈燕〉이라 칭했던 것이다. 그러나 그 백성들은 대부분 옛 中마한과 진한辰韓, 낙랑이나 백제, 예맥처럼 古조선의 후예인 韓人들이었다.

이 지역에 기반이 없었던 공손씨 3대는 토착민들을 다스리고 전쟁을 수행하기 위해 공포정치와 가혹한 탄압을 일삼고, 이로써 백성들의 지지보다는 원망을 사기 바빴을 것이다. 하물며 〈고구려〉가 〈위〉나라와 동시에 협공으로 〈연〉의 토벌에 나서자, 그 백성들이 전쟁에 적극적일 리가 없었다. 무엇보다 동쪽의 강력한 고구려가 후방을 견제한 것은 아무리 그 참전 규모가 미미했다손 치더라도, 그 존재만으로도 공손燕의 〈양평전투〉 패배를 야기한 중차대한 요인이었을 것이다.

그렇게 〈공손燕〉 토벌에 성공하고서도, 사마의는 이것으로 만족할리가 없었다. 영민한 사마의 군대는 당초 의도했던 대로 다음 단계에 착수하느라 숨 가쁘게 움직였다. 즉, 이참에 공손燕의 땅 전체, 즉 요동과 현도, 낙랑과 대방 4군에 속했던 땅을 고구려보다 한발 앞서 魏나라가 점령해 버리려는 것이었다. 결국 동쪽의 고구려가 〈공손燕〉이 패망했다는 소식에 진위를 파악하는 등 우물쭈물하는 사이, 사마의의 위군은 고구려와의 맹약을 헌신짝처럼 저버린 채, 공손씨의 燕 땅 전체를 신속하게 차지해 버렸다.

뒤늦게 이 사실을 보고받은 동천제가 분노에 치를 떨었다.

"사마의, 조예, 이 간교한 인간들……. 당초 대방국은 우리 고구려에 양보하기로 약속했거늘 천자의 나라라고 우쭐대는 놈들이 어찌 이리도 표리부동한 모습을 보이는 것이냐?"

그러나 그것은 승자독식의 냉혹한 국제 질서 속에서 무의미한 푸념에 불과한 것이었다. 魏나라가 吳나라를 차지하는 것이 힘들다는 점은 〈적벽대전〉을 통해 일찌감치 입증된 것이었다. 그럼에도 고구려는 눈앞의 대방국만 쳐다보고, 위나라가 대방을 양보하겠다는 말에 현혹되어 덜컥 동맹을 맺고 말았던 것이다. 무엇보다 위나라가 관구검을 통해 선제적으로 1, 2차 원정에 나섰을 때 위나라의 의중을 충분히 파악했어야 했다. 위나라가 손에 넣지도 못할 공손燕을 토벌하고자 직접 대군을 동원할 리가 없기 때문이었다.

그런데도 고구려는 1차 원정 때 현도의 백 리 땅을 수중에 넣은 것에 만족해, 위나라의 시커먼 속을 들여다보지 못했던 것이다. 게다가 이러한 상황에서는 전쟁이 끝난 후 사후처리에 대해 철저한 계획을 수립하고, 발 빠르게 대처해야 했거늘 오히려 그런 기회를 위나라에 모두 빼앗기고 말았으니, 당시 동천제를 비롯한 고구려 지도부의 안일한 태도는 납득하기 어려운 것이었다.

뒤늦은 후회에도 불구하고 고구려는 이제 중원을 대표하는 魏나라와 또다시 국경을 마주하게 되었다. 고구려는 즉시 魏나라와의 단절을 선언했으나, 소 잃고 외양간 고치는 격이었다. 관구검은 공손燕 도벌의 공을 인정받아 안읍후安邑侯에 봉해졌다.

그런데 그해 정월 공손燕 토벌이 있기 직전, 고구려에서는 태보인 명림식부가 70의 나이로 사망했다. 그는 반년 전, 관구검의 1차 대방원정이 한창 진행 중일 때, 전임자의 사망으로 그 뒤를 이어 태보에 올랐으나 곧바로 세상을 뜬 것이었다. 당시 중원 전체가 통일 전쟁에 휩싸이고 워낙 어지러운 정세가 이어지다 보니, 고구려 조정에서도 강온파 간에 여러 대응책을 놓고 서로 다른 주장과 갈등이 상존했을 것이다. 236년 손권의 사신을 목 베어 魏나라에 보냈을 때도 식부는 동천제와 다른 의견을 갖고 이를 만류한 것으로 보아, 그는 위나라와 동맹을 맺기보다는 강성한 위나라를 견제하는 데 주력해야 한다고 주장한 듯했다.

당시 동천제는 태왕으로서의 절정기를 맞아 패기만만하고 자신감에 가득 차 있었다. 그는 중원이 대혼란에 빠져 수시로 주인이 바뀌는 상황에서 吳나라, 魏나라와 같은 신흥국의 등장을 그다지 심각하게 여기지 않았고, 오히려 전통의 강국 고구려의 태왕으로서 이들의 존재를 무시하는 태도를 보였다. 동천제의 장인기도 했던 식부는 도량이 큰 데다 웃어른의 기풍을 지녀, 태왕에 대한 직간도 마다하지 않던 현명한 재상이었다고 한다. 그런 식부조차도 이미 늙고 병이 들다 보니 강성한 동천제의 고집을 꺾지 못했고, 국제정세를 제대로 읽지 못하는 조정의 신료들을 만류하지도 못한 듯했다.

식부의 죽음에 사위인 동천제가 전鱣황후를 대동해 친히 조문했고, 그를 大王의 예로 장사 지내 주었다. 그러나 작은 성공에 만족해 이내 자만에 빠지고 방심했던 고구려의 전략적 실패는 공손燕의 땅, 크게는 낙랑樂浪을 잃는 것에 그치지 않았다. 얼마 지나지 않아 고구려와 동천제 앞에는 더욱 가혹한 대가를 치러야만 하는 최악의 상황이 기다리고 있었던 것이다.

이듬해인 239년, 동천제가 친히 서천西川으로 나가 병사들의 훈련을 참관했다. 태왕은 건장한 체격에 무예가 출중했는데, 특히 고삐를 놓고서도 말을 타는 솜씨가 탁월했고, 손수 병사들을 가르치기까지 했다. 그해〈위〉에서도 병약했던 조예가 사망하는 바람에 8살 어린 조방曹芳이 황위를 이었다. 조조에게 처음 발탁되었던 사마의는 조비, 조예에 이어 조씨 4代를 모시게 되었다. 그는〈맹달의 난〉을 제압하고, 제갈량의 북벌을 저지한 데 이어 고구려를 제치고〈공손연〉을 차지하는 데 성공한 魏의 일등 공신으로 조정의 핵심 인물이었다.

그러나 호사다마好事多魔였는지, 그는 조상曹爽을 비롯한 조曹씨 황족 일가의 집중 견제를 받게 되었다. 권력다툼에서 밀려난 사마의는 명예직인 태부太傅로 옮기면서 사실상 실각을 당하고 말았고, 이때부터 오랜 침묵과 인고의 시간을 보내게 되었다. 魏나라는 겉으로는 대세 상승국면을 탄 것처럼 보였지만, 어린 황제의 출현으로 야기된 권력의 공백으로 불안하기 짝이 없는 정국을 이어 가고 있었다.

해가 바뀌어 240년이 되자,〈위〉나라의 궁준弓遵과 유무劉茂라는 인물들이 각각 대방 및 낙랑태수가 되어 있었다. 이제 점령군의 수장으로 들어온 이들은 한인韓人들에게 유화적인 것이 아니라, 다소 강압적인 모습으로 대하기 시작했다. 당시 오랜 세월 외세의 지배에 시달린 韓人 토착민들은 이참에 그 손아귀에서 벗어나길 갈망하고 있었다. 그러나 뜻밖에도 동족의 나라 고구려가 아닌 魏나라가 공손燕을 차지한 데 대해 많은 백성들이 크게 실망했을 터였다.

더구나 〈위〉 사체도 공손燕과 나를 바 없는 신흥국인네나 어린 황세가 섭정에 휘둘리다 보니, 여러 가지 변수가 많아 장차 그 앞을 가늠하기 어려운 상황이었다. 이런 분위기 속에서 이들 韓人 토착민들이 魏나라에서 파견된 관료들에게 고분고분할 리가 없었다. 따라서 속으로는 魏의 지배를 인정하려 들지 않았을 뿐더러, 사실상 고구려와 내통하는 자들도 많았다.

이런 사실을 알고 있던 魏 태수들은 토착민들끼리 세력을 한데 모아 장차 〈위〉나라에 저항할지도 모르는 상황이라, 최악의 경우에 대비할 방안을 짜내느라 고심했다. 결국 이들이 생각해낸 대책이란 것이 행정 조직의 개편을 통해, 토착민들을 이리저리 갈라놓고 그 힘이 모이지 않도록 소개疏開시키는 것이었다. 문제는 토착 韓人 지도자들을 만나 자신들이 제시한 개편안을 수용하게끔 설득하는 것이었다. 어느 날 魏나라 태수가 파견한 부종사 오림旿林이 통역을 대동한 채 韓人 신지들과 만나 협상에 나섰다.

"과거 낙랑이 원래 한국韓國을 다스렸던 만큼, 이번에 진한辰韓의 8國을 분할해 낙랑에 속하도록 할 것이오."

그런데 이때 통역관이 성급한 마음에 이들 신지들이 辰韓의 낙랑 귀속, 즉 魏의 지배가 기정사실인 듯 오역하는 일이 벌어지고 말았다. 비록 魏나라가 새로이 대방의 일부를 차지하긴 했지만, 이들 모두가 그때까지 魏나라의 또 다른 지배를 인정한 것은 아니었다. 자존심이 상한 韓人 신지들이 이 문제를 놓고 자기들끼리 설왕설래했다.

"비록 중원의 魏나라가 강하다고는 하지만, 지금 우리가 새로 생긴 지 얼마 되지도 않은 魏의 지배를 허용할 아무런 이유가 없는 것이오.

우리는 우리대로 이참에 가능한 한족漢族의 지배에서 벗어날 절호의 기회이거늘, 어찌 위나라 하급관리의 말 따위에 놀아나야 하겠소?"

"맞는 말이오. 위나라의 일방적인 지배를 절대 허용할 수는 없는 일이오!"

급기야 신지들이 우루루 몰려가 오림에게 항의했고, 그 와중에 한바탕 싸움에 가까운 소동이 벌어지고 말았다. 신지들을 위한 설득은커녕 당초 기획했던 협상 자체가 시작 단계부터 결렬되었다. 한 마디로 태수들은 코빼기도 보이지 않은 채, 부하 직원을 보내 자기들 멋대로 郡을 쪼개 낙랑에 속하게 하려는 魏태수들의 경솔한 행동에 신지들이 크게 분노했던 것이다. 결국 분을 삭이지 못한 신지들끼리 다시 모여 이 문제를 논의했다.

"위태수들이 하는 행태를 보니 우리들을 전보다 더욱 무시하면 했지, 기대할 것이라곤 전혀 없을 것 같소이다. 다행히 위군의 병력이 그다지 크지 않은 듯하니 차라리 이참에 위나라 태수들을 공격해 대방에서 내쫓아 그 싹을 잘라 놓고, 우리들의 확고한 의지를 내보이는 게 좋을 것이오!"

그리하여 韓族 신지들이 힘을 합쳐 魏태수들을 아예 내쫓아 버리기로 뜻을 모았다. 동시에 은밀하게 사람을 보내 고구려 조정에 지원을 요청하기로 했다.

그 무렵 고구려 조정에서는 이제 〈공손燕〉을 대신해 국경을 맞대게 된 魏나라가 종종 변경을 침범하기 시작한 데다, 바다 멀리 한반도의 〈사로국〉, 심지어 그 아래 〈왜국〉과도 소통한다는 소식에 잔뜩 심기가 불편한 상황이었다. 실제로 관구검의 2차 대방원정이 한창 진행되던 때, 느닷없이 〈왜국倭國〉의 여왕 비미호卑彌呼가 대부大夫 난승미難升米와

부사副使 도시우리都市牛利 등을 대방군으로 보내, 魏의 황제를 만나 공물을 바치고 싶다고 했다.

당시 한창 전쟁 중이었음에도 대방태수 유하劉夏가 관리들을 시켜 이들을 낙양까지 호위해 조예를 알현할 수 있도록 해 주었다. 조예는 왜국의 사신들이 공물을 바치고자 머나먼 길을 찾아온 수고와 성의를 높이 평가하고, 그에 상응하는 푸짐한 답례품을 주어 되돌려 보냈다. 그뿐이 아니었다. 공손燕을 평정하고 난 조예는 대방태수 궁준에게 사람을 시켜, 倭의 여왕에게 조서의 인수를 전하라 명했다. 이에 궁준이 건중교위建中校尉 제준梯儁 등을 왜국으로 보내 왜의 여왕을 알현하고, 인수를 전하게 했다.

이로써 〈倭〉 또한 이 시기에 대륙 국제무대의 일원으로 처음 등장하게 되었고, 해상무역을 통해 활발한 교역에 나서기 시작했던 것이다. 그러나 그 무렵 倭열도는 여러 소국들이 병존하던 시기로 통일정권이 탄생하기 전이었다. 따라서 이때의 왜倭는 열도에서 비교적 세력이 컸던 큐슈九써 일대 소국의 하나임이 틀림없었다.

그러던 와중에 대방의 韓人 신지들이 고구려에 은밀하게 군사 지원을 요청해 왔다. 동천제가 이에 즉각 호응하기로 하고 밀명을 내렸다.

"어관於灌은 병사들을 이끌고 즉시 대방으로 들어가, 한인 신지들을 돕도록 하라!"

마침내 대방으로 들어간 어관이 韓人 신지들과 함께 병력을 한데 모아, 대방군 내 기리영岐離營이라는 군영을 기습 공격했다. 韓人 신지들이 〈위〉나라에 반란을 일으켰다는 보고에, 魏태수 궁준과 유무가 서둘러 군사를 일으켜 진압에 나섰다. 이 전투에서 토착 한인들이 魏軍에 맞서 조금도 물러나지 않은 채 맹렬히 싸운 결과, 魏의 대방태수 궁준이 전사하고 말았다. 낙랑태수 유무 또한 겨우 남은 병력을 수습해 다급히 달아나기 바빴다.

대방의 토착 한인韓人들이 〈기리영전투〉에서 승리하기까지는 오랜 외세의 지배에서 벗어나려는 대방(낙랑)인들의 갈망이 그만큼 크게 내재되어 있었던 것이다. 동시에 그 배후에서 고구려가 이들을 적극 지원하고, 어관과 같은 유능한 장수들이 전투를 지휘한 것 또한 크게 주효했을 것이다. 한마디로 〈기리영전투〉는 식민지 대방의 토착 韓人들이 동족인 〈고구려〉와의 연합으로 기울면서, 중원의 외세지배에 적극적으로 저항해 일으켰던 대규모의 봉기였던 것이다.

5. 서부여와 오환

184년경 후한이 〈황건적의 난〉으로 혼란스러워진 틈을 타 공손도公孫度가 요동태수를 자임하며, 스스로 독립을 시도했다. 공손도는 바로 자신들의 북쪽에 이웃한 〈서부여〉에 손을 내밀고, 반反고구려 전선을 강화하고자 했다. 이때 서부여는 위구태왕의 뒤를 이은 간위거簡位居가 왕이 되어 다스리고 있었다. 오래도록 현도의 서북쪽에 치우쳐 있던 간위거왕이 좋은 기회라 여기고 동생인 대지大知를 불러 명했다.

"공손도가 화친을 제의해 왔으니 더없이 좋은 기회가 아니더냐? 네가 사신이 되어 직접 공손도를 만나 보고 반드시 화친을 성사시키도록 해라!"

189년 대지가 서부여의 사신으로 요동으로 가서 공손도에게 특산물

을 바치고 동맹을 맺게 되었다. 이듬해인 190년, 공손도는 서부여의 호
응에 보답하기 위해 딸 보루宝娄를 간위거왕에게 시집보내 혼인동맹을
맺었다. 서부여도 그해 10월 부산富山에서 벌어진 전쟁에 병력을 보내
공손도를 도움으로써, 실질적으로 동맹 관계임을 확인시켜 주었다.

그러던 197년, 고구려 산상제의 즉위에 반발해 일어난 〈발기의 난〉
을 계기로, 공손도가 고구려로 들어가 요동의 9개 성을 차지하면서 발
해만 일대의 옛 낙랑군 지역을 장악해 버렸다. 그 후 공손도의 뒤를 이
은 공손강公孫康이 209년에는 〈대방국〉을 선포하고 스스로 대방왕에 올
랐다. 공손강이 그 무렵 자신의 여동생 보고宝皐를 서부여왕에게 시집보
내 관계를 더욱 공고히 했는데, 〈고구려〉와 〈후한〉의 조조를 견제하기
위해서였다.

당시 〈서부여〉에는 한인漢人 출신들이 대거 들어와 여러 관직에 있었
는데, 이는 대방과의 인적교류가 활발해진 탓이었다. 간위거왕은 대방
국에서 온 공손도의 두 딸을 각별히 아꼈는데, 안타깝게도 이들 모두 자
식을 갖지 못했다. 5년 뒤인 214년에는 보루가 50세의 나이로 먼저 사
망해, 간위거왕의 마음을 아프게 했다.

그런데 그 무렵 공손燕과 동맹관계였던 북쪽의 〈서부여〉가 燕에 대
한 군사 지원을 미룬 채 소극적인 관망으로 일관했다. 강성한 후한과 고
구려의 협공에 燕이 견디지 못할 것을 간파했던 것이다. 게다가 그 와중
에 간위거왕이 사망하는 국상을 당해, 더더욱 공손燕을 지원할 형편이
되지 못했다. 공교롭게도 간위거왕이 적자를 남기지 못했기에, 서자인
마여麻余가 서부여 왕위를 잇게 되었다. 그사이 〈후한〉이 멸망하고 조曹
씨 〈魏〉나라가 들어서 있었다.

공손강 이후의 대방국 또한 237년 대방왕 공손연公孫淵이 〈燕〉으로

국호를 바꿨으나, 이듬해에 〈고구려-위〉 연합에 의한 협공으로 끝내 반세기 만에 사라지고 말았다. 공손燕을 멸망시킨 魏의 사마의가 이때 고구려와의 약속을 깨고, 燕의 땅과 요수 일대의 4郡 모두를 차지해 버렸다. 그 직전에 고구려가 현도를 차지한 것이 빌미가 된 셈이었고, 이때부터 비로소 위나라와 고구려의 본격적인 충돌이 시작되었다.

그사이 서부여 조정의 예상대로 燕나라가 사마의에게 참패를 당함과 동시에 燕왕의 목이 날아가자, 연왕의 아우 공손소公孫沼가 서부여로 피해와 몸을 의탁했다. 이에 마여왕이 공손소를 만나 그를 대방왕으로 내세웠는데, 공손소가 청을 넣었다.

"전하, 이름만 왕이면 무얼 하겠습니까? 대방의 일부라도 찾아야 할 것이니, 부디 병력을 일부 빌려주옵소서. 반드시 보답하겠습니다!"

그때만 해도 아직은 魏軍이 燕나라 전체를 장악한 것이 아니었기에, 마여왕이 공손소의 요청에 따라 군사 5천을 지원했다. 그러나 공손소는 이때 이렇다 할 성과를 내지 못한 것으로 보였는데, 워낙 적은 병력인 데다 燕을 깨뜨리고 사기가 충천한 魏軍을 내치기에는 역부족이었던 것이다.

이듬해인 239년 3월이 되자, 대방인 3천여 명이 언이어 서부여로 이주해 들어왔다. 마여왕이 이들을 서부여의 서쪽에 살게 했는데, 7월에 왕이 손수 이민촌을 들러 백성들을 살펴보고, 패하浿河의 입구(하류)까지 갔다가 돌아왔다. 241년이 되자, 마여왕이 대방인 공손양公孫讓을 불러 명했다.

"그대가 나라의 행정과 예법에 정통하다 들었소. 그러니 그대가 대방국 종실의 위계를 세우고, 장차 그들을 공경公卿의 예로 우대할 수 있도록 해 보시오!"

이로 미루어 당시 공손소의 대방국은 전적으로 서부여에 의지한 채 그 서쪽 아래 변방에 위치하되, 사실상 서부여의 속국으로 편입된 것이 틀림없었다.

당초 〈서부여〉 조정에서는 서자인 마여가 왕위에 오르자, 일부에서 불만이 터져 나왔다. 급기야 오가五加 중에서도 우가牛加(미상)의 부자父子가 반역을 도모하려 했다. 그런데 그의 조카들 중에 대사大使 직에 있던 위거位居라는 인물이 왕실에 대한 충성심이 높고 나랏일을 부지런하게 돌보니, 백성들의 신망이 높았다. 얼마 후 위거의 숙부인 우가牛加 부자가 반란을 일으키자, 놀랍게도 위거가 신속하게 대응해 이들을 진압한 다음, 그 재산을 몰수해 국고에 귀속시켜 버렸다.

이처럼 변함없는 위거의 충성에도 불구하고, 마여왕은 왕위를 오래 지키지 못하고 244년경 이내 세상을 뜨고 말았다. 그의 사망 원인은 알려지지 않았으나, 이때 마여왕의 아들인 의려依慮가 고작 여섯 살 어린애에 불과하다 보니 서부여에 또다시 위기가 찾아왔다. 충성스러운 위거가 이때도 의연하게 나서서 의려를 왕위에 올리고 성실하게 보좌했으니, 참으로 드문 일이었다.

그 무렵인 246년경, 魏나라 관구검이 대군을 이끌고 현도를 거쳐 〈고구려 원정〉에 나섰다. 이때 낙랑태수 유무劉茂와 대방태수 왕준王遵이 각각 남쪽으로부터 북진해 관구검의 대군에 합류했다. 과거 공손씨의 燕이 魏의 침공을 받았을 때 동맹관계에 있던 서부여는 관망만 하면서 소극적인 태도로 일관했었다. 그랬던 서부여가 이번에는 기회를 놓치지 않고 적극 나섰다.

"위나라 관구검이 구려를 치기 위해 낙랑과 대방의 태수들을 불렀습니다. 양쪽 태수들이 군대를 이끌고 북으로 올라가 버리는 바람에 지금 위나라 두 군의 땅이 텅 비게 되었으니, 이번에야말로 이 땅을 칠 절호의 기회가 아니겠습니까?"

〈서부여〉가 이때 낙랑과 대방군의 변방에 벼락같이 기습을 가했고, 이때 수많은 약탈을 감행하고 돌아갔다. 그러나 이 기습은 고구려를 도우려 한 것도 아니었고, 그해 여름이 가물어서 보리 작황이 좋지 않다 보니 식량난 해결을 위한 전쟁의 성격이 짙었다. 2년 뒤에도 서부여 지역에서 봄여름 내내 가뭄이 이어지는 바람에, 겨울에는 또다시 백성들이 굶주리게 되었다. 그때 서부여 조정에서 창고를 열어 백성들을 구휼하고, 거둔 세금을 돌려주며 숨통을 돌릴 수 있게 했으니 2년 전 약탈의 효과를 톡톡히 본 셈이었다.

그러나 〈공손燕〉이 소멸된 이후부터 〈서부여〉는 이제 〈고구려〉와 〈위〉 양강兩强 모두와 분명한 적대관계를 이어 가게 되었다. 그 와중에도 위거의 한결같은 충성으로, 무사히 장성한 의려왕이 마침내 친정을 펼치게 되었다. 다만, 그토록 서부여에 충성했던 위거도 어느 시기인가 세상을 떠났는데 필시 나이가 들어 사망한 것으로 보였다. 안타깝게도 위거가 사라진 이후 의려왕은 이전처럼 국방을 튼튼히 챙기지 못했고, 이것이야말로 후일 서부여 최대의 위기를 초래하는 원인이 되고 말았다.

그런데 237년경 위나라 관구검이 공손燕에 대한 〈1차 원정〉에 나섰을 때였다. 우북평의 선우 구루돈寇婁敦과 요서 오환족의 도독 솔중왕 호류護留 등이 5천여 오환족 병사들을 이끌고 나타나 관구검에게 투항했다가 〈위〉나라 원정군에 합류한 적이 있었다. 이들은 애당초 원袁씨 형제들을 도왔던 오환족의 일파로, 조조가 이들의 토벌을 위해 207년경 감행했던 오환족 원정에서 용케 살아남아 달아났던 잔당들이었다.

이들이 관구검을 돕겠다는 평계로 슬그머니 위군에 편입되기까지는,

대략 30년이라는 세월 동안 공손씨의 〈대방〉과 〈위〉나라의 눈길을 피해 궁벽힌 삶을 살기에도 비빴을 것이다. 당시 고구려와 위나라 두 강국이 〈공손燕〉을 협공한다는 소문에 이들은 공손씨가 이번에야말로 필시 멸망당할 것으로 믿고, 손쉬운 싸움에 가세하려 했던 것이다. 그러나 관구검의 1차 원정은 실패로 돌아갔고, 이듬해 사마의의 2차 원정 때 비로소 공손燕이 멸망했다.

공손연의 땅은 1차 원정 때 고구려가 현도의 백 리를 차지한 것을 제외하고는, 2차 원정에 성공한 사마의가 나머지 4郡의 땅 대부분을 위나라에 귀속시켜 버렸다. 이로 인해 군사동맹 관계에 있던 〈고구려〉와 〈위〉가 졸지에 적대관계로 돌아섰고, 고구려의 거친 공세가 시작되었다. 240년에는 대방의 韓人 토착민들을 부추긴 끝에 〈기리영전투〉가 벌어져 위나라 태수들을 내쫓는 일이 발생했다. 242년에는 동천제가 친히 고구려 5도道의 장수들을 총동원해 10만 대군을 이끌고 〈안평대전〉을 벌여 북경 일대까지 장악해 버림으로써, 위에 빼앗겼던 낙랑과 대방을 수복하는 데 성공했다.

잇따른 고구려의 도발에 옛 〈공손燕〉의 땅을 두고, 고구려와 魏나라 간의 충돌이 더욱 거세지는 분위기 속에서, 북쪽의 〈서부여〉마저 공손씨의 잔류세력과 함께 호시탐탐 이 땅을 노리고 있었다. 이처럼 사방이 전운으로 가득한 상황 속에서, 수년 전 공손燕 토벌에 참전했던 오환족들이 어느 순간 갈 길을 잃고 말았다. 당초 이들의 참전 의도는 공손씨가 멸망하고 나면 魏나라로부터 자신들이 정착할 약간의 땅이라도 확보하려던 것이었으나, 모든 것이 무위로 끝나고 말았던 것이다.

뜻밖에 魏나라가 고구려에 밀리면서 아무런 보상을 받지 못한 오환족은 결국 위군魏軍에서 이탈해 독자적 행보를 택하고 말았다. 자세히는 알 수 없으나, 처음 이들은 아마도 고구려와 〈위〉의 눈을 피해, 옛 서나 벌이 있던 포구진한의 땅으로 들어간 것으로 보였다. 그곳은 옛 번조선 의 땅이자 中마한의 지역으로, 당시 여러 지역 출신들이 뒤섞여 살고 있 었다. 기존 토착민에 해당하는 한족韓族과 예맥, 낙랑과 불이(비리, 서부 여)는 물론, 반도 이주를 거부했던 사로국과 백제인들의 후예들에다 낙 랑군에 살던 한인漢人(한맥漢貊)들까지도 뒤엉켜 있었다.

오환족들이 죽령竹嶺 아래의 중립지대로 들어와 이들 토착민들과 어 울려 다시금 세력을 결집하려 들었지만, 역시나 옛 서나벌 출신들이 많 았던지 주변에서 〈사로〉로 불릴 정도였다. 하필이면 그즈음에 〈안평대 전〉을 통해 10만 대군을 동원했던 〈고구려〉가 전격적으로 이 지역까지 밀고 들어오자, 魏에 부역했던 오환족들은 이내 또다시 내쫓기는 신세 가 되고 말았다.

243년경, 선우 구루돈寇婁敦과 솔중왕 호류護留가 이끌던 오환족 지도 부로서는 강력한 고구려에 계속해서 맞설 수도 없는 노릇이었기에, 지 금과는 다른 행보를 결정해야 했다. 그러한 때 누군가가 뜻밖의 제안을 내놓았다.

"어차피, 이곳에서의 정착이 불가능하다면 더는 여기서 지체할 필요 가 없다고 봅니다. 여기에 머물면서 위나 구려의 속민이 되어 구차하게 살기보다는 차라리 이참에 멀리 조선반도로 이주하는 것은 어떻겠습니 까? 이곳 사람들 얘기가 옛 서나벌과 백제인들 모두가 고구려와 漢나라 사이에 끼어 갇혀 살다가 그쪽 반도로 들어가, 제각각 나라를 이루고 편 안히 살고 있다고 하질 않습니까?"

그런데 문제는 이들이 바닷길이나 배를 이용할 줄 모르는 기마민족 들이라는 점이었다. 韓(조선)반도로 들어가기 위해서는 어쩔 수 없이 고구려의 강역을 지나야만 했던 것이다. 오환족이 이때 고구려로 사람을 보내 미인들과 비단을 바치면서 어렵사리 청을 하나 넣었다.

"태왕께서 우리가 살 곳을 허용해 주시지 않으니, 그렇다면 우리는 다른 방안을 강구할 수밖에 없게 되었습니다. 듣자니 옛 서나벌인들이 한반도로 들어가 사로국을 세우고 잘산다고 합니다. 이에 우리도 조선반도로 들어가 사로국 인근의 땅이라도 확보하고자 합니다. 원컨대 부디 사로로 가는 길이라도 잠시 우리에게 허락해 주시길 청하옵니다."

"하하하, 무엇이라, 우리 땅을 경유해 반도의 사로국 곁으로 가겠다고? 대체 그걸 말이라고 하는 소리인가?"

고구려는 오환족의 청을 황당하기 짝이 없는 말이라며 일언지하에 거절해 버렸다. 그럼에도 불구하고 이 시기에 구루돈과 호류가 이끌던 이들 오환족 무리가 한반도행을 결행한 것이 틀림없었다. 당시 고구려의 눈을 피해야만 했던 이들 오환족 무리들은 별수 없이 먼 길을 돌아, 육로를 이용해야 했을 것이다. 그러나 고구려의 북쪽으로 돌아오기에는 너무 먼 길이었으므로, 아마도 발해만의 동쪽 해안 길을 따라 현 요령의 요하遼河를 건너 들어왔을 가능성이 컸다. 고대로부터 대륙에서 반도로 들어오는 루트가 널리 알려져 있었기 때문이다. 그렇더라도 당시 오환족이 고구려의 강역을 거쳐 반도로 진입했다는 것은 대단히 놀라운 일이 아닐 수 없었다.

마침 그 시기를 전후한 244년 여름, 관구검의 1차 〈고구려 원정〉이 개시되었다. 동천제가 친히 2만의 정예 병력을 이끌고 나가 〈비수전투〉에서 관구검의 위군을 크게 깨뜨렸다. 자세히는 알 수 없지만 고구려가 이처럼 魏와 전쟁을 치르는 틈을 타, 기회를 엿보던 오환족들이 재빨리 반도행을 감행한 것이 틀림없었다. 기병 위주의 오환족은 빠르게 이동할 수 있었고, 魏와의 전쟁에 바쁜 고구려는 이들을 추격할 겨를이 없었던 것이다.

AD 231년경, 한반도 〈사로〉에서는 35년간 나라를 잘 다스린 내해柰解이사금의 뒤를 이어 벌휴왕의 장손인 골정骨正과 옥모玉帽의 아들인 조분組賁이 12대 이사금의 자리에 올랐다. 골정은 벌휴왕의 장자임에도 정실왕후인 내후內后가 자신의 친자식인 내해를 미는 바람에 왕위에 오르지 못한 비운의 왕자로, 그사이에 사망하고 말았다. 그러나 골정의 아들인 조분이 있었고, 그는 내해왕의 아들인 십 대 후반의 우로于老보다 스무 살이나 위였으므로, 우로를 제치고 무난히 왕위를 차지할 수 있었다. 그리고 왕의 외조부인 태공太公 김구도金仇道와 옥모 부녀가 이런 모든 분위기를 조성했을 터였다.

그러던 조분왕 원년에, 감문국甘文國(경북김천)에 반란이 일어났다. 조분왕의 즉위와 함께 반기를 든 셈이라 왕이 즉각 진압명령을 내렸다.

"우로태자를 대장군으로 삼을 것이다. 태자는 장군 알명謁明을 거느리고 나가 반드시 감문을 평정하도록 하라!"

하필이면 조분과 왕위 경쟁 선상에 있었을 우로태자를 토벌군의 대장군으로 내세운 것은, 아직은 15세의 어린 나이였던 우로가 조분에 충성하는 인상을 주변에 심어 주려 한 듯했다. 과연 혈기 넘치는 우로가 출정해 무난하게 감문을 토벌했는데, 감문의 평정은 서쪽의 경쟁국인 〈백제〉의 남하를 견제하기 위함이었다. 조분왕은 감문국을 사로의 郡으로 편입시켜 버렸다. 그런데 이듬해인 232년이 되자 갑작스레 남쪽 바다 건너 열도의 왜인倭人들이 도성까지 쳐들어왔다는 보고에, 사로의 대신들이 크게 놀랐다.

"지금 성 밖에 야인들이 몰려왔는데, 순식간에 금성이 포위되고 말았습니다!"

"무엇이라, 금성이 포위되었다고?"

워낙 다급한 상황이라 이번에는 신분 고하를 막론하고 모두가 뛰쳐나가 왜인들을 상대해야 했고, 조분왕 또한 친히 나아가 병사들을 독려했다. 다행히 왜인들이 오래 버티지 못한 채 싸움에 밀려 달아나기 시작했고, 이때 흥문興文 등이 발 빠른 경기병들을 거느리고 추격해 1천여 왜인들의 수급을 베고 많은 포로들을 생포했다.

그런데 다음 해 5월이 되자, 왜가 또다시 동쪽 바다로 들어와 약탈을 자행했다. 사로에서는 이번에도 우로태자를 내세웠고, 운량雲良과 흥문이 그를 보좌토록 했다. 사로군과 왜군이 이때 사도沙道란 곳에서 만나 해전海戰을 벌이게 되었는데, 우로태자가 전투 중에 바람을 이용한 화공火攻을 써서 왜선에 불을 지르게 했다. 왜군들이 불타는 배에서 뛰어내리는 등 큰 소동이 벌어졌고, 사로의 대승으로 전투가 끝났다. 우로태자가 구국의 영웅이 되어 당당하게 개선했는데, 사로인들이 이 해전에서의 승리를 기리기 위해 〈수하嫂河대전〉이라 불렀다.

이처럼 조분왕 초기에는 주변으로부터 크고 작은 도전이 이어졌는데, 강성했던 내해왕의 사망 소식에 주변에서의 도발이 이어진 것으로 보였다. 아직은 〈사로〉의 국력이 안정적이지 않았다는 증거이기도 했지만, 반대로 착실히 주변의 소국들을 병합해 가는 과정이기도 했다. 조분왕 7년째인 236년에는 경북 영천 일대에 있던 골벌국骨伐國(골화骨火)의 왕 아음부阿音夫가 무리를 거느리고 와서 사로에 귀부했다. 아음부가 연로해 더 이상 나라를 다스리기에 힘이 부친 모양이었다. 조분왕이 이들을 받아들이고 크게 기뻐하면서 명을 내렸다.

"아음부를 노객老客으로 삼아 정자가 딸린 제택第宅과 개인 소유의 전장田莊(장원)을 내려 주고, 이들이 안심하고 살 수 있게 배려토록 하라."

조분왕은 골화 또한 사로의 새로운 郡으로 편입시켰다. 그런데 그해 북쪽에서 고구려군이 느닷없이 사로의 변경을 침범해 들어와 죽령竹嶺 아래의 땅을 차지하는 사건이 벌어졌다. 사로가 대륙 포구진한을 떠나 한반도로 이주해 들어온 지 2백 년 가까이 지나는 동안, 그간 고구려가 사로의 변경을 직접 치고 들어온 적이 드물어, 사로 조정이 커다란 충격에 휩싸이고 말았다.

이때 고구려군이 죽령 인근에 즉시 성을 쌓고 해자를 조성하니, 사로 군이 저항을 포기하고, 남쪽으로 이동해야 했다. 그런데 북방의 〈고구려〉가 이처럼 갑작스레 사로의 변경을 도발한 것은 나름 그 이유가 있었다. 그 무렵 중원에서는 〈촉한〉의 제갈량이 죽은 다음이라, 〈위〉나라의 조예가 공손씨의 〈대방〉에 부쩍 신경을 쓰던 때였다. 고구려가 그런 위나라와 공수동맹을 맺고 함께 공손씨를 토멸하기로 했는데, 마침 그해 동천제는 손권이 보낸 〈오〉나라 사신의 목을 베어 위나라로 보낸 터였다. 이처럼 대방과의 전쟁이 예견된 상황이라 고구려 조정에서는 동쪽의 먼 후방이긴 하지만 만일에 대비해, 사로와의 변경을 단단히 하려 했던 것이다.

이후로 과연 〈고구려〉와 〈위〉의 협공이 개시되었고, 사마의가 2차 원정에서 대공세를 펼친 끝에 3대를 이어 온 공손燕이 기어이 망하고 말았다. 그러나 사마의가 이때 전광석화처럼 공손씨에 속했던 여러 군들을 일방적으로 점령해 버렸으니, 흡사 漢무제가 〈위씨조선〉 멸망 후에 재빨리 한사군漢四郡을 설치하려 했던 것과 유사한 상황이 되풀이된 셈이었다.

뒤늦게 분노한 동천제가 魏에 대한 보복을 잔뜩 노리고 있었으나, 애당초 과거의 역사에서 배운 것이 없었기에 자초한 일이기도 했다. 그 무렵 대륙 중원에서 야기된 三國시대의 대혼란이 이제 빠르게 하북으로 그 중심이 이동하는 모습이었다. 그리고 이처럼 가혹한 전쟁의 기운이 대빙과 고구려를 넘어 머나먼 한반도를 향해 시시히 불어오고 있었던 것이다.

그런 상황에서 이듬해 239년, 사로 조정에서는 고구려 측에 사신을 보내 옥돌을 바치며 죽령의 땅을 돌려줄 것을 요청했다. 魏와의 대혈전을 목전에 두고 전쟁 준비로 한창인 고구려로서는 참으로 한심한 요구가 아닐 수 없었을 것이다. 동천제의 신하들이 어이없다 혀를 차며 한마디씩 했다.

"사로가 비록 멀다고는 하지만, 참으로 눈치 없는 자들입니다…….쯧쯧!"

고구려는 끝내 사로의 요구를 허락하지 않았다. 그해 魏나라에서는 황제 조예가 사망했고, 〈공손燕〉 토벌에 지대한 공을 세웠음에도 불구하고 사마의는 조曹씨 일가의 견제에 사실상 권력에서 밀려나고 말았다.

조분왕 10년이던 그해, 사로에서도 오랜 실권자였던 태공 김구도金仇道가 84세의 고령으로 세상을 떠났다. 나라의 병권을 장악한 40년 동안 숱한 공을 세웠고, 그의 휘하에서 수많은 장수들이 배출되었다. 그는 사로국 金씨의 시조인 알지閼智로부터 시작해서 세한勢漢, 아도阿道, 수류首留, 욱보旭甫의 계보를 이어온 가문의 중심인물이었다. 무엇보다 구도는 벌휴왕을 추대해 박朴씨 왕조를 끝내고, 사실상 석昔씨 왕조를 열게 한 장본인이었다. 이는 마치 그의 시조 김알지金閼智가 석탈해昔脫解와 연합해 옛 〈계림〉을 열었을 때의 상황을 떠올리게 하는 것이기도 했다.

그러나 야심가였던 구도는 이후 자신의 딸인 옥모玉帽를 벌휴왕의 며느리로 앉히면서 재빠르게 사로의 군권을 장악해 나갔고, 이에 벌휴왕조차 구도를 경계하기에 이르렀던 것이다. 끝내 구도와 옥모 부녀는 힘을 합해 옥모의 두 아들인 조분과 첨해를 모두 이사금에 올리는 데 성공했고, 석씨 왕가 부럽지 않은 권력을 확고하게 누릴 수 있었다. 조분왕은 외조부의 장례식을 왕례王禮로 성대하게 치러 주었다.

그런데 옥모태후에게는 내해왕에게서 낳은 또 다른 아들 첨해沾解가 있었고, 그는 우로보다 오히려 3살 정도 더 위였다. 조분왕의 포제胞弟로 옥모태후의 친자식인 첨해는 내해왕의 정통인 우로와 조분왕 이후의 왕위 승계를 놓고 서로 간에 숙명적인 경쟁 관계일 수밖에 없었다. 그러한 터에 군부의 수장이던 김구도가 사라지고 나자, 죽은 내해왕의 지지자들이 그 아들인 우로태자를 중심으로 집결하기 시작하면서 빠르게 군부를 장악해 나갔다. 〈수하대전〉을 승리로 이끈 우로는 구국의 영웅으로 이미 조정 대신들과 백성들의 신망이 두터웠던 것이다.

그러나 옥모태후는 자신의 친아들인 첨해를 장차 왕위로 올릴 생각을 하고 있었기에, 이때부터 우로 세력을 경계의 눈으로 바라보기 시작했다. 우로의 부상이 옥모태후의 신경을 거슬리게 하자, 그녀는 부친이 사망한 이듬해에 서둘러 조분왕의 권처로 있던 아이혜阿爾兮를 정식으로 조분왕의 왕후로 올려 주었다. 아후阿后(아이혜)는 바로 내해왕의 딸로 우로의 친여동생이었는데, 이때 겨우 15살의 나이였다. 우로와 아이혜 남매는 옥모의 딸이자 조분왕의 여동생인 홍후紅后가 내해왕에게서 낳은 자식들이라 옥모태후의 외손이기도 했다.

옥모태후는 그것으로도 성이 차지 않았는지 3년 뒤인 243년 정월 청우제靑牛祭를 지낸 뒤에, 곧바로 측근인 장훤長萱과 술례述禮 부부를 이벌찬과 품주로 삼게 했다. 술례는 아달라왕의 아들이자 〈포상8국 전쟁〉의 영웅인 박씨 이음利音의 딸이었다. 그런데 조분이 이사금에 오르던 무렵에, 술례가 구도와의 사이에서 미추味鄒라는 아들을 얻었고, 이에 옥모태후가 늦둥이 막내 동생이 생겼다며 미추를 각별히 아껴 주었다. 그 이면에는 더욱 놀라운 이야기가 숨어 있었나.

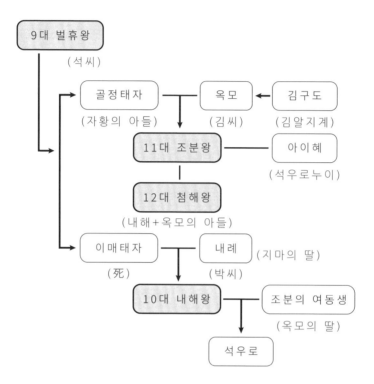

사로국 왕가의 가계도2

어느 날 생전의 구도세신仇道世神(김구도)이 장훤張萱의 집에 들러 병을 치료하고 있었는데, 꿈속에서 황금빛이 영롱한 금색대조金色大鳥를 보았다. 그런데 장훤의 처인 술례述禮 또한 같은 시간 꿈에서 금색대조를 보았다는 것이었다. 술례로부터 꿈 이야기를 들은 장훤이 깨닫는 바가 있어 구도에게 자신의 처인 술례를 천침薦枕에 들게 했다. 이는 신분이 높은 이에게 여인을 바치는 행위를 말하는 것으로, 그 후 술례가 낳은 아들이 바로 김미추였다. 당시 구도의 나이가 칠십 중반이다 보니, 사람들은 미추가 장훤의 아들이라고 믿었다고 한다. 어쨌든 이런 연유로 이후 장훤과 술레 부부는 구도와 옥모 부녀의 측근으로 승승장구할 수 있었던 것이다.

이듬해에는 아소례阿召禮가 조분왕의 아들인 유례儒禮를 낳았다. 아소례는 아달라왕의 아들이자 이음의 형인 갈문왕 내음柰音의 딸이었다. 조분왕이 그 무렵에 우로태자를 이벌찬 겸 지군정知軍政으로 삼고 병마를 총괄하게 했으니, 우로에게 절대적인 힘을 실어 준 셈이었다. 당시 장훤이 국정을 총괄한 이래로 부지런히 고구려에 대해 화친 정책을 펼쳤으나, 이렇다 할 성과가 없었다. 그러자 조분왕이 고구려에 대한 강경책으로의 변화를 시도하려 한 듯했고, 만일을 위해 군부의 신망이 높은 우로를 발탁한 것으로 보였다.

조분왕이 그렇게 내부를 다진 다음, 고구려로 다시금 사신을 보냈는데, 이번에는 죽령의 땅을 돌려주지 않는 것은 잘못이라며 강력하게 항의하게 했다. 이에 고구려 조정이 또다시 발끈했다.

"그 땅은 원래 낙랑과 홀본의 땅이라 모두가 원래 우리 땅이었다. 그런데도 틈틈이 너희 사로와 백제가 그 땅을 갉아먹듯 야금야금 차지했던 것인데, 이는 우리가 서진西進에만 주력하다 보니 생긴 일이었다. 5년 전에도 똑같은 답을 주었건만, 또다시 찾아와 이리 떼를 쓰다니, 참으로 가증스러운 일이 아니더냐?"

고구려 건국 초기에 옥저沃沮(와지, 숲)는 낙랑을 뜻하는 것으로 홀본부여의 땅이기도 했다. 그 후 고구려의 복속을 거부한 옥저(낙랑) 세력의 일부가 한반도 북부 일원에 동옥저를 세웠으나, 고구려가 이들을 제압하고 귀속시켰다. 따라서 고구려의 주장은 동옥저가 한반도에서 차지한 땅 역시 고구려의 땅이라는 논리였다.

그 와중에 그해 7월, 위魏나라는 관구검을 출정시켜 고구려에 대한 〈1차 원정〉을 감행했다. 2년 전 고구려는 〈안평대전〉에서 10만 대군을 동원해 魏軍을 꺾고 대승을 거두었다. 고구려는 이로써 4년 전 사마의에 당했던 굴욕을 깨끗이 앙갚음하는 한편, 서안평 일대의 요동遼東 땅을 되찾았었다. 절치부심하던 魏나라가 그에 대한 보복으로 관구검을 출정시킨 것이었다. 이에 중원을 대표하는 〈魏〉나라와 북방을 대표하는 〈고구려〉 양강兩强이 옛 공손연燕의 땅, 즉 대방과 낙랑을 두고 전격적으로 충돌한 셈이었다. 용맹한 동천제가 친히 2만 병력을 이끌고 출정했고, 다행히 비류수로 보이는 〈비수沸水대전〉에서 충돌한 결과 대승을 거두었다.

바로 그즈음, 한반도의 〈사로〉에서는 북쪽 변방을 지키던 장수가 보낸 파발이 급하게 월성의 궁으로 달려와 조정에 보고했다.

"아뢰오, 지금 북쪽 변방에 오환족 무리 수천이 나타나, 우리에게 귀부를 허락해 달라는 청을 해 왔습니다. 그들은 모두 말을 탄 북방의 기병대로 강성하기 그지없는 모습인데, 구려의 내륙을 거쳐 먼 길을 달려왔다고 합니다. 몹시 지쳐 있는 데다가 헐벗고 굶주린 상태라, 전쟁을 할 의사는 없어 보였습니다."

"무엇이라, 오환족이라고? 오환이라면 대륙 구려의 속민들이 아니더냐? 대체 그들이 왜 이곳까지 들어와 우리에게 귀부를 신청한단 말인 게냐?"

난데없는 변방의 보고에 사로 조정이 크게 동요했고, 그 처리 문제를 놓고 대신들 간에 격렬한 갑론을박이 벌어졌다. 오랜 논의 끝에 조분왕이 이들 오환족 무리의 귀부를 받아들이기로 했으나, 사안이 중대한 만큼 상황을 재확인하기 위해 조정대신들의 변경 출장이 이어졌고, 수차

레의 파발이 오고 가는 등 우여곡절을 겪어야 했다.

당시 수천에 달하는 대규모 오환족의 등장은 사로 조정과 도성인 金城을 발칵 뒤집어 놓은 충격적인 사건이었을 것이다. 얼마 후 이들 오환족 무리가 사로군의 안내에 따라, 사나운 북방 기마민족의 전사 복장을 한 채로 수많은 말을 타고 금성 안으로 들이닥쳤다. 소문을 듣고 이들을 구경하기 위해 금성의 백성들이 길가로 몰려나왔고, 놀란 표정으로 수군덕댔다.

"와아, 저들이 오환족이오? 전부 가죽고깔을 쓴 데다 옷도 다르고, 말을 탄 행렬이 끝도 없구려⋯⋯"

"그런데, 복장과 행색이 저게 뭐요? 그야말로 거지들이 따로 없구만⋯⋯"

그리고는 얼마 후 금성의 너른 분지에 수없이 많은 막사가 펼쳐지는 진풍경이 연출되었다. 갑작스러운 북방 전사들의 낯선 모습에 대다수 금성 안의 백성들은 오히려 두려움에 떨어야 했을 것이다.

그러한 때 이들 귀부 오환족 무장 세력의 가능성을 가장 먼저 간파한 이들이 바로 조분왕의 모후인 옥모태후와 그의 측근인 장훤임이 틀림없었다. 북방 오환의 무리들이 금성으로 쏟아져 들어오니, 눈치 빠른 장훤이 옥모태후에게 고했다.

"오환의 무리들은 북방에서 전쟁을 밥 먹듯이 해 온 강성한 기마무사들입니다. 이들을 적극적으로 포섭해 사로의 병사로 만든다면 나라의 군사력을 키우는 것은 물론, 장차 첨해의 뒤를 튼튼히 하고 우로의 세력들을 견제하는 데도 커다란 힘이 되지 않겠습니까?"

"오호라, 그거 참 좋은 생각이오⋯⋯"

그리하여 장훤의 주도하에 이들 오환족 무리들을 사로의 백성으로 수용하는 작업이 본격적으로 진행되었다.

이를 위해 우선 오환족의 수장을 사로의 골녀와 혼인을 시켜 왕족의 일원으로 받아들이고, 오환족의 이름을 버리게 하는 대신 사로의 성씨를 하사해 개명을 하게 했다. 다음으로 오환 수장의 부하들 역시 이와 비슷한 방식을 따르게 하니, 오환족 무리가 사로에 빠르게 녹아들게 되었다. 그러다 보니 세월이 흐르면서 이들이 대륙 출신의 외지인이라는 사실도 자연스레 감춰지게 되었고, 반면에 이 때문에 이들 오환족들의 사로 정착 과정 전체도 수수께끼가 되고 말았다.

그런데 이듬해인 245년 10월이 되자, 고구려 동천제가 장군 목장穆萇과 주전朱全에게 예사롭지 않은 명을 내렸다.

"그대들은 지금부터 병사들을 거느리고 반도의 사로로 들어가, 장령長嶺과 와현蛙峴을 쳐서 빼앗도록 하라!"

이는 고구려가 〈사로〉로부터 죽령을 빼앗은 이래 9년 만의 일로, 죽령을 내달라는 사로에 강한 경고를 보내는 조치인 듯했다. 그런데 〈비수대전〉이 있던 그해, 사실 魏나라는 대장군 조상曹爽이 대군을 이끌고 서쪽의 한중漢中 토벌에 나섰다가 실패하는 바람에, 동서 양쪽의 전쟁에서 모두 참패하는 보기 드문 굴욕을 당하고 말았다.

잇단 패배로 魏나라가 당분간 전쟁에 나서기 어렵게 되었다고 판단한 동천제가 그 무렵에 사로국으로 들어갔다는 오환족 무리를 떠올린 듯했다. 마침 사로가 죽령 반환 문제로 불만이 고조되어 있던 터였기에, 고구려의 정세를 잘 아는 오환족이 사로국으로 들어갔다는 보고에 태왕의 심기가 편할 리가 없었다. 서쪽이 당분간 조용해진 틈을 이용해 동쪽 배후에 있는 사로를 단단히 눌러 놓을 필요가 있다고 판단한 동천제가 기어코 사로 출정을 명한 것이었다.

얼마 후 한반도 남동단의 〈사로〉 조정에서는 갑작스레 고구려의 대군이 거침없이 국경을 넘어오고 있다는 보고에 초비상이 걸렸다.

"속보요, 고구려 대군이 갑자기 북쪽 변경에 나타나 비열比烈과 장령長嶺을 침범해 왔다 합니다."

"무엇이라? 고구려 정예군이 장령 일대를 침범해 들어왔다는 것이냐? 사실이라면 정녕 예삿일이 아니로다."

조분왕이 다급하게 이벌찬인 우로于老태자에게 군사를 내주고, 2로군路軍으로 나누어 국경을 사수하라 일렀다. 우로가 지휘하는 사로군은 이때 강력한 고구려군에 맞서 한나절 전투를 벌였지만, 이내 마두책馬頭柵까지 밀려나고 말았다. 강력한 고구려 정예부대를 상대하기에는 힘이 부칠 정도로 버거운 상대였던 것이다.

이윽고 해가 떨어지고 밤이 깊어지자, 사로 병사들이 추위에 벌벌 떨었다. 우로가 친히 울타리의 나뭇가지와 나뭇잎 등을 긁어모아 불을 피워 병사들의 몸을 녹이게 하고, 갑옷을 벗어 부상당한 병사들을 덮어 주었다. 태자가 병사들을 지극하게 아끼는 모습을 보고는 모두가 감격했고, 이에 심기일전해 죽기를 각오하고 싸우기로 다짐했다.

다음 날 날이 밝자 사로군을 추격해 온 고구려 장군 주전이 마두책에 대한 공격을 퍼부으려 하자, 목장이 이를 만류했다.

"멈출 줄 안다면 언제든 위태롭지는 않을 것이오. 궁한 개는 쫓는 게 아니라고 했으니, 그만 여기서 돌아가십시다!"

어차피 고구려군의 출정 목적이 사로에 대해 엄중한 경고를 보내는 것이었기에, 소기의 목적을 달성했다고 판단한 목장이 철수를 결정한 것이었다. 그러자 이 모습을 목격한 사로군 진영이 술렁거렸고 이내 환호성이 터져 나왔다.

"와, 와아! 구려가 철군을 한다. 적들이 퇴각한다!"

고구려군이 퇴각하는 모습에 흥분한 사로군들이 오히려 고구려군을 추격해 끝장을 보자며 전의를 불태우기 시작했다. 특히 전날 밤 장작불을 피웠던 병졸의 우두머리가 그런 분위기를 이끌었다. 그때 우로가 나서서 이를 제지했다.

"적들은 우리의 수가 적은 걸 알면서도, 우리가 기꺼이 물러나지 않을 것을 알기에 철수하는 것이다……"

노련한 양쪽 장수들의 현명한 판단으로 전투는 더 이상의 희생자를 내지 않은 채로 끝날 수 있었다. 당시 고구려 장수 목장은 중외대부 출신으로 3년 전 〈안평대전〉을 승리로 이끈 영웅이었다. 목장의 예상대로 이듬해 魏나라는 관구검을 다시 보내 대대적인 2차 〈고구려 원정〉에 나섰고, 끝내 고구려가 참패해 환도성이 불타는 미증유未曾有의 국난을 겪어야 했다. 당시 서부전선의 긴장 국면을 잘 아는 목장이었기에, 전선을 무리하게 반도 아래쪽으로 확장하는 것을 경계하던 중 이내 철군을 한 것이었다.

〈죽령전투〉에 이은 〈마두전투〉는 실질적으로 한반도 내의 〈사로〉와 북방 〈고구려〉의 정예군들이 반도 안에서 2세기 만에 충돌한 첫 전투나 다름없었다. 이처럼 대륙의 고구려로 하여금 반도에 부쩍 신경을 쓰고 눈을 돌리게 한 계기가, 바로 관구검의 위군魏軍에서 이탈했던 오환족들이 머나먼 한반도로 이주해 오면서 사로행을 택한 데 있었던 것이다.

전형적인 북방기마민족 출신 오환족들의 한반도 이주는 여러 가지 측면에서 커다란 의미가 있었다. 어찌 보면 이는 AD 45년을 전후해 일어났던 대륙 출신 韓민족들의 한반도 이주 러시, 즉 가야를 비롯한 사로와 서나벌, 백제의 이주 등과 그 궤를 같이하는 것이기 때문이었다. 그 후 2백 년이라는 시간이 지나서 재개된 오환족들의 또 다른 한반도 이주는, 오랜 세월이 흐르는 동안 점점 정체되어 가던 한반도 전체에 건강하고 신선한 피를 유입시킨 것이나 다름없었을 것이다.

먼저 이들의 출현에 화들짝 놀란 〈사로〉 조정이 크게 요동쳤다. 대륙 출신의 강성한 무리를 받아들인 사로 내에서는, 석昔씨왕조에 도전하던 비주류 세력들이 이들 외부세력을 적극적으로 끌어들여 세를 키우기 시작했다. 그뿐만이 아니었다. 오환족이 떠나온 대방, 낙랑 지역에도 이들의 한반도 이주 소식이 퍼지기 시작했고, 이것은 고구려와 중원 魏나라의 공세에 밀려나 있던 주변의 소국, 특히 〈서부여〉 세력의 마음을 흔들어 댔다.

그 결과 얼마 지나지 않아 〈서부여〉의 남부 세력이 한반도 중서부로의 이주를 감행해, 〈사로〉의 북서쪽에 있던 〈(한성)백제〉를 강타하기에 이르렀다. 더구나 이 사건으로 인해 韓민족은 물론, 대륙북방민족의 종주국이나 다름없는 〈고구려〉가 마침내 동쪽 한반도로 눈을 돌리고 비상한 관심을 갖게 하는 데 결정적 계기가 되었다. 이처럼 韓민족이 같은 동족으로서 다 쓰러져가던 오환의 이주 세력을 다시 품에 안게 된 것은, 또 다른 역사적 의미를 지닌 것이었다. 이러한 일련의 사건들이야말로 1세기 중반 대륙 출신들의 한반도이주 〈1차 러시〉에 이어, 2백 년 만에 재현된 〈2차 러시〉에 다름 아닌 것이었고, 이것은 한반도 역사에 엄청난 지각변동을 예고하는 것이었다.

6. 동천제의 시원

위魏나라 조정이 어린 황제를 둘러싸고 중신들 간에 내분이 시작된 데다, 사마의의 실각 사실을 알게 된 오吳나라 손권이 241년 4월, 魏에 대해 재차 대대적인 공세를 가했다. 양쪽을 대표하는 명장들이 곳곳에서 부딪히고, 밀고 밀리는 치열한 전투가 지속되었다. 그 와중에 오나라의 황태자인 손등孫登이 33세의 젊은 나이로 사망하는 바람에, 소식을 들은 손권은 전쟁 재개 2달 만에 또다시 이렇다 할 성과도 없이 철군을 명해야 했다.

그런데 이번에는 손권의 후계 문제를 놓고 〈오〉나라 군신들 간에 물밑 다툼이 치열하게 전개되기 시작했다. 손등의 유언이 있어 손권이 차남인 손화孫和를 새로이 황태자로 삼았으나, 이듬해 손권이 서자이자 넷째 아들인 손패孫覇를 노왕魯王에 봉하고 손화와 동등하게 대우했다. 그러자 장차 황태자가 바뀔지도 모른다며 군신들의 줄타기가 시작되었고, 양측이 첨예하게 대립하기 시작했다.

그 무렵 고구려 조정에서는 동맹을 헌신짝처럼 버리고 〈(공손)연燕〉을 강점한 〈위〉나라에 대해 보복을 벼르던 중이었다. 마침 魏의 어지러운 상황이 전해진 가운데 해가 바뀌어 242년 정월이 되자마자, 동천제가 위나라의 서안평西安平을 목표로 대대적인 공세에 나섰다. 이번에는 동천제가 친히 출정하는 것은 물론, 무려 10만에 이르는 대규모 병력을 동원키로 했다. 동천제가 장수들에게 명을 내렸다.

"5도道의 장군인 방축方丑, 회고澆古, 주희朱希, 현絃, 목장穆萇은 모두 나와 함께 참전토록 하라!"

서안평은 북경의 동남쪽 바로 아래에 위치해 있었는데, 애당초 사마의가 요동을 빼앗은 다음 魏군의 주력부대를 이곳으로 옮겨 놓고, 장차 고구려의 도성인 환도丸都를 겨냥하려 했던 전략적 요충지였다. 그러나 이제는 반대로 고구려가 그 서안평을 공격목표로 삼고 있었다.

얼마 후, 고구려의 10만 대군이 파도처럼 몰려드니 위군은 혼비백산해 달아나기 바빴다. 고구려군은 기존에 魏군이 구축해 놓은 서안평의 군사시설을 모두 파괴해 버리고, 순식간에 서안평 일대를 점령해 버렸다. 고구려의 일방적 승리였던 〈안평대전〉은 고구려가 위나라의 전진기지를 초토화시키는 것은 물론, 대군을 동원할 수 있는 능력을 과시함으로써 魏의 도발의지를 사전에 꺾어 버리기 위한 포석이었다. 아울러 절대로 요동을 포기하지 않겠다는 동천제의 단호한 의지와 함께 태왕의 과감한 성격을 잘 드러낸 전쟁이었고, 사실상 이때까지 韓민족의 역사에서 최대 규모의 병력이 동원된 셈이었다.

그런데 고구려군이 출격하기에 앞서 동천제의 출정을 극구 말리려 했던 인물이 있었다. 좌보 목능穆能은 도성의 남쪽에서 요양 중이었는데, 동천제가 대군을 동원해 출정하기로 했다는 소식을 듣고는 병든 몸을 이끌고, 대평大評 득래得來를 대동한 채 다급히 동천제를 찾아와 간했다.

"태왕 폐하, 전쟁에 임해 병력을 모두 소진해 버린다면 반드시 화를 당하게 될 것입니다. 그러니 무분별한 출병은 힘을 기르고 때를 기다리는 것만 못할 것입니다. 통촉해 주옵소서!"

목능은 태왕에게 나라의 전 병력을 모두 동원하는 것은 위험하다는 것을 지적하면서 아예 출정 자체를 말리려 들었는데, 아직은 때가 적절치 않다는 주장이었다. 수년이나 별러 오던 魏에 대한 보복 원정인 데다, 이미 출병을 결정한 태왕으로서는 크게 위신이 떨어지는 문제라 목능의 주청을 받아들일 수 없었다. 사실 고구려가 필요 이상으로 대규모 병력을 총동원하다시피 히면서 무력시위에 나선 것은, 고구려의 힘을 과시해 魏의 도발 의지를 꺾고 이로써 더 큰 전쟁을 방지하려는 데 있었다. 목능 또한 이를 알고 있었겠지만, 좌우간에 막무가내로 물러나려 하질 않자, 참다못한 태왕이 목능의 태도를 비꼬았다.

"국로國老께서는 이젠 요양이나 하시고 손자들이나 쓰다듬으실 일입니다. 어찌 이렇게 원정에 간여하려 드십니까? 여봐라, 국로께서 마실 따뜻한 고깃국 좀 올려 드리도록 하라!"

그러나 목능은 태왕의 모욕적인 언사에도 아랑곳하지 않고, 그 자리에서 꿈쩍도 않은 채 거듭 아뢰었다.

"폐하, 소신, 황가의 후예로서 어찌 폐하께서 위험한 길로 접어드는 것을 지켜보고만 있겠습니까? 그래도 굳이 출병을 하시겠다면 부디 신을 죽이고 떠나시옵소서!"

동천제가 할 수 없이 목능의 손녀인 잠후蠶后를 불러 다그쳤고, 그녀가 애걸하다시피 매달려 억지로 목능을 끌어낼 수 있었다. 그러나 목능은 얼마 지나지 않아 끝내 병이 심해져 그길로 세상을 뜨고 말았다. 〈안평대전〉을 승리로 이끌고 개선한 동천제가 뒤늦게 목능의 소식을 접했다. 목능의 충정을 누구보다 잘 아는 동천제는 잠후와 더불어 목능을 조문하고, 그를 태보의 예로 장사 지내 주었다. 이듬해 정월에 동천제는 장남 연불然弗태자를 정윤으로 삼고, 그의 모후 명림전후明臨錪后를 천궁天宮대황후로 올려 일찌감치 후사를 챙겼다.

그러던 244년 봄, 魏의 병권을 장악한 조상曹爽이 사마의의 반대에도 불구하고, 10만의 대군을 이끌고 〈촉한蜀漢〉의 한중漢中 공략에 나섰다. 조상은 이때 서쪽의 이민족인 강羌족과 저氐족까지 총동원하는 강수를 두었다. 그러나 수많은 병사들을 거느리고도 전투경험이 부족한 탓이었던지, 물자수송에 차질이 생겼고 끝내 퇴각하는 수모를 겪어야 했다.

그러던 7월이 되자, 고구려 조정에 파발이 달려와 다급한 소식을 전했다.

"아뢰오, 유주자사 관구검이 군대를 이끌고 또다시 현토를 침공해 왔습니다. 이미 위병魏兵들의 약탈이 심해 백성들의 피해가 이만저만한 것이 아닙니다!"

"무어라, 관구검이 우리 역내로 또 들어왔다고? 흐음, 지난 번 안평대전에 대한 보복이 틀림없겠구나. 그렇다고 겁도 없이 직접 우리를 공격하다니, 내 이번에야말로 이 자를 반드시 붙잡아 목을 쳐내고 말 것이다!"

〈위〉가 〈공손燕〉을 차지한 이래로, 〈고구려〉 영내로 직접 쳐들어와 전면전을 펼친 것은 사실상 이것이 처음이었다. 유주자사 관구검은 수만의 병력을 이끌고 북진한 다음, 고구려의 현토성으로 우회하는 전략을 택했다. 이후 현토성을 넘은 관구검이 남동진을 지속해 다시금 고구려 깊숙이 비(류)수 인근까지 들어와, 도성의 서북쪽을 위협하는 상황이었다. 동천제가 신속하게 보기병步騎兵 2만을 동원해 비류수 상류에 진을 치고, 관구검의 위군에 맞서 일전을 펼쳤다. 다행히 고구려군이 태왕의 격려에 힘입어 위군을 깨뜨리고 3천여 수급을 베는 등 크게 승리했다.

전투에 패배한 관구검은 부리나케 달아나기 바빴는데, 지리도 어두운 데다 고구려 도성 가까이 지나치게 깊숙이 들어온 것이 패인이 된 듯했다. 관구검의 고구려 〈1차 원정〉을 막기 위해 비류수에서 전개되었던 이 전투를 〈비수沸水대전〉이라 했다. 동천제는 친히 출병한 〈안평대전〉과 〈비수대전〉에서 연거푸 승리하며, 영웅의 면모를 유감없이 과시했다. 그러나 이때부터 〈위〉와 〈고구려〉의 본격적인 충돌이 전개되기에 이르렀고, 더 한층 어둡고 짙은 전운이 환도성의 하늘을 뒤덮었다.

이후 2년이 지난 246년 정월, 고구려 조정에서 전국에 조서를 내렸다.

"군인(병자兵者)은 한 나라 힘의 근본이오. 용맹하고 의로운 사내들 중에 기技와 예藝를 갖춘 사람을 주부로 선발하고자 하니, 모두들 시험에 응해 주시오. 재능을 갖추고, 흠결이 없는 사람이라면 될 것이오!"

주부主簿는 점령지 등의 지방 군현에 속한 관리인데도, 당시 고구려에서는 공개 시험을 통해 공정하게 선발했던 것이다.

그해 8월, 동천제가 주후酒后와 맥비麥妃 등 후비를 거느리고 서천西川에 가서 병사들을 사열하고 군기를 점검했다. 이어 두눌杜訥의 교외에서 사냥을 하고 있던 중에 급보가 날아들었다.

"태왕 폐하, 관적毌賊이 도성을 우회해 쳐들어오는 중이라 합니다!"

예상대로 드디어 魏나라 관구검의 2차 고구려 원정이 시작된 것이었다. 위나라 조정에서도 유주 북쪽에 대한 고구려의 잦은 도발이 이어지자, 7개 군영에서 수만의 병력을 동원한 다음 유주자사 관구검에게 명해 고구려에 대한 〈2차 원정〉에 나서게 했던 것이다. 사실 이는 위나라가 공손燕을 정복한 이래 수년 동안에 걸쳐 야심 차게 준비해 온 전쟁이었을 것이다.

워낙 시급을 다투는 사안이라 사냥터 현장에서 동천제가 우선 긴급하게 명을 내렸다.

"이미 예견된 일이 아니더냐? 지금 즉시 우근으로 하여금 관구검을 상대해 위군을 막아 내도록 하라! 어서 서둘러라!"

그러나 위군의 수가 압도적으로 많은 데다, 처음부터 정예병을 상대하는 바람에 우근于根의 부대가 밀리고 말았다. 동천제가 그사이 신속하게 5천 규모의 〈철기鐵騎부대〉를 조직했는데, 전원이 강력한 철갑으로 무장한 만큼 오늘날의 장갑차 부대나 다름없는 전투력을 자랑했다. 동천제가 친히 이들을 이끌고 양구粱口의 서쪽에서 적진을 향해 위풍도 당당하게 돌진해 들어갔다.

"우리는 고구려 최강의 철기부대다. 두려워 말고 적진으로 뛰어 들어가 단번에 적들을 초토화시키자. 자, 북을 쳐라. 진군하라!"

"둥둥둥!"

동천제의 격려에 고구려의 막강 철기부대가 위군 진영으로 폭풍처럼 쇄도해 들어가니, 비록 병력 수에서 앞서 있던 위군이지만 순식간에 선두진영이 무너져 내리고 싸움에 대패하고 말았다. 이때 고구려군이 양맥곡까지 위군을 추격해 수천의 수급을 베거나 생포했다. 노획한 병장기와 마필이 셀 수 없이 많아서, 태왕이 주후酒后와 함께 직접 포로들을 접수했을 정도였다.

양맥곡 승리로 사기가 오른 동천제가 자신감에 가득 차서 거침없이 말했다.

"관구검의 많은 군사들이 우리의 적은 군사만도 못하구나, 하하하! 이제부터 내가 고구려의 정예 철기병으로 진짜 본때를 보여 줄 테니 여러 장수들은 뒤에서 지켜보거라!"

"아니 되옵니다! 이제부터 폐하께서는 후방에서 전체를 지휘하시고, 위험한 전투는 소장들에게 맡기서야 합니다. 폐하, 옥체를 보전하서야 합니다!"

수하 장수들이 만류하고 나섰지만, 동천제는 좀처럼 들으려 하지 않았다. 다분히 용맹한 성격인 데다, 솔선해서 앞장서는 지도자의 모습을 포기하려 들지 않았던 것이다. 동천제가 재차 정예 철기병 5천을 추스른 다음, 이내 위군의 진영을 향해 질풍같이 내달리니 수하 장졸들이 따라가기 바빴다. 후방의 장수들이 이 모습을 불안한 눈으로 바라보아야 만 했다.

"우두두두, 와아와아!"

태왕이 친히 이끄는 고구려 철기병은 그야말로 파죽지세로 적진을 향해 돌진해 들어갔다. 말 위에 탄 병사는 물론, 기마騎馬까지 철갑으로 중무장한 고구려의 철기병은 평지 전투에서 엄청난 위력을 자랑했다. 1 차 전투에서 고구려의 철기부대에 대패한 관구검은 이번에는 새로운 진 법으로 대응했는데, 곳곳에 강력한 사각형의 방진方陣을 펼치게 한 다음 긴 장창으로 철기병에 맞서게 했다. 동천제의 철갑부대가 사방으로 흩 어져 방진을 깨뜨리려 분투하는 사이, 뒤에 있던 관구검의 대군이 재차 밀려 들어와 양쪽 군사들이 뒤엉켰고, 일대 혼전이 벌어졌다. 그 와중에 안타깝게도 적들에 포위되어 있던 장수 우근이 전사하고 말았다.

결국 동천제가 중과부적으로 밀리기 시작했고, 순식간에 기력이 다 한 병력을 되돌리고자 퇴각을 명했다.

"퇴각하라! 물러나라!"

"뿌우우웅!"

태왕의 퇴각을 알리는 고둥 소리에 고구려 병사들이 급히 뒤로 돌아 후방의 본대로 철수를 시작했다. 그런데 그때 후방에 있던 고구려 군사 들이 태왕의 철기부대가 위군에 쫓겨 급히 도망쳐 오는 모습을 보고는, 크게 놀라 동요하기 시작했다. 고구려 장수가 이를 말리기도 전에 갑자 기 선두의 전열이 흐트러지더니, 갑자기 서로 먼저 달아나려고 다투면 서 진영 전체가 순식간에 무너지고 말았다.

곧바로 퇴각하던 고구려군을 추격해 온 위군이 쇄도해 역전에 성공 했고, 고구려군은 한순간에 수천 명에 달하는 사상자를 내면서 참패하 고 말았다. 그때 남쪽의 퇴로마저 위군이 장악했다는 절망적인 소식이 들려왔다. 후비들까지 함께 있던 데다, 여러 상황이 너무도 긴박하게 돌아가니 동천제가 고작 1천여 기병의 호위 속에 서둘러 압록원으로 피해야 했다.

고구려 태왕이 이끄는 정예부대를 꺾은 관구검의 위군은 곧 장 도성인 환도성으로 진격해 들어갔다. 고구려 장수 주전朱全이 후방의 2선을 지키고 있었으나, 사기충천해 맹렬히 달려드는 위군을 막는 데 실패했고, 이 전투에서도 고구려군은 1만여 병력을 잃고 말았다. 이로써 관구검의 2차 고구려 원정이 魏나라의 대역전승으로 끝나고 말았는데, 이때 무려 1만 8천여에 달하는 고구려 병사들이 희생되었다. 치욕스러운 참패를 무릅쓰고 동천제는 위군을 피해 더욱 동쪽으로 움직여 옹구雍口로 숨어들어 갔다. 이곳은 태왕의 외가인 연椽씨들이 기반으로 삼던 지역으로, 태왕도 이 일대의 지리에 익숙했던 것이다.

그해 10월 겨울이 되었음에도 관구검이 도성인 환도성丸都城으로의 입성을 강행했다. 고구려가 외국의 군대에게 도성을 내준 것은 그야말로 유사 이래 처음 있는 일이었다. 위군 또한 이때 가파른 환도산을 넘기 위해 말들이 미끄러지지 않게 말발굽을 천으로 싸매고, 수레들을 서로 이어 떨어지지 않도록 소위 현거속마懸車束馬까지 하는 등 갖은 고생을 감수해야 했다. 이윽고 입성에 성공한 위군은 도성 안에 미처 피하지 못한 양민들을 도륙하고, 사방팔방으로 각종 관청은 물론 민가에까지 불을 놓고 다녔다.

궁궐로 들어온 관구검이 궐 안 여기저기를 살피고 다니던 중에 예사롭지 않게 생긴 누각 앞에 다다랐다.

"흐음, 저 문을 열어 보거라!"

관구검이 열린 문 안으로 발을 들여놓자마자 순간 퀘퀘하면서도 결코 기분 나쁘지 않은, 오래된 먼지 같은 냄새가 코를 스쳤다. 어두컴컴한 방 안을 자세히 들여다보니, 천정 가득히 줄지어 늘어서 있는 거대한 서가書架마다 오래 묵은 죽간竹簡들과 사서史書(역사책), 고서古書들이 산더미처럼 쌓여 있었다. 고색창연하고 낯선 광경에 압도된 관구검은 한순간 숨을 멈추고 말았다. 그곳은 역사歷史의 나라 고구려 도성의 서장고書藏庫였던 것이다. 비로소 관구검이 남다른 감회에 젖어, 탄성과 함께 혼잣말로 조용히 읊조리듯 말했다.

"하아, 이것이 삼백 년이나 이어 온 고구려의 모습이로구나……. 또한 무려 2,500년 이상을 견뎌 왔다는 조선의 모습일 게다……"

얼마 후 서장고를 나온 관구검이 이내 수하들에게 지엄한 명령을 내렸다.

"지금 속히 이 창고의 주요 문헌들을 빠짐없이 수레에 싣고, 그 목록을 작성하도록 하라. 이것은 황제폐하께 바쳐야 할 귀중한 전리품이니 분실하거나 훼손되지 않도록 각별히 보관에 유의해야 할 것이다."

드디어 고구려 도성 궁궐의 도서관에 고대로부터 보관해 오던 각종 사서와 죽간 등 소중한 역사 자료들이 줄줄이 실려 나와, 수많은 수레로 옮겨졌다. 관구검은 이 임무를 수행할 특수부대를 편성했고, 부대장을 지목해 모든 일을 책임지고 완수하도록 엄명을 내렸다.

이로써 고구려인들이 신주단지 모시듯이 오래도록 소장해 오던 고대로부터의 사서史書탈취 작업이 마무리되었다. 그사이 魏軍들은 본격적으로 각종 창고를 털고, 여기저기 궐 안 깊숙이 숨겨진 진보珍寶를 찾아내 약탈하는 데 혈안이 되어 있었다. 며칠이 지나자 궁정의 뜰마다 각종 물품과 집기 등이 형편없이 나뒹굴고, 각종 쓰레기로 폐허가 되다시피 했다. 마지막으로 도성을 떠나기에 앞서 관구검이 명을 내렸다.

"자, 이제부터 궐 안 곳곳에 불을 놓도록 하라. 한 군데도 남김없이 전부 불태워 버려야 한다, 고구려를 몽땅 태워 영원히 없애 버리도록 하라!"

관구검은 나중의 일을 생각하고 싶지도 않았고, 이 성城을 밟고 있는 지금이 중요했다. 고구려는 언제든지 다시 일어날 것임을 알고 있었기에, 이참에 가차 없이 성과 궁궐을 모두 불태워 없애는 것이 옳다고 믿었던 것이다. 불타는 고구려 황성皇城을 뒤로 한 채, 관구검의 위군은 이제 다시 고구려의 태왕을 추격하기 위한 진격을 재개했다.

그런데 일설에는 관구검이 환도산에 이르렀을 때 불내성不耐城에 글자를 새기고 돌아왔다고 한다. 불내성은 환도산 서북쪽에 돌로 쌓은 불이성不而城을 말하는 것으로 동명왕 고두막한의 도성이었는데, 고구려의 두 번째 도성인 위나암(울암, 국내성)의 인근에 위치한 것으로 보였다. 고두막한의 사후 〈북부여〉가 분열되자, 고토 회복을 염원하는 뜻에서 〈고국故國〉이라 부르며 부여夫餘인들이 마음속 고향처럼 신성시하던 곳이었다. 또 동시에 그곳을 흐르는 강을 고국천故國川이라 하여 지리적 지표指標의 중심으로 삼기도 했다.

한편, 불이는 부여의 이두식 표현으로 같은 음音을 한자로 다르게 표시한 것뿐이었다. 古부여의 백성들 중에는 고두막한에 쫓겨난 해부루의 동부여 사람들을 따라가지 않고 남하해 이곳에 모여 살던 예족濊族들이 많았는데, 바로 이들을 '부여의 예족'이란 의미로 불이예不而濊라 불렀던 것이다. 관구검이 그 불이성의 가운데 이而자를 유사한 내耐자로 바꾸어, '지켜 내지 못한 성'이라는 의미로 〈불내성不耐城〉이라 폄훼하며 굳이 돌에 새기게 했다니, 유서 깊은 고구려의 옛 도성을 맘껏 비웃고 고구려인들에게 모욕을 주려 했던 것이다. 漢족을 대표하던 魏나라 최고위 장수가 저지른 행위치고는, 유치하기 짝이 없는 것이었다.

그러나 뭐니 뭐니 해도 가장 심각했던 일은 관구검이 이때 고구려의 주요 古문헌들을 실이 위魏나라로 훔쳐 갔다는 사실이었나. 이처럼 남의 나라의 문헌을 탈취해 간 엽기적 행위는 동서고금을 통틀어서도 보기 드문 일이었을 것이다. 고대 전쟁에서 점령지의 궁정을 불태우는 일은 다반사였고, 그 과정에서 수많은 문화재와 고서들이 함께 불태워지곤 했다. 아울러 귀중한 보물들은 따로 약탈해 가기 마련이었으나, 이처럼 역사책 자체를 통째로 훔쳐 간 사례는 도무지 찾아보기 힘든 일로, 사전기획에 의한 악의가 읽히는 사건이었다.

이처럼 지독한 관구검의 일탈행위는 3백 년 고구려에 대한 개인적 반감의 차원을 넘어서는 것으로, 그때까지 중원 漢族들이 韓민족(조선) 전체에 대해 느끼고 있던 역사적, 문화적 열등감이 표출된 것일 수밖에 없었다. 관구검의 고구려 〈고서탈취 사건〉이야말로 이를 입증하는 명백한 사례였던 셈이다. 이렇게 무단으로 탈취해 간 고구려의 고서古書와 고기古記들을 연구했던 漢족 사가들이, 이후로 韓민족의 상고사를 날조하고 자기들 역사에 유리하게 서술하기 시작했다. 특히 진수陳壽의 정사 《삼국지》를 비롯한 《진서晉書》, 《위서魏書》 등에는 고조선의 역사 일체가 누락된 데다, 韓민족의 나라들을 하찮은 것으로 기록한 탓에 그 진정성을 의심받기에 충분했던 것이다.

허기는 남의 나라 역사를 소상히 다룰 일도 아니기에 이를 탓할 수만도 없는 노릇이었다. 후일 20세기 들어 〈일본日本〉이 〈朝鮮〉을 강점했던 시기에, 일본은 마치 관구검을 흉내라도 내듯이 조선의 〈규장각奎章閣〉 등에 보관하고 있던 수많은 고서古書들을 탈취해 갔고, 여태 돌려주지 않았다. 일설에는 이때 불태워 버린 책만도 20만 권이 넘는다는 이야기도 있다. 군국주의 일본 정권이 이후 韓민족의 역사를 날조하고 소위 〈황국사관〉을 정립하는 데 이 책자들을 활용하고도, 오늘날까지 철저히 비공개로 일관해 온 것은 실로 문명국가가 취할 태도는 아닌 것이다.

환도성을 불태우고 철저하게 초토화시킨 관구검은, 이어서 수하의 장군 왕기王頎로 하여금 별동대를 조직해 동천제 추격에 나서게 했다. 그 무렵 멀리 피신해 있던 동천제도 관구검과 위군이 도성 안에서 저지른 만행에 대해 듣게 되었다. 동천제가 이내 통곡하면서 통한의 후회를 하였다.

"아아, 내가 魏를 자극하지 말라던 목능의 말을 들었어야 했거늘, 그 죗값을 치르는구나……. 흑흑!"

한동안 넋을 잃고 울면서 자책을 하는 동천제의 처절한 모습에 맥비麥妃가 나서서 태왕을 달래며, 일단 그녀의 고향 쪽으로 피할 것을 청했다. 그렇게 본격적인 피난길에 들어선 동천제 일행이 죽령竹嶺(대재)에 이르렀을 무렵에는 부하 장수와 병사들마저 뿔뿔이 흩어져, 오직 동부東部의 우태于台 밀우密友와 충성스러운 그의 부대만이 태왕을 호위할 뿐이었다.

그 시간 魏나라 왕기의 별동대는 소문을 탐문해 가면서 발 빠르게 쫓아왔다. 이윽고 왕기의 추격대가 바짝 따라붙었다는 보고에 동천제 일행이 초조해하면서 크게 동요했다. 그때 밀우가 결연히 나서서 태왕에게 간했다.

"태왕폐하, 갈수록 적군과의 거리가 좁혀져 이대로 가다간 무슨 봉변을 치를지 알 수 없게 되었습니다. 소신이 결사대를 조직해 죽기 살기로 위의 추격군을 저지토록 하겠습니다. 폐하께서는 우선 산곡 깊숙이 몸을 피하신 다음, 서둘러 흩어진 군사를 모아야 할 것입니다. 부디 옥체 강녕하소서!"

밀우가 태왕에게 비장하게 소신을 밝히니, 후비들을 포함해 여기저기시 눈물을 흘리는 이들이 많았다. 동전제에게 이별을 고한 밀우는 그 길로 결사대를 구성한 다음, 병사들을 이끌고 뒤돌아 달려 나갔다. 밀우의 결사대가 한참을 달리던 끝에, 너른 들판에서 왕기의 추격군과 대치하고 있는 한 무리의 백성들과 만났다. 이들은 하나 같이 농사꾼들이거나 산속에 살던 양민들이었는데, 변변한 무기도 없이 급하게 쌓아 올린 차단벽barricade 뒤에 모여 추격대를 방해하고 있었다. 밀우의 결사대가 모습을 나타내자 이들 의병들이 반갑게 맞이했다.

"와아, 고구려의 장수가 오셨다, 이젠 됐다!"

밀우가 사실 오합지졸이나 다름없는 이들 의병들을 은밀하게 이끌고, 매복하기 좋은 장소를 물색해 기다리게 했다. 얼마 후 과연 왕기의 추격대가 차단벽을 뚫고 나타나자 고구려 의병들이 무수히 활을 쏘아 대며 기습공격을 가했다. 이윽고 가진 화살이 모두 동이 나 버리자, 밀우가 이번에는 천둥 같은 고함을 내지르며 적진을 향해 거침없이 말을 몰아 돌진했다.

"우리는 고구려 태왕을 모시는 호위무사다. 두려워 말고 모두들 나를 따르라!"

이윽고 밀우의 결사대와 왕기의 추격대가 맞붙어 한판 육박전이 벌어졌다. 그러나 魏軍의 수가 워낙 많아 전투랄 것도 없이 이내 밀리고 달아나기 바빴다. 밀우의 결사대가 몇 차례 더 이런 공격을 반복하는 사이 병사들의 수가 급격하게 줄어만 갔다.

그런데 당시 관구검에 패해 뿔뿔이 흩어졌던 고구려군들 역시, 태왕의 흔적을 따라 저마다 동천제를 찾고 있었다. 결국 동천제 일행이 산속 깊이 숨어들었음에도 사방에서 흩어진 병사들이 용케 찾아와 태왕의 무리에 속속 합류하기 시작했다. 이들은 적군이 쉽게 접근하기 어려운 험한 산지를 이용해 영채를 쌓는 등 태왕의 보호에 적극 나섰다. 그 즈음 태왕이 주변에 안타까움을 토로했다.

"밀우가 사지로 떠났으니 필경 이미 전사했거나, 어려움에 처해 있을 것이다. 누구든지 밀우를 살려서 데려오는 자가 있다면 후일 반드시 큰 상을 내릴 것이다."

태왕의 말을 듣고는 남부南部 출신 유옥구劉屋句가 앞으로 나섰다.

"폐하, 소장이 병사들과 함께 밀우 장군을 찾아보겠습니다."

용하게도 이들이 막 전투가 끝난 듯한 싸움터에서 기진한 채로 피투성이가 되어 땅에 엎어져 있던 밀우를 발견해 말에 싣고 돌아왔다. 소식을 들은 태왕이 이들을 반기며 달려 나왔다.

"오오, 밀우야 살아 있었구나, 절대로 죽으면 아니 된다. 밀우야……"

동천제는 붉은 피가 뚝뚝 떨어지는 밀우의 머리를 손수 자신의 무릎에 받치게 하고, 초조한 마음으로 한참을 기다렸다. 다행히 얼마 후 밀우가 깨어나 태왕을 알아보고는 소스라치게 놀랐다.

"태왕폐하, 어찌 소신이 폐하의 무릎을……. 으흑!"

"와아, 장군께서 깨어나셨다! 밀우 장군이 살아났다, 짝짝짝!"

이를 본 주변 사람들 모두가 박수를 치며 밀우의 생환에 환호했으나, 그는 워낙 상처가 커서 움직이질 못했다. 그 후 동천제가 이끄는 일행은 과감하게 방향을 남쪽으로 돌려 남갈사南曷思(남옥저)로 향했는데, 환도성의 동남쪽 아래 멀지 않은 곳이었다.

그러는 와중에도 왕기의 魏나라 추격대는 집요하게 동천제의 뒤를 따라붙었다. 갈수록 위태롭기 그지없는 상황에서 모두들 전전긍긍하던 터에 북부北部 출신으로 주사廚使chef 일을 담당하던 뉴유紐由가 비장한 각오로 아뢰었다.

"태왕폐하, 나라의 흥망이 왔다 갔다 하는 마당에 모험을 감수하지 않고는 도저히 이 난국을 벗어날 길이 없을 것입니다. 다행히 소신이 적장 왕기를 죽일 비책을 하나 찾았습니다."

모두들 놀라 뉴우를 쳐다보자, 그가 보안을 이유로 사람들을 물리게 한 다음, 태왕과 최측근만이 남은 자리에서 은밀하게 자신의 계획에 대해 설명했다. 뉴우의 설명을 듣고 나자 태왕을 포함해 모두들 고개를 절레절레 흔들었고, 일부는 눈물을 흘리는 사람까지 있었다. 얼마 후 뉴우가 수하의 몇몇 부하들과 함께 태왕에게 작별을 고했다.

"폐하, 소신은 기필코 임무를 완수할 것입니다. 부디 옥체를 보전하소서!"

뉴우의 얼굴에는 비장함이 가득했고, 목이 멘 동천제는 그런 뉴우를 차마 바라보지 못할 정도였다. 이윽고 뉴우는 특별히 그가 요구한 준비물만을 챙겨 든 채 의연한 모습으로 적진을 향해 나아갔다.

얼마 후, 왕기의 추격대 막사 안이 소란스러워졌다. 고구려 태왕이 보낸 사자가 찾아와 항복을 타진하러 왔다는 소식 때문이었다. 왕기가 흥분하여 되물었다.

"무엇이라, 그것이 사실이더냐? 구려왕의 사자가 항서降書를 들고 왔다고? 하하하, 무얼 망설이겠느냐, 즉시 사자를 데려오라!"

드디어 막사 바깥이 떠들썩하더니 뉴우가 안내를 받으며 왕기의 막사로 들어왔다. 너른 회의 탁자 한가운데 왕기가 근엄한 표정으로 앉아 기다리고 있었고, 사방에 중무장한 그의 수하 장수들과 호위무사들이 늘어서서 살풍경하기 그지없는 분위기였다. 뉴우는 의연한 모습으로 태왕의 사신임을 밝힌 뒤, 예의 항복문서를 정중하게 내밀었다.

"우리 태왕께서 대국에 지은 죄로 인해 바닷가까지 쫓겨났으나, 이제 더 이상 갈 곳이 없게 되었습니다. 이에 청컨대 부디 장군께서 자비를 베풀어 항복을 받아 주시기를 바랄 뿐입니다."

왕기가 굳게 입을 다문 채로 수하에게 손가락질을 하자, 뉴우에게서 항서를 건네받은 자가 종종걸음으로 왕기에게 항서를 바쳤다. 그러자 왕기가 항서의 내용을 꼼꼼히 확인하면서 뉴우의 얼굴을 번갈아 쳐다보았다. 그리고는 이내 더 이상 참을 수 없다는 듯 활짝 웃으며, 파안대소했다.

"이것이 정녕 너희 구려왕의 뜻이란 말이지? 너희 어리석은 왕이 나라가 도륙이 난 다음에서야 정신을 차린 모양이로구나, 껄껄껄!"

왕기의 호탕한 웃음에 좌중에서 그의 눈치만을 보고 있던 그의 부하들 모두가 박수를 치며 환호성을 질렀다. 그중 일부가 말릴 새도 없이 막사 바깥으로 뛰쳐나가 소리 높여 외쳤다.

"진짜 항복이다. 구려왕이 항복했다. 드디어 구려가 항복했다!"

"와아, 와아!"

왕기 또한 껄껄 웃으며 여유 있는 모습으로 수하들과 함께 한껏 신명 나는 분위기를 만끽했다. 이윽고 잔뜩 굳은 표정의 뉴우와 눈이 마주치자, 왕기가 표정을 부드럽게 풀면서 뉴우에게 탁자로 앉을 것을 권했다.

"그대가 항서를 배달하느라 수고했소, 여기 자리에 앉으시오!"

그때 뉴우가 기다렸다는 듯 말을 덧붙였다.

"고맙습니다. 하온데 우리 태왕께서는 장군께서 험난한 전쟁터를 누비며 여기까지 힘들게 오시느라 제대로 된 침식을 누리지 못했을 거라며, 미안한 마음을 전하라 하셨습니다. 그래서 장군께 드리는 성의로 우선 구려의 토산물로 정성껏 만든 요리를 군중軍中에 올리라고 하셨습니다……"

그러자 왕기의 얼굴이 또다시 환해지며 반색을 했다.

"그런가? 구려왕의 마음 씀씀이와 성의가 제법이구려, 어디 그 구려의 요리 맛이나 한번 봅시다, 껄껄껄!"

이에 뉴우가 옆에서 아까부터 태왕이 보낸 요리를 받쳐 들고 있던 자신의 수하로부터 그릇을 건네받아 직접 왕기의 곁으로 다가갔다. 왕기가 만면에 웃음을 지으며 호기심에 가득 차 보자기에 덮인 그릇을 바라보았다. 뉴우가 왕기에게 한 손으로 그릇을 바치는 동시에 다른 한 손으로 보자기를 열어젖히자, 그릇 안에서 시퍼렇게 날 선 단검이 번쩍였다. 순간 왕기가 기겁하면서 뒤로 물러나려 했다. 그와 동시에 단검을 빼낸 뉴우가 그릇을 내던지며 번개처럼 왕기에게 달려들어 정확하게 그의 목을 몇 차례 찔렀다.

"으흑! 이놈이, 이놈이……. 커억!"

왕기가 자신의 목을 부여잡은 채 붉은 피를 뿜어 대며 허공을 한 바퀴 돌더니 이내 고목처럼 바닥에 쓰러졌다. 순식간에 막사 안이 아수라장이 되었고, 거친 고함과 창칼 부딪는 소리가 뒤엉켰다. 뉴우가 그에게 달려들던 막장 몇을 쓰러뜨렸으나, 이내 그 또한 왕기의 호위무사들에게 난도질을 당해 피투성이가 된 채 목숨을 잃고 말았다. 태왕의 요리사 출신으로 칼질에 능했던 뉴우가 왕기의 급소를 정확하게 찔렀고, 현장에서 적장을 급사시키는 데 성공했던 것이다.

일찍이 연燕나라 태자단丹은 진왕秦王(진시황)을 암살하기 위해 형가를 보내, 독항의 지도를 바치는 척하며 칼을 들이댄 적이 있었다. 비록 형가가 진왕을 죽이는 데는 실패했지만, 자신의 목숨을 담보로 혈혈단신 적진으로 뛰어든 충신 형가의 이야기는 5백 년이 넘도록 널리 알려진 유명한 일화였다. 틀림없이 뉴우는 그때 형가의 이야기를 떠올리며 이 암살 작전을 생각해 냈을 것이고, 그 또한 영원한 구국의 길을 택해 떠났던 것이다.

그 시간 멀찌감치 뉴우를 따라와 적진의 동정을 살펴보던 고구려 병사가 돌아와, 뉴우가 적장 암살에 틀림없이 성공했음을 태왕에게 보고했다. 태왕의 막사에서 초조하게 숨죽인 채 태왕과 함께 소식을 기다리던 장수들이 환호성을 질렀다.

"와아, 드디어 뉴우가 해냈다! 지금 즉시 출정을 서둘러야 합니다!"

그 무렵엔 여기저기 흩어졌던 고구려 병사들이 모여들어 제법 큰 무리를 이루고 있었다. 이미 출정 준비를 마치고 대기상태에 있던 고구려군은 그 즉시 왕기의 추격대가 있는 부대를 향해 진격했다. 그때 위나라 추격대 진영은 졸지에 수장을 잃은 탓에 혼란에 빠진 채 허둥대고 있었다. 고구려군이 세 길에서 나타나더니 질풍처럼 달려들어 위군을 벼락같이 공격해 대니, 한순간에 위나라 추격대가 풍비박산이 나 버렸다. 이때 살아남은 위군의 잔병들이 멀리 달아나 겨우 한군데 모였으나, 워낙 피해가 커서 더는 진陣을 꾸리지도 못할 정도였다.

그 무렵 관구검이 이끄는 위군의 본대는 이미 환도성을 떠나 요동의 낙랑에 주둔하고 있었다. 살아남은 추격대의 장수가 나머지 위군을 수습해 서둘러 요동의 본대를 향해 철수해 버렸다. 소식을 들은 관구검은 고구려의 환도성을 함락시키고 불바다로 만든 데다, 수많은 전리품을 챙긴 전공에 만족했는지 이내 철군을 서둘렀다.

이후로 동천제는 관구검의 철군을 확인한 뒤에야 뒤늦게 환도성으로 귀환했다. 사방이 불에 타 잿더미가 되었고, 궐 안 또한 제대로 남은 전각이 보이지 않을 정도로 이미 폐허가 되어 있었다. 먼지와 땀으로 몰골이 말이 아닌 동천제는 목이 메어 울음소리조차도 내지 못했다. 흙투성이가 된 그의 얼굴 위로 그저 두 줄기 마른 눈물자국만 선명하게 나 있을 뿐이었다.

목능의 아들 목장穆萇이 뛰어나와 눈물을 흘리며 태왕 일행을 맞이했다. 동천제기 그에게 추회의 넋두리를 했다.

"내가 그대 부친의 말을 듣지 않아 이리 되었구나……"

후일 동천제는 죽은 목능穆能을 태보 겸 안국공安國公으로 추증했고, 득래得來를 대주부大注簿로, 목장을 중외대부로 삼아 그들의 충정을 널리 인정했다. 또 적진으로 들어가 왕기를 암살한 충신 뉴우紐友에게 동부대사자東部大使者의 직을 추증했고, 그의 아들 다우多優가 그 자리를 잇게 했다. 끝까지 동천제의 곁을 충직하게 지킨 밀우密友에게는 거곡巨谷과 청목곡靑木谷의 땅을 내려 주었고, 유옥구劉屋句에게도 압록과 두눌원의 땅을 주어 위기에서 그들이 보여 준 변함없는 충절과 용기에 보답했다. 아울러 특별히 주비朱妃에 대해서도 자식을 많이 낳아 주고, 근신하면서 자신을 지켰다며 황후皇后에 봉해 주었다. 동천제 재위 20년 되던 해의 일이었다.

폐허가 되다시피 한 환도성은 더 이상의 복구 자체가 쉽지 않아 도성으로서의 기능을 수행할 수 없게 되었다. 이때부터 대신들이 또 다른 천도를 본격적으로 거론하기 시작했다.

"폐하, 환도성은 더 이상 복구의 의미가 없게 되었습니다. 차라리 가까운 곳으로 도성을 옮겨 우선 산적한 일을 보게 하심이 옳을 것입니다."

급기야 동천제가 환도산 남쪽, 발해만 근처 갈석산 동북 인근에 평양성을 축조하기로 하고, 흘계訖繼로 하여금 축성의 일 일체를 도맡도록 했다. 결국 이듬해인 247년 2월이 되자, 동천제는 평양성의 궁궐이 아직다 완성되지 못했음에도 서둘러 천도를 단행했다. 바로 이 4번째 고구려의 수도 평양平壤이 발해만 근처의 창려昌黎였으니, 약 2백 년 전 호동태자가 함락시켰던 낙랑왕 최리의 〈남옥저〉 도성임이 틀림없었다. 또

그보다 약 6백 년 전인 BC 426년경 구물丘勿단군이 〈大부여〉를 선포하고 임시 도성으로 삼았던 장당경藏堂京이 곧 이곳이었다.

중국인들은 이 근처 동쪽의 산해관에서 장성長城이 시작된다고 했으나, 이는 훨씬 후대인 중세 명대明代에 쌓은 것으로 당시 진시황이 쌓았던 장성과는 거리가 멀었다. 또 사람들이 이 평양을 반도 북한北韓의 평양으로 보고 있으나, 이 또한 후대에 꾸며낸 거짓(위사僞史)으로 반도의 평양은 훨씬 나중에 조성된 데다 당시는 고구려의 관심 밖에 있었다. 더구나 역대 고구려의 수도는 모두 난하의 좌우 가까이에 위치해, 결코 하북 요동에서 멀리 벗어난 적이 없었으니, 오늘날 북한의 평양은 고구려는 물론, 근세에 이르기까지 단 한 번도 나라의 수도인 적이 없었던 셈이다.

당시 고구려 황실에서는 첫 도읍인 홀본(구舊승덕) 동북쪽의 〈국동대혈國東大穴〉을 신성시해 조상의 제를 올렸고, 그 아래 두 번째 도성인 위나암(국내성) 근처에 있던 북부여의 도성 불이성不而城 일대를 〈고국故國〉이라 하여 고구려인들이 반드시 지켜 내야 하는 성지聖地처럼 여겼다. 또 북경 동북쪽의 용산에 있는 시조 동명성제의 능묘를 비롯해 역대 태왕과 황후들의 묘가 그 인근에 산재해 있었다.

무엇보다 난하를 중심으로 그 서쪽으로 패수와 조선하(조백하), 요수(영정하) 등 발해만으로 흘러드는 4대 하천 인근의 땅이 곧 古조선의 땅이자, 진한과 번조선, 부여, 고구려와 중마한, 백제 등의 중심 강역이었다. 따라서 대대로 조상들에게 물려받은 그 땅을 결코 떠나지 않으려는 것이, 당대 고구려인들이 마음속에 품고 있던 일반적 정서였을 것이다.

실제로 첫 도읍인 홀본을 중심으로 조금씩 남쪽으로 천도를 했을지언정, 그 동선은 남북으로 거의 일직선이나 다름없는 것임을 알 수 있다. 이로 미루어 고구려인들은 동쪽의 난하(古압록수)까지 밀리게 되면 중원으로부터 영원히 밀려날 수 있다며, 난하 자체를 기필코 사수해야 하는 일종의 마지노선Maginot line처럼 인식한 것이 틀림없었다.

더구나 공손씨가 지배했던 연燕의 땅이자 낙랑樂浪을 상실하게 된 동천제로서는 더더욱 난하를 멀리 떠날 수 없었을 것이다. 다만, 새로운 (창려)평양성이 발해만에 인접해 들고나기가 훨씬 수월해지다 보니 해외와의 교역 등에 유리한 반면, 水軍이 동원된다면 중원 등 외부의 공격에 더욱 취약해지는 일면도 있었을 것이다. 그래서인지 이후 고구려는 수군의 전투력을 크게 강화했고, (창려)평양은 두어 차례 이어진 천도에도 불구하고 끝끝내 고구려 도성으로서의 역할을 유지했던 것이다.

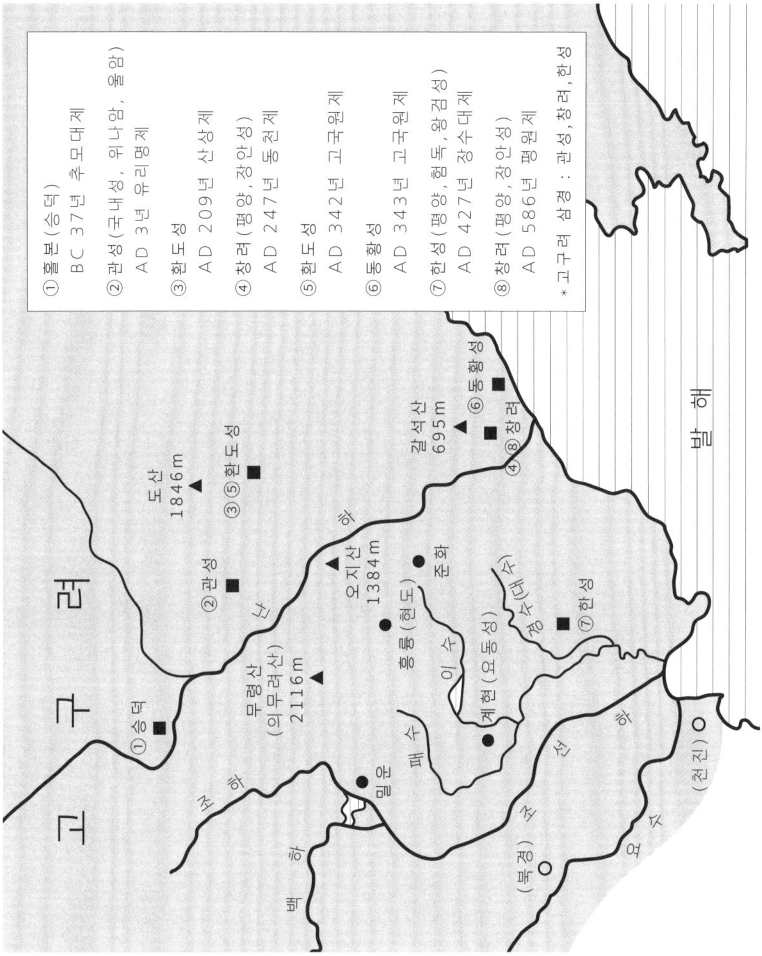
① 홀본(승덕)
BC 37년 추모대제
② 관성(국내성, 위나암, 울암)
AD 3년 유리명제
③ 환도성
AD 209년 산상제
④ 창려(평양, 장안성)
AD 247년 동천제
⑤ 환도성
AD 342년 고국원제
⑥ 동황성
AD 343년 고국원제
⑦ 한성(평양, 험독, 왕검성)
AD 427년 장수대제
⑧ 창려(평양, 장안성)
AD 586년 평원제
* 고구려 삼경 : 관성, 창려, 한성
고구려
발해
도산 1846m
③⑤환도성
②관성
난하
①승덕
무령산(의무려산) 2116m
오지산 1384m
흥룡(현도)
준화
갈석산 695m
④⑧창려
⑥동황성
⑦한성
경수(대수)
이수
계현(요동성)
패수
밀운
조하
백하
조선하
(북경)
요수
(천진)

고구려의 역대 도성

그 무렵 魏의 조정에서는 관구검이 유주 동북쪽의 평정에 나서 고구려를 징도懲討하고 소동을 진압하는 데 성공했다며 일대 논공행상이 벌어졌는데, 이때 제후에 오른 자가 무려 1백여 명에 달했다고 한다. 이로 미루어 중국 고서에서 이때 고작 1만의 병력만을 동원했다는 것도 믿기 어려운 내용일뿐더러, 오히려 위나라가 고구려 원정에 성공한 것을 얼마나 자랑스레 여겼는지를 유추할 수 있게 해 준다.

사실 관구검의 고구려 2차 원정은 서안평과 비수전투 패배에 대한 설욕의 의미도 있었지만, 그전에 있었던 조상曹爽의 한중漢中 원정 실패를 만회하고자 실시된 측면이 있었다. 조예의 측근이었던 관구검은 조曹씨 황실을 지지하던 대표적인 인물로 사마의와는 부득이하게 정적의 관계였다.

그런 관구검이 3백 년 고구려의 태왕을 패퇴시켜 도성을 불사르고 고구려의 옛 문헌들을 가져왔으니, 조상이 자신의 과오를 한 번에 덮어버리고도 남았을 전과에 후한 포상을 내렸던 것이다. 관구검 자신도 좌장군으로 승진했고, 예주豫州자사를 겸하게 되었으니, 틀림없이 관구검은 그때까지만 해도 위나라 최고의 장수이자 전쟁영웅으로 급부상했던 것이다.

그러나 위나라도 요동에서의 성과에 마냥 웃고 있을 수만은 없었다. 이미 하북의 광대한 영토를 지닌 위나라였기에, 247년경에는 반대쪽인 서쪽의 양주에서도 강족羌族들이 대규모로 반기를 들었다. 여기에 인근 漢中에 머물던 촉한의 강유姜維가 그 틈을 이용해 농서 등으로 진출했고, 이를 막느라 위장수 곽회郭淮가 출병해 전쟁을 치르는 등 어수선했던 것이다. 이처럼 중원에서는 여전히 통일전쟁이 오래도록 진행 중이었고, 나라마다 안팎으로 각종 내란에 시달리고 있었다.

관구검의 침공으로 커다란 위기를 맞이했던 고구려는 다행히 그 후 이렇다 할 후속 전쟁이 없는 틈을 타, 서둘러 혼란을 수습하고 나라의 안정을 회복하는 데 주력했다. 그러나 유사 이래 처음으로 도성이 불타고, 조상 대대로 물려받았던 귀중한 사서들을 탈취당하고 보니 그 후유증이 만만치 않았다. 무엇보다 관구검이 훔쳐간 사서史書들은 고구려 제일의 자랑거리이자 국혼國魂을 상징하던 보물이라 그 상실감이 여간 큰 것이 아니었을 것이다.

조정은 이내 장수들 간에 패전에 대한 책임론으로 어수선했고, 그중에는 패전의 멍에를 뒤집어쓴 채 태왕과 백성들에 대한 죄책감으로 스스로 목숨을 끊는 사례가 줄을 이었다. 태왕 자신 또한 도성을 내주었던 참패의 충격에서 벗어나지 못한 데다, 조정이 연일 시끄럽고 자진自盡하는 신하들이 속출하자 이후 정사를 멀리한 채 유람이나 사냥을 하러 다녔다.

동천제 22년째 되던 248년 7월, 모후인 주통태후가 67세의 춘추로 세상을 떠나 주통촌酒桶村에 장사 지냈다. 9월이 되자 동천제가 호천狐川에 나가 사냥을 하고는 주통릉을 찾아보고 돌아왔다. 그리고는 곧바로 연불태자를 불렀다.

"내가 아무래도 정사를 보기가 어렵게 되었다. 네게 보위를 물려줄까 하니, 너는 앞으로 나라를 다스리는 데 있어 한 치도 소홀함이 없도록 하거라!"

당시 동천제는 40세로 한창의 나이였음에도, 워낙 그의 선양 의지가 강했기에 아무도 말리지 못했다. 결국 연불태자가 다급하게 태왕에 올랐으니 13대 중천제中川帝였다. 그렇게 선양禪讓을 마무리한 동천제가 그때부터 도통 말이 없고 침묵으로 일관하니, 주변 사람들이 크게 당혹스러워했다. 그러더니 얼마 후 청천벽력 같은 소식이 궁정에 울려 퍼졌다.

"아뢰옵니다! 선제先帝께서 성의 북쪽에서 붕하셨다 하옵니다, 흑흑!"

놀랍게도 魏나라에 대한 치욕직인 패배와 사직社稷을 잃은 죄책감에 동천제가 자결을 택한 것이었다. 동천제로서는 하루가 멀다 하고 여러 신하들이 패전의 멍에를 진 채 창 위에 엎어져 자진하거나 목을 맸다는 소식이 들려올 때마다 억장이 무너졌을 것이다. 태왕은 자신의 죽음으로 이 모든 소동이 덮어지길 원했고, 이로써 만백성에게 중원에 대한 경계심을 영원히 각인시키려 한 듯했다.

그러나 동천제의 죽음은 그의 의도와는 달리, 고구려 전체를 충격과 비통함 속에 오래도록 가두고 말았다. 동천제에 대한 추모의 물결에 이어, 태왕의 고통을 헤아리던 선량한 충신과 백성들의 동반자살이 추가로 이어진 것이었다. 그해 10월에 조정에서는 동천東川의 오양烏壤 산중턱에 동천제를 장사 지냈는데, 연후涓后가 달려들어 몸을 불살라 죽었고, 여러 후비들이 연달아 불구덩이로 뛰어들면서 난리법석을 피웠다.

뿐만 아니라 조정 안팎의 후궁들은 물론, 여러 신하들과 민간의 아녀자들까지 태왕의 능 앞에서 순사하는 이가 잇따랐다. 그 수가 한 번에 처리할 수 없을 만큼 너무 많아, 한때는 우선 시신들을 싸리 섶으로 덮어 놓고 가리기 바쁠 정도였다고 한다. 사람들이 이 비극적인 장소를 영원히 추모하기 위해 〈시원柴原〉이라 불렀다. 안타깝고 가슴을 저리게 하는 슬픈 지명이었다.

중원에 있어서 〈황건적의 난〉으로 촉발된 100년 〈三國시대〉는 크게 보아 3단계로 나누어볼 수 있었다. 조조와 유비, 손권이 魏, 蜀, 吳 삼국을 세움으로써 4백 년 漢나라가 멸망하는 과정인 초기단계와, 조조 사후 조曹씨 〈魏〉나라가 중심이 되는 중간단계, 사마의 사후 魏가 망하고 사마司馬씨의 〈진晉〉나라가 건국되는 마지막 단계가 그것이다. 동천제의 시대는 조씨 위나라 시대인 중간단계로, 중원의 3강強이 제갈량 사후 서서히 위魏나라 1강의 시대로 좁혀지던 시기였다.

그사이 동북 공손公孫씨의 〈대방국〉(공손燕)이 겨우 50년이라는 짧은 수명을 다하고 사라졌지만, 대방의 존재는 고구려를 거대한 중원의 전쟁터로 끌어들이고 말았다. 그뿐 아니라 대방은 고구려의 형제국이나 다름없던 오환선비를 종주국인 고구려와 영원히 갈라놓는 역할까지도 수행했다. 끝내 대방이 魏나라의 차지가 되긴 했지만, 그보다도 흉노와 함께 북방민족의 또 다른 한 축이었던 오환선비를 고구려의 수중에서 떼어 놓은 것만으로도, 공손씨는 중국의 역사에 엄청난 기여를 한 셈이었다.

그런 점에서 당시의 중원대륙에서는 삼국의 존재만이 아니라, 그들과 함께 어우러져 세력을 다툰 동북의 북방민족을 반드시 기억해야 했다. 그때까지 아시아의 역사에 있어서 중원의 한족漢族과 북방민족은 물론, 서쪽과 남쪽의 이민족까지 모두가 한꺼번에 뒤엉켜 전쟁의 소용돌이에 휘말린 적은 없었다. 규모 면에서 이 시기의 전쟁은 13세기 몽골 칭기스칸의 대원정이나, 이후 19세기의 서양 제국주의에 의한 아시아 침탈전쟁에 버금가는 전무후무한 기록을 남겼던 것이다.

동천제의 고구려는 비록 대륙의 요동에 치우치긴 했지만, 이미 3백 년의 역사를 자랑하는 당대 아시아 최고最古, 최강의 독보적인 존재임이 틀림없었다. 중원의 漢族을 대표하는 〈魏〉나라와 북방민족을 대표하는 〈고구려〉는, 양강 구도를 이룬 당사국들로서 결국엔 어떻게든 부딪힐 수밖에 없는 운명이었다. 그럼에도 동천제의 고구려는 그 거대한 힘의 충돌을 읽어 내는 데 결과적으로 실패한 셈이었다.

동천제 자신은 무예가 출중하고 담력이 큰 데다 너른 아량과 투철한 책임 의식을 지녀, 성군聖君으로서의 자질을 골고루 갖춘 태왕이었다. 그는 언제나 잎징시시 진장을 누비며 병사들과 고락을 같이했고, 걸고 싸움을 피하려 들지 않았다. 그러나 최종적으로 친구와 적을 가려내지 못했고, 그 결과 吳나라 사신의 목을 베고, 魏나라와 화친을 맺는 역逆선택을 하고 말았다. 결과만을 놓고 볼 때, 가까이 있던 魏나라를 견제하는 데 더욱 주력해야 했고, 그렇다면 그 배후에 있는 吳나라 또는 촉한蜀漢과 손을 잡는 것이 유리했을 것이다.

동천제는 또한 작은 성공에 만족해 그 뒤에 숨겨진 더 큰 위기에 대비하지 못했다. 원로들의 충고를 귀에 담지 않는 대신, 자신의 지도력 leadership을 과시하려 들었다. 동천제가 상대했던 인물들은 사마의나 관구검, 손권처럼 소위 〈삼국시대〉를 주름잡던 당대 최고의 영웅들이었음에도, 상대를 존중하거나 그에 대한 철저한 분석이 뒤따르지 못했다. 환도성이 함락된 이후부터 위나라 역시 내분으로 혼란에 빠져든 만큼, 사태를 신속히 수습하고 끝까지 반전의 기회를 노려야 했음에도, 정작 그때부터 정사를 멀리해 버리는 정신적 한계까지 드러내기도 했다.

무엇보다도 도성都城을 침탈당한 고구려의 첫 번째 태왕으로서, 고구려의 정신과 민족 주체성의 정수가 담겼을 고대의 역사책과 서적들을 통째로 탈취당한 것은 가장 아쉬운 부분이었다. 관구검이 실어 날은 고구려의 귀중한 문헌들은 그 후 중국인들이 자신들의 역사책을 엮는 과정에서 고구려를 포함한 韓민족의 상고사를 폄훼하거나 날조하는 데 철저하게 이용되었다.

실제로 후대의 역사가들은 이 시기를 전후해 편찬된 중국의 사서들을 의혹의 눈으로 바라보게 되었다. 그러니, 이것이야말로 후일 韓민족과 북방민족에 대한 중국인들의 〈역사공정歷史工程〉이 시작되는 첫걸음에 다름 아니었고, 중국 漢族과의 역사전쟁에서 韓민족이 밀리기 시작

154

하는 결정적 계기가 되었던 것이다.

그러나 혹독한 전쟁의 참화에서 신속히 일어나, 새로운 전쟁을 수행한다는 것은 비현실적인 희망사항일 뿐이었다. 패배의 책임을 놓고 이어지는 시시비비와 백성들의 원망, 조상들에 대한 죄책감에 괴로워하던 동천제가 어느 순간 굳은 결심과 함께 신변 정리에 나섰고, 결국 이를 결행했던 것이다. 이로 보아 동천제는 자신의 과오에 대해 끝까지 책임을 지는 모습을 보인 선량한 태왕임이 틀림없었다. 군왕이 전사 또는 암살당하는 일은 종종 있는 일이었지만, 이처럼 전쟁의 패배에 대한 모든 책임과 명예를 통치자 스스로 짊어지고 자결을 택한 경우는, 동서고금의 역사에서 매우 드문 일이거니와 韓민족 역사에서도 처음 있는 일이었다.

이토록 고귀한 동천제의 죽음은 후손들에게 나라를 다스리거나 전쟁을 수행함에 있어 그 결과에 대해 무한책임을 져야 하는 것이 군왕의 소명이라는 의식을 일깨워 줌과 동시에, 장엄한 역사의 교훈으로 전해지게 했을 것이다. 아울러 바로 이러한 남다른 의식이 7백 년 고구려를 잇게 한 저력으로 작용했을 것이다. 동천제의 비극적 죽음과 〈시원柴原〉의 슬픈 이야기는 후대인들에게 면면히 이어져, 언제든 고구려인들의 가슴속에 애국심이 불타오르게 하고 대동단결을 향해 나아가게 하는 계기로 승화될 수 있었던 것이다.

그럼에도 중천제를 비롯한 동천제의 후손들은 그의 비극적 죽음을 제대로 알리려 들지 않았다. 치욕적인 패배와 우울한 역사를 구태여 기록으로 남기고 싶지 않았던 것이다. 그러나 동천제야말로 생전의 업적보다는 눈에 보이지 않는 사후의 공덕으로 백성들의 기억 속에서 영원히 사라지지 않는, 진정한 고구려의 태왕이었을 것이다.

7. 중천제와 옥모의 사랑

247년 5월, 〈위〉나라의 사마의가 아내를 잃고 병을 얻었다며 일선에서 물러나 칩거에 들어갔다. 조상 등 황족의 견제가 극심했던 것인데, 사마의는 문병을 오는 사람들에게 엉뚱한 소리를 해대 망령이 들었다는 소리를 들을 지경이었다. 강동의 〈오〉나라에서도 태자인 손화孫和와 손패孫覇 두 아들 간의 갈등이 심화되면서 나라의 중신들까지 가세해, 심각한 분열의 양상이 지속되었다. 그 와중에 양측에 대한 숙청과 자살이 이어지고, 245년에는 이릉전투의 영웅 육손陸遜이 분을 참지 못하고 세상을 떠났다. 후계 구도를 둘러싼 吳나라의 내분은 그 후로도 수년이나 더 지속되었다.

서쪽의 〈촉한〉에서는 제갈량 사후 장완蔣琬과 비의, 상서령 동윤 등이 나라를 지탱하고 있었는데, 특히 장완은 북벌에 소극적으로 대하며 국력을 쌓는 데 주력했다. 촉한이 움직이지 않으니 〈위〉나라는 그 운신의 폭이 더욱 넓어져, 동북을 공략할 기회를 얻을 수 있었다. 그사이 이들 나라의 기둥들이 하나둘, 사망하고 나자, 환관 황호黃皓가 전면에 나서면서 촉한도 서서히 기울기 시작했다.

그러던 249년, 위나라 조상曹爽이 황제 조방과 함께 선황의 묘인 고평릉高平陵에 참배하러 간 사이에, 망령이 들었다던 사마의가 돌연 번개처럼 일어나 모반을 일으켰다. 그는 황태후의 재가를 얻어 성문을 걸어 잠그고, 낙양 남쪽의 황실근위대인 금군禁軍을 동원해 황제 일행에 타격을 가할 준비를 마쳤다. 소식을 접한 조상은 외곽의 군대를 일으켜 사마의에 맞서자는 주변의 제안을 물리치고, 사마의에게 타협을 시도했다. 그 결과 양측에서 한발씩 양보해 조상은 병권을 내놓고, 사마의 또한 관직에서 물러나기로 합의했다.

그러나 사마의는 사흘 뒤 약속을 어기고 전격적으로 조상 일당을 기습해 권력을 장악해 버렸고, 조상 3형제와 그 측근들에게 모반의 혐의를 씌워 주살하거나 숙청하는 외에 그들의 전 재산을 몰수해 버렸다. 바로 이 〈고평릉의 난亂〉으로 18세 황제 조방을 비롯한 조曹씨 일가는 사실상 사마司馬씨의 꼭두각시로 전락해 버렸고, 사마의는 승상으로 복귀해 부동의 실권자가 되었다.

이듬해인 250년, 〈오〉나라에서도 손권이 나라의 분열을 야기한 책임을 물어 태자인 손화를 자리에서 끌어내리는 대신, 노왕 손패에게 자살을 명하고 주변을 어지럽힌 관련자들을 엄단에 처했다. 문제는 손권이 이후 8살 손량孫亮을 새로이 태자로 봉했고, 이것이 끝내 새로운 혼란의 불씨가 되었다는 점이었다.

한편, 〈위〉나라 안에서도 사마씨의 전횡에 반발하는 중신들이 많았다. 251년이 되자 태위 왕릉王凌 등이 사마의 타도를 위해 조조의 아들 조모曹彪를 옹립하려다 발각되어 미수에 그치고 말았다. 사마의는 이를 계기로 전국 각지의 황족들을 업현業縣으로 불러들인 다음 모조리 감금해 버렸다. 그러나 이미 나이가 들어 늙은 사마의 또한 그 후 4개월 만에 파란만장한 삶을 뒤로한 채 세상을 떠나야 했고, 그의 장남인 사마사司馬師가 뒤를 이었다.

이듬해인 252년 4월에는 삼국시대의 한 축을 이루었던 吳나라의 창업자 손권 또한 재위 23년 만에 사망했다. 10살의 어린 손량이 손권의 뒤를 이어 황제에 올랐고, 제갈근의 아들 제갈각諸葛恪이 손량의 뒤를 돌보았다. 그리하여 삼국시대를 풍미했던 영웅들 모두가 앞서거니 뒤서

거니 하면서 차례대로 사라져 갔고, 삼국시대는 빠르게 그 끝을 향해서 치닫고 있었다.

그해 제갈각은 〈위〉와의 국경인 소호 근처 동흥東興에 두 개의 외성을 쌓았다. 〈오〉나라의 도발에 〈위〉나라는 즉시 제갈량의 사촌 제갈탄諸葛誕 등에게 7만의 군사를 내준 다음 동흥을 포위하게 했고, 이에 대응하여 제갈각은 4만의 지원군을 보내 동흥 구원에 나섰다. 그러나 이때 魏군이 대패하면서 吳군이 압승했고, 한껏 위세가 높아진 제갈각은 이로써 북벌의 발판을 마련하게 되었다. 이듬해인 253년, 제갈각은 〈오〉나라의 20만 대군을 동원해 합비를 공격하고, 〈위〉나라 북벌에 나섰다.

그러나 견고한 합비성은 맹장 관구검과 문흠文欽 등이 지키고 있어, 수개월 동안의 포위를 견뎌 냈다. 결국 사마부가 이끄는 지원군이 오는데다, 질병이 만연해 吳군은 철수해야 했다. 이때 제갈각이 吳나라의 참패를 놓고 참전 장수들을 문책하는 대신, 자신의 측근들을 요직에 앉혔다. 손준은 황실 인사를 대표해 제갈각과 함께 손권의 후사를 맡은 인물이었다. 제갈각의 독단에 불만의 소리가 터져 나오자, 손준이 황제인 손량과 모의해 제갈각에게 모반의 혐의를 씌워 주살해 버렸다. 제갈각은 원래 폐태자인 손화를 지지했었기에, 이때 손화 또한 자살로 내몰리고 말았다.

그 무렵 대장군 사마사가 주도하는 〈위〉나라에서도 사마씨의 전횡에 대해, 조曹씨 황실 지지파를 중심으로 불만의 소리가 끓어오르고 있었다. 254년, 중서령 이풍李豊이 조상의 숙청과 함께 권력에서 멀어진 하후현夏侯玄을 대장군으로 삼고, 정권을 빼앗으려다 발각되는 사건이 터졌다. 어느덧 이십 대가 된 황제 조방도 이때 이 모의에 연루되었는데, 분노한 사마사는 가차 없이 조방을 폐위시키고 조예의 조카인 조모曹髦

(~260년)를 황제로 올렸다.

그런데 사태는 이것으로 그치지 않았다. 이듬해인 255년 1월이 되자, 이번에는 고구려 원정의 영웅 관구검이 합비성을 함께 사수했던 문흠 등과 모의해 수춘壽春에서 사마씨에 대해 반기를 들었다. 관구검은 고구려 원정 이후에는 진남鎭南장군으로 전임되어 남쪽 吳나라에 대한 방어를 담당해 왔다. 구려 토벌의 영웅 관구검이 거병하자 그에 동조하는 세력이 무섭게 일어나 순식간에 5~6만에 이르는 병력을 갖추게 되었다. 관구검의 반란군이 회수淮水를 건너 예주의 항현을 향해 북진하자, 사마사는 크게 긴장했다.

"마침내 관구검이 예상대로 반기를 들었다. 그렇다면 좋다. 이번에 내가 직접 나서서 반드시 끝장을 보고야 말 것이다!"

사마사는 제갈탄, 등애鄧艾 등과 함께 대규모 진압군을 편성해 직접 토벌에 나섰다. 이때 사마사의 주력군은 항현에서 반란군의 주력군을 상대하되, 제갈탄으로 하여금 아래쪽으로 우회해 항현의 동남쪽에 위치한 수춘을 포위토록 했다. 반란군의 주력군이 위쪽 항현에 묶이게 되자, 아래쪽 수춘에서는 정부군에 포위되어 겁을 먹은 반란군 중에 투항하는 자가 속출하면서 균열이 가기 시작했다.

사마사는 이어 등애로 하여금 1만의 병사를 주고 낙가樂嘉로 진격해 부교를 놓게 하는 등 문흠을 유인해 내게 했다. 성안에서 농성하며 꿈쩍도 않던 문흠이 등애군에게 야습을 감행했으나, 정부군이 속속 합류하면서 수세에 몰리게 되었다. 문흠이 결국 패주하려 했으나 항현으로 돌아가는 길까지 차단을 당하자, 아예 그 길로 吳나라로 들어가 망명해 버렸다. 위아래 양쪽에서 모두 반란군이 고전한다는 소식에, 관구검 역시 병력의 한계를 느끼고는 성을 버린 채 달아나기 시작했다. 지도자를 잃은 반란군은 순식간에 괴멸되었고, 관구검은 피난 도중 추격군의 화살에 맞아 전사하고 말았다.

이로써 관구검이 주도했던 〈수춘의 반란〉은 물거품이 되었고, 그는 끝내 삼족이 몰살되는 멸문지화를 당하게 되었다. 관구검은 〈대방국〉(공손燕)을 멸하고 〈고구려〉 원정을 승리로 이끄는 등 각종 전투에서 승승장구했던 맹장이었으나, 역적으로 내몰리면서 중국 역사의 기록에서 흐릿한 흔적으로만 남고 말았다. 대장군 사마사는 출격하기 직전에 목 왼쪽의 혹을 떼어냈는데, 반란군 토벌 중에 각종 피로와 강박stress에 시달렸던지 병이 급격하게 악화되었다. 그러더니 공교롭게도 관구검 사후 8일 만에 그 역시 더럭 세상을 뜨고 말았다. 갑작스러운 사마사의 죽음에 그의 아우 사마소昭가 대장군에 올라 그의 뒤를 잇게 되었다.

〈수춘전투〉를 승리로 이끌고 개선했던 제갈탄은 실권자인 사마소로부터 과거 하후현과 친했다는 전력 때문에, 본격적인 견제에 시달려야 했다.

'음흉한 사마소의 성정으로 보아, 언젠가는 나 역시도 파멸의 나락으로 떨어지고 말 것이다……'

관구검에 의한 〈수춘의 반란〉이 진압된 뒤 2년 후인 257년, 회의에 빠져 있던 제갈탄이 무려 10만이나 되는 대군을 거느린 채 또다시 수춘에서 반란을 일으켰다. 한편, 吳나라에서도 그 1년 전에 실권자인 손준이 죽어, 그의 사촌동생인 손침孫綝이 실권을 잡고 있었다. 놀랍게도 이때 魏를 겨냥하고 있던 吳나라의 손침에게 제갈탄이 지원군을 요청했다. 손침이 이때 魏에서 망명해 온 문흠을 비롯한 전단 등에게 3만의 군사를 내주고 제갈탄을 돕게 했다.

수춘에서 또다시 제2의 반란이 일어났다는 소식에 사마소는 이내 고민에 빠졌다.

'흐음, 내가 출정하는 사이 또 다른 세력들이 황제를 부추겨 반란을 일으킬지도 모른다. 그렇다면 아예 황제를 함께 데려가 참전시키는 수밖에 없다……'

결국 사마소가 황제인 조모를 앞세워 항현으로 출정해 성을 단단히 에워싸고는, 성 주변에 깊은 해자를 파고 흙으로 높은 성채를 쌓아 대치했다. 얼마 후 문흠의 〈오〉나라 원군이 도착했지만, 魏군의 포위망을 뚫는 데 실패했다. 제갈탄의 반군이 성안에서 농성을 지속하는 동안 반년이 지나 버렸고, 그사이 식량이 바닥나 버렸다. 성 밖에서도 吳나라 장수 전단을 비롯한 많은 지원군들이 魏군에 투항하면서 반란군이 크게 동요했는데, 이때 문흠 일행이 용케도 魏군의 포위망을 뚫고 성안으로 들어간 모양이었다.

제갈탄과 문흠은 둘 다 배신의 배신을 거듭하다 아군으로 만난 기막힌 인연이었음에도, 아니나 다를까 이후의 전략을 놓고 크게 대립했다. 그러던 중 258년 1월이 되자, 급기야 제갈탄이 갈등을 야기한 문흠을 살해하는 사건이 터지고 말았다. 문흠을 따라 참전했던 그의 자식들이 달아나 魏군에 투항해 버렸고, 사기가 떨어진 성안의 반란군 중에 투항하는 자가 속출했다.

결국 식량난과 내부 분열로 위기에 몰린 제갈탄이 말을 몰고 성문을 나가 용맹하게 포위망 돌파를 시도했으나 허무하게 실패로 끝났고, 수춘성은 거듭 함락되는 운명을 맞고 말았다. 사람들이 사마씨에 저항하는 반란이 연거푸 이어진 데 대해 반란을 주도했던 이들의 이름을 따 〈회남삼반淮南三叛〉이라 했으니, 그것은 다름 아닌 왕릉, 관구검과 문흠, 제갈탄의 난을 말하는 것이었다.

이와는 달리, 서쪽의 〈촉한蜀漢〉에서는 253년경부터 대표적 매파인 강유姜維가 군권을 장악한 이래로 거의 매년 5차례에 걸쳐 〈위〉나라를 침공했다. 그럼에도 커다란 성과를 내지 못하자, 오히려 그사이 국력을 고갈시켰다는 비판에 직면하게 되었다. 그 와중에 257년경부터는 황제 유선을 등에 업은 환관 황호가 득세하게 되니, 촉한 또한 내분으로 치닫게 되었다.

그 무렵 〈오〉나라에서도 황제 손량이 비로소 친정親政을 시작했는데, 손침과 의견대립으로 서로 충돌하게 되었다. 결국 손침이 자신을 제거하려던 황제를 선제 공략해 폐위시키고, 손휴孫休를 새로운 황제로 즉위시켰다. 그러나 이번에도 손침은 손휴와도 대립했고, 그 결과 258년 황제 손휴가 친위 혁명을 통해 마침내 손침을 제거하는 데 성공했다. 이처럼 중원의 三國 모두가 황제들과 그들을 능가하는 유력 실권자들과의 갈등이 반복되는 가운데, 불안하기 그지없는 정국을 겨우겨우 이어 가고 있었다.

한편, 〈위〉나라에서는 〈회남삼반〉 이후 사마소의 전횡을 견디지 못한 황제 조모가 260년, 친위 혁명을 도모했다. 조모가 순진하게도 왕침 등 측근에게 자신의 뜻을 내비쳤으나, 왕침이 이를 곧 사마소에게 알리고 말았다. 뒤늦게 고변 소식을 들은 조모는 이왕 내친김에 수백 명의 수하를 동원해 앞장섰으나, 이내 칼을 맞고 사망했다. 이윽고 황제가 살해되었다는 소식에 사마소가 크게 놀랐다.

"무어라? 황제가 죽었다고? 참으로 난감한 일이로구나. 잘못하면 대역죄를 뒤집어쓰게 생겼다……"

사마소는 조모가 사마씨 편에 섰던 곽황태후를 시해하려다 역습을 당한 것이라 꾸미고는, 황제에게 칼질을 해 댄 자를 죽여서 사태를 수습했다. 사마소는 조모의 뒤를 이어 조조의 손자인 조환曹奐(~265년)을 새로운 황제로 즉위시켰는데, 조씨 〈위〉나라의 마지막 황제가 된 인물이었다.

253년경, 〈촉한〉에서는 환관 황호黃皓가 황제 유선劉禪을 등에 업고 정치를 농단하기 시작하면서, 부패가 심해지고 갈수록 나라의 기강이 흔들리고 있었다. 10년이 지난 263년 여름, 마침내 사마소가 〈촉한〉 정벌에 나서서, 종회種會를 진서進西장군으로 삼아 한중을 공략하게 하고, 등애로 하여금 답중에 주둔해 있던 맹장 강유를 공격하게 했다. 그때 종회가 한중을 함락시켰다는 소식을 접한 강유가 답중을 버리고 검각劍閣으로 들어가 농성에 들어갔다.

당시 지리에 능했던 등애는 음평에서 성도로 향하는 지름길을 택했는데, 험준한 지형이라 그간 누구도 이 길을 빠져나간 자가 없을 정도였다. 성도로 향하는 이 길을 지키던 마막馬邈이란 장수가 허를 찔린 채 투항하면서, 마침내 성도成都가 魏군에 점령되고 말았다. 황제 유선이 등애 앞에서 쉽사리 항복을 하니, 〈촉한〉은 2代 만에, 삼국 중 가장 먼저 역사의 뒤안길로 사라지고 말았다. 이때 비록 황제는 항복을 했지만, 촉한의 여러 충신들은 저항을 지속하다가 전사하거나, 자결을 택한 이도 많았다.

그런데 그 후 놀라운 반전이 일어났다. 〈촉한〉을 멸망시키는 데 공을 세웠던 종회가 뜻밖에도 강유와 손을 잡고 촉한을 탈취하려 했던 것이다. 강유는 원래 魏나라 출신이었는데, 제갈량의 1차 북벌 때 그의 밑으로 들어간 인물이었다. 종회는 이때 성도를 장악하고 있던 등애에게 모반의 누명을 씌웠다. 종회가 그 후의 계획을 강유에게 말했다.

"우선 등애로부터 토벌군을 접수하고, 이미 망해 버린 촉한의 군사들을 합친다면 대략 20여 만의 병력을 꾸릴 수 있을 것이오. 그리만 된다면 이 대군으로 사마소를 타도할 수 있지 않겠소?"

그러나 그의 계획은 魏군에 누설되면서 미수에 그쳤고, 이내 음모가 드러나고 말았다. 결국 종회는 강유와 더불어 魏군에 쫓기다 전사하고 말았으니, 적군의 관계에 있던 두 맹장의 연합과 그에 따른 죽음이 참으로 허망하기 그지없는 것이었다.

〈촉한〉을 멸망시킨 사마소는 이듬해인 264년, 진왕晉王의 자리에 올랐다. 그러나 얼마 지나지 않아 갑작스레 사마소가 급사하고 말았고, 그의 뒤를 장남인 사마염司馬炎이 잇게 되었다. 265년 12월, 사마염이 魏나라 마지막 황제 조환에게 양위를 받는 형식으로, 조曹씨들로부터 나라를 빼앗고 황제에 올랐다. 이로써 조비 이래 5代 황제 만에 〈위魏〉나라역시 멸망해 버렸고, 사마씨의 새로운 〈진晉〉나라가 탄생했다. 그토록 막강했던 조씨의 〈위〉나라도 채 50년을 채우지 못했던 것이다.

공교롭게 그해 吳나라에서도 나라의 재건에 힘쓰던 황제 손휴가 병사했고, 손호孫皓가 그 뒤를 이었다. 그런데 손호는 초기와는 달리 해가 갈수록 낭비벽이 심해지더니, 거대 궁전을 짓는 일에 국력을 소모해 버렸다. 그 후 십 년이 지난 279년말, 진晉의 사마염이 20만의 대군을 동원해 6개 방면으로 〈오〉나라 침공에 나섰다. 그사이 吳나라는 손호의 폭정에 나라가 피폐해졌고, 진晉의 침공을 막아 냈던 명장 육항陸抗도 죽고 없다 보니, 곳곳에서 패전 소식만 들려왔다.

280년 5월, 마침내 더 이상 버티지 못하던 손호가 항복을 선언했고, 三國 중 마지막까지 버티던 〈오吳〉나라가 사마염의 손에 멸망하고 말았다. 이로써 AD 184년경, 〈황건적의 난〉을 계기로 後漢의 분열이 시작된 이래 약 일백 년 만에 중원을 혼돈의 소용돌이로 휘몰아치게 했던 〈삼국시대〉도 막을 내리고 말았다. 조조, 유비, 손권을 비롯한 난세의 영웅들과 그들을 둘러싼 숱한 이야기들이 탄생했으나, 그 시대를 살던 민초들의 삶이란 수없이 반복된 전쟁 통에 참혹하고 피폐한 것일 수밖에 없었을 것이다.

漢나라 멸망 이후 60년 만에, 사마씨의 〈진晉〉나라가 그 땅을 다시금 통일했지만, 〈晉〉의 평화도 그리 오래 지속되지는 못했다. 외척을 비롯한 황족들의 분열과 〈팔왕八王의 난〉이 발발하면서, 晉나라 또한 반세기 만에 멸망의 길을 걷고 말았던 것이다. 〈晉〉의 멸망은 잠자고 있던 북방 민족을 흔들어 깨우게 되었고, 마침내 선비족을 중심으로 하는 〈5호 16국〉 시대의 도래로 이어지게 되었다. 이는 또 다른 거대 전쟁의 시대를 의미하는 것이었고, 동북의 맹주 〈고구려〉 또한 새로운 도전에 직면하지 않을 수 없었다.

한편, 반도 〈사로국〉에서는 조분왕 18년째 되던 247년 5월경, 왕이 모후인 옥모玉帽태후와 돌산突山대제를 치르고 돌아온 뒤로 병이 들었다. 그 와중에 어느 날 조분왕이 매우 이례적인 발표를 해 세상을 놀라게 했다.

"내가 아우인 첨해에게 임금의 자리를 선양할 것이다!"

그리고는 동복아우인 첨해沾解를 태자로 세우고는 이내 이사금의 자리에서 물러나고 말았다. 조분왕은 초기에 소국들을 평정한 것 외에는 이후 이렇다 할 공적을 보이지 못했다. 더구나 이때 딱히 사망한 것도 아닌 것으로 보여, 선양 자체가 진정 자의에 의한 것이었는지 의혹투성이가 아닐 수 없었다. 어수선한 분위기 속에서 첨해가 조분왕의 왕후인 아이혜와 더불어 상서로운 즉위식을 거행했고, 사로국의 13대 이사금에 올랐다.

첨해왕의 모후는 구도의 딸 옥모玉帽태후로, 첨해왕이 즉위한 이듬해 248년 3월, 해택海宅에서 세상을 뜨고 말았다. 첨해왕이 모후의 시신을 부친인 내해릉奈解陵으로 모셔 장례를 치렀는데, 이때 그 뼈의 일부를 골정릉骨正陵에도 나누어 묻게 했다. 과거 벌휴왕 시절에 소문국召文國에서 〈달문의 난〉이 일어났다. 석昔씨 왕조의 출현에 박씨 아달라왕의 아들인 달문이 반발해 난을 일으킨 것이었는데, 이때 김구도가 출정해 난을 평정했다. 20대 초반으로 한창의 나이였던 구도가 그 후 족달足達의 처로 소문국 묘덕왕妙德王의 공주였던 운모雲帽와 사통해 낳은 딸이 바로 옥모였다.

성장한 옥모는 뛰어난 미모와 가무를 자랑했는데, 16세의 나이에 가선歌仙이 되어 월가月歌를 행할 정도였고, 많은 남자 선도仙徒들로부터 흠모의 대상이었다. 그 무렵 사십 대 중반이 된 골정태자의 눈에 들어 아이를 가졌고, 그렇게 얻은 아들이 조분이었던 것이다. 생전의 벌휴왕은 제1황후인 내후와의 사이에서는 모두 딸만을 얻었으나, 2황후인 자황과의 사이에서는 골정과 이매 두 아들을 두었다.

그런데 내후가 공교롭게도 벌휴의 차남인 이매와의 사이에서 아들인 나해(내해)를 두었는데, 이매는 일찍 세상을 떠나고 없었다. 벌휴가 왕위에 오르던 해에 내후는 벌휴의 자식인 골정을 제치고, 자신의 친자식인 나해를 일찌감치 태자로 봉하게 손을 써 두었다. 지마왕의 딸로 천신天神정통이라는 朴씨 내후의 힘이 그런 것이었다. 그런 이유로 벌휴 사후에도 내해가 왕위에 올랐던 것이다.

그런데 그 후 내례태후(내후)가 세상을 떠난 다음에 골정의 처인 옥모가 내해왕을 모셨고, 그사이에서 아들 첨해를 얻었다. 230년경 현군이었던 내해왕이 붕하자, 이번에는 옥모가 태후가 되어 내해의 아들인 우로를 제치고 자신의 친자식인 조분을 왕위에 올렸다. 그리하여 이제 조분의 뒤는 내해의 친자인 우로와 옥모의 친자이자 조분의 포제인 첨해가 왕위를 다투게 되었다.

자신의 친자인 첨해를 밀기로 한 옥모태후가 미리 우로의 여동생인 아이혜를 조분왕의 왕후로 올려 주었고, 바로 이 무렵에 아후阿后(아이혜)가 첨해에게 왕위를 선양하도록 남편인 조분왕을 설득했던 것이다. 공교롭게도 첨해왕이 이사금에 즉위한 바로 이듬해에 옥모태후가 74세의 고령으로 세상을 떠났으니, 옥모태후는 마지막까지도 친자식인 첨해를 왕위에 올리기 위해 최선을 다한 셈이었다. 마치 아달라와 벌휴 두 형제 모두를 임금으로 만들었던 지진내례를 다시 보는 듯한 모습이었다.

다소 복잡하고 보기 드문 족혼族婚의 형태였지만, 이것이 사로국 왕실의 혈통을 이어 가기 위한 골품제도의 특징이자 전통이었고, 고도의 전략이기도 했다. 소문국 왕녀와 김씨 구도의 딸로 누가 봐도 사로국 왕실의 비주류에 불과했던 옥모가 왕실의 핵심 중앙으로 진입하는 것이 결코 쉬운 일은 아니었을 것이다. 실제로 성골정통인 내후와 달리, 옥모태후는 자신의 두 아들을 일찍부터 태자로 내정하지 못했던 것이다.

그러나 그녀의 뒤에는 야망으로 넘쳤던 부친 김구도가 있었고, 그가 군부를 장악한 것이 큰 힘이 되었을 것이다. 그리고 그 와중에 관구검의 고구려원정 길에서 이탈해 반도로 이주해 온 오환족들을 이들이 수용했던 것이다. 옥모 또한 부친 못지않게 강력한 권력의지를 품은 채 비상한 정무감각으로 부지런히 애쓴 결과, 조분과 첨해 두 아들 모두를 왕위에 올릴 수 있었다. 생전의 그녀가 자신의 외가인 소문召文의 유신遺臣들을 많이 도와준 것도 그녀의 주변을 튼튼히 하고자 함이었을 것이다.

그 무렵인 248년 9월, 〈고구려〉 동천제의 장남 연불然弗태자가 호천狐川에서 돌아온 부친으로부터 갑작스레 신검神劍을 넘겨받고는, 13대 태왕에 올랐으니 중천제中川帝였다. 나이 25세에 준수한 외모와 지략을 지녔으며, 모후는 태보 명림식부의 딸 전후鱣后였다. 보위에 오른 지 얼마 후, 부친인 동천제의 비극적 최후를 맞이해 만백성들과 비통한 마음으로 겨우 동천의 시원柴原에서 장례를 치렀다.

그런데 장례를 치르고 난 다음 달, 궁궐에 다시 한번 난리가 났다.

"아뢰오, 폐하의 아우이신 예물預物과 사구奢勾 왕자 등이 갑작스레 병사들을 이끌고 궁궐에 난입했습니다. 반란이옵니다!"

깜짝 놀라 눈이 휘둥그레진 중천제가 이내 혀를 찼다.

"무어라, 예물과 사구가 난을 일으켰다고? 에잇, 한심한 인사들 같으니라고……. 부황을 모신 지 얼마나 지났다고……"

사실 동생들의 난이 있기 직전부터 궁궐 안팎에서는 동천제가 누군가로부터 짐독鴆毒(짐새 독)에 의해 살해당했다는 소문이 무성했다. 동천제 때부터 고구려 조정은 명림明臨씨의 절노부絶奴部가 대세로 떠올라 있었는데, 당시에도 어수於漱가 국상을 맡아 조정을 장악하고 있었다. 그에 따라 다른 4部 출신들의 불만이 누적되어 왔고, 이들이 태왕의 교체기를 이용해 중천제의 다른 동생들을 등에 업고 반기를 들었던 것이다.

다행히 시국이 시국인지라 궐 안의 경비가 삼엄해 이들 반란군은 곧바로 태왕의 근위병들에게 진압되고 말았다. 그 와중에도 중천제가 다급하게 명을 내렸다.

"아우들을 해하지 말라!"

그러나 태왕의 두 아우는 쏟아지는 화살을 맞고 이미 숨진 뒤였다. 부황의 상에 이어 재위 초기부터 일어난 가족 간의 참화였기에, 중천제가 죽은 아우들의 처자에게 죄를 묻지 않도록 하고 후하게 장사를 치러주었다. 그러나 반란을 획책했던 많은 다른 이들은 대대적으로 숙청당하고 말았다.

그 후 2년 뒤인 250년에 중천제는 국상 명림어수에게 내외병마사를 겸임토록 해 병권을 일임하면서 조서를 내렸다.

"선제께서는 평생토록 병마兵馬의 일을 손수 주관하시느라 애쓰시다가 춘추 40에 요절하셨으니 참으로 애통한 일이었소. 지금부터 나는 숙부께 병사兵事 일체를 일임할 것이니, 후일 허물이 되지 않도록 힘써 주시오!"

이로써 중천제는 사실상 통치자로서 가장 중요한 병권을 상실한 채 명목상의 태왕으로 전락하는 신세가 되고 말았고, 그때부터 좋아하던 사냥터나 전전하기 바빴다. 명림 일가를 비롯한 당시의 집권세력이 중원과의 전쟁도 불사했던 강경파 동천제의 아들 중천제의 힘을 빼고 견제에 나선 것이었다.

하필이면 그 무렵 중천제의 소후小后인 관나부인이 연椽황후와 함께 중천제의 총애를 놓고 다투었다. 관나貫那는 아름다운 미모에 아홉 자나 되는 긴 머리카락을 지녀 중천제의 사랑을 독차지했다. 그러자 이내 연황후의 질투가 시작되었는데, 관나 또한 황후에 밀리지 않고 서로 시기했다. 어느 날 중천제가 기구箕丘의 사냥터에서 돌아오니 관나가 울면서 나타나 가죽자루를 흔들어 대면서 말했다.

"폐하, 황후가 저를 이 자루에다 집어넣고 큰 물에 던지려 했답니다. 신첩은 이제 친정으로 돌아가고 싶습니다, 흑흑!"

관나가 거짓으로 연황후를 무고하는 것임을 알고 있던 중천제가 잔뜩 화가 나 쏘아붙였다.

"네가 너른 물에 빠지고 싶어 하는 걸 보니, 그곳이 곧 너의 집인 게로구나!"

그리고는 이내 호구虎句에게 명을 내려 관나부인을 가죽자루에 넣어서하西河에 집어던져 버리라고 했다. 21살 한창의 나이에 자식까지 두었지만 이내 관나부인이 서승실로 가고 말았다. 중천제가 총애하던 小后를 이렇게까지 매몰차게 대하기까지는, 그 배경에 당시 절노부 측에서 연椽황후에 맞서 대들었던 관나부인을 처리하라는 상당한 압박이 있었고, 중천제가 이를 견뎌 내지 못했기 때문이라는 소문이 있었다. 이렇듯 중천제는 자신이 총애하던 妃조차도 지켜 내기가 버거울 정도였으니, 동천제 사후 고구려 태왕의 힘이 그 정도로 위축되어 있었던 것이다.

반도의 〈사로국〉에서는 잠시 조정에서 밀려나 있던 이벌찬 장훤이 다시금 국정에 복귀하게 되면서, 새로운 바람이 불기 시작했다. 첨해왕이 갑작스레 연억連檍 등을 불러 새로운 명령을 내렸다.

"그대는 이제부터 고구려에 사신으로 가서 반드시 화친을 맺도록 하라. 고구려까지는 실로 먼 여정이 될 테니, 신변과 건강에 각별히 유의하도록 하라!"

사로에서도 그해에 고구려 동천제가 비극적 죽음을 맞이한 데 이어 중천제가 들어섰으나, 곧바로 형제들의 난이 일어나는 등 조정이 어수선하다는 소식을 접했던 것이다. 첨해왕은 이런 상황에서 고구려가 변방의 외국에 강경하게 나서지 못할 것이라 여긴 끝에, 재빨리 새로운 태왕의 축하사신을 보내 화친을 제의하기에 좋은 기회로 삼은 듯했다.

연억이 먼 길을 여행한 끝에 고구려의 4번째 도성인 평양성(하북창려)으로 들어가 중천제를 알현했다.

"사로국 사신 연억이 대고구려의 태왕폐하를 뵈옵니다. 소신이 새로운 태왕폐하의 즉위를 경하드림과 동시에, 아국의 왕께서 따로 보내신 축하의 전문을 전하고자 하옵니다."

첨해왕은 이때 3년 전에 있었던 〈마두전투〉 때의 일을 환기시키면서, 이제 양국이 모두 새로운 군주를 맞이한 것을 계기로 변경의 사소한 분쟁을 그치고 화친의 관계로 나아가자고 했다. 아울러 이를 위한 실무 협상을 통해 양국의 국경을 새로이 정할 것을 제의했다. 첨해왕의 예상 대로 중천제를 비롯한 고구려 조정은 새로운 도성에서의 혼란을 수습하기 바쁜 나머지, 사로의 제안을 순순히 받아들이는 분위기였다. 결국 이때 비로소 양국이 서로 화친을 맺고, 새로이 국경을 정하게 되었다.

그렇게 즉위 초기부터 북방의 강국〈고구려〉와의 국경분쟁을 마무리한 첨해왕은 이듬해 여름이 되자 새로운 명을 내렸다.

"월성의 궁실과 정사당이 지나치게 비좁아 조정 대신들이 한데 모여 정사를 논의하기도 어려운 지경이 된 지 오래다. 그러니 궁궐 남쪽에〈남당南堂〉을 새로 널찍하게 지어, 넉넉하게 정무를 볼 수 있는 공간으로 활용하게 하라!"

당시 사로국도 주변 소국의 병합이 이어지고, 나라의 토지와 백성들의 수가 한창 늘어나던 시기였다. 사실 사로국은 일성왕 5년인 143년경에 궁실을 넓히면서, 금성에〈정사당政事堂〉을 따로 설치했다. 이는 나라가 커짐과 동시에 정무를 담당할 행정조직과 군신의 수요가 확대됨에 따라, 정사당을 설치해 보다 전향적으로 관료를 충원하기 시작했다는 의미였다.

즉 그때까지 왕실의 혈족 내에서 신료를 뽑던 방식에서, 민간 출신 중에서도 개인적으로 능력이 출중한 자들을 선발해 충원하는 행정개혁이 이루어진 것이었다. 이후 백 년이 넘도록 소위 정사당 정치가 이어졌는데, 이는 궁실과 정청을 따로 분리한 것이었다. 그런데 나중에는 이를 더욱 확대 개편한〈남당〉을 아예 월성 밖에 둠으로써, 공식적으로 궁실과 정무를 담당하는 정청이 완전히 분리되는 효과를 가져왔다. 이때부터는 임금이 군신들을 남당에 불러 모아 친히 정형政刑의 득실을 따지게 되면서, 업무의 효율이 보다 높아지게 되었다.

실제로 당시 한기부漢祇部 출신 부도夫道란 인물은 집이 가난했으나 글을 잘 쓰고 계산을 잘하면서도 아첨하지 않기로 유명했다. 소문을 들은 왕이 이내 그를 발탁하라는 명을 내렸다.

"부도를 아찬으로 삼고 물장고物藏庫의 사무를 맡기도록 하라!"

이처럼 〈남당정치〉의 시작과 함께 사로국에서 소위 朴, 昔, 金의 3大 호족 외에도, 도성 외의 6部 출신들까지 두루 관료로 등용했던 것이다. 남당정치는 이후 5세기에 마립간 세력이 등장하기까지 지속되었다.

첨해왕 3년인 250년에는 〈대가야〉의 왕 효도孝道가 자신의 딸 하리지洞理智에게 선양을 하면서 선위宣威를 사위로 삼았다. 그런데 그해 4월, 바다 멀리 〈倭國〉에서 사신 갈나고葛那古가 찾아와 토산물을 바치고는, 자신들의 태자를 위해 사로국 왕실에 청혼을 해 왔다. 이른바 〈사로〉와 〈왜국〉 간에 혼인동맹을 맺자는 제안이었다. 그때 우로태자가 사관使館에 머물던 갈나고 일행의 응대를 맡았는데, 그만 왜국의 사신을 희롱하고 말았다.

"참으로 어이없는 말이로다. 우리 사로국과의 혼사가 가당키나 한 소리더냐? 내 언젠가는 너희 왕을 사로잡아 염전의 노예로 만들고 말겠다, 하하하!"

이 말을 들은 왜의 사신이 잔뜩 화가 난 채로 돌아갔고, 화친은 어림도 없는 얘기가 되고 말았다. 그러나 이 일은 두고두고 악재로 작용해 후일 사로국에 앙갚음으로 되돌아오게 되었다.

그 후로 수년이 지난 255년경이 되자 사로의 서부 변경에서 갑자기 〈백제〉의 공격이 재개되었다. 그해 9월 백제가 괴곡槐谷(충북괴산)을 공격해 와, 사로에서는 급벌찬級伐飡 익종翊宗이 출정해 맞서 싸웠다. 처음에는 백제군을 밀어내는 듯했으나, 달아나던 백제군의 매복에 걸려 전투에 패했고, 익종이 전사했다. 익종의 시신이 도착하자 첨해이사금이 명을 내렸다.

"익종을 후하게 장사 지내 주고, 그 자녀들을 조사하여 종宗으로 삼아 익종의 뒤를 잇도록 하라!"

그런데 〈괴곡전투〉에서 승리한 백제군의 공격이 여기서 멈춘 것이 아니었다. 익월 10월이 되니 이번에는 백제가 인근의 봉산성烽山城(경북봉화)을 공격해 왔다. 다행히 봉산성주가 선전해 성을 지켜 낼 수 있었고, 결국 백제군은 철수하고 말았다. 백제가 그즈음에 충북을 지나 경상 북부까지 진출해 사로국을 위협할 정도였으니, 첨해왕으로서는 상당히 불안한 나날을 보내야 했을 것이다.

대가야와 왜의 사신이 사로국을 다녀간 이듬해, 수천 리나 멀리 떨어져 있던 고구려 조정에 난데없이 사로의 사신이 나타났다는 보고가 들어왔다.

"사로의 첨해왕이 그의 딸인 월정공주를 사신을 통해 보내왔는데, 태왕폐하께 바치라고 했다 합니다."

3년 전인 첨해왕 원년에 고구려에 연역을 보내 화친을 맺고 국경을 새롭게 정한 일이 있었다. 그때쯤에 첨해왕이 고구려와의 화친에 보답하고 양국의 관계를 더욱 강화하고자 공주를 보내서 혼인동맹을 요청한 것이었다. 그러나 중천제는 거기까지는 원하지 않았던지, 월정月精공주를 후궁으로 들이기는커녕, 별 대수롭지 않은 일이라는 듯 차와 술 시중이나 드는 다의茶儀로 삼게 했다.

그렇게 해가 바뀌는 사이 무슨 심경의 변화가 있었는지, 이듬해 월가회 때는 태왕이 별도의 명을 내려 월정을 월선月仙으로 삼게 했다. 추석날 달놀이인 〈월가회月歌會〉는 원래 고구려의 옛 풍속이었으나, 그즈음에는 오히려 사로국에서 더욱 널리 유행했다는데, 전국戰國시대 연燕나라에서 들어온 것이라고도 했다. 중천제가 이때 친히 월가회에 참석했는데, 다분히 월정을 배려한 뜻이었다. 그러던 그해 10월, 중천제에게 범상치 않은 보고가 들어왔다.

"아뢰오, 사로왕이 우리 도성 인근에서 태왕폐하께 입조할 수 있기를 요청한다는 연락이 도착했습니다. 아울러 이때 월정의 모친인 옥모를 대동할 계획이라고 합니다."

"무엇이라? 사로왕이 직접 여기까지 오겠다고? 허어, 이것이 무슨 일인고……"

중천제가 논의 끝에 일단 사로왕의 요청에 응하기로 했다. 이어 약속된 날에 중천제가 친히 모후인 전鱣태후를 모시고 월정과 함께 하상河上으로 나가 사로국의 첨해왕 일행을 맞이했다. 고구려 측에서 이때 무려 사흘간이나 연회를 베풀며 첨해왕 일행을 환대했는데, 뜻밖에도 중천제가 그사이 월정의 모친인 옥모의 매력에 푹 빠져든 것이 틀림없었다. 중천제가 이때 딸을 바친 옥모를 위로한다며, 귀한 담비가죽과 금팔찌 등 40여 가지에 이르는 각종 선물공세를 펼쳤는데 누가 봐도 과한 수준이었다.

그 와중에 중천제가 이미 옥모를 태후의 예로 받들기 시작하더니, 아예 옥모를 맘에 두어 후궁으로 거두고 싶어 했는데, 다만 모후의 눈치를 보기 바빴을 뿐이었다. 어느덧 시간이 화살처럼 흘러 첨해왕이 귀국하려 하자, 중천제가 주위의 시선에도 아랑곳하지 않은 채 옥모의 손을 잡고, 눈물을 보이더니 친히 그녀를 부축해 수레에 오르게 도와줌으로써 모두를 놀라게 했다. 사람들이 굳이 입 밖으로 말하진 않았지만, 둘 사이에 벌써 무슨 일이 있는 것이 틀림없다고 의심하기에 충분했다.

　뿐만 아니라 중천제가 즉석에서 더욱 중차대한 발표를 이어 갔는데, 모두가 아연할 만한 것이었다.

　"이제 죽령의 땅을 사로왕에게 하사하고, 그 땅을 사로국에 되돌려주고자 한다. 아울러 그 땅에 살던 8천여 호의 백성들도 사로국으로 돌려보낼 것이다. 그리고 이를 계기로 앞으로 두 나라가 세세손손 형제지국 兄弟之國으로 지내기를 바라는 뜻에서 이를 철판에 새겨 두고자 한다."

　고구려가 사로국을 침공해 죽령을 빼앗은 지 십수 년 만의 일이었고, 그동안 두 차례나 사신을 보내 반환을 요청했어도 이를 거절해 왔던 일이었으니, 이는 새삼 고구려가 사로와의 화친을 확약해 주었다는 의미였다. 그런데 사실 첨해왕의 모후인 옥모玉帽태후는 그 4년 전에 74세의 고령으로 이미 세상을 떠난 뒤였다. 따라서 월정의 모친이라는 이 옥모는 분명 옥모태후가 아니라 동명을 가진 제3의 인물이 틀림없었다. 당시 양국의 국왕이 만났다는 하상河上의 구체적인 장소가 어느 곳인지 알 수 없으나, 양국 도성의 먼 거리를 감안할 때 평양(창려) 서남쪽 가까이 발해만 인근의 난하 입구일 가능성이 높았다. 그렇다면 첨해왕이 멀리 바다를 건너 배를 타고 들어왔다는 것으로, 꽤나 파격적이면서도 흥미로운 행보를 취한 것이 틀림없었다.

　그로부터 고구려와 사로의 사신 왕래가 부쩍 잦아졌다. 초기에는 주로 중천제와 옥모 사이에 주고받은 선물이나 답례품을 전한다는 평계로 시작되었으나, 점차 문물의 교류로 확대되기에 이르렀다. 253년경 사로국에 큰 가뭄이 들어 백성들이 굶주리고 도적이 들끓는다는 소식이 들려왔다. 이에 중천제가 사로의 옥모에게 즉시 양곡을 보내 주라 명했다.

"형제의 나라인 사로국이 가뭄으로 인해 기근에 시달리고 있다 하니 이를 모른 척할 수 없는 일이다. 즉시 3천 석에 달하는 맥麥(보리), 속粟(조), 량粱(기장), 두豆(콩)를 조달하되, 시급을 다투는 일인 만큼 속히 배에 실어 보내 주도록 하라!"

이때 사로에 보내는 곡식을 실어 나르기 위해 무려 일백 척에 달하는 배가 동원되었는데, 중천제는 옥모에게 넉넉하진 않지만 구휼에 보태 쓰라는 내용의 편지를 별도로 보내기까지 했다. 옥모 또한 멀리서 하늘 같은 양식을 보내 주어 사로의 백성들을 구제해 주었으니, 백골난망白骨難忘이라며 감사하다는 답신을 보냈다. 그야말로 수천 리나 떨어진 양국 사이에 훈훈한 분위기가 이어진 것이었다.

이듬해가 되자 월정공주 또한 중천제의 후비가 되어 태자 봉鳳을 낳았는데 괜한 걱정을 했다.

"에휴, 딸을 낳아 평범한 가정에 출가시키는 것만 못하게 되었구나……"

중천제가 이 소문을 듣고는 월정이 따돌림을 당한다고 생각해, 그녀를 황후의 반열에 버금가는 5后의 지위로 올려 주었다. 워낙 파격적인 조치였음에도 중천제의 의지가 강하다 보니, 군신 중 누구 하나 나서서 토를 달지 못할 정도였다.

바로 그 무렵에 〈백제〉가 〈사로〉의 서쪽 변경을 침공했던 〈괴곡전투〉가 벌어진 것이었다. 사로의 익종이 전투 중 전사했으나, 백제는 그것으로 만족하지 않고 계속해서 봉산성을 공격해 왔다. 사로국이 위기에 봉착하게 되자, 옥모가 다시금 고구려로 들어와 다급하게 구원을 요청했다.

소식을 들은 중천제는 급히 월후月后와 그 아들 봉태자를 대동한 채

河上까지 나와 옥모와 반갑게 재회했다.

"오오, 어서 오시오, 태후! 그간 얼마나 맘고생이 크셨겠소? 이참에 당분간 안전한 고구려의 궁으로 모시도록 하리다!"

중천제가 그 길로 옥모를 궁정으로 모시게 했다. 그리고는 이내 목장 穆萇에게 명을 내려 급히 〈백제〉를 치게 했다. 갑작스러운 고구려의 등장에 화들짝 놀란 백제군이 그제야 봉산의 포위를 풀었다. 고구려가 같은 뿌리나 다름없는 백제를 친 것은 그야말로 양국이 건국된 이래로 처음 일어난 일이었다. 백제 조정에서의 충격이 이만저만한 게 아니어서 그 이유를 찾느라 부산했을 터였다.

뒤늦게 백제가 사로에 화친을 청했으니, 그때쯤에 고구려와 사로가 화친의 관계임을 확인한 것이 틀림없었다. 그러나 이번에는 첨해왕이 이를 받아들이지 않아 양쪽 군대가 오래도록 대치했다. 이듬해 256년 봄이 되어 옥모가 사로국으로 다시 돌아가게 되자, 중천제는 이때도 친히 국경까지 나와서 옥모를 전송했다. 소식을 들은 사로의 첨해왕이 나와서 친히 옥모를 맞이했다고 하니, 이번에는 육로를 이용한 것으로 보였다.

이듬해 첨해왕 10년인 257년, 선도仙道의 지도자 손광대사孫光大師가 세상을 떠나 그의 뒤를 이어 미추味鄒를 대일대사大日大師로 삼았다. 일찍이 사찬史湌이었던 손광은 213년경, 〈吳〉나라 사람 미회米會를 따라 중원의 오나라로 들어갔다. 그곳에서 6년을 수도하고 돌아왔는데, 그 후 중원이 혼란해지자 吳나라 사람들이 많이 사로국으로 들어왔다. 손광은 평소에도 金씨가 王后를 맡아야 영험함이 있다고 주장한 사람이었다.

공식적으로 미추는 옥모의 부친인 태공 김구도의 아들이었으나, 실은 술례가 장훤과의 사이에서 낳은 아들이었으니, 술례가 잠시 태공의 몸을 빌린 것에 불과한 셈이었다. 후일 미추가 귀한 사람이 되자, 이를 미화시키고자 태공과 술레 두 사람이 소위 꿈속에서 금색대조金色大鳥를 보았다는 이야기로 포장한 듯했다. 어쨌든 당시 왕위를 쥐락펴락했던 옥모태후는 칠십 중반의 상노인인 부친이 아들을 낳았다는 기적 같은 소식에도 막내 동생인 미추를 지극히 총애해 이렇게 말했다고 한다.

"내 아버님이 자식들을 많이 두셨지만, 이 아이만 한 자식이 없다. 화림花林이 흥하는 것은 오직 이 아이에게 달려 있다."

그리고는 손광에게 명해 仙道의 후계자로 삼도록 하고, 현묘함을 깨우치게 했는데, 십칠, 팔세에 이르러 모르는 것이 없을 정도였다고 한다. 큰 체격에 말을 조신하게 하니 사람들이 미추를 나라의 그릇이라 칭찬했고, 옥모태후가 항상 곁에 두고 의지하니 조분왕이 미추를 태후의 사신私臣으로 삼게 했다. 당시 미추의 스승이 된 손광은 옥모태후의 명이 있었기에, 미추의 비범함과 무관하게 당연히 미추를 띄워야 했을 것이다. 그렇더라도 영민한 미추가 그의 가르침을 잘 따랐기에, 웃어른들의 총애를 한 몸에 받았던 것이다.

옥모태후 사후에도, 미추는 그녀로부터 진귀한 보물을 많이 얻어 천하의 갑부가 되었고, 가난한 선도들에게 두루 베풀어 주니 민심이 미추에게 많이 가게 되었다. 첨해왕과 아이혜后 부부도 태후의 유명遺命에 따라 미추를 입궁하게 해 스승(師)으로 삼았고, 궁중에 〈진재眞齋〉를 설치해 왕실의 재앙을 막게 했다. 진재는 불교에서 부처님께 공양을 드리는 의례를 의미했으니, 그 무렵에 이미 사로국 왕실에서 불교佛敎문화의 일부를 받아들인 것으로도 추정된다. 손광은 물론 〈오〉나라 사람들의 왕래가 잦은 시절이었으므로, 충분히 가능한 얘기였다.

이듬해인 258년, 왕과 왕후가 해택에서 미추를 맞이해 7일 동안이나 진재를 베풀었는데, 사방에서 모여든 선도仙徒가 5천이 넘어 그 후 부속 관청을 만들게 했다. 이로 미루어 볼 때 당시 나타나는 불교의 흔적은 도입 초창기의 것이었고, 사람들도 아직은 이를 仙道의 일종으로 받아들였을 가능성이 높았다.

그런데 이런 과정에서 첨해왕의 정비인 아후阿后(아이혜)가 미추를 흠모하게 되었고, 끝내 서로 상통해 부부가 되기로 약속했다. 그때쯤에는 말흔의 김씨 가문이 권력의 중심에서 미추를 밀고 있었으므로, 양부良夫 등의 가신들을 내세워 아후에게 상당한 압력을 가했을 수도 있었다. 다시 다음 해가 되자 아후가 소명昭明공주를 낳았는데, 이때 술례를 불러 소명을 기르게 하면서 은밀하게 귀띔을 했다.

"이 아이는 미추의 딸입니다. 나는 미추와 더불어 천하를 함께 다스리려 하니, 어머니께서는 이제부터 말흔末昕과 대사大事를 의논해 정하시면 될 것입니다."

말흔末昕은 바로 김씨 구도仇道의 아들이었으니, 이미 이때부터 아후가 장차 미추를 왕위에 올리고자 생각했던 것이다. 그런데 그해에 유독 사로국에 가뭄이 들고 메뚜기가 심하더니 백성들이 굶주림에 시달렸다. 급기야 사방에서 도적마저 들끓자 첨해왕이 한탄하며 말했다.

"내 재위 중에 이런 재난이 생기니 누가 나를 임금이라 부르겠느냐?"

그 말에 아후가 기다렸다는 듯이 답했다.

"미추는 성인聖人이 아닙니까? 어찌해서 그에게 대정大政을 맡길 생각을 않는 겁니까?"

그러한 때 말흔이 양부 등과 함께 왕에게 고했다.

"나라의 재앙을 없애고자 하신다면, 성인을 받들어 부군副君으로 세우면 될 것입니다."

이미 아후의 뜻이 미추에게 있음을 알고 있던 첨해왕이 이를 받아들이려 했는데, 이 소식을 들은 조분선금이助賁仙今이 아후가 신뢰가 없다며 책망했다. 다시 이 소문을 전해들은 아후가 조분선금을 찾아 그의 딸 광원光元을 미추의 처로 삼게 하겠다면서 밀했다.

"내가 미추의 처가 되려는 것이 아닙니다. 그러니 선금의 딸을 미추 의 배우자로 삼아 나라를 전하게 하면 되겠습니까?"

이에 조분 또한 선도들의 마음(선심仙心)이 미추에게 돌아섰음을 깨 닫고 결국 미추를 부군으로 삼을 것을 허락했다. 첨해왕이 비로소 미추 를 불러 정사를 넘겨주려 했으나, 이때 미추가 극구 고사하며 받지 않 았다. 그러던 이듬해 5월이 되자, 갑자기 큰 비가 쏟아지더니 40여 개의 산이 무너져 내렸다. 첨해왕이 다시금 자책하며 음식을 거부했다. 그런 연후에 첨해왕이 결심을 했는지 미추에게 사람을 보내 선양의 뜻을 알 리고는 조정에 명을 내렸다.

"미추가 나랏일을 보살피기를 바라는 것이 진정 내 생각이다. 그러니 이제부터 모든 재상들은 남당에서 대기하며 미추가 오기를 기다리도록 하라!"

그러나 웬일인지 미추는 끝내 남당에 모습을 보이지 않았다. 그때 아 후가 나서서 미추를 찾아 타일렀다.

"한 나라의 임금이 편안하다면, 그 나라의 안위는 오히려 위태로운 것입니다. 오직 신군神君만이 오래도록 이 나라를 편안하게 할 수 있거 늘 어째서 그러시는 것입니까?"

아후의 말을 들은 미추가 그때서야 대신들 앞에 나타났다. 그해 7월 에는 혜성彗星이 나타났는데 25일 동안이나 밤하늘에 머물렀다. 대신들 이 이구동성으로 미추야말로 능히 재앙을 사라지게 하고, 민생을 안정 시킬 수 있을 것이라고 했다. 결국 첨해왕이 미추를 불러 부군副君으로 삼고 남당을 나왔다. 공교롭게도 그 후 혜성이 사라져 버렸다. 조정에서 나라 안팎으로 연회를 베풀고, 광원을 미추에게 시집보내는 혼례식을 거행했다.

아후가 그렇게까지 노력했음에도 조분선금의 아후에 대한 의구심은 여전히 사라지지 않은 듯했다. 어느 날 선금이 아후를 선궁仙宮으로 불러 말했다.

"너는 곧 나의 처나 다름없으니, 이제부터는 마땅히 나와 함께 살도록 해라. 어찌하여 광원과 부군을 다투려 드느냐?"

선금의 의심을 풀 길이 없음을 깨달은 아후가 독하게 마음을 먹고는, 부득이 선궁仙宮으로 들어가 선금을 모시고 살았다. 결국 아후가 조분선금의 아이를 임신하게 되었는데, 그때서야 비로소 선금에게 말했다.

"저는 이미 선금의 자식을 잉태했습니다. 그러니 비록 제가 사적으로 미추를 총애한다고 한들 어찌 해가 되겠습니까?"

그리고는 다시 천궁天宮으로 돌아와 정무를 돌보기 시작했다. 첨해왕은 이제 정사에서 손을 떼고, 부군 미추가 모든 일을 결정하도록 했다. 마침 달벌성達伐城(경북대구)을 쌓는 일이 마무리되어 내마奈麻 극종克宗을 성주로 삼았는데, 그는 부군副君(미추)이 발탁한 장수였다. 그 무렵에 모처럼 〈백제〉가 사람을 보내 화친을 청해 왔으나, 부군이 이를 허락하지 않았으니 조정의 분위기가 전과 확연히 달라진 셈이었다.

동시에 부군이 형인 훤술萱述을 이벌찬으로 삼아 첨해왕으로부터 선양을 받을 준비를 하도록 했다. 마침 그 와중에 아후阿后가 조분선금의 딸을 낳았는데, 광명光明이라는 이름을 붙여 주었다. 몸을 푼 아후가 그때서야 첨해왕을 따라 해택으로 들어갔다. 그해 연말에는 부군이 해택에서 조회를 갖고, 진재를 베풀었다. 마침내 첨해왕이 부군에게 선양을 할 것을 다짐하고, 아후, 부군과 함께 운제산당雲梯山堂에 가서 대일제大日祭를 행하고 해택海宅으로 돌아왔다.

공교롭게도 바로 그날 첨해왕이 갑작스레 병이 나서 세상을 뜨고 말았다. 그 와중에 부군에게 임금의 자리에 오를 것을 유명으로 남겼다는데, 믿기 어려운 얘기였다. 이처럼 의문투성이 속에 첨해왕이 사망하고 나자, 이번에도 부군이 한사코 즉위를 고사하더니 아예 몸을 피해 버렸다. 난감한 상황에 아후가 주변의 시선에 아랑곳하지 않고 수소문한 끝에, 마침내 부군이 숨어 지낸다는 야인野人의 집을 찾아 부군을 설득했다. 결국 부군 미추가 아후와 함께 말을 타고 궁으로 들어와 상서로운 즉위식을 거행했다.

해택에 있던 선도들이 두 손을 치켜들고 만세를 부르며 새로운 임금의 만수무강을 비는 산호山呼를 했다.

"만세, 만세, 이사금 만만세!"

미추의 스승 손광대사가 버릇처럼 말하기를 金씨가 왕을 맡을 것이라 했는데, 이때 비로소 그 효험이 들어맞은 셈이었다. 당시 내해왕의 아들인 우로于老가 있었고, 내례와 옥모태후의 유명遺命도 있었지만, 결과적으로 우로의 친여동생 아이혜가 이번에도 또다시 오빠를 밀어내고 제위를 金씨 미추에게 넘긴 모양새였다.

이듬해 254년, 〈고구려〉의 국상 명림어수가 사망했는데, 그는 전태후의 오빠로 오래도록 국정의 실권을 행사해 왔다. 대사자와 패자 등이 모두 그의 문하 출신들이었고, 태수와 장군 중에 많은 사람들이 그의 사람들이었다. 5部에서 나라에 바치는 공물도 배로 증가해 부담을 가중시켰다. 중천제가 정사를 일체 들여다보지 않으니, 그사이 전태후의 지친至親들이 여기저기 나랏일을 맡아 보기 일쑤였고 삼보三輔들은 무기력하기 짝이 없었다. 어수가 태후의 세력을 등에 업고 국정을 농단해 왔던 것이다.

다음 해인 255년 정월이 되자 중천제가 연椽황후의 아들인 태자 약우若友를 정윤正胤으로 삼고, 동궁에 관료를 배치했는데 그는 이제 16살의 나이였다. 당시 통桶공주 소생의 문부門夫태자가 약우보다 나이가 위였음에도, 스스로 물러났다고 한 것을 보아 이 역시 태후의 세력이 영향력을 행사했을 가능성이 농후했다.

그런데 그 무렵에 사로국으로부터 또다시 놀라운 소식이 들어왔다.

"태왕폐하, 사로국으로부터 옥모태후께서 황자를 낳으셨다는 소식이 들어왔습니다!"

소식을 들은 중천제가 이미 상황을 짐작하고 있었는지, 사로국으로 즉시 사신을 보내 옥모를 황후로 삼고, 첨해왕을 황자로 삼는다는 조서를 보냈다. 다소 앞뒤가 맞지 않는 내용으로, 첨해왕이 결코 옥모의 아들이 아니기 때문이었다. 중천제가 주변의 시선을 의식해 처음부터 옥모의 신분을 첨해왕의 친모인 실제의 옥모태후인 것처럼 꾸민 것일 수도 있었다. 옥모의 아들은 중천제의 핏줄로 달가達賈라는 이름으로 불렀다. 옥모와 달가 모자母子는 이듬해인 257년 초여름이 되자, 마침내 대령大嶺에서 중천제와 다시 재회할 수 있었다. 중천제는 그곳에서 옥모와 사냥 등을 즐긴 후에, 옥모 모자를 비류沸流의 행궁行宮으로 데려와 살게 했다.

당시 〈백제〉 땅에서는 큰 가뭄이 들어 나무들이 모두 말라 죽을 정도였고, 사람들이 굶주림에 시달렸다. 백성들 사이에서는 이때 두 성인, 즉 중천제와 옥모황후가 서로 어울리는 바람에 서쪽 택지의 물이 말라 버린 것이라는 풍문이 나돌기 시작했고, 동시에 이런 노래도 퍼졌다고 한다.

"흑룡과 창룡이 어울리니 백룡이 애태우는구나!"

여기서 흑룡黑龍은 고구려를, 창룡蒼龍은 사로를, 백룡白龍은 백제를
이르는 것이었다. 고구려와 사로의 화친으로 백제가 외톨이가 되었음
을 비유하는 것이었으나, 이런 이야기 속에는 다분히 중천제와 가짜 옥
모태후의 범상치 않은 애정행각을 비꼬는 뜻도 담긴 것이었다.

해가 바뀌어 258년 이른 봄이 되니, 느닷없이 〈말갈末曷〉(동예 추정)
이 〈백제〉와 서로 통하여 〈사로〉를 공격하려 했다. 이번에도 중천제가
고구려군을 출정시키라는 명을 내려 말갈의 수장 장라탕長羅湯을 참수
해 버렸고, 백제왕의 사신을 붙잡아 그 토산물을 첨해왕에게 보내게 했
다. 첨해왕은 옥모라는 한 여인을 통해, 매번 위기 때마다 고구려 태왕
의 과분한 지원을 이끌어 낸 셈이 되었으니, 사실대로라면 미인계라는
최상의 전략을 구사한 셈이었다.

그러나 그해 5월이 되자, 옥모는 중천제에게 다시금 석별을 고할 수
밖에 없었다. 중천제 역시 양국 조정대신의 시선을 의식해 옥모를 다시
돌려보냈는데, 이때 바닷길을 이용하게 했다. 그러나 중천제의 옥모에
대한 관심과 사랑은 이것으로 그친 것이 아니었다. 이듬해인 259년이
되자, 중천제가 상제尙齊의 아들 극효을 불러 명을 내렸다.

"그대를 미서대가尾署大加로 삼을 것이다. 그대는 서둘러 사로국으로
들어가 옥모를 위해 새 궁전을 고쳐 주고 오도록 하라!"

그리고는 궁궐을 짓는 장인들을 2백 명이나 딸려 보내 주었는데, 이
때 고구려의 궁궐 장식에 쓰이는 고급 전각 기술들이 사로국에 많이 전
수된 것으로 보였다. 그뿐 아니라, 중천제는 옥모에게 황금 천 냥과 백
금 만 냥을 별도로 보내 주었다. 그것으로도 모자랐던지 후일 사로에 가

뭄으로 인한 흉년이 들자, 곡식 2만 석에 소와 양 8천 마리를 보내 주는 등 중천제의 옥모에 대한 애정은 가히 끝이 없을 지경이었다. 이에 비해 첨해왕은 뭇나라 양식의 질 좋은 칼을 만들 줄 알고, 양잠 기술을 지녔다는 벼슬아치 2명씩을 고구려에 보내 왔을 뿐이었다.

그해 연말이 되자 갑작스레 〈위魏〉나라 군대가 양맥梁貊의 변경을 침공해 노략질을 하고 있다는 보고가 들어왔다. 사실 중천제의 선황인 동천제 시절만 해도 고구려는 중원, 특히 魏나라와 사활을 건 전쟁을 치러야 했다. 그러나 249년경, 권력에서 밀려나 있던 사마의가 〈고평릉의 난〉을 통해 조曹씨 일가를 일망타진하고 실권을 장악하면서 상황이 급변했다. 魏나라 내에 사마씨의 혁명에 반대하는 세력들이 대거 일어나 저항했고, 그 대표적인 인물이 〈고구려 원정〉의 영웅 관구검이었다. 어쨌든 魏나라는 사마의와 그의 아들 사마사의 죽음 이후에도 내란을 진압하느라 요동을 바라볼 겨를이 없었다.

운이 좋았던 탓인지, 중천제는 그런 평화시대를 맞이해 동쪽의 한반도에 신경을 쓸 여유가 있었고, 그 와중에 옥모와의 세기적 애정행각을 즐길 수 있었던 것이다. 이런 상황에서 〈위〉나라가 10년 만에 고구려를 치고 들어온 것이었다. 이는 魏의 중앙조정이 변방을 챙기지 못하는 사이 내란으로 지친 하북의 백성들이 치안의 부재와 기아에 시달리다 못해, 먹을 것을 찾아 이웃한 고구려로 들어와 노략질을 시도한 것이 틀림없었다.

화들짝 놀란 중천제가 다급히 명을 내렸다.

"위위衛尉장군 목원穆遠에게 5천 기병을 주고 즉시 양맥으로 출정케 하라!"

이에 장군 목원이 고구려의 날랜 기병을 거느리고 양맥곡梁貊谷으로 출정했는데, 지리에 어두운 위군을 기습 공격해 魏장군 위지개尉遲稽의 목을 베고 8천여 위군의 수급을 베는 등 대승을 거두었다. 중천제가 오랜만에 〈양곡梁谷대전〉을 승리로 이끈 목원을 현토태수로 삼고 부산공富山公으로 봉해 치하해 주었다.

중천제 13년인 260년이 되자, 중천제가 漢나라의 예를 참고하여 삼보三輔(국상, 대주부, 중외대부)의 관직명을 새로 정해 보라 명했다. 그러자 국상 음우陰友가 나라의 사정이 漢나라와 다르고, 같은 문제를 이미 산상제 때 논의 끝에 결론을 냈던 사안이라며, 漢나라 제도에 의존하는 것에 반대한다는 상소를 올렸다.

"나라가 무武를 숭상하고, 문文을 소홀히 한다면, 백 년도 가지 못해서 우리나라 문물의 수준이 중원에 견주기 어렵게 될 것입니다."

어수의 천거로 새로이 국상에 오른 음우는 비류나부沸流那部의 패자沛者 출신으로 여전히 어수의 세력을 대변하는 인물이었다. 당시 고구려 조정 대신들이 문文을 강조한 데는, 쓸모없는 전쟁에 국력을 낭비하는 것을 피하려는 의도로 보였다. 그러나 이는 고대 약육강식의 시대에 어울리지 않는 안이한 국정 철학으로, 다분히 자신들의 안위를 보전하려는 구실로 보일 뿐이었다. 〈양곡대전〉을 계기로 모처럼 중천제가 심기일전해 개혁을 앞세우고 정국을 주도하려 했으나, 대신들의 반대로 또다시 주저앉고 만 셈이었다.

그즈음에는 전鱣태후까지 나서서 중천제가 이웃나라 옥모태후에게 빠져들어 걱정이라며 본격적으로 태왕을 나무랐다. 중천제가 장차 사로국을 병합할 속뜻을 갖고 있다며 해명하려 했으나, 그다지 설득력을 얻지 못한 듯했다. 마침 옥모가 중천제에게 서신을 보내 새로 꾸민 궁전을 보러 사로국으로 납시어 달라고 하자, 전태후가 태왕을 극구 말렸다.

"태왕께서 사로로 가신다면, 내 반드시 누대樓臺에서 뛰어내릴 것이오!"

중천제가 모후의 협박에 차마 사로국으로 가지 못한 대신, 결국 이듬해 다시금 옥모를 고구려로 불러들여 단궁檀宮에서 함께 생활했다. 그런데 연말이 되니 갑자기 사로국의 첨해왕이 죽어서 조분왕의 사위인 미추味鄒가 이사금의 자리에 즉위했다는 급보가 날아들었다. 마침 미추가 중천제에게 서신을 보내 자신이 용렬하고 덕이 부족하니, 옥모와 태왕께서 임금이 될 사람을 천거해 달라고 했다. 내용은 그러했으나 실제로는 자신의 즉위를 인정해 달라는 외교적 문서에 다름 아니었을 것이다. 중천제가 옥모에게 뜻을 물었다.

"미추가 조신하고 후덕하기가 제일 나은 것 같으니, 그가 이사금이 되는 것도 좋질 않겠소?"

그러자 뜻밖에도 옥모가 눈물을 흘리며 답했다.

"첩은 이미 나라를 등지고 지아비를 따른 지 오래입니다. 지아비이신 폐하의 뜻이 곧 소첩의 뜻입니다……"

중천제가 명림어윤明臨於潤을 시켜 조서를 보내 미추를 사로국의 왕으로 인정해 주고는 〈신라국황제동해대왕우위대장군新羅國皇帝東海大王右衛大將軍〉에 봉해 금은으로 만든 인장과 면포冕襃(면류관, 관복)를 보내 주었다. 그에 대한 답례로 얼마 후 사로국에서 사신이 와서 토산물을 바쳤는데, 매우 수상쩍은 말을 전했다.

"금년 3월에 금성 궁궐의 동쪽 연못에 용이 나타났고, 7월에도 금성의 서쪽 문에서 불이 나서 민가 1백여 마을이 연달아 불에 타 버렸습니다."

이는 갑작스러운 첨해왕의 사망 직전에 사로국 도성에서 정변이 있었음을 암시하는 것으로, 미추왕의 즉위와 모종의 연관이 있다는 얘기였다. 사로국의 상황을 누구보다 잘 알고 있는 데다, 첨해왕의 뜻에 따라 중천제를 모시게 된 옥모였기에 그녀는 이 시기에 비로소 사로행行

을 포기한 채, 중천제의 아내로 고구려에 뼈를 묻기로 마음을 굳힌 듯했다. 옥모가 첨해왕이 죽고 미추가 섰다는 소식에 눈물을 흘리며 중천제의 영원한 첩이라고 강조했던 이유가 여기에 있었던 것이다. 그 후 옥모는 사실상 중천제의 后가 되어 고구려 단궁에서 태왕의 자식을 더 낳고 아예 고구려인으로 눌러살았다.

그러던 중천제 22년인 269년이 되자 명림태후가 65세의 나이로 세상을 떠났다. 공교롭게도 그 1년 뒤인 270년 10월이 되니 두눌원에 거동했던 중천제가 열흘 만에 병이 들어, 46세의 나이로 서거했다. 여러 가지 이상한 소문이 나도는 가운데 태왕을 중천원中川原에 모시고 장사를 지냈다. 연椽황후의 아들이자 정윤에 올라 있던 약우若友가 태왕에 올랐으니 14대 서천제西川帝였다.

중천제가 다스리던 시기에 중원은 소위 백 년〈三國시대〉가 마무리되는 중요한 전환기였다. 265년에는 조曹씨〈魏〉나라가 망하고 사마司馬씨의〈진晉〉(서진西晉)이 건국되었다. 중천제는 이 엄중한 시기에 정치에서 거리를 둔 채, 재위 초기부터 사로국왕의 미인계에 놀아나 옥모와 국경을 넘나드는 사랑놀음에 빠져 지냈다. 물론 그의 모후인 명림태후와 절노부 위주의 신하들이 태왕을 보호한다는 명분 아래 국정을 농단하고, 철저하게 태왕의 권한을 무력화시켰던 것도 사실이다.

그렇다 하더라도, 서쪽의 강토를 되찾기 위해 수시로 전장터를 누비며 고생했던 부친 동천제의 비장한 죽음을 생각했다면, 그처럼 무기력한 군주로 지낼 수만은 없는 일이었을 것이다. 동천제가 죽음을 앞두고 아들인 연불(중천제)에게 다급히 서안평으로 진공했던 일을 후회한다며 다음과 같이 말했다고 한다.

"위와는 다투지 말고 내정을 잘 살펴라. 사로와 백제는 복속을 하도록 하라!"

그러나 순국을 결심했던 동천제가 나약하게 중원과의 싸움을 피하라는 유지를 남겼다는 것은 다소 앞뒤가 맞지 않는 이야기였다. 오히려 중원과의 전쟁을 피하려 했던 온건파 호족들이 평화책의 명분으로 꾸며낸 이야기일 가능성이 농후했다.

중천제의 대신들은 그 선대 때 참혹하기 그지없는 전쟁을 반복해서 경험한 사람들로, 수많은 백성들이 전장 터에서 목숨을 잃고, 끝없는 전쟁비용과 물자를 대느라 나라 전체가 피폐해지는 것을 몸소 겪었을 것이다. 선제 때의 가혹한 상황을 피하고자 했던 조정 대신들이 중천제의 눈을 가리고, 무武의 기운을 배척하는 가운데 나라가 문약해져만 갔던 것이다.

게다가 강경했던 동천제를 따라 출정했던 뛰어난 여러 장수들이 전쟁터에서 이미 목숨을 잃었거나, 전쟁 패배에 대한 책임을 추궁당하면서 이런저런 형태로 조정에서 배척당했을 공산도 커 보였다. 전쟁을 반대하는 정서가 강력하게 궁궐을 덮고 있는 가운데 무장들이 목소리를 높일 여지가 없었고, 그 가운데 무武를 숭상했던 고구려의 웅혼한 기상이 점차 나약해지고 말았다. 덕분에 중천제 재위 중에 〈양곡대전〉 외에는 이렇다 할 전쟁 없이 백성들이 모처럼 평온한 삶을 영위할 수 있었다. 그러나 그 와중에 자신들의 배를 불린 사람들은 온건 비둘기파 명림明臨 일가를 비롯한 조정대신들이었고, 백성들은 또 다른 증세로 고통을 겪어야 했던 것이다.

다만, 중천제의 옥모에 대한 애착을 계기로 이 시기에 대륙의 고구려가 비로소 한반도에 본격적으로 눈을 돌리고 관심을 갖게 된 것은, 韓민족의 역사에서 매우 중대한 변화이자 또 다른 전환점이 아닐 수 없었다. 의문의 여인 옥모는 어찌해서 중천제의 마음을 그토록 단번에 사로잡고 또 오래도록 유지할 수 있었을까? 어쩌면 고구려의 중신들은 자신들의 태왕이 시로국에서 온 여인 하나에 빠져 지내는 동안, 정치와 거리를 두게 될 것을 기대하고 중천제를 말리지 않았을지도 모를 일이었다.

중천제는 그의 변명대로 부친의 유지를 받들어 장차 사로국을 병합해 국면을 전환시키고, 황권을 되찾으려 했을 수도 있었다. 한때는 관나부인을 가죽주머니에 넣어 강물로 던져 버리게 할 정도로 호기 넘치던 시절도 있었던 것이다. 그러나 끝내는 자신의 모든 것을 던져 호족들에 대항할 만한 결기가 부족했고, 특히 모후인 명림씨 전태후에 끌려다닌 듯했다. 그런 모후가 죽자마자 중천제가 의문스런 죽음을 맞이했으니, 그의 외가를 비롯한 호족들의 위세에 희생된 것으로 보였다. 그래서인지 가짜 옥모의 존재는 이후로 정사正史에서는 모두 누락되었고, 단지 고구려 측의 일부 기록으로만 남았다. 그러나 옥모의 발자취는 그녀의 아들 달가達賈를 통해 또다시 드러나게 되어 있었다.

8. 서부여의 시련과 모용선비

일찍이 〈사로국〉 지마왕의 딸 내례內禮태후가 벌휴왕에게 후사後嗣에 관해 의미 있는 말을 남겼다.

"내 자손이 아니면 왕으로 삼을 수 없을 것입니다!"

그러자 구도의 딸 옥모태후 또한 자신을 〈천신정통天神正統〉이라 주장하면서, 아들인 첨해왕에게 비슷한 유명을 남겼다.

"비록 내례內禮의 자손일지라도 반드시 내 핏줄로 나라를 전해야 마땅히〈진골정통眞骨正統〉이라 할 수 있다!"

벌휴왕의 왕후와 그 며느리였던 두 사람 모두가 나라의 임금은 반드시 자신의 핏줄로 삼아야 한다는 주장이었다. 그런데 당시 첨해왕의 왕후인 아이혜阿爾兮(阿后)가 총애하는 사신私臣들이 적지 않았음에도 왕이 굳이 이를 말리려 들지 않으니, 구도의 아들인 말흔末昕이 왕에게 간했다.

"천후天后(아후)께서는 사자嗣子(대를 이을 자)의 혈통을 지닌 만큼 사통私通을 해서는 아니 됩니다!"

그 말을 들은 첨해왕이 싱겁게 웃으며 답했다.

"허허, 그 사람도 진골정통이오. 그녀가 낳은 아이가 설령 내 자식이 아니라 한들 무슨 문제가 되겠소이까?"

첨해왕의 답은 자신의 부부 모두가 후사를 이을 자격을 지닌 정통이니, 자신이든 왕후를 통해서든 나라를 이을 자식을 많이 낳으면 그뿐이라는 뜻이었다. 고대에는 질병이나 전쟁 등으로 남자들의 평균수명이 매우 짧았던 만큼, 왕의 후사를 이을 정통이 늘 적을 수밖에 없었다. 그러다 보니 왕실에서도 일방적으로 여성의 정절을 요구하기보다는, 정통의 후사를 많이 두는 것을 더욱 중요시했다. 사실상 인구증가가 그 무엇보다 절실한 고대사회에서는 오늘날 요구되는 것과는 전혀 이질적인 도덕률이 적용되었던 셈이다.

이처럼 첨해왕이 반드시 자신의 핏줄로만 나라를 승계시킬 뜻이 없음을 깨달은 말흔이 계모이자 미추의 생모인 술례述禮를 찾아 말했다.

"지금 아우인 미추가 성덕을 지니고 있으니, 선심仙心(선도들의 마음)이 아우에게 있습니다. 그러니 제가 먼저 미추를 세워 화림花林을 창성하게 한다면, 반드시 신인神人(하늘과 사람)의 뜻과 부합하게 될 것입니다."

이에 술례가 반색하며 답했다.

"내 생각이 그대의 뜻과 같은 것이오……"

그로부터 미추를 우선 仙道의 지도자로 키우는 작업이 물밑에서 착착 진행되었다. 이를 위해 손광孫光대사를 스승으로 모시게 했을 뿐 아니라, 결국 첨해왕의 왕비인 아이혜가 미추를 흠모해 부군副君으로 삼게 하는 데도 성공했다. 그 와중에 첨해왕이 나이 오십에 갑작스레 석연치 않은 죽음을 맞이했고, 끝내 부군 미추가 첨해왕의 뒤를 잇게 된 것이었다. 이로써 朴씨에 이은 昔씨 왕통이 중단되고, 마침내 金씨 미추왕이 사로국의 14대 이사금에 오르게 되면서 또다시 새로운 시대가 도래 했다.

미추왕은 즉위 원년인 262년 정월 대아부大阿夫를 이벌찬으로 삼고, 자신을 옹립하는 데 앞장섰던 양부良夫를 자신의 후임인 대일대사로 삼았다. 그런데 그해 3월 궁성의 동쪽 연못에서 용龍이 나타나 왕이 친히 푸닥거리를 해야 했다. 7월에도 金城(경주)의 서문에 불이 나서 민가 1백여 가구가 불에 타는 일도 있었다. 틀림없이 김씨 미추왕의 즉위에 반대하는 세력이 일으킨 내란일 가능성이 높았고, 이를 미추왕이 진압했다는 의미였다. 이처럼 또 다른 김씨 왕조의 시작이 순탄하게만 이루어진 것이 결코 아니었던 것이다.

당시 우로于老와 말흔이 군권을 나누어 갖고 있었는데, 조분왕의 딸이자 우로의 아내인 달례達禮가 오래도록 군모軍母를 담당했다. 이듬해 정월이 되자 미추왕이 양부良夫를 곧바로 이벌찬으로 삼고 달례를 품주稟主 겸 지군사知軍事로 삼았다. 양부로 하여금 군권을 장악하게 해 장차 화림을 세우려 하는 의도였다. 그런데 양부는 일찍이 장훤長萱과 함께 김씨 구도와 옥모 부녀의 편에 서서 오환족을 이끌던 인물이었다. 흉노 김씨 일가가 같은 북방 출신인 오환족을 끌어들여, 왕위 경쟁에서 밀려난 석씨 우로于老의 세력들을 견제했던 것이다.

그 일이 있기 훨씬 이전에, 우로가 조분왕의 딸인 명원命元에게 새장가를 들고, 해택에 머물던 조분선금仙今을 찾아가니 선금이 기뻐하며 말했다.

"달례와 명원이 모두 내 딸들이다. 첨해의 처를 네게 시집보내는 것이 내 뜻과도 같은 것이니, 신금新今(첨해)이 이제야 뭘 좀 깨달은 모양이로구나, 하하하!"

그 말에 우로가 심드렁하니 투덜거렸다.

"달례는 음란하지만 명원은 그렇질 않으니, 저는 옛 여자를 버렸습니다."

그러자 선금이 타이르듯 말했다.

"명원은 달례에 비해 온유하고, 날씬한 데다 예쁘기까지 한데도 신금이 너에게 준 것이다. 필시 내 뜻을 알아차린 게지……"

그 말에 우로가 발끈하여 성을 내면서, 거침없이 속마음을 내비치고 말았다.

"벌휴이사금의 정통은 아버지 내해이사금과 저에게 있을 뿐입니다. 그런데도 우리 사로국은 어머니를 중시해 외척이 왕위를 훔치는데도 이를 허용한 채 문제를 삼지도 않았습니다. 신금新今은 漢의 왕망王莽과도 같은 자인데, 음란하기 짝이 없는 여동생인 아이혜가 그를 총애하는 바람에 신하가 임금의 위에 서고 말았으니, 분명 조종祖宗의 법도가 아닌 겁니다. 선금仙今께서도 그렇습니다. 어찌하여 누이를 제어해 왕위를 바로 세우려 들지 않으십니까?"

그러자 선금이 멋쩍게 웃더니, 이내 차분한 어조로 설명했다.

"참된 사람은 인간답지 않은 행위에는 무관심한 법이다. 서방西方(漢

族)은 金인 까닭에 살벌함이 넘치고 남자가 정치를 주관한다. 그에 반해 동방東方(韓민족)은 木인 까닭으로 생육을 좋아하고 여자가 정치를 주도하는 법이다. 여자는 어질고 화합하지만 그런 이유로 음란함이 따르는 것이고, 이것이 덕德의 최고 선善임에 다름없다. 살벌한 것은 그야말로 악惡의 최상이니, 그런 이유로 서방에서는 신선神仙이 끊어지고, 동방에만 남은 것으로 생각되는 것이다.”

“……”

우로가 아무런 대답을 못한 채 그저 듣기만 하니, 선금이 말을 이었다.

“그런데도 너는 어찌해서 살벌한 소리만 늘어놓고 화목한 기운을 깨뜨리려 드는 것이냐? 네가 진정 임금이 되지 못한 이유가 화목한 기운이 없기 때문일 것이다. 화목하지 못하다면 어찌 만물이 생장할 수 있겠느냐 말이다. 게다가 신금도 너도 모두 나의 아들과 같으니, 어찌 차별이 있겠느냐? 너는 마땅히 화목한 기운을 길러야 할 것이다!”

그리고는 이내 조분선금이 손수 북을 치고 총비寵妃인 초희綃姬에게 노래 부르게 하면서, 우로로 하여금 명원과 서로 안고 춤추게 했다. 그야말로 선금仙今다운 행동이 아닐 수 없었고, 당시 사로국 왕실의 분위기를 잘 알게 해 주는 일화였다.

그런데 마침 그 자리에 있던 궁인이 이 이야기를 아후阿后에게 고해바쳤고, 아후가 미추왕에게 이를 그대로 전한 뒤에 한가지 말을 덧붙였다.

“제 오라버니에게 다른 뜻이 있는 듯하니, 행여라도 병권을 맡기시면 곤란할 것입니다.”

그 무렵에 이르러 달례의 옛 신하들 모두가 양부良夫에게 속하게 되었고, 우로의 권세는 날로 실추되고 있었다. 미추왕은 형식적으로만 우로를 예우해 원상태공元上太公으로 삼고 숙부라 부르며 머리를 굽히는

194

시늉을 했는데, 대신에 사치스러운 옷과 음식, 저택을 제공해 주었다.

그해 2월, 아후가 미추왕과 함께 조상의 사당에 제사를 지낸 후, 죄인들을 사면해 주는 외에 백관들에게 작위를 1급씩 올려주는 파격적 조치를 취했다. 그 모든 것들이 갑작스러운 金씨 왕통의 탄생에 대한 백성들의 반감을 무마시키려는 처사였다. 또 미추왕의 부친인 김구도金仇道를 갈문왕葛文王으로 추존하고 모친인 술례를 태후로 삼되, 그녀의 새로운 남편인 말흔을 차상태공次上太公으로 높여 주었다.

4월에는 화림에서 연회를 베풀고 수왕樹王의 위계와 차례를 정했는데, 나정蘿井을 제1위로, 양정壤井을 제2위, 화림花林을 제3위로 정하되, 도산桃山과 6부部에도 두루 이를 적용하도록 했다.

그러던 266년 조분선금助賁仙今이 세상을 떠났다. 신선神仙을 좋아해 특별히 인사人事에 마음 쓰지 않았다. 포제胞弟인 첨해왕에게 선위禪位를 한 뒤로 20년 동안이나 해택海宅과 도산桃山에 머물러 살면서 신선이 되고자 했다. 재위 기간 내내 사실상 모후인 옥모태후에 끌려다닌 모습이었고, 그 바람에 오환족 무리를 받아들인 金씨 일가가 석昔씨 왕조를 누르고 일어서게 했다는 비난을 피할 수 없었다.

월백릉月白陵에 장사 지냈는데, 선금을 추모하기 위해 모인 선도들이 천여 명이나 되었다. 사람들이 조분선금과 그의 총비 초희를 쌍어雙魚라 불렀다. 그해 8월, 백제가 10년 만에 또다시 봉산성을 침입해 왔다. 첨해왕 사후 고구려와 사로의 관계를 확인해 보려 한 듯했다. 성주인 직선直宣이 출정해 백제군을 깨뜨렸고, 이에 그를 일길찬一吉湌으로 삼았다. 9월이 되자, 명원이 우로의 아들 흘해訖解를 낳아 왕이 쌀과 옷을 내려 주었다.

그 후 2년이 지난 268년 4월, 왜왕이 장군 우도주군于道朱君을 보내 갑자기 〈사로〉를 공격해 왔다. 조정 대신들이 크게 놀라 미추왕을 일단 유촌柚村으로 피신케 했다. 그런데 왜군倭軍이 학포鶴浦에 머물면서 원상태공 우로를 만나고 싶다면서도 입조는 거부했다. 십여 년 전 〈왜〉의 사신이 혼인동맹을 요청해 왔을 때, 우로가 그들을 조롱하기를 그 왕을 염전의 노비로 만들고, 그 왕비를 부엌에서 밥이나 짓는 찬爨노비로 삼겠다며 모욕을 준 적이 있었다. 그런 이유로 우로가 나서서 왕에게 고했다.

"지금 이 난은 지난날 소신이 말을 조심하지 않은 데서 비롯된 것이니, 소신이 직접 나서서 해결하겠습니다!"

그러자 대신들이 왜인의 흉계가 있을 수 있다며 말리려 들었으나, 우로가 듣지 않았다.

"나는 일국의 태공이오. 어찌 작은 나라 오랑캐 따위를 두려워하겠소?"

결국 우로가 홀로 왜군을 찾아 그 배에 올랐다. 아니나 다를까, 왜장 우도주군이 과거의 모욕을 언급하며 우로를 꾸짖었다. 우로가 변명을 했다.

"그때 한 말은 정녕 농담으로 한 말이었소. 귀국에서 군사를 일으켜 이렇게까지 나올 줄 알았다면, 내 어찌 그런 말을 할 수 있었겠소?"

그러나 우도주군은 우로의 말을 들으려 하지 않은 채, 병사들을 시켜 우로를 포박하고는 단호히 명령을 내렸다.

"여봐라, 서둘러 주위에 나뭇단을 쌓고 그 위에 저자를 올려 불을 붙이거라!"

결국 우로가 탄 배에 불을 질러 배가 침몰하는 모습을 확인한 다음, 그제야 왜군이 철수하기 시작했다. 멀리 해변에서 이 모습을 지켜보던 사로군이 뒤늦게 주사舟師(선장)를 시켜 왜군을 추격하도록 했으나, 따라잡지 못해 해상에서 그대로 놓치고 말았다.

그 일이 있은 후 미추왕이 우로의 상가에 들러 친히 조문하고 우로의 처 명원을 위로하는 외에, 어린 아들 흘해에게 작위를 내려 주었다. 미추왕은 이 모든 것이 자신의 부덕함 때문에 빚어진 일이라고 자책하며, 스스로 매질을 했다. 소식을 들은 아후가 뛰쳐나와 매질을 그치게 했는데, 미추왕이 이내 주위에 지엄한 명을 내렸다.

"말구末仇, 강억康檍, 일골日骨, 걸숙乞淑, 연음連音에게 5도道를 암찰暗察하게 하고, 이방理方(관청)의 잘잘못은 물론, 백성들의 고통과 질병을 두루 살피도록 하라!"

우로의 죽음을 계기로 미추왕은 국정 분위기를 쇄신하고자 대대적인 암행감찰을 실시하고, 대신들과 관리들의 기강을 다잡으려 했다. 그 결과 걸숙과 연음의 주변인들에게 문제가 있었음이 드러났으니, 감찰의 대상에는 이들 5인도 포함되어 있었던 것이다.

일설에는 미추왕이 오랜 정적인 우로를 제거하기 위해 왜왕과 통모했다는 소문까지 나돌았다고 했다. 이때의 왜국이 정확히 어느 나라인지 알려지지 않았으나, 당시 일본열도에 여기저기 산재해 있던 친親사로계 소국의 하나로 보였다. 그 나라의 왜왕이 북방민족인 오환계라서, 미추왕이 오환 출신과 가까운 양부良夫를 보내 음모를 꾸민 것이라고도 했으나, 그 또한 알 수 없는 일이긴 마찬가지였다.

내해왕의 아들인 석우로昔于老는 어려서부터 숱한 전공을 세우는 등 사로국의 용맹한 전쟁영웅이었으나, 지나치게 그 공을 내세워 주변의 마음을 얻지 못했다. 무엇보다 정통으로서 왕위에 오르지 못한 것에 대한 불만으로 역심을 품었다는 의심을 샀고, 끝내 북방계 왜인倭人들에게 불에 타죽는 비운의 태자로 남고 말았다. 그러나 그보다는 장차 화림花林을 세우고 말겠다는 구도와 옥모 부녀를 비롯한 미추 金씨 일가의 불같은 권력의지를 이겨 내지 못한 것이, 그가 몰락했던 원인이었고 그의 불운이었을 것이다.

　북방의 〈고구려〉에서는 270년, 갑자기 중천제가 사망해 연椽황후의
아들 약우若友 서천제가 태왕에 올랐다. 이듬해 서부대사자 우수于漱의
딸 우于씨를 황후로 삼았다. 서천제가 즉위 초기부터 그간 권력을 독점
했던 절노부를 견제하기 위해, 서부의 소노부消奴部(연노부涓奴部) 사람
들을 측근에 배치한 것이었다. 그해 국상인 음우가 죽어서 그의 아들 상
루尙婁로 하여금 대신하게 했다. 서천제의 성품이 너그럽고 후덕한 탓인
지, 재위 초기에는 이렇다 할 전쟁이나 사건이 없었다.
　서천제 9년째인 278년, 태왕의 아우인 돌고태자의 처 을乙씨가 아들
을불乙弗을 낳았다. 그런데 그 2년 뒤인 280년 가을이 되자, 갑자기 〈숙
신肅愼〉이 변방을 치고 들어와 백성들을 해쳤다. 이 시기의 숙신은 수렵
민족인 예족濊族이자 말갈의 일파로 한때 〈서부여〉에 복속해 있었다. 그
러나 서부여가 세금을 과하게 물린다며 반기를 들고는 다시 고구려에
붙었는데, 고구려가 공손公孫씨의 요동 땅을 잃게 되자 그때부터 변경을
넘나들며 약탈을 일삼기 시작했다. 서천제가 숙신을 물리칠 장수를 천
거하라고 하자 대신들이 아뢰었다.
　"아우이신 달가태자가 지략이 뛰어나고 용맹하니, 큰일을 맡기셔도
될 것입니다!"
　달가達賈는 바로 중천제가 사로 출신 옥모玉帽에게서 얻은 아들로, 한
창인 이십 대 초반의 나이에 용감하다는 말을 듣고 있었다. 일견 조정에
서 그런 달가태자의 무용을 시험해 보거나, 아예 화살받이 삼아 전쟁터
로 내몬 것이 아닌가 하는 의구심도 엿보였다. 그런데 이때 달가의 행보
가 심상치 않은 것이었다. 그가 군대를 이끌고 북쪽 변경으로 출정했는
데, 숙신의 단노성檀盧城에 이르자 병사들에게 단호하게 명을 내렸다.

"제군들은 잘 들어라, 나라도 아닌 변방의 숙신 따위가 감히 대고구려를 침공해 왔다. 이번 기회에 상국의 힘을 제대로 깨우치도록 철저히 응징해야 할 것이다. 전원 머뭇거리지 말고 가차 없이 공격하랏!"

달가의 원정군이 맹공을 퍼부은 끝에, 끝내 단노성을 빼앗고 그 추장의 목을 베는 데 성공했다. 뿐만 아니라 그곳에 있던 6백여 가구를 古부여 남쪽의 오천烏川으로 이주시키고, 그 외에 항복해 온 7개 부락은 고구려의 속민으로 삼았다. 당시 숙신의 규모가 그리 크지 않았던 것으로 보아 숙신의 주류 중 단노성을 근거지로 하던 일파였고, 따라서 고구려의 정예군을 이끌던 달가가 이들을 격파하는 것이 그리 어려운 일만은 아니었을 것이다.

그렇더라도 달가태자는 숙신정벌을 통해 그의 지휘능력과 함께 매우 신속하고 깔끔한 전후처리 솜씨를 드러냈다. 그때 숙신 토벌 과정에서 31세의 조환祖環이라는 여장女將이 아깝게 전사한 사실이 밝혀졌는데, 당시 고구려군에는 드물게 女전사들도 포함된 모양이었다. 조환은 실제로 남성들과 똑같이 갑옷을 입은 채로 활을 들고 말을 달리며 전쟁에 참가함으로써, 북방여인의 용맹하고 강인한 모습을 유감없이 드러낸 인물이었던 것이다.

달가태자는 그때까지 사로 출신 옥모의 소생이라 종척들이 대우해주지 않았는데, 이때 서천제의 등용으로 공을 세우고 단번에 고구려의 전쟁영웅으로 거듭나게 되었다. 모처럼의 승리에 잔뜩 고무된 서천제가 달가에게 기대 이상의 포상을 내렸다.

"숙신을 물리친 공로를 치하하기 위해 달가를 안국군安國君에 봉한다. 아울러 달가에게 내외병마사內外兵馬使를 맡겨 군사軍事를 총괄하게 하라!"

그뿐 아니라 달가는 반反고구려 정서가 강한 〈양맥梁貊〉과 〈숙신〉의 모든 부락까지도 다스리게 되었다. 그때 서천제가 도성 동북쪽의 양맥으로 떠나는 달가로 하여금 또 다른 아우 돌고태자를 데리고 가게 했다. 돌고 또한 그 성정이 용맹했던지 어려서부터 달가에 지지 않으려 했고, 자신이 크면 전쟁터에 나가 대첩을 이룰 것이라고 말하고 다닐 정도였다. 서천제가 그런 돌고를 매우 아껴 달가를 따라가 경험을 쌓게 배려한 것이었다. 그러면서도 내심 아우가 걱정되어 환송 길에 돌고를 끌어안고 격려해 주며 말했다.

"양맥은 적지나 다름없는 험지니라. 위험한 상황에서는 너무 나서거나 하지 말고, 각별히 신상에 유의해야 된다."

그 후 돌고가 양맥과의 첫 전투에서 알하曷河 땅을 얻었다는 소식이 들어왔다. 서천제가 크게 기뻐하면서 그 땅을 을불읍乙弗邑으로 삼게 하고, 돌고가 직접 다스리게 했는데, 을불은 돌고의 아들 이름이었다.

그 무렵 〈서부여〉의 서북부, 내몽골 지역에서는 東部선비의 하나인 〈모용慕容선비〉가 빠르게 일어나고 있었다. 〈선비〉는 영웅 단석괴檀石塊 이래, 가비능軻比能이 분열된 민족을 다시 일으키려 했으나, 235년 유주자사 왕웅王雄이 보낸 자객에게 암살을 당한 이래로 지리멸렬한 상태였다. 그때 섭귀선우涉歸單于가 동부 모용부를 이끌고 있었는데, 신생국인 사마司馬씨의 〈서진西晋〉을 자주 습격하다 보니 요서 일대가 소란스러워졌다. 〈晋〉에서 섭귀를 달래기 위해 그의 지위를 인정하고 선비도독에 봉했다.

그런 섭귀의 아들 중에 장자인 토욕혼吐谷渾과 작은아들인 모용외慕容廆가 특히 당차고 영특하다고 소문이 났다. 그런데 후일 후계자 문제가 불거지게 되자, 섭귀가 주변에 말했다.

"내 적자는 바로 모용외다. 그러니 선우의 자리는 당연히 모용외가 이어받을 것이다."

그렇게 모용외가 선우의 자리에 앉게 되자, 서자였던 토욕혼은 분연히 멀리 서쪽으로 떠나 버렸다. 모용외는 선비정 용성龍城 인근을 중심으로 착실하게 부족을 강성하게 키워 냈다. 서쪽의 감숙 일대로 들어간 토욕혼 또한 그곳의 강羌족과 어울려 자신의 이름 그대로의 나라인 〈토욕혼〉을 세웠다. 〈모용慕容〉이란 말뜻은 천지天地의 덕을 기리고, 일월성日月星 하늘의 3가지 빛을 품는다는 심오한 의미를 지닌 것이라고 했다.

당시 모용선비의 동쪽에 위치해 있던 〈서부여〉는 마여왕麻余王의 뒤를 이어 의려왕依慮王이 40년이 넘도록 나라를 다스리고 있었다. 그사이 서부여는 운 좋게도 〈고구려〉와 중원의 〈서진西晉〉이 요동에 관심을 보이지 않는 틈을 타, 옛 〈공손연燕〉의 땅으로 깊숙이 파고들 수 있었고, 유서 깊은 고조선의 아사달 험독(한성)을 도성으로 삼은 듯했다.

그러던 282년경, 서진의 유주도독 장화張華라는 인물이 고구려 조정에 사람을 보내 입조시켰다. 광무현후廣武縣候를 지낸 그는 황제 사마염의 충복으로 오吳나라 원정을 지지했던 강경파였으나, 280년경 정적이자 황제의 장인인 가충賈充 등에 의해 북방의 변경 유주幽州로 좌천된 고위관료였다. 그가 원래 북경 서북쪽의 탁군涿郡 출신이었으니, 실상은 고향으로 돌아온 것이나 다름없었다.

장화는 변방으로의 숙청에 좌절하지 않고, 타고난 학문적 소양을 발휘해《박물지博物誌》라는 일종의 지리서 겸 백과사전을 편찬해 사마염에게 바쳤다. 그 속에서 당시 고구려 및 옥저(낙랑)에 대한 지리는 물론, 메주(시豉)와 같은 韓민족 고유의 음식문화 등을 소개함과 동시에 당대 중원 사람들의 동쪽 韓민족에 대한 긍정적 인식을 엿볼 수 있는 귀한 기록들을 남겼다.

〈서진〉이 건국되던 무렵 사공司空이었던 장화는 〈촉한〉의 사천 출신인 진수陳壽의 재주를 아껴, 그를 조정에 천거한 인물이기도 했다. 역사가였던 진수는 태강太康 원년인 280년 마침내 서진이 吳를 멸하고 삼국을 통일하자, 10년의 노력을 기울인 끝에 유명한 정사正史《삼국지三國志》를 편찬했다.

그 속에 〈위서魏書〉와 〈오환선비동이전〉이 있어 간략하나마 부여와 고구려를 비롯해, 반도 내 진한辰韓과 변진弁辰 등 고대 韓민족의 역사가 기록되었다. 그러나 그 내용은 韓민족을 문자도 모르는 변방의 야만족으로 폄훼하는 기사로 가득하고, 고조선을 비롯한 상고사를 누락시킴으로써 고질적인 춘추필법의 악습에서 벗어나지 못한 채 위사僞史를 남기는 한계를 드러냈다.

장화는 이처럼 박식한 데다 정치적 감각이 뛰어난 인물이었기에 곧바로 유주(북경) 일대를 헤집고 다니면서, 모처럼 안정되어 있던 요동 지역을 뒤흔들기 시작했다. 장화는 당시 〈서부여〉가 서진과 고구려의 틈바구니에서 양다리를 걸친 채 용케도 요동을 장악하고 있음을 간파해 냈다. 노련한 장화가 이때 서천제에게 사람을 보내 입조케 했으니, 서부여의 복잡한 속내와 함께 고구려 조정의 분위기를 탐색하기 위한 행보임이 틀림없었다.

이듬해인 283년이 되자, 〈서부여〉의 속국이나 다름없던 대방왕帶方王 공손소公孫沼가 사망해, 그의 아들 건虔이 뒤를 이었다. 그런데 새로이 공손씨의 대를 이은 공손건이 이때 자신들의 상국 서부여가 아닌 반서부여 세력에게 혼인을 요청하는 일이 발생했다. 이들 반서부여 세력은 책계責稽태자라는 제3의 인물이 이끌고 있었는데, 의려왕의 친親고구려 노선에 반기를 든 것으로 보였다. 자세히 알려지진 않았으나 이때부터 시작된 서부여의 분열이 장화의 활약과 결코 무관치 않아 보였다.

원래 〈북부여〉의 후예인 서부여는 반고구려 정서로 똘똘 뭉쳐진 나라로, 정통성에 있어서 고구려에 앞서 있다고 주장해 온 나라였다. 고구려에서는 그런 이유로 서부여를 〈비리卑離〉의 후예라 부르며 그 존재 자체를 인정하려 들지 않았다. 따라서 서부여는 고구려의 적대 세력인 〈공손씨〉와 공수동맹을 맺었고, 그 고구려와 연합한 중원의 〈위魏〉에 대해서도 적대적일 수밖에 없었다. 그러던 238년경, 공손씨가 魏나라 사마의의 공격에 속절없이 무너져 내리자, 서부여는 졸지에 외교적으로 고립무원의 위기에 처하고 말았다. 때마침 서부여에서도 마여왕이 죽어 어린 의려왕이 그 뒤를 잇게 되면서 혼란이 가중되었다.

이러한 위기 속에서 의려왕과 서부여를 굳건하게 지켜 낸 사람이 바로 충신 위거位居였던 것이다. 그 후 어느 시기인가 위거가 사망했지만, 장성한 의려왕이 친정을 펼치게 되면서 국정의 안정을 이어 갈 수 있었다. 그 와중에 의려왕은 오랜 외교고립 상태에서 벗어나고자 새로운 길을 모색했는데, 바로 주변 강국들과의 화친 정책을 택한 것이었다.

다행히도 고구려는 동천제의 비극적 죽음 이후 중천제에 이어 서천제에 이르기까지 전쟁을 극구 피하려는 분위기 일색이었다. 중원의 魏나라 역시 사마씨의 〈진晉〉 왕조로 대체된 것은 물론, 남쪽 吳나라 원정과 중원 재통일이라는 대업에 신경 쓰느라 요동을 돌아보지 못했다. 이 틈을 이용해 의려왕은 기존 고구려는 물론 서진西晉에 대해서도 평화적 노선을 유지하면서 실익을 챙겼는데, 바로 이 시기에 조금씩 남하하여 후한 낙랑군의 치소였던 험독(한성)을 도성으로 삼은 것으로 보였다.

그러나 빛이 있으면 그림자가 있듯이, 의려왕의 평화노선은 상대적으로 국방이 소홀해지는 결과를 초래하고 말았다. 강성한 고구려와 중원에 대해 평화를 운운하면서, 성城을 쌓거나 병력을 증강시키는 무력 확장이 현실적으로 불가능했던 것이나. 이러한 상황은 서부여 정치세력 간에 또 다른 불안을 야기했고, 의려왕의 노선에 반대하는 세력을 키우고 말았다. 그 대표적인 세력이 서부여 남쪽의 책계 세력이었고, 그 이웃에 있던 속국 대방이 이에 동조했다.

바로 이런 시기에 노련한 장화가 등장해 서부여 조정을 이간질하는 책동에 나선 것이 틀림없었다. 공교롭게도 장화의 사신이 다녀간 후로 옛 中마한의 세력들이 장화 쪽(서진)으로 기울기 시작했던 것이다. 원래 中마한이 낙랑(옥저)의 땅이기도 했으니, 이들이 바로 反고구려 성향이 강한 대방왕과 책계 세력이었던 것이다. 이런 상황에서 서부여 세력을 〈서진〉으로 끌어들일 수 있다면, 장차 고구려나 선비와의 완충지대로 삼을 수 있겠다는 것이 장화의 전략적 판단이었을 것이다.

그때까지 대략 40년이라는 오랜 세월 동안 대방을 다스린 공손소가 그 무렵에 서진에 의지하기로 마음을 정한 셈이었고, 필시 장화의 공작이 효과를 본 것으로 보였다. 이때 공손소가 죽기 직전에 자신의 딸 보과寶菓를 책계에게 바쳐 혼인동맹을 맺고, 서부여 의려왕으로부터의 독립을 시도한 것이었다. 실제로 그 이듬해 공손소 사후, 그의 뒤를 이은 공손건이 책계의 여동생 오우리烏右里를 왕후로 맞이함으로써 양측의 관계는 더욱 강화되었던 것이다.

이처럼 〈서부여〉가 남북으로 내부 분열을 향해 치닫는 동안, 선비왕 모용외廆가 서부여의 혼란스러운 상황을 예의주시하고 있었다.

"부여가 내분으로 몸살을 앓고 있는 이때야말로 부여를 공략할 절호의 기회임이 틀림없습니다!"

이듬해인 285년 해가 바뀌자마자, 모용외가 마침내 군사를 일으켜 서부여로 치고 들어왔다. 전격적인 모용선비의 기습에 서부여군은 과연 이렇다 할 저항도 못한 채 맥없이 무너지고 말았다. 서부여는 이미 2세기 중엽에 단석괴에게 서쪽 변경을 빼앗긴 뼈아픈 경험을 갖고 있었음에도, 주변의 정치적 상황에 휘말려 국방을 튼튼히 하지 못했던 것이다. 역사에서 교훈을 얻지 못한 민족은 후일 반드시 그 대가를 치르기 마련이었다. 선비족에게 나라를 빼앗길 것을 직감한 의려왕이 항복을 하느니 차라리 죽음을 택하겠다며, 결의를 다졌지만 이미 소용없는 일이었다.

실제로 의려왕은 나라를 망친 죄를 백성들에게 사죄한다는 글을 남기고, 의연하게 자결하고 말았다. 어쩌면 그보다 반세기 앞서 일어났던 고구려 동천제의 죽음이 그에게 영향을 주었을지도 모를 일이었다. 어쨌든 의려왕 또한 구차하게 목숨을 구걸했던 수많은 다른 군주들과는, 비교할 수 없는 의기意氣를 지닌 왕임에는 틀림없었다. 죽기 직전 그는 태자인 의라依羅에게 각별한 유언을 남겼다.

"의라는 반드시 왕위를 계승하고, 국토를 회복하는 데 힘쓰라!"

그러나 현실은 냉혹하기 그지없어서, 이후 서부여군은 모용외에게 내쫓겨 사방으로 흩어져야 했다. 의라는 부왕의 자결을 뒤로한 채 양맥梁貊(북옥저) 인근의 깊은 산림으로 급히 몸을 피해야 했다. 겨우 긴박한 위기를 모면한 의라 일행은 그 후 양맥을 지키던 고구려의 돌고咄固를 찾아 도움을 청했다.

"어서 오시오, 태자! 무어라 위로의 말씀을 드려야 할지 모르겠소······"

당초 모용외가 기습공격을 가해 오자 생전의 의려왕이 다급한 마음에 우선 화친의 관계에 있던 이웃 고구려에 구원을 요청했다. 그러나 선비의 기습이 워낙 빠르게 이루어져 고구려가 미처 손을 쓸 겨를도 없이 서부여가 무너져 내린 듯했다. 돌고태자는 망국의 위기에 직면한 의라 일행을 따뜻하게 맞이하며 위로해 주었다. 이어 양￼들을 나눠 주게 하는 등 서부여의 난민 일행이 자립생활을 할 수 있도록 도와주었다. 그사이 의라는 서부여의 망명정부를 꾸미고 왕위에 올라, 부지런히 흩어진 옛 병사들을 모으는 외에, 돌격대를 구성하는 등 절치부심切齒腐心하면서 반격의 채비를 서둘렀다.

그러던 와중에 그해 3월이 되니 느닷없이 서천제의 〈고구려〉가 서부여 남쪽의 대방을 공격했다.

"모용외가 비리를 먼저 차지했으니, 아래쪽 대방을 치는 것도 시간문제일 것입니다. 그전에 우리가 먼저 선수를 쳐서 대방이라도 차지해야 합니다!"

모용외의 서부여 공략을 심각한 사태로 인식한 고구려 조정이, 고구려는 물론 서부여 정권 자체에 저항하면서 내분을 야기한 대방을 먼저 손보기로 한 것이었다. 대방이 선비군의 중심에서 가장 멀리 떨어진 데다, 망명정부 의라왕의 견해가 많이 반영되었을 법했다. 그러자 놀란 대방의 공손건이 이웃한 책계에게 다급하게 지원을 요청했다.

결국 책계가 직접 출병해 대방을 지원했고, 그러자 이내 고구려와 책계 세력 양측의 전투로 확대되고 말았다. 그 결과 책계 세력이 2개의 성을 고구려에 내주기는 했어도, 사력을 다해 저항한 결과 가까스로 고구려의 진공을 막아 내는 데 성공했다. 그해 연말 책계가 마침내 왕위에 올랐는데, 딱히 나라 이름이 없던 것으로 보아, 망명정부의 의라왕을 대신해 자신이 부여의 왕임을 자처한 것으로 보였다.

그 무렵 〈서부여〉가 〈모용선비〉에게 망했다는 소식을 접한 〈진晉〉나라 조정에서도 이 문제가 심각하게 논의되었다. 그 결과 무제武帝(사마염)가 조서를 내려 보냈다.

"부여왕은 대대로 충효를 지켜 왔는데 오랑캐에게 멸망당했다니 안타깝기 그지없다. 혹시라도 그의 유가족 중에 나라를 되돌릴(복국復國)만한 인물이 있다면, 마땅히 방책을 내어 그가 나라를 일으킬 수 있도록 하라!"

그러자 진晉의 한 관료가 간했는데, 십중팔구 유주 일대에서 활약하던 장화임에 틀림없었다.

"실은 당시 호동이교위護東夷校尉 선우영鮮于嬰이 부여를 구원해 주지 않아 기민하게 대응할 기회를 놓치고 말았습니다."

모용외의 침입이 있었던 당시, 의려왕이 고구려 외에 晉에도 긴급하게 지원을 요청했으나, 선우영이 이를 묵살했다는 얘기였다. 사마염이 그 즉시 상황판단에 어둡다는 이유로 선우영을 파면에 처한 다음, 새로이 하감何龕이라는 인물로 교체했다. 이 소식을 접한 서부여 의라왕이 하감에게 사자를 보냈다.

"위대한 大晉의 황제폐하께서 바다와 같은 마음으로 우리를 헤아려 주시니 고마울 따름입니다. 이제라도 남은 무리를 이끌고 부여로 돌아가서 나라를 되찾기를 바라는 마음뿐이니, 부디 부여를 지원해 주신다면 그 은혜를 결코 잊지 않을 것입니다."

이에 교위 하감이 전열을 정비하라는 명을 내린 다음, 독우督郵 가침賈沈을 파견해 양맥 변두리에 은거하던 의라왕을 서부여까지 호송하게 했다. 그런데 마침 의라왕의 귀국에 대한 정보를 입수한 모용외가 길목을 지키고 있다가, 의라왕 일행에 공격을 가했다. 급기야 〈서진〉과 의라왕의 〈서부여〉 연합군이 모용외의 선비군에 맞서 일대 결전이 벌어졌다.

이때 복수심에 불타는 의라왕의 군대가 맹렬하게 싸운 탓이었는지, 마침내 모용외의 군대가 패해 물러나고 밀렸다. 전투 중에 모용외의 장수 손정孫丁이 서부여군에 생포되었는데, 의라왕이 가차 없이 명을 내렸다.

"원수의 나라 장수에게 자비 따위란 없다. 즉각 참수해 버려라!"

이로써 의라왕이 2년 만에 나라를 되찾는 데 성공했다.

그 후 의라왕은 〈고구려〉의 돌고태자에게 지체 없이 달려가 또 다른 도움을 청했다. 강성한 모용선비군이 곳곳에 남아 있어, 재침공할 가능성이 매우 높기 때문이었다. 게다가 서부여의 남쪽에선 대방과 책계왕 세력이 웅거하고 있는 데다 서부여를 지킨다는 명분으로 새롭게 〈晉〉의 군대까지 들어와 주둔해 있었으니, 의라왕이 이 복잡한 정치 상황을 풀고자 다시금 돌고를 찾은 듯했다. 결국 양맥교위梁貊校尉로 있던 돌고태자가 양맥의 군사를 서둘러 〈서부여〉로 보내서 의라왕의 재건을 지원하게 했다. 고구려로서도 당시 서부여 내에 주둔군으로 와 있던 진군晉軍을 견제할 필요가 있었기에 의라왕의 요청에 적극 호응했을 것이다.

이처럼 서부여가 모용선비에게 나라를 빼앗겼다가 2년 만에 되찾은 사건은 〈서부여〉 내부의 복잡한 상황에다가, 〈고구려〉와 〈晉〉까지 끌어들임으로써 당시로서는 보기 드문 국제적 분쟁으로 비화된 대단히 주목되는 사건이었다. 그 무렵 오환이나 선비 같은 내몽골 초원의 나라들은 다 같이 고구려에서 떨어져 나온 비슷한 처지임에도 불구하고, 서부여를 고구려의 작은 속국 정도로 얕보거나 망한 나라 취급을 한 듯했다.

이에 대해 〈서부여〉 사람들은 나라 없는 초원의 북방민족들을 근본도 없는 떠돌이들이라며 하대했다. 그러나 사실 이들 모두는 동명왕 고두막한이 다스리던 〈북부여〉 시절만 해도, 하나의 국가 안에서 같은 민족이나 다름없었던 동족이었다. 그러나 3백 년이라는 세월이 흐르면서 점차 동질성을 잃은 채 자신들 고유의 정체성을 내세우기 바빴고, 결국 같은 영역을 놓고 경쟁하거나 서로 간에 적대시하는 분위기에서 헤어나지 못했다.

따라서 형제나 다름없던 〈모용선비〉와 〈서부여〉의 충돌은 갑작스러운 것이라기보다는, 북방민족의 분화와 성장 과정에서 자연스럽게 일어난 세력다툼이었다. 그런 배경 아래 선비의 침입이 개시되자, 서부여는 언제 그랬냐는 듯 과거 적성국이나 다름없던 〈고구려〉와 〈晉〉 두 나라 모두에 지원을 요청했고, 그러자 양측 다 서부여의 재건을 돕는다는 명분으로 앞다투어 분쟁에 개입했던 것이다.

그런 의미에서 죽은 의려왕은 나라를 잃은 무능한 군주라기보다는 오히려 현도 북쪽의 후미진 곳에 처박혀 고립되어 있던 부여에 외교적 돌파를 시도하고, 전쟁 없이 나라의 안녕을 도모하려 했던 선군善君일 가능성이 높았다. 그가 자신의 안위에만 집착했던 무책임한 군주였다면, 동천제처럼 패전의 책임을 지고 순국殉國을 택할 리도 없었을 것이다. 다만, 그런 분위기 속에서 서쪽에서 새롭게 일어나고 있던 모용선비에 주목하지 못했던 것이 돌이킬 수 없는 화를 불러 일으켰던 것이다.

그런데 이 사건은 내몽골 아래 〈서부여〉라는 일개 소국의 역사로 그친 것이 결코 아니었다. 가까이는 〈고구려〉를 포함해 〈晉〉이라는 당대 최강의 실력을 지닌 양 大國이 개입되었고, 동부선비의 대표 격으로 무섭게 일어나던 모용외의 공격을 저지하려는 국제분쟁의 성격을 내포하고 있었기 때문이다. 모용선비가 크게 일어날 조짐을 보이자, 이들 두 강대국은 선비鮮卑를 견제할 세력을 필요로 하게 되었고, 서부여를 최적임의 나라로 간주해 그 복국復國을 적극적으로 도우려 했던 것이다.

실제로 모용외 사후 그의 적장자인 황皝은 오늘날 천진天津 아래 발해만을 끼고 있던 극성棘城 인근에 〈전연前燕〉을 세우고, 본격적으로 중원을 겨냥하게 되었다. 이를 위해 자신의 뒷덜미를 잡고 있던 〈서부여〉와 〈고구려〉를 매섭게 공략하기 시작했다. 뿐만 아니라 모용황의 일곱 아들 모두가 후일 대단한 영웅들로 성장해, 〈전연〉의 황제는 물론 〈후연後燕〉의 개국 황제를 배출했고, 기타 〈남연南燕〉, 〈후조後趙〉 등의 탄생에도 지대한 영향을 미쳤다.

바로 이들 모용선비가 〈서부여〉를 멸망시킨 데 이어, 〈고구려〉와도 사활을 건 전쟁을 벌이게 되었던 것이다. 그 과정에서 서부여 왕족의 일파가 한반도로 이주해 들어오게 되면서 반도 전체를 전쟁의 소용돌이에 휩싸이게 했다. 그것으로 그친 게 아니었다. 이들은 또다시 일본열도로 건너가 새로운 왜倭왕조(야마토)의 탄생을 주도했으니, 서부여 사태의 파급효과가 시차를 두고 그야말로 도미노처럼 당대 아시아 전역에 미친 것이나 다름없었다.

이처럼 서부여 사태에 연루되었던 여러 영웅들이 중원대륙을 철저하게 유린하기 시작하면서 수 세기 동안이나 漢族들을 두려움에 벌벌 떨게 했고, 위대한 북방민족 鮮卑의 시대를 도래하게 했다. 바로 이들이야말로 중국인들이 혼돈의 시대이자 암흑시대라 일컫는 〈5胡 16國〉시대를 열어젖힌 장본인들이었던 것이다. 동천제와 의려왕은 이처럼 아시아 전체의 힘power이 꿈틀거리며 이동하던 세기적 전환기에, 다 같이 나라를 책임져야 했던 비운의 군주들이었던 것이다.

역사적으로 이처럼 거대한 힘의 원천이 크게 이동할 때면, 주변 이웃 나라들이 그 힘에 압도당하기 일쑤였고, 상대국들은 군주의 능력이나 노력 여하를 떠나 여러 형태로 희생되기 마련이었다. 동천제는 사실상 중원의 〈三國시대〉를 끝낸 조曹씨 〈위〉나라라는 거대세력을, 의려왕은 들불처럼 일어나는 신흥 북방세력 〈모용선비〉를 상대해야 했으니, 그

양대 세력에 맞서는 것이 결코 쉬운 일은 아니었던 것이다. 중요한 것은 이들 두 군주가 비록 한때 전쟁에 패하거나 나라를 잃었을지라도, 자신들의 영혼마저 내준 것은 절대 아니라는 점이었다.

오히려 이들은 불굴의 정신으로 항복을 거부한 채 순결한 죽음을 택함으로써, 지도자로서의 책임을 끝까지 다하고 나라의 자존심과 정체성을 지켜 내려 했다. 비록 그들의 육신은 사라졌어도, 그 정신만은 온전히 남아 후대로 전해졌으니, 이것이야말로 나라와 민족을 구하고 오래도록 자신들의 역사를 이어 가게 했던 힘의 원천이었을 것이다.

9. 을불과 후산의거

선비왕 모용외가 서부여를 침공하기 수년 전부터 예족濊族 말갈의 일파인 단노성의 〈숙신〉이 고구려에 등을 돌린 채, 변경을 침범하고 노략질을 일삼았다. 서천제가 안국군 달가를 시켜 숙신을 정벌하니, 모용외는 그 명성을 듣고는 섣불리 고구려를 치지 못했다. 서천제 19년인 288년 4월이 되자 태왕이 친히 동북쪽으로 행차하여 옛 동부여의 도성인 책성柵城을 들렀다. 책성은 그 북쪽으로 모용선비의 도성 격인 극성棘城(적봉 일원 추정)이 있는 만큼, 서천제의 관심이 많은 전략요충지로 12년 전인 276년에 이어 두 번째 순시였다.

책성을 나온 서천제가 이번에는 서쪽으로 옮겨 신성新城(고북구 인근)을 들렀는데, 오래된 성책이 퇴락해 새롭게 고치게 했다. 현도의 치

소인 흥륭興隆 북쪽의 신성 역시 북쪽 내몽골 방면에서 말갈 등의 북방
민족들이 고구려로 내려오는 주요 길목으로, 책성과 같은 요충지의 하
나였던 것이다. 서천제가 이때 신성에 오래도록 머물면서 신성의 개축
을 지휘한 것으로 보였는데, 11월이 되어서야 환도還都했다. 2년 전 모
용외가 서부여를 침공했던 만큼, 각별히 북쪽 변경의 수비태세 점검을
위해 반년 넘게 공을 들인 셈이었다.

이듬해인 289년 정월이 되자, 서부여의 정국을 안정시키는 데 성공
한 의라왕이 마침내 고구려 도성으로 들어와 서천제를 입조했다. 모용
외를 격퇴시키고 나라를 되찾게 해 준 데 대한 사의 표시로 내방한 것
이었다. 그런데 이듬해가 되자 옛 〈마마한〉 땅에 속했던 7개 소국이 고
구려로 귀부해 왔다. 장화의 이간계로 고구려에 등을 돌리고 서진에 기
울었던 책계왕의 군현들이 다시금 돌아온 것으로 보였다. 그다음 해인
291년 정월에도 〈가야加耶〉와 〈마한馬韓〉의 12개 소국이 고구려에 사신
을 보내 입조했다. 이들 또한 옛 서나벌이나 변한卞韓, 백제伯濟에 속해
있던 요동의 군현들로, 불안하기 그지없는 서부여로부터의 이탈을 모색
한 것으로 보였다.

290년에 〈서진〉의 건국 황제 사마염이 55세의 나이로 죽자, 그의 장
남 사마충衷 혜제惠帝가 서진의 2대 황제로 즉위했다. 혜제가 이때 그간
10년 동안 유주에서 활약하던 장화를 낙양으로 불러들여, 태자소부로
임명했다. 장화가 동북의 이민족들에게 선정을 베풀고 안정을 시켰다
는 공을 인정받아, 화려하게 낙양의 정계로 복귀했던 것이다. 그런데 사
실 혜제는 정신적으로 문제가 있는 무능한 황제였다. 한번은 기아에 시
달리는 백성들이 있다는 보고에 이렇게 되물었다고 한다.

"곡식이 없다면 고기죽을 먹으면 될 일이 아닌가?"

이런 이유로 후사를 걱정하던 생전의 사마염이 추녀라고 널리 알려진 가남풍賈南風을 사마충의 아내로 삼게 했는데, 권신인 가충賈充의 딸이었다. 미인으로 며느리를 들이면 장차 아들을 버리고, 권력을 행사할 것을 우려했던 것이다. 공교롭게도 가남풍이 딸만 다섯을 낳은 반면, 사마충이 다른 여인에게서 낳은 아들 사마휼遹이 총명해서 사마염이 충을 그대로 태자로 앉혔다는 것이었고, 장화가 이때 휼의 스승이 되었던 것이다. 그러나 혜제가 즉위하자마자 외조부인 양준楊駿이 권력을 농단하기 시작했고, 가황후의 세력과 충돌하면서 서진의 정국이 이내 혼돈으로 빠져들고 말았다. 이에 서진 조정이 머나먼 요동에 신경 쓸 겨를이 없었을 것이고, 이런 상황이 되자 친서진 세력 책계왕에 기울었던 낙랑의 소국들이 속속 고구려로 다시 돌아온 것으로 보였다.

그 무렵에 서천제는 주로 서천궁에서 기거했는데, 동북의 숙신과 선비를 의식해 284년경 난하 서편 고국원 인근에 새로이 완공한 궁이었다. 그해 5월, 서천제가 안국군 달가의 집에 거동해 보니, 안국군이 부인과 함께 진창 속에서 한창 농사일을 하고 있었다. 서천제가 연회를 베풀어 안국군을 위로했는데, 그때 안국군이 태왕의 장남 치갈雉葛태자에 대한 생각을 전했다.

"치갈은 어리석고 아둔한 편이니, 장차 보위를 잇게 해서는 아니 될 것입니다."

"……"

서천제가 별 대답을 하지 않자 달가가 여러 번 이를 강조했는데, 실은 태왕도 같은 고민을 하고 있던 터였다. 치갈의 모친인 우후于后가 교만한 성품에다 시기가 많고 잔인한 구석이 있었는데, 모자가 닮은 성격이어서 치갈에게 선뜻 나라를 물려줄 생각이 들지 않았던 것이다. 그 후

3년 뒤인 292년 2월, 서천제가 재위 23년 만에 53세의 나이로 서천궁에서 갑작스레 죽음을 맞이했다. 중천제의 뒤를 이어 미약해진 황권을 나소나마 회복하고, 나라의 안위를 유지하기 위해 애를 쓴 태왕이었다.

그러나 삼국시대 이후 중원의 혼란이 지속되는 상황이었으므로, 당시에는 좀 더 강력하고 영민하게 움직일 줄 아는 결단력 있는 지도자가 필요한 시기였다. 후덕하여 백성들을 아낄 줄 아는 태왕이었음에도 중천제에 이어 뚜렷한 성과를 이루지 못한 데다, 매우 석연치 않은 죽음을 맞이한 탓에 아쉬움이 큰 군주였다. 고구려 조정에서는 그를 서천릉西川陵에 모시고 장례를 치렀다.

서천제의 뒤를 이어 고구려의 15대 태왕에 오른 사람은 그의 장남으로 상부相夫란 이름보다는 주로 치갈雉葛태자로 불리던 봉상제烽上帝였다. 어머니는 우수于漱의 딸인 우태후였는데, 봉상제는 태자 때부터 교만한 데다 색을 밝히고 잔인한 성격을 드러냈다고 한다. 서천제가 이를 우려해 보위를 물려주지 않으려 했으나, 갑작스러운 죽음으로 우후가 서둘러 거짓 조서를 꾸며 아들인 봉상제를 세웠던 것이다.

태왕에 오른 봉상제는 즉시 안국군으로부터 병권을 빼앗아, 자신의 형제들에게 넘겨주었다. 돌연한 서천제의 죽음 자체가 의혹투성이라서 말들이 많았던 것이다. 어수선한 분위기 속에서도 봉상제가 즉위 직후 제일 먼저 조서를 내렸는데 매우 심각한 내용이었다.

"안국군 달가는 본바탕이 다른 족속인 데다, 용렬한 성품에도 불구하고 감히 병권을 훔쳤으니 나라가 위태로웠던 적이 한두 번이 아니었다. 이에 그에게 죽음을 명하고, 그 집안의 재산을 몰수토록 하라!"

애당초 달가의 부하 중에 선결仙潔이라는 자가 치갈을 없애 버리자고 권했으나, 달가가 이를 받아들이지 않았다. 이제 와서 목숨이 위태로울 지경에 이르자 선결이 달가에게 외가의 나라인 사로국으로 피할 것을 다그쳤으나, 이번에도 달가는 이를 거부한 채 굳은 표정으로 말했다.

"나는 기꺼이 선제先帝를 따라 죽을 것이다!"

그리고는 아무런 말도 없이 스스로 목숨을 끊어 버렸다. 사로국 출신 옥모玉帽의 아들로 봉상제의 숙부뻘이었고, 숙신을 제압해 백성들에게 인기가 높은 전쟁영웅에다 병권을 장악하고 있었다. 봉상제 모자의 입장에서 태왕의 권위를 위협할 가능성이 가장 큰 인물이다 보니, 서둘러 죄를 씌워 죽음에 이르게 한 것이었다. 무엇보다도 생전의 서천제에게 폐위를 고할 정도로 자신을 무시하고 힘들게 했으니, 봉상제 모자가 오래도록 마음속에 별러 오던 일이었을 것이다.

당시 고구려의 많은 백성들이 안국군 달가의 죽음을 매우 안타까이 여겼다고 한다. 봉상제는 연안椽眼씨를 황후로 삼았고, 연방椽方을 우보로 삼는 등 이내 황후의 종척을 우대했다. 봉상제는 안국군의 부인 음陰씨를 자신의 측근인 원항猿項에게 내주어 버렸다.

고구려의 영웅 달가가 죽었다는 소식은 즉시 사방으로 퍼져 나갔다. 이듬해인 293년이 되자 봉상제가 우于태후를 모시고 난하 서쪽의 〈서천궁〉으로 옮겨 이거했다. 그 무렵 중원의 〈서진〉에서는 혜제의 모후 양태후와 며느리 가황후의 세력이 충돌한 결과, 291년에는 가황후의 무고로 양준이 사망하면서 양楊씨 외척이 일거에 몰락해 버렸다. 이후로는 가황후의 시대가 활짝 열리고 말았는데, 용케 가남풍에게 줄을 대는 데 성공한 장화는 출세가도를 걷게 되었다. 그 와중에 요동의 변방은 서진 조정의 관심에서 멀어져 있었다.

이런 상황을 파악한 동부선비 모용외는 장차 〈서진〉을 공략할 야망을 꿈꾸고 있었음에도, 배후의 〈고구려〉가 마음에 걸려 먼저 고구려를 꺾고자 했다. 그러나 영웅 달가를 의식해 이를 미루고 있었는데, 마침 그의 사망 소식이 들려오사 모용외가 크게 기뻐했다.

"무엇이라? 안국군 달가가 죽었다고? 그것참 새로운 구려왕이 우리의 걸림돌을 제거하고 도와주다니, 참으로 반가운 소식이 아닐 수 없구나. 이제 한시름 덜게 되었도다, 껄껄껄!"

급기야 모용외가 더 이상 망설이지 않고 출격 명령을 내렸다.

그해 8월 모용선비가 전격적으로 고구려의 도성인 환성桓城까지 치고 들어와 노략질을 시작했다. 고구려군이 일방적으로 밀린다는 소식에 두려움으로 가득한 봉상제는 부친 서천제가 튼튼하게 개축했던 서북쪽 신성新城으로 피하고자, 서천궁을 버리고 북쪽을 향해 달아났다. 봉상제 일행이 곡림鵠林 땅에 이르렀을 무렵에, 태왕이 성을 빠져나간 것을 눈치챈 모용외가 군사들을 이끌고 봉상제 일행을 바짝 추격해 왔다.

이처럼 긴박한 순간에 신성의 재관宰官 북부소형北部小兄 고노자高奴子가 성안의 기병을 이끌고 다급히 태왕의 구출에 나섰다. 이윽고 곡림에 도착한 고노자가 모용외의 선비군과 맞닥뜨렸다.

"태왕께서 위험하시다. 배신을 밥 먹듯 하는 선비 따윌 겁낼 이유가 없다. 모두 나를 따르라!"

고노자가 조금도 망설임 없이 용맹하게 앞장서니 고구려 기병들이 질풍처럼 내달려 모용외의 선비군을 깨뜨리고 봉상제를 구해내는 데 성공했다. 원래 高씨 집안의 가신 출신이었던 고노자는 〈곡림대전〉에서 승리한 공으로 나중에 대형大兄의 작위를 받았음은 물론, 곡림 땅을 하사받기까지 했다.

그런데 다음 달이 되니, 이번에는 봉상제의 숙부인 돌고咄固태자의 일로 조정이 시끄러워졌다. 〈곡림대전〉 때 돌고 역시 고노자에 뒤이어 병사들을 이끌고 달려와 전투에 참가했고, 적지 않은 공을 세웠다. 이에 대신들이 돌고의 작위를 올려 주고 봉읍도 내려 줄 것을 청했는데, 유독 원항猿項이 반대를 하고 나섰다.

"다들 알다시피 돌고는 달가의 무리입니다. 따라서 그에게 날개를 달아 주는 일은 불가할 뿐 아니라, 오히려 이번 기회에 그의 죄를 물어야 합니다. 돌고가 조서를 기다리지도 않고 제멋대로 출병한 것은 제위를 빼앗으려는 뜻을 가졌기 때문입니다. 겉으로는 모용외를 토벌한다고 했지만, 실제로는 남몰래 반역을 도모하려 했던 것입니다."

원항의 무고에 대신들이 모두가 사색이 되어 태왕의 눈치만 살폈다. 봉상제가 고개를 끄덕이더니 한 마디를 내던졌다.

"그렇다, 돌고 또한 죽어 마땅하다!"

그렇게 해서 고구려의 또 다른 영웅인 돌고태자 또한 참형에 처해졌다. 봉상제는 자신의 부황인 서천제가 그토록 아끼고, 백성들에게 명망이 있던 두 숙부들을 2년 만에 연달아 제거해 버리고 말았다. 이때 돌고의 아들인 을불乙弗은 화가 자신에게까지 미칠 것을 알고 용케 달아났다. 그러나 돌고의 모친인 高씨는 이번에도 원항이 강제로 거두어서 첩으로 삼고 말았다.

봉상제 3년째가 되자 봉상제의 신임이 두터웠던 좌보 상루尙婁가 처남인 南部대사자大使者 창조리倉助利를 대주부大主簿 자리에 천거해, 국상國相의 업무를 대리하도록 조치했다. 사실 상루가 늙고 병이 들어 정무를 보기가 힘들 지경이라 핑계를 대고는, 우직한 창조리를 내세워 자신의 일을 대신하게 했던 것이다. 창조리의 능력을 알아차린 봉상제가 친히 〈죽려지인竹呂之刃〉을 내려 주면서 무도한 자들을 즉시 참형에 처하라고 지시했다.

그 무렵, 달가의 처 음陰씨는 가족들을 데리고 원항의 첩이 되어 연명하고 있었는데, 장차 원수인 원항을 해치겠다는 뜻을 품고 있었다. 나중에 돌고의 모친 高씨도 50대의 나이에 원항의 첩이 되어 들어왔는데, 어느 날인가 고씨가 고분고분 말을 듣지 않는 바람에 화가 난 원항이 그녀를 해치려 달려들었다. 보다 못한 음씨가 고씨를 싸고돌았는데, 음씨는 국상을 지낸 음우陰右의 딸로 무예가 출중한 여장부였다. 원항이 끝내 수하들까지 불러들였음에도, 음씨를 당하지 못하고 줄줄이 다치거나 죽어 나왔다.

분노한 원항이 거짓왕명으로 우림위羽林衛의 병사들을 불러들이기 위해 두 여인들을 무고했다.

"이년들이 달가의 족당들로 반란을 획책했으니, 당장 잡아들여 벌해야 한다."

뒤늦게 이 사실을 알게 된 창조리가 태왕을 등에 업고 위세를 떨던 원항을 가차 없이 참살해 버렸다.

사실 1년 전 돌고태자가 처형당할 무렵, 태자의 아들 을불은 이제 16살 된 청년으로 좌보 상루尙婁의 손녀 초草씨를 좋아해 상루의 집에 머물고 있었다. 상루가 졸지에 위험에 처한 을불을 불쌍히 여겨, 가신인 재생再生과 담하談河를 불렀다.

"비류나부沸流那部 수실촌水室村에 내 먼 친척인 음모陰牟라는 이가 촌주村主로 있다. 너희들이 을불을 보호해 그이한테 데려다주고, 내 집안에 죄를 지은 노비이니 머슴으로 쓰라 했다고 일러라."

그리하여 을불은 연인인 초草씨와 헤어져, 험난한 유랑의 길을 떠나게 되었다. 을불이 떠난 후 상루의 손녀이자 상보尙宝의 딸인 초씨는 그 후 봉상제의 눈에 들어 입궁해 소후小后가 되었으니, 얄궂은 운명이었다. 공교롭게도 그해 가을 상루가 사망함으로써, 언방이 좌보가 되고 창조리가 정식으로 국상에 올랐다.

    그런데 그 무렵에 모용외가 환성桓城에서 나와 동쪽의 대극大棘(적봉赤峰)으로 옮겨 갔다. 고구려의 3번째 도읍이었던 환도성을 빼앗아 차지하고 있다가, 다시 되돌아간 셈이었다. 모용외의 부친 섭귀涉歸는 고구려 시조 주몽과 다투었던 섭신涉臣의 후예였고, 모친은 〈좌원대첩〉의 영웅 을두지乙豆智의 후손으로 그들은 사실상 고구려계 사람들이나 다름없었다. 그런 이유로 모용외는 자신을 〈서몽西蒙대왕〉이라 칭하고, 〈북부여〉시조 고두막한 동명東明의 적손임을 내세워 고구려와 공공연하게 적통 시비를 일으키기도 했다. 모용씨가 처음 일어난 곳도 자몽紫蒙의 구려성句麗城(임서林西)이었으니, 그곳은 옛 〈대부여〉의 도성이 있던 곳으로, 전혀 터무니없는 주장이 아니었던 것이다.

    그 무렵 모용씨가 또 다른 東部선비의 일파인 우문宇文선비와 다투다가 환성丸城(환도)으로 남하했는데, 그것이 오히려 화근이 되어 다시금 대극으로 되돌아간 셈이었다. 그러던 296년 8월이 되니, 모용외가 고구려 홀본의 서천으로 들어와 노략질을 했다. 3년 전 〈곡림대전〉의 1차 원정에 이어 2차 고구려 원정에 나선 것이었다. 때마침 서진에서도 서쪽 변경에서 저氐족과 강羌족이 반기를 들고 일어나는 바람에 서진 조정이 온통 그쪽에 신경을 쓰기 바빴다.

    고구려로 침입해 들어온 선비 군병들이 고국원에 이르렀을 때 마침 서천제의 능을 발견했는데, 능을 파헤치고 도굴하려 들었다. 그때 공교롭게도 발굴 작업을 하던 인부들이 갑자기 죽어 넘어지고, 능묘 안에서 음악 소리 같은 괴이한 소리가 났다. 사람들이 이를 두려워하자 모용외가 작업을 멈추게 하고, 군사를 돌려 이내 철수해 버리고 말았다.

    그 후로도 모용외가 자주 고구려를 침략해 들어오자 봉상제의 우려가 더욱 커졌는데, 이에 창조리가 나서서 간했다.

"신성의 북부대형 고노자는 아시다시피 지혜와 용기가 탁월한 인물입니다. 그런 고노자가 있는데 폐하께서 무엇 때문에 선비를 걱정하시는지요?"

봉상제가 창조리의 뜻에 따라 고노자를 신성新城태수로 삼았다. 고노자는 백성들을 아끼는 한편 군사훈련을 강화해, 鮮卑의 침입에 철저하게 대비했다. 그 결과 몇 차례에 걸친 선비의 도발을 번번이 막아 낼 수 있었다. 이렇게 되기까지 고노자는 늘 백성들과의 소통과 설득에 주력했고, 결국 어느 순간부터 국경이 조용해지더니 안정을 되찾기 시작했다. 그렇게 모용외의 침공이 수그러들자, 봉상제가 다시금 교만과 무사안일에 빠져들고 말았다.

297년 정월이 되니, 봉상제가 조서를 하나 내려보냈다.

"적도敵徒의 자식 을불이 (모용)외廆의 창귀倀鬼가 되어 부모의 나라를 위태롭게 하고 있다. 을불을 사로잡아 오는 자가 있다면 당연히 大加에 봉하고 일만 금의 상을 내릴 것이다."

이어서 또 다른 주문도 추가했다.

"궁전은 나라의 위용을 드러내는 것인데, 지난가을에 무도하기 짝이 없는 모용외가 쳐들어와 서천신궁을 불태워 버렸다. 이 궁전은 선황의 영혼이 어려 있는 만큼, 서둘러 중수를 해야 할 것이다."

아무래도 모용외를 의식해서 서천신궁을 더욱 튼튼히 짓고자 한 것인데, 궁실의 수리를 위해 15세 이상의 남녀에게 강제 동원령을 내렸다. 그 무렵 수년간이나 흉년이 지속되어 백성들이 기근에 시달리고 있었음에도, 봉상제는 관리들을 다그치기 바빴다. 결국 노역에 시달리던 백성들이 떠돌거나 다른 나라로 달아나는 사례가 속출했고, 갈수록 호구가 줄어드는 지경까지 이르고 말았다.

한편 을불은 이름을 바꾼 채로 음모陰牟라는 사람의 집에서 신분을 숨긴 채 머슴살이로 연명하고 있었다. 하필 음모는 성정이 모진 사람이라 을불에게 고된 일을 시키고, 잠시도 쉬게 두지 않았다. 한여름 밤에는 집안사람들이 개구리 소리에 잠을 잘 수 없다며, 을불에게 밤새도록 늪에다 돌을 던지라고 주문할 정도였다.

결국 주인의 핍박을 견디다 못한 을불이 한 해를 채우고는, 서둘러 그 집을 도망쳐 나왔다. 그 후로는 동촌東村 사람 재모再牟를 만나 그의 벗이 되어, 소금 장사꾼으로 변모했다. 그렇다고 소금 장사를 해서 크게 이문을 본 것도 아니었고, 그저 하루하루 연명하기 바빴을 뿐이었다. 객주의 노파에게 속아 도둑으로 내몰린 끝에, 관아에 끌려가 소금을 빼앗기고 태형을 맞고 돌아온 적도 있었다. 늘 남루한 옷에 제대로 먹지 못해 파리한 얼굴로 다니다 보니, 그가 고구려의 귀한 황손인 줄 아는 사람들은 아무도 없었다. 그 와중에 조정에서는 툭하면 을불을 찾는다며 소란을 피웠다. 종종 을불이 군대를 일으켜 도성으로 들어올 것이라는 소문이 퍼지곤 했던 것이다.

그러던 봉상제 7년인 298년 가을, 21살의 성인이 된 을불이 드디어 독한 마음을 먹고 움직이기 시작했다. 을불은 최체부의 곡락령鵠落岺 인근에서 말갈족과 어울려 지냈는데, 이때 개마盖馬부락에서 반산盤山의 경계지인 점선黏蟬 땅에 이르는 대방帶方 내 5개 부락, 즉 최체부 6촌村의 2개 城과, 양화陽化 2촌, 갈부鞨部 1촌의 족장들을 포섭하는 데 성공했다.

이들이 을불을 받들어 창포왕菖蒲王이라 부르며 추종하기 시작했는데, 그 무렵 을불이 엉뚱하게도 극성棘城의 모용외에게 사람을 보내 군사 지원을 요청한 듯했다. 봉상제가 을불의 체포를 다그칠 만한 이유가 여기에 있었던 것이다. 비록 이 협상이 성사되지는 않았으나, 을불은 이제 그 후유증을 염려해야만 했다.

"모용외가 우리의 제안을 거절한 만큼, 이제 그는 협상의 내용을 봉상제에게 알려 줄 것이 뻔하오. 그리되면 우리가 크게 위험해질 수 있으니, 서둘러 점선부의 족장들을 만나 사전에 우리 편으로 끌어들여야 할 것이오……"

을불이 낙랑의 옛 땅 점선부 내에 있는 족장들을 회유코자 그곳 족장들과의 회맹을 약속하고 점선으로 이동했다. 그러나 오히려 점선부의 밀고로 인해 모용외의 교위와 봉상제의 서부사자西部使者에게 체포되었고, 졸지에 호송마차인 함거檻車에 실려 도성으로 호송되는 신세가 되고 말았다.

그 무렵 나라 안이 서리와 우박으로 인한 피해가 심각해 농작물이 온통 죽어 나가고, 흉년으로 백성들이 굶주림에 시달리고 있었다. 현대의 과학적 분석으로도 그 시기 지구적으로 소소빙기가 도래해 아시아 전역에서 급격한 기후변화로 몸살을 앓았던 것으로 파악되고, 실제로도 여러 기록들이 이를 입증하고 있다. 그런데도 봉상제는 西川신궁을 중수하겠다며 대규모 공사를 서둘렀고, 이에 가는 곳마다 원성이 자자했다.

당시 반옥령班玉嶺 일대는 질 좋은 청옥靑玉이 나기로 유명한 산지였다. 그곳에서 생산되는 청옥을 서천까지 나르기 위해 옥판 두 개를 짊어진 사람들이 줄줄이 기나긴 행렬을 이루었고, 그 와중에 노역을 견디다 못해 길바닥에 엎어져 죽은 시신들이 여기저기 나뒹굴었다. 개중에는 또 옥판을 깨뜨려 죄를 짓게 된 인부들이 행렬을 이탈해 탈출하는 사례가 하루에도 백여 건씩 속출했고, 먹을거리를 찾아 헤매던 이들끼리 서로 모여 도둑이 되거나 떼를 지어 관아를 습격하곤 했다.

죄인으로 쫓기는 신세에 굶주림으로 눈이 뒤집힌 사람들이라 軍도 관아도 이들을 제지하지 못할 정도였다. 때마침 을불을 태운 함거가 주장酒醬이라는 지역을 지나는데, 거리를 가득 메운 도둑떼가 이 광경을 보고는 와르르 달려들어, 함거를 깨뜨려 버렸다. 그 바람에 을불은 운 좋게도 현장에서 달아날 수 있었다. 소식을 들은 봉상제가 대노했다.

"에잇, 고얀 놈들! 당장 도둑들을 잡아들이고, 반드시 을불을 잡아 대령토록 하라!"

방부方夫와 우풍于豐이 이 일을 맡았으나 그저 하는 시늉으로 관망만 할 뿐, 모두들 애써 노력하려 들지 않았다.

봉상제 9년째 되던 300년, 정월부터 나라에 지진이 일어났다. 봉상제는 변함없이 궁실 공사를 서두르고 있었다. 창조리가 보다 못해 작심하고 태왕에게 간했다.

"나라 안에 천재가 잦아 백성들이 굶주림에 시달리는 데다 노역으로 이중고를 겪고 있습니다. 게다가 북쪽에서는 강적 모용외가 호시탐탐 우리를 노리고 있으니, 잠시라도 공사를 미루시고 백성들을 돌보는 일이 시급한 일입니다."

그 말에 기분이 상한 봉상제가 거칠게 쏘아붙였다.

"임금의 자리는 백성들이 늘 쳐다보는 대상이 아니오? 그러니 임금이 사는 궁실이 웅장하고 화려하지 않다면 백성들이 대체 무얼 볼 게 있겠소? 행여 국상이 백성들에게 명예를 얻으려 하는 말은 아니겠지만, 백성들을 위하려다 죽으려는 게 아니라면 더는 말하지 마시오!"

크게 무안을 당하고만 창조리는 태왕이 더 이상 뜻을 바꿀 인물이 아님을 깨닫고, 오히려 자칫 해를 당할지도 모른다는 걱정에 사로잡히게 되었다. 고심하던 창조리가 끝내 중대한 결심을 하고 나섰다. 창조리가 은밀하게 북부의 조불祖弗과 동부의 소우蕭友 등을 보내, 사방을 물색해 을불을 찾아보라 일렀다.

그러던 어느 날 소우 등이 비류하에 이르러 선상船上에 있는 한 남자를 보았는데, 비록 얼굴이 초췌하긴 했지만, 그 몸가짐이 예사롭지 않고 귀티가 있었다. 다행히 소우가 어릴 적 을불의 얼굴을 떠올리고는 얼른 그의 앞으로 나아가 절하면서 말했다.

"지금 태왕이 지나치게 무도해 국상께서 여러 신하들과 함께 폐위를 도모하는 중입니다. 황손께서 검소하시고 인자한 성품이라 가히 황위를 이을 만하다며, 신들을 보내 황손을 받들어 모시라 했습니다."

그러자 을불이 의심쩍다는 표정으로 손사래를 치며 답했다.

"사람을 잘못 본 듯하오. 나는 일개 야인이지 황손이 아니오, 자세히 살펴보시오⋯⋯"

소우가 다시 한번 강조했다.

"지금 태왕은 인심을 잃은 지 오래라 나라의 군주 될 자격이 없는 자입니다. 여러 대신들이 간절하게 황손을 기다리고 있으니, 더는 의심하지 마시고 저희를 따라 나서시면 됩니다."

그제야 을불이 밝은 표정으로 자신의 신분을 확인해 주었고, 소우 등이 을불을 받들어 모시고 돌아왔다. 소식을 들은 창조리가 크게 기뻐하면서, 을불을 조맥鳥陌 남쪽의 안가安家로 은밀하게 안내했는데, 바로 달가를 섬기던 선결仙潔의 집이었다. 을불은 이후 보안을 위해 재차 오맥남鳥陌南의 집으로 거처를 옮기고 일체 비밀에 부쳤는데, 그는 황룡왕 오이鳥伊의 현손玄孫이었다.

그해 가을 봉상제가 후산侯山의 북쪽으로 사냥을 나갔는데, 이때 창조리도 따라나섰다. 사냥 도중에 갑자기 창조리가 갈대 잎을 따서 자기의 모자에 꽂고는, 여러 사람들에게 외쳤다.

"지금부터 나와 뜻을 같이하려는 자는, 나처럼 갈댓잎을 모자에 꽂도록 하라!"

그러자 이미 창조리의 뜻을 알고 있던 사람들 모두가 하나같이 갈댓잎을 따서 모자에 꽂았다.

"흐음, 역시……"

창조리가 다른 이들의 뜻도 모두 같다는 것을 확인하고는 현장에서 즉시 봉상제 체포에 나섰다. 이윽고 창조리를 비롯한 대신들이 일거에 태왕을 에워싸자 험악한 분위기를 감지한 봉상제가 소릴 질렀다.

"이놈들, 이게 무슨 짓들이냐? 국상, 대체 지금 뭘 하자는 게요?"

그러자 창조리가 결연한 표정으로 말했다.

"태왕폐하, 아직도 모르시겠습니까? 정녕 이것이 우리 모두의 뜻입니다……"

"이럴 수가……. 대체 왜?"

봉상제는 사방에서 압박해 들어오는 대신들의 결의에 찬 눈빛에 질려, 이내 저항을 포기하고 말았다. 주도면밀하게 준비한 덕에 무혈쿠데타에 성공한 창조리는 곧바로 봉상제를 행궁에 유폐시킨 다음, 병사들을 시켜 엄중하게 지키도록 했다. 자신의 소행으로 비추어 더 이상 무사하지 못할 것을 알고 있던 봉상제는 좌절 끝에 목을 맨 채로 자살을 하고 말았다. 창조리가 즉시 을불을 모셔다 옥새를 바치며 태왕의 자리에 오르게 했으니, 고구려의 16대 태왕 미천대제美川大帝였다. 그사이 봉상제의 두 아들 역시 부친을 따라 죽었다.

한 나라의 군왕으로서 국토를 보전하고 백성들을 잘 보살피는 일에 집중하면 될 일을, 봉상제는 공연히 자신의 권위와 체면을 중시하다가 유능한 두 숙부를 의심하고 질시해 분별없이 제거해 버렸다. 당시 모용선비가 수시로 침공해 오는 상황에서 그는 대체 누가 자신에게 필요한 인재인지도 구별할 줄 모르는 용렬한 군주였다. 이후에도 대규모 공사로 백성들을 고단하게 만들어 민심을 잃고 결국 나라를 위태롭게 했으니, 봉상제는 역사에서 흔히 나타나는 혼군昏君의 전형이었다. 그나마 유능한 창조리가 있어 봉상제의 재위 기간을 짧게 했으니, 고구려로서는 다행한 일이었을 것이다.

그보다 20년 전인 280년경, 중원의 〈서진〉에서는 무제 사마염司馬炎이 재위 15년 만에 강동의 〈吳〉나라를 멸망시키고, 마침내 그토록 숙원이던 중원을 다시 통일했다. 이는 〈황건적의 난〉으로 촉발된 중원의 분열을 백 년 만에 종식시킨 커다란 위업이었다. 초기의 사마염은 누군가 진상품으로 바친 치두구雉頭裘를 사치품이라 하여 대전 앞에서 불태워 버리는 등 검약을 솔선하면서 어진 정사를 펼치려 했다. 꿩의 머리털로만 짰다는 치두구는 당대 가장 값비싼 사치품으로 여기던 가죽옷이었다.

이어 기존 〈위〉나라의 군현제郡縣制를 폐지하고, 왕자들을 지방으로 보내 다스리게 했는데, 이는 춘추전국 시대의 봉건제封建制로 되돌아가는 정치적 퇴행이나 다름없었다. 신흥제국을 다스림에 있어 믿을 사람들은 뭐니 뭐니 해도 자기 피붙이들뿐이라고 판단한 것이었다.

그랬던 무제가 대업을 달성하고 난 이후의 허전함 때문이었는지, 언제부터인가 사치와 방종에 빠져들기 시작했다. 당시 서진의 인구가 대략 1,600만 명 정도로 추산된다는데, 무려 1만에 가까운 미녀들을 궁으로 불러들여 미색을 탐하기 바빴다고 한다. 특이하게도 황제가 양羊이 끄는 수레를 타고 가다 양이 머무는 곳에 내려 밤을 지내곤 하다 보니, 후궁들이 자기 처소 앞에 양이 좋아하는 댓잎을 꽂아 두거나, 소금물을 뿌리는 웃지 못할 일들이 벌어졌다고 한다.

이처럼 군주가 쾌락으로 흔들리게 되면, 대신들을 포함한 지배층 역시 호사를 탐하고 부패해지기 십상이었다. 하루는 무제가 사위인 왕제王濟의 저택을 방문했다. 고운 비단과 각종 보석으로 치장한 하녀들이 산해진미를 분주하게 나르고 있었는데, 그중 구운 돼지요리가 먹음직해 보였다. 무제가 한 점을 시식해 보고는 그 맛이 기막히다며 감탄사를 연발했다.

"허어, 대체 어찌했기에 이 고기 맛이 이리도 훌륭한 것이냐?"

그러자 왕제가 득의만만한 표정으로 아뢰었다.

"폐하, 이 고기는 사람의 젖으로 키운 돼지고기를 요리한 것입니다!"

당시 西晉에서는 漢-魏 교체기에 상서령尙書令 진군陳群이 제안했던 〈구품관인법九品官人法〉에 따라 나라의 관리들을 임명했다. 이를 위해 지방마다 중정中正을 두었는데, 이들이 관내 인물들의 평판 등을 참고해 9품까지 등급을 부여해 천거하면, 중앙에서 이를 재심사해 관직에 임명하는 것이었다. 초기에는 공신 호족들의 인사 전횡을 막기 위한 혁신적 인사제도였으나, 시간이 흐르면서 관료화되더니 호족들의 자제들과 그 친인척들만이 관직에 오르는 전유물로 남용되었다.

일단 관리에 임용되기만 하면 직위에 해당하는 넓은 토지를 내려주고, 각종 세금도 면제해 주었다. 그뿐 아니라 친지들에게까지도 조세와 부역의 의무를 면제해 줄 수 있었으니 하루아침에 특권층인 관료 지주 계급이 생기게 되었고, 이들을 세습호족이라 불렀다. 게다가 집집마다 수많은 노비를 둘 수 있도록 허용했으니, 당시 황실 친인척을 중심으로 하는 호족들의 전횡이 사상 유례없는 수준이었다.

290년, 서진을 건국한 시조 사마염이 사망하고, 판단력에 문제가 많은 그의 아들 혜제가 들어서지 서진의 정국이 이내 걷잡을 수 없는 혼돈으로 빠져들고 말았다. 먼저 모친 양楊태후를 등에 업은 외조부 양준楊俊이 권력을 남용하자, 혜제의 황후인 가남풍賈南風이 친정 식구들을 동원해 반격에 나섰다. 이로써 시어머니 양태후와 며느리 가황후 세력 간에 권력투쟁이 벌어졌고, 용케도 가賈씨의 승리로 끝나게 되었다.

이후 10년 동안 賈씨의 세상이 이어졌으나, AD 300년이 되자 태자 휼을 미는 사마씨들이 가씨 일족의 전횡에 반발하면서 양측이 충돌하게 되었다. 그 무렵 권력의 정점에 있던 가남풍은 음란에 빠져 미소년들을 데려다 자신의 욕구를 충족시키고는, 남몰래 살해하는 엽기적인 만행도 서슴지 않았다. 끝내는 태자 휼을 잔혹하게 살해하는 지경에 이르자, 조趙왕 사마륜倫을 비롯한 황실 가족이 일어나 마침내 가황후를 비롯한 賈씨 일족을 몰아내는 데 성공했다.

추녀라고 알려진 가남풍은 엽기적 악행으로 후대의 측천무후 및 서태후와 함께 중원의 역사에서 등장한 '3大 악녀'라는 오명을 쓰고 말았는데, 모두가 권력 남용에 남총을 두고 즐긴 여인들이었다. 공교롭게도 그녀의 조부인 가규賈逵는 일찍이 조曹씨를 도와 〈후한〉을 멸망시키는 데 앞장섰고, 관구검 토벌에 공을 세운 부친 가충賈充은 사마씨를 도와 〈魏〉를 멸망시키는 데 일조했다. 가남풍 또한 사마씨의 〈서진〉을 망치는 데 결정적 역할을 했으니, 사람들이 이들 가씨 3代를 일컬어 '세 나라를 망하게 한 삼가三賈'라고 부르며 조롱했다. 역사는 이렇듯 권력의 정점에 올랐던 인물들의 행위를 결코 잊지 않는 법이었다.

그 와중에 그때까지 가황후의 편에 서서 기울어 가는 서진을 바로 세우려 했던 장화가, 황실의 정치적 격변에 삼족이 몰살되는 날벼락을 맞고 말았다. 그는 마지막 순간까지 漢族의 나라인 서진의 충신이었으나, ⟨서부여⟩의 분열을 촉발함으로써 韓민족의 역사에 깊이 개입했던 인물이었다. 이후로 서부여가 있던 요동 전역은 여러 민족들이 이전투구를 벌이는 화약고로 변해 버렸고, 그 여파가 한반도는 물론 후일 일본열도까지 미치게 되었던 것이다.

한편, 갑자기 서진 황실의 권력에 공백이 생기자, 곧이어 사마씨 여덟 명의 소왕들이 서로 뒤엉켜 싸우면서 형제들 간에 본격적인 혈투가 시작되었으니 이것이 바로 ⟨팔왕八王의 난⟩이었다. 그 와중에 306년경 백치 황제 혜제가 독살을 당하면서 황태제 사마치熾가 제위에 오르니 3대 회제懷帝였고, 숙부 격인 동해왕 월越이 그를 보좌했다. 이로써 무제 사후 무려 16년이나 이어졌던 혼돈의 시대가 마무리되었다. 돌이켜보면 사마의司馬懿와 그의 두 아들 형제인 사師와 소昭 3부자父子가 魏나라 조曹씨 황족들의 견제에 그토록 시달리면서도, 끝내 권력을 탈취해 후대에 넘겨주었고 그 결과 ⟨서진⟩이 탄생했었다.

그러나 고작 4代를 넘기지 못해 형제들 간에 골육상쟁이 벌어졌으니, ⟨진晉⟩의 실질적 시조 격인 사마의는 이런 사태를 가히 상상이나 해보았을까? 건국 초기에 5백 년 전의 낡은 봉건제를 다시 꺼내 들고, 사마씨의 西晉을 설계했던 사람들은 이런 불상사를 전혀 예상하지 못했던 것일까? 분명 권력이란, 핏줄blood보다는, 부지런하고 멀리 내다볼 줄 아는 군주와 그에게 충성하는 열린 가신家臣 그룹이 잘 구성되었을 때 흔들림이 없는 법이었다.

이처럼 ⟨팔왕의 난⟩이 지속되는 동안 유독 흉년과 기근이 반복되면서 중원 백성들의 삶은 피폐하기 그지없었다. 그 와중에 각 진영마다 사활을 건 전쟁에 임하다 보니, 북방의 ⟨흉노⟩와 ⟨선비⟩의 군대까지 용병의 형태로 불러들이고 말았다. 먼저 南흉노의 일족이었던 유연劉淵은 〈晉〉으로부터 五部대도독에 임명되어 흉노의 5부를 다스리고 있었는데, 내부에서 모반이 일어나 일시적으로 퇴출된 상태였다. 그런 그를 성도왕 사마영穎이 삭녕朔寧장군에 봉하고 업鄴으로 불러들여 전력을 강화하려 했다.

그러나 그때쯤 북방민족들은 晉나라 사마씨 형제들의 내란으로, 중원 천지가 송두리째 뒤흔들리고 있음을 누구보다 잘 알고 있었다. 이들 또한 저마다 이때야말로 자신들의 나라를 일으켜야 한다며, 기회를 엿보고 있었던 것이다. 흉노의 원로 우현왕 유선劉禪이 업鄴에 머물던 유연에게 밀사를 보냈다.

"중원이 대혼란에 빠져 있는 지금이야말로 우리 훈족이 다시 일어날 절호의 기회이니 이를 이끌고 갈 강력한 지도자가 절실하오. 그대는 지금 남의 나라 땅에서 무엇을 하고 있는 것이오? 즉시 돌아와 대선우의 자리에 오를 것을 재촉하는 바요!"

정신이 번쩍 든 유연이 장례식에 다녀온다며 업성鄴城을 떠나려 했지만, 성도왕이 허락하지 않았다. 당시 혜제는 가賈황후가 퇴출된 뒤로 새로이 양羊씨를 황후로 세우고 황태자까지 책봉해 둔 상태였다. 이때 승상의 자리에 오른 성도왕이 羊황후와 황태제를 폐위시키고, 스스로 황태제가 되어 장차 혜제를 이을 차기 황제임을 선포했다. 동해왕 사마월과 예왕 사마치가 성도왕의 처사에 불만을 품고 성도왕을 공격하면서 혼전이 지속되었다. 그런 국면에 성도왕이 병력을 모으느라 끙끙대는 틈을 타, 유연이 그에게 말했다.

"이런 때 소장이 가서 흉노의 군대를 이끌고 오면 좋지 않겠습니까?"

그럴듯한 이유를 대고 겨우 업성을 빠져나온 유연이 흉노 땅으로 돌아오자, 흉노의 여러 선우들이 기다렸다는 듯이 그를 대선우大單于로 추대했고, 순식간에 그의 휘하에 5만에 이르는 강력한 초원의 전사들이 집결했다.

304년경, 마침내 유연이 좌국성左國城(산서이석離石)에서 漢을 표방하는 나라를 세우고, 스스로 漢王이라 칭했다. 소위 〈5호 16국〉 가운데 최초의 이민족 나라가 탄생한 셈이었으나, 정작 그는 漢나라를 계승할 것임을 천명했다. 유연은 〈전한〉의 시조 유방劉邦과 〈후한〉의 유수劉秀, 〈촉한〉의 황제 유선劉禪을 삼조三朝라 받들면서, 漢나라 시절을 그리워하던 중원 漢族들의 심리, 소위 '인심사한人心思漢'을 십분 활용하려 들었다.

이렇게 흉노 선우 출신이 漢族의 적통임을 강조한 것임에도, 당시 〈서진〉의 분열상에 실망한 많은 사람이 유연의 휘하로 모여들었다. 기세가 오른 유연은 화북 일대를 평정한 다음, 태항산 아래 평양平陽(산서임분)과 河東까지 차지했다. 308년경에는 아예 좌국성을 떠나 평양을 도읍으로 삼았는데 2천 년 전 요堯임금의 도읍이었으니, 〈서진〉의 낙양에 바짝 압박을 가한 셈이었다. 유연은 이때서야 비로소 황제를 칭하고, 우현왕 유선劉禪을 승상으로 삼는 등 漢나라의 정치 체제를 답습했다. 흉노가 중원을 차지한 것도 처음 있는 일이었고, 비로소 〈5호 16국〉 시대가 시작되었음을 알리는 첫 신호탄이었다.

그러나 2년 뒤인 310년경, 중원에서는 남흉노 어부라의 손자로 漢王을 자처했던 유연劉淵이 〈서진〉의 낙양을 공략하던 중 병사하고 말았는데, 개국 후 6년 만의 일이었다. 유연이 죽자 태자인 유화劉和가 뒤를 이었으나 이내 형제들 간에 싸움이 일어났다. 유화가 이때 병권을 장악하고 있던 동생 유총劉聰을 숙청하려다 오히려 역습을 당해 피살되고 말았다. 유총이 유연의 정처인 선單태후가 낳은 아들 유예劉乂를 황제로 추대했는데, 유예가 울면서 한사코 황위를 사양하는 바람에 부득이 유총이 보위에 올랐다고 한다. 그만큼 유총을 두려워했던 것이다. 생전의 유연이 유총을 대사마, 대선우의 요직에 앉히고 10만 군대를 좌우할 수 있는 병권을 맡겼으니, 유총은 진작부터 그 능력을 널리 인정받고 있었던 것이다.

흔히 〈남흉노〉의 마지막 선우가 호주천呼廚泉선우였다고 한다. 그런데 그의 형인 어부라於扶羅선우는 자기들의 선대先代에 漢나라 공주가 시집왔다는 것을 이유로, 자신들도 엄연한 漢나라 황실의 후예라며 성씨를 漢황실의 유劉씨로 고쳤다. 흉노 조상들과 동족을 버리고, 스스로 漢族이 되고자 한 것이었다. 그러나 호박에 줄을 긋는다고 수박이 될 리가 없듯이, 漢족들이 그들을 쉽사리 동족으로 받아들여 줄 리가 없었다.

정체성을 잃고 우왕좌왕하던 어부라는 결국 魏王 조조曹操에게 패하면서 그 세력이 크게 약화되었고, 그의 아우 호주천이 끝내 조조의 아들 조비曹丕에게 투항하면서 漢族의 일원이 되었다. 216년의 일이었고 〈남흉노〉가 그렇게 역사 속에서 사라져 갔던 것이다. 그런 배경하에 어부라는 아들의 이름을 유표劉豹라 했고, 유표의 아들이 바로 유연劉淵이었던 것이다. 유연에 이르러서는 어려서부터 漢족의 문화를 배우기 위해 유명한 유학자로부터 학문을 배우고, 무예를 익히게 되었다.

그 무렵 흉노의 여러 부족을 규합하는 데 성공한 漢의 유총은 석륵石勒이 이끄는 또 다른 흉노의 일파인 갈족羯族까지도 포섭해 〈漢〉의 산하에 두면서, 자신감으로 충만해 있었다. 311년 6월, 마침내 유총이 〈西晉〉의 도성인 낙양에 대해 공격을 개시하자, 서진의 태부 동해왕 사마월이 전국에 격문을 보내고 구원병을 모집하려 들었다. 그러나 무제 사마염이 뭇나라를 멸망시키고 난 후 군비를 대폭 삭감했기에, 대부분의 지방에 정규 병력이 남아 있을 리가 없었다.

동해왕이 겨우 긁어모은 4만의 병력으로 낙양의 동쪽 허창許昌에 주둔하면서 유총의 漢軍에 대비했으나, 이내 병이 들어 태위 왕연王衍에게 후사를 당부한 채 사망해 버렸다. 잔뜩 겁을 먹은 왕연은 이참에 위태롭기 짝이 없는 낙양을 벗어나고자, 동해왕의 영구를 호송해 山東에 묻겠다는 핑계로 낙양을 떠났다. 당초 황족 등 귀족 위주로 떠나려 했으나, 전쟁과 굶주림에 시달리던 낙양의 백성들이 대거 일행을 따르는 바람에 10만에 이르는 난민 행렬이 이어졌다.

고현苦縣의 영평성에 머물던 갈족 장군 석륵이 이 소식을 듣고 즉시 출병해 왕연 일행에 대해 무차별적인 공격을 가했다. 10만의 군중들이 앞다퉈 달아나려다 서로 짓밟혀 죽는 바람에 수많은 사상자가 속출했고, 석륵은 쉽게 승리를 거두었다. 포로가 된 왕연은 자신은 죄가 없다며 변명을 늘어놓기 바빴다.

"나는 죄가 없소. 국정에 관여한 일도, 정치에 관심을 가진 일도 없소이다."

분노한 석륵이 태위의 자리는 무엇이었냐며 그의 치사한 행동을 꾸짖고는, 흙벽을 무너뜨려 왕연을 깔려 죽게 했다. 동해왕의 영구 또한 부서진 채로 그 시신과 함께 불태워졌다.

왕연을 습격했던 석륵은 한 달쯤 뒤에 비로소 낙양을 향해 진군했다. 처음 유총은 총사령관 격인 사촌 아우 유요劉曜 외에 갈족의 석륵, 흉노 호연안呼延晏, 漢人 출신 왕미王彌 등 4인이 연합해서 낙양을 공략할 것을 지시했다. 그런데 유요의 군대에 앞서 낙양에 도착한 왕미가 먼저 성을 공략하고 약탈을 자행했다. 뒤늦게 낙양에 입성한 유요가 왕미의 부대를 말리면서 양측의 갈등이 노출됐다.

왕미가 이때 낙양이 천혜의 요새이고 궁전이 두루 갖춰져 있음을 이유로 장사〈漢〉의 도성을 낙양으로 옮기자고 건의했다. 그러나 유요는 오히려 낙양이 사방으로부터 공격받기 쉬운 지형이라며, 아예 낙양에 불을 놓아 깨끗하게 불태워 버리는 만행을 저질렀다. 後漢의 동타이 장안으로의 천도를 강행하면서 낙양성을 불태워 버린 이래 120년 만에, 낙양이 또다시 유요에 의해 불에 타 버리고 만 것이었다. 유요의 무모한 행동에 분노한 왕미가 자신의 병력을 이끌고 동쪽으로 떠나면서 한마디 했다.

"그러면 그렇지, 흉노의 자식들이 어찌 제왕의 자리를 넘본다는 말이더냐? 네놈들은 결코 천하를 갖지 못할 것이다."

왕미는 이때 낙양의 동쪽으로 이동해 석륵이 이끄는 갈족 군대를 무너뜨리고, 그 병력을 흡수해 앞날을 도모할 생각을 하고 있었다. 그러나 왕미의 속내를 알고 있던 석륵이 오히려 매복전을 펼친 끝에 왕미의 군대를 대파시키고 그 무리를 자신의 군대에 합류시켰다. 왕미는 허망하게 피살되고 말았다.

낙양을 불태워 버린 유요는 회제懷帝 사마치를 잡아 포로로 삼는 한편, 이때 태자를 포함한 3만여 명을 희생시켰다. 유요는 절세미인이라는 혜제惠帝의 양羊황후를 자신의 여자로 거두고, 6개의 옥새를 유총이 있는 평양(임분)으로 보냈다. 이처럼 흉노족에 의해 사실상 서진이 멸망하게 된 이 사건을 회제의 연호를 따〈영가永嘉의 난〉이라 불렀다.

유총은 처음에는 회제를 회계공會稽公으로 봉해 주고 대를 이어 선대의 제사를 지내며 살게 해 주었다. 그러다 313년 정초 마음이 돌변해 주위에 명을 내렸다.

"회계공 사마치를 불러와 연회에 참석케 하라. 대신 그자에게 노예 옷을 입혀 대신들에게 술 시중이나 들게 하라!"

서진 황제의 굴욕적인 모습에 충격을 받은 晉나라 관리 출신들이 여기저기서 울음을 터트리고 말았다. 화가 치밀어 오른 유총이 그 자리에서 晉에서 항복해 온 자들을 모조리 주살해 버렸고, 회제 또한 독살해 버리고 말았다. 참담한 소식을 접한 서진의 황족들이 장안長安으로 옮겨가 사마안晏의 아들 사마업鄴을 황제로 추대했는데, 〈서진〉의 마지막 황제인 민제愍帝였다.

그러나 그 후 3년 뒤인 316년, 유총이 또다시 족제族弟인 유요劉曜를 시켜 장안을 공략하게 했다. 유요가 이때 장안성을 쉽게 무너뜨리고, 민제를 사로잡는 데 성공했다. 이로써 사마염이 조曹씨 〈魏〉나라를 뒤엎고 건국했던 〈西晉〉이 이때서야 비로소 완전히 멸망하고 말았다. 묵돌선우가 일어난 이래, 5백 년이라는 오랜 세월 동안 끊임없이 다퉈 온 흉노족 정권에 의해, 중원의 통일제국이 재차 허망하게 몰락해 버린 것이었다.

조조曹操의 아들 조비가 〈후한〉으로부터 빼앗은 〈위〉나라가 그랬던 것처럼, 위진魏晉 두 왕조 모두 채 50년도 이어 가질 못했으니, 참으로 통일왕조라는 위상에 걸맞지 않은 역사가 되고 말았다. 유총은 민제에게 군복을 입히고는 사냥터의 안내견 역할을 하도록 강요하는 등 온갖 굴욕을 안겨 주었다. 그나마도 3년 뒤에는 술 시중을 들던 민제를 끝내 살해해 버리고 말았다.

317년, 장안이 다시 함락되고 민제가 포로로 잡혀가자, 낭야왕의 후예인 사마예睿가 일족과 晉의 장수들을 거느리고, 멀리 장강長江 아래로 달아나 버렸다. 이후 건업建業(남경)에 또 다른 〈晉〉나라를 건설했는데 서진의 망명정부나 다름없었다. 따라서 처음 사마예는 스스로를 晉王이라 했는데, 평양으로 끌려간 민제가 아직 생존해 있었기 때문이었고,

도성의 이름도 민제의 이름인 업鄴을 피하기 위해 건업을 건강建康으로 고쳐 부르게 했다.

그러나 민제의 사망 소식이 전해지자, 사마예는 비로소 晉나라의 황제임을 천명했고, 시조인 원제元帝가 되었다. 흉노 유총에게 멸망당한 〈西晉〉과 구별하기 위해 사마예의 나라를 〈동진東晉〉이라 불렀다. 이로써 하북에서 사라졌던 사마司馬씨의 나라가 장강 아래에서 부활해, 다시금 백 년 동안 질긴 명맥을 이어 가게 되었다.

10. 미천제의 요동 수복

대륙의 요동에서는 〈서부여〉의 의라왕이 〈고구려〉의 도움으로 나라를 되찾고 재건에 박차를 가하고 있었다. 그러나 285년 모용외의 침공 때 입은 타격이 워낙 치명적이어서 결코 녹록지 않은 상황에 맞닥뜨려 있었다. 당시 의라왕이 고구려로 피해 있는 사이 여기저기 지역적 특색이 강한 곳으로부터 이미 분열과 독립의 기운이 강하게 퍼져 있었다. 즉 의려왕이 자결하고 그 태자였던 의라왕이 나라 밖의 양맥으로 피해 간 사이에, 〈모용선비〉가 속속 서부여로 진입해 들어왔다. 그러자 왕을 잃은 서부여인들이 부족별로 선비에 저항해 독립을 시도하거나 일부는 아예 고구려로 귀부해 버렸던 것이다.

2년이 지나 의라왕이 〈서진〉과 〈고구려〉의 도움으로 〈서부여〉로 돌아왔으나, 이때 여러 지역의 수장들이 의라왕의 휘하에 일사불란하게 되돌아간 것이 아니었다. 이미 남쪽의 대방왕과 책계왕이 의기투합해 의라왕에 반기를 들었고, 그러자 대방 위쪽의 古낙랑 지역에서도 독립의 조짐이 보였다. 그 후 290년경 서진의 건국 시조 사마염이 사망한 데 이어, 2년 뒤 고구려에서도 서천제가 서거해 봉상제가 들어서자 상황이 다시금 돌변하기 시작했다. 봉상제는 즉위하자마자 전쟁영웅이었던 배다른 숙부들, 즉 달가와 돌고태자를 탐탁지 않게 여긴 끝에 두 사람을 모두 제거하는 우를 범하고 말았다.

그러자 그때부터 모용외가 고구려를 직접 공격하기 시작했다. 다행히 신성을 지키던 고노자高奴子가 〈곡림대전〉에서 모용외를 꺾으면서 모용씨의 공략이 주춤해지고 말았다. 이처럼 모용씨와 고구려가 서로 다투는 사이 모처럼 외침이 뜸해진 서부여 지역은 대신 내부 분열이 더욱 심화되고 있었다.

그러던 298년경, 책계왕이 대방에 속했던 한맥漢貊의 다섯 부락을 공격했다. 정확히는 알 수 없지만, 이들 한맥이란 고구려에 귀부한 漢族 출신들이 다스리던 지역을 일컫는 것으로 보이는데, 수년 전 고구려가 대방을 때렸을 때 고구려 편에 섰던 것으로 추정된다. 책계왕이 그 무렵 한맥에 대한 보복을 감행했으나, 오히려 이에 대비하고 있던 한맥의 복병을 만나 그만 전사하는 의외의 사건이 터지고 말았다.

책계왕이 사라지자 그의 뒤를 이어 책계의 장자인 분서汾西가 왕위에 올랐다. 분서왕이 즉위한 이후에도 〈서부여〉 지역의 세력 간 갈등은 더욱 치열해져만 갔다. 그사이 고구려에서는 봉상제가 재위 9년 만에 창조리의 쿠데타에 의해 끌려 내려오고, 돌고의 아들로 봉상제에 쫓기던 을불 미천대제가 태왕의 제위에 올랐다. 그 무렵 고구려 서남부 바깥에서는 낙랑의 토착 세력이 다시 일어나 대방의 땅을 차지했고, 자술子述

이란 인물이 왕이 되어 〈낙랑국〉을 이끌고 있었다. 그러던 304년 분서왕이 낙랑樂浪이 서도西都를 습격한 끝에 깨뜨리고, 그 땅을 지신의 郡으로 만들었다. 그 땅이 원래 분서왕의 모친인 보과寶果부인의 나라 〈대방국〉의 도읍이었던 것이다.

그때쯤에 낙랑왕 자술이 대방의 옛 땅에 위치한 고구려의 최체最懘태수 장막사長莫思에게 은밀히 사자를 보내 고구려와의 화친을 제의했다. 분서왕이 모친인 보과부인의 고향으로 낙랑의 일부였던 대방을 빼앗아 가자, 분서왕의 적대 세력인 고구려를 끌어들여 그 땅을 되찾으려는 의도였던 것이다. 그때 미천제가 장막사를 불러 전혀 다른 밀명을 하달했다.

"낙랑왕 자술이 대방을 되찾고자 우리를 끌어들이려 하고 있소. 그러나 자술은 신뢰할 수 없는 인물이니, 그보다는 차라리 이참에 분서와 협조해 낙랑을 제압한 다음, 그 땅을 분서와 나누는 편이 나을 것이오. 태수가 막후에서 이 일을 반드시 성사시키도록 하시오!"

미천제는 자술이 강성한 분서를 능가할 수 없을 것으로 보고, 분서의 손을 들어 주려 한 듯했다. 그런데 공교롭게도 이러한 미천제의 뜻을 낙랑왕 자술이 알게 되었다. 화가 머리끝까지 난 자술이 끝내 보복하기로 마음먹었으나, 대국인 고구려를 상대할 수는 없는 일이었으므로, 그 대상을 분서로 삼았다. 그해 가을 계림鷄林(옛 서나벌) 출신인 황창랑黃倡郞이란 인물이 분서왕을 찾아와 알현하기를 청했다. 분서왕이 황창랑을 만나보고는 아름다운 외모에 한눈에 빠져들고 말았다. 분서왕이 황창랑을 수레 안으로 불러들였는데, 놀랍게도 그때 황창랑이 품속에서 비수를 꺼내 분서왕에게 칼질을 해 댔다.

"커억, 이년이 어찌 나를……. 으윽!"

분서왕이 즉석에서 피를 뿜으며 죽고 말았다. 황창랑은 낙랑왕 자술이 은밀하게 보낸 자객으로, 분서왕에게 접근하기 위해 아리따운 여인으로 변장을 한 것이었다. 자술이 그가 여인을 능가하는 아름다운 미모를 가졌으면서도 담력과 용기가 있다는 것을 알고는, 분서왕을 암살하라는 특명을 내렸던 것이다.

분서왕의 어이없는 죽음에 그의 나라에서는 일대 난리가 났다. 분서의 모친인 보과부인이 이때 사태를 수습하고자 나섰는데, 뜻밖에도 자신이 총애하던 비류比流를 王으로 내세웠다. 비류의 출신에 대해서는 의혹투성이인데, 그가 한반도 〈백제伯濟〉왕의 서자庶子라는 설도 있었다. 그러나 그는 요동의 서부여(대방) 출신으로 오히려 보과부인의 폐신嬖臣이었다고 하니, 그렇다면 그는 대방왕후의 정부情夫에 다름 아니었던 것이다. 어쨌거나 그는 왕실 출신이 아니었기에 민심을 잘 알고 있었고, 힘이 장사인 데다 활쏘기에도 능했으니 한마디로 장수의 기질을 지닌 인물이었다. 분서왕의 암살 소식을 접한 고구려의 미천제가 다시금 장막사에게 명을 내렸다.

"새로이 왕위에 오른 비류를 회유해 장차 낙랑의 자술과 반목하게 하라!"

미천제는 동시에 고구려 전역의 5부, 9진鎭 37국에 명을 내려 보병과 기병의 훈련을 강화하게 하고 그 성과를 살피게 했다. 아울러 을유乙兪 등을 전국에 파견해 재능을 갖춘 장정들을 선발하게 한 다음, 이들을 좌, 우위군에 배속시키고 용병술을 연마하게 했다. 장차 있을 전쟁에 철저하게 대비하는 모습이었다.

을불대왕乙弗大王이라 불리던 미천제美川帝는 서천제의 손자이자 죽은 돌고왕咄固王의 아들이었으며, 친모는 을후乙后였다. 미천제는 즉위 후 곧장 자신을 태왕에 오르게 한 〈후산의거候山義擧〉의 주역인 창조리를 비롯해 12인의 공신들에게 후하게 포상했다. 창조리 외에 조불祖弗, 소우蕭友, 오맥남烏陌南, 자柘, 선방仙方, 방부方夫, 재생再生, 담하談河, 송거松巨, 장막사長莫思, 휴도休都 등이 그들이었다.

이어 억울하게 죽은 선친 돌고咄固를 평맥대제平貊大帝로 추존하고, 모친인 을태후를 단림檀林태후로 올렸다. 또 창조리를 태보로, 을태후의 오라버니인 을로乙盧를 우보로 삼았다. 당시 미천제는 23세의 혈기 왕성한 나이였지만, 원래 서천제의 적통이 아니어서 나라를 다스리는 일이 생소했을 터였다. 게다가 자력이 아니라 숱한 공신들의 추대로 제위에 올랐으니, 그들에게 빚을 진 셈이라 적지 않게 주눅이 든 상태였을 것이다.

아나나 다를까, 즉위 원년부터 재생과 담하가 자신들의 공로를 믿고 권력을 휘두르기 시작했고, 군신들이 서로 견제하며 다투는 분위기가 팽배했다. 조용히 사태를 관망하던 미천제가 그해가 가기 전에 슬그머니 명을 하나 내렸다.

"상보尙宝 부자와 부협芙莢의 형제를 풀어 주도록 하라!"

상보는 초草씨의 아비이고, 부협은 부芙씨의 오라비로 둘 다, 폐제 봉상제의 측근이라는 미움을 사 투옥되어 있었던 것이다. 이어서 상보를 좌보에 명하고는 옛 연인이었던 그의 딸 초씨를 황후로 삼으려 했다. 그러자 창조리가 이를 반대했다.

"초씨는 절개를 지키지 못한 채 폐제를 섬겼으니 후로 세워서는 아니 될 것입니다."

젊은 미천제는 자신이 그토록 사랑했던 여인을 자신의 정처로 만들지 못하는 현실에 이때부터 좌절과 분노를 느꼈을 것이다.

이듬해 춘정월이 되어 을태후의 궁에서 조례를 받았는데, 을태후가 여러 정사에 간여해 사람들이 실망하는 눈치였다. 미천제는 여전히 사태를 관망할 뿐이었다. 2월이 되자 외조부인 태공 을보乙𥐌가 나이가 들어 세상을 떴다. 을파소의 서자인 소개素介가 산상제의 후비인 주통酒桶 태후의 알자謁者(비서직)로 있다가 그녀와의 사이에서 얻은 아들이었으니, 을태후는 주통태후의 손녀이기도 했던 것이다.

4월에는 초草씨와 창조리의 딸인 창倉씨가 미천제의 총애를 다투었는데, 여러 헛소문이 나돌아 그녀들을 섬기던 시녀들을 모두 해빈海濱으로 내쫓았다. 5월에는 폐제廢帝 봉상제가 후산侯山의 별궁에서 자살했는데, 재생再生이 그를 핍박한 끝에 봉상제가 스스로 목을 매게 한 것이었다.

그 무렵 조문祖文 등을 선선船장군으로 삼고, 水軍을 훈련시키게 했는데, 6월이 되니 선방仙方이 인물을 한 사람 천거했다.

"대부재大府宰 대발을 상선장군으로 삼아 3軍을 감독하게 하소서."

미천제는 어릴 적에 두 사람에게 무예를 익혔는데, 그 한 사람이 방부의 부친인 방회方回로 궁술에 능했고, 다른 이가 창술과 기마술, 병법을 가르쳐 준 대발大發이었다. 대발이 그 무렵 도성의 곡물창고를 담당하는 우두머리로 있던 것을 원래의 주특기인 무장武將으로 돌려놓은 셈이었다. 가을에는 미천제가 두눌원에서 사냥을 하면서 군대를 훈련시키는 일에 동참했다. 돌아오는 길에 선방의 처 면免씨의 고향에서 잔치를 열었는데, 이 모든 것은 선방이 주도한 모양새였다. 그는 달가의 오른팔로 미천제를 숨겨 주었던 선결의 아들이었다.

이듬해 302년 정월이 되자마자, 〈서천신궁西天新宮〉으로 이어移御(궁을 옮김)를 했는데, 봉상제烽上帝 때 짓기 시작해서 3년이 걸려 완성한 것으로 말도 탈도 많은 궁이었다. 그런데 그해 9월, 미천제가 친히 정예 3만을 이끌고 현토玄菟 땅으로 진격해 들어갔다. 태왕이 손수 전장에 앞장선 것은 동천제에 이어 중천제가 양맥곡에서 전투를 지휘한 이래로 참으로 오랜만의 일이었다.

미천제가 이내 남소성南蘇城을 공략한 시 열이틀 만에 겨우 빼앗았는데, 매우 치열한 전투가 벌어진 것이었다. 남소(평곡)는 고구려의 종묘가 있어 황실에서 신성하게 여기던 땅이었으나, 관구검의 침공 때 빼앗긴 이래로 뺏고 빼앗기기를 반복하다가 끝내 되찾지 못한 지 오래였다. 미천제는 민간을 떠돌던 시절에 이곳을 자주 지나다녔는데, 그때마다 그곳의 지리나 인정, 성곽과 해자 등의 장단점을 눈여겨보아 두었다.

결국 이번에 선방仙方을 대주부大注簿로 삼아, 은밀하게 현지의 토착민 족장들과 사전에 내통하는 등 만반의 준비를 갖춘 다음, 수군과 육군을 동시에 진격시켰다. 이후 격렬한 접전을 벌인 결과 태수 경창耿蒼 등의 목을 베고 승리를 쟁취한 끝에, 8천여 명의 포로를 잡아 평양平壤으로 끌고 왔다. 태왕에 오른 을불 미천제가 첫 원정에서 큰 성과를 올린 것이었으나, 이 또한 실제로는 물밑에서 선방이 기획한 작전으로 보였다.

해가 바뀌어 303년에는 미천제가 대신들에게 인재를 천거할 것을 명하니, 용산공龍山公 자척가 간했다.

"인재는 간혹 하늘이 내려 주기는 하지만, 대다수는 평소에 길러지는 것이라 하루아침에 얻을 수 있는 것이 아닙니다. 청컨대 학원을 열고 인재들을 가르쳐야 합니다."

"옳은 말이오, 당장 그리하리다."

미천제가 이를 받아들여 백룡원白龍院, 대신원大神院, 초문원肖門院을 학원으로써 열게 했다. 15년 뒤에 이 학원들은 황실의 여인들이 나누어 관할하게 되었다. 그해 5월에는 폐제 봉상제의 모후였던 우于태후가 61세로 세상을 떴다. 서천제의 발상을 숨기고, 안국군으로부터 병권兵權을 빼앗아 자기 형제들에게 돌려놓은 다음, 거짓 조서로 치갈을 보위에 올리고 국정을 농단한 맹렬 여인이었다. 미천제의 〈후산의거〉를 인정하지 않아 대신들이 죽이려 했던 것을, 조부인 서천제가 아끼던 후비였음에 그동안 능원菱院에 살게 해 주었던 것이다.

7월에는 창조리 역시 세상을 떠났다. 미천제가 그 시신을 교외에서 맞이해 태공太公의 예로 장사 지내 주려 했으나, 그의 유지가 있어 판령板嶺 인근에 대형大兄의 예로 장사 지냈다. 그는 미천제를 보위에 올렸음에도 자신을 발탁했던 봉상제에게는 죄인에 불과하다며 자책했다고 한다.

305년, 을태후의 오빠로 모나지 않고 조용하게 지내던 좌보 을로乙盧가 죽어, 그의 후임으로 자柘를 앉혔는데, 그는 죽은 안국군 달가達賈의 아들이었다. 그가 〈신령新令 12조條〉를 만들어 정무에 반영했는데, 이때 이르러 비로소 국상國相의 자리를 폐지했다. 창조리의 사례를 포함해, 그 자리가 태왕의 권위를 넘어서는 일이 반복되었기 때문이었다.

이듬해 고자高柘를 태보로 삼고 방회方回를 좌보, 선방仙方을 우보로 삼았는데, 이때 선방으로 하여금 대주부와 대사마를 겸직하게 하니 사실상 종전 국상國相의 책무와 다를 바 없게 되었다. 이렇게 선방이 이때 나라의 병권을 완전히 장악하게 되었는데, 문제는 이들 삼보三輔 모두가 군사력 강화를 중시하는 무인들로, 대표적인 강경파이자 전쟁도 불사하자는 주전파였다. 용산공 고자는 전쟁영웅 달가의 아들이었고, 선방은 그 최측근인 선결의 아들이었으며, 방회 또한 궁술의 달인이었던 것이다.

이들 강경파 3인이 조정의 핵심인 삼보의 자리를 모두 차지한 것은 매우 이례적인 일이었다. 동천제 이래 그동안 서쪽 中原과 거리를 두고 평화를 우선시하던 기조와는 분위기가 사뭇 달라졌기 때문이었다. 더구나 그해 3월에는 선방의 딸 거지居知가 입궁해 小后에 올랐는데 태왕이 주周씨 성을 내렸다. 게다가 그 무렵에 미천제의 모후인 을태후가 선방을 흠모해 정을 통한 사이였다. 병권을 장악한 선방이 태왕의 장인에다, 태후의 연인이기도 했으니, 어느 순간 선방仙方은 그야말로 고구려 최고 권력의 핵심으로 부상해 있었다.

연말이 되자, 중원에서는 〈서진〉의 2대 황제인 혜제 사마충이 짐독으로 48살의 나이에 피살당하고 말았다. 그 바람에 혜제의 막내아우인 회제 사마치가 3대 황제에 오르면서, 10년이나 지속되었던 사마씨 형제들의 싸움 〈팔왕의 난〉이 막을 내리게 되었다. 그러나 서진은 이미 몰락의 나라로 추락하던 중이었고, 이에 동북의 요동을 쳐다볼 여지가 전혀 없었다.

미천제 8년이던 307년 모용외가 그 무렵 비로소 선비대선우大單于를 칭하면서 사실상 모용선비의 왕위에 올랐다. 30년 후에 외廆의 아들 황皝이 연왕燕王을 자칭했기에, 사가들은 이때를 〈전연前燕〉(307~370년) 왕조의 시작으로 보았다. 마침 서쪽의 〈代〉 땅에서도 모용부의 일파로 탁발拓跋선비의 大人이던 탁발록관祿官이 죽었다. 이에 그의 조카이자 西部탁발부를 다스리던 의로猗盧가 탁발씨의 3部를 통일하고 모두를 거느리게 되었다.

탁발의로는 이때 같은 동족으로 동쪽에 이웃한 모용외와는 서로 우호 관계를 맺고 상통했다. 대신 아래쪽의 남흉노 유연劉淵의 〈漢〉(전조前趙)에 대해서는 적대시하고 괴롭히면서, 사마씨의 〈서진〉 정권에 협력했다. 의로는 3년 후 서진으로부터 그 공을 인정받아 代公, 大선우에 봉해지기도 했다. 중원의 북방에 있던 선비족들이 곳곳에서 우후죽순처럼 거세게 일어나고 있었던 것이다. 고구려로서도 이처럼 예사롭지 않은 주변의 변화에 크게 긴장해야 했을 것이다.

그해 가을, 미천제가 압록원에서 친히 사열을 거행했다. 그동안 전국 각지에서 훈련시켜 오던 水軍과 육군陸軍을 한자리에 모두 집결시키니, 무려 30만에 달하는 엄청난 병력이 모여들었다. 강가의 너른 고수부지에 수많은 부대들을 상징하는 형형색색의 깃발이 나부끼고, 갑옷으로 중무장한 병사들이 번뜩이는 창검을 들고 도열해 있는 모습은 가히 장관이었다.

"둥둥둥!"

이윽고 태왕의 등장을 알리는 웅장한 대북 소리와 함께, 황금빛 갑옷과 투구를 쓰고 백마를 탄 미천제가 위풍당당한 모습으로 행사장에 모습을 나타냈다. 순간 압록원 전체가 떠나갈 듯 거대한 함성으로 메아리쳤다.

"태왕폐하 만세, 고구려 만세, 만만세!"

대규모 행사를 총지휘한 선방이 자신감에 가득 찬 표정으로 미천제에게 말했다.

"태왕폐하, 어떻습니까? 이 정도로 훈련된 대규모 병력이라면, 선비는 물론 중원의 어느 나라로 쳐들어간다 한들 그 누가 두려워하지 않겠습니까? 장군들, 아니 그렇소이까?"

그러자, 다른 장수들 모두가 맞장구치며 분위기를 한껏 돋우었다.

"그렇고 말구요. 까짓 선비들 따위 당장이라도 명령만 떨어진다면 즉시라도 달려가 박살을 내버릴 것입니다, 껄껄껄!"

"그렇습니다. 고구려 건국 이래 최대 규모의 사열이니, 태왕폐하를 빛내 줄 또 하나의 기록으로 남게 될 것입니다!"

"……."

미천제 또한 얼굴 만면에 미소를 짓고 고개를 끄덕이며 기꺼이 수긍한다는 뜻을 표했으나, 딱히 별도의 말은 하지 않았다. 그 대신, 병사들을 소집해 먹이고 훈련시키느라 수고한 노고가 크다며, 그간의 공로가 있는 자들에게 후하게 포상하라고 일렀다. 고구려는 시조인 동명성제 이래 정기적으로 대규모 사열을 봉해 군기를 점검하는 전봉을 오래도록 지켜 왔다. 그러나 이처럼 30만에 이르는 대규모 행사는 필시 처음 있는 일이었을 것이다.

이는 당시 고구려 위쪽에서 무섭게 일어나는 선비족들에 대해 준엄한 경고를 보내려는 의도로 보였다. 또한 내부적으로도 나라의 기강을 다잡아 사전에 주변의 도발에 의한 동요를 막고, 중천제 이래로 3대에 걸쳐 무기력해진 군사력을 끌어올리는 매우 시의적절한 대처라 할 수 있었다. 그러나 그 이면에는 용산공 자초와 선방을 위시한 강경파들이 군사력 증강을 통해 북쪽의 선비는 물론, 장차 고구려 서쪽으로의 확장 정책을 추진하고자 하는 의도를 드러낸 일이기도 했다.

그런 시각에서 한편에선 이들 매파 삼보들이 추진하는 강경 일변도의 정책에 대해 우려하는 이들도 많았다. 특히 온건 호족들 내지는 이들과 반대 입장에 있던 정적들이 잔뜩 의심스러운 눈으로 이들을 바라보고 있었다. 그리고 그 속에는 뜻밖에도 젊은 미천제가 포함되어 있었다. 그해 10월, 미천제의 무예 스승이었던 남부대사자 대발大發이 죽어, 우보의 예로 장사 지내 주었다.

고구려의 대규모 무력시위와 함께 한껏 부풀어 오른 강경 분위기는 해가 바뀌어서도 계속 이어졌다. 결국 이듬해 5월이 되니, 고구려의 조문祖文, 부협芙篋 등의 장수들이 출정해 낙랑樂浪 원정에 나섰는데, 낙랑의 반응을 살펴보고 군사력을 실험해 보는 작은 규모의 출정이었다.

"그간 오래도록 별러 왔던 일이다. 이 기회에 반드시 낙랑을 꺾어야 한다!"

장군 조문의 지엄한 명령에 고구려군의 질풍 같은 공격이 개시되자 미처 대비하지 못했던 변방의 낙랑군軍은 속절없이 무너져 내렸다. 결국 고구려는 낙랑의 2개 郡을 빼앗는 데 성공했고, 남녀 3백여 인을 포로로 잡아 귀환했다. 작은 원정에도 불구하고 낙랑왕 자술子述은 크게 당황했다. 고심하던 자술이 아들인 용龍을 고구려로 보내 칭신하기로 했고, 말과 토산물 12가지를 바치면서 화친을 청했다. 미천제는 그 성의를 받아들여 선방의 동생인 선담仙淡을 자술의 딸과 혼인시키고, 낙랑에 속했던 2郡의 주인으로 삼았다.

그러나 이때부터 낙랑과 대방 등 옛 공손公孫씨의 강역은 주변 여러 나라들이 서로 그 땅을 차지하려 치열하게 다투는 국제적 분쟁 지역이 되고 말았다. 원래부터 그 땅의 주인으로 독립을 시도하고 있던 토착민 중심의 〈낙랑〉은 물론, 〈고구려〉와 〈서부여〉, 그에 반목하는 〈비류〉(대방) 일파 외에도, 동부 선비인 〈모용〉씨와 〈단段〉 선비가 가세했고, 사마씨의 〈서진〉과 그를 위협하는 흉노 유劉씨의 〈漢〉, 석륵의 〈갈족〉까지 모두가 이 땅을 노리고 있었다. 요동의 낙랑 지역이 또다시 가장 위험한 화약고로 부상하고 있었던 것이다.

이처럼 북방민족들이 사방에서 준동하는 가운데, 고구려 조정이 강성한 기운을 되찾고 국방력을 강화하고 있었으니 다행한 일이 아닐 수 없었다. 그럼에도 불구하고 당시 매파 3인방이 삼보의 자리를 차지한 것을 두고 조정 안팎으로 말들이 많았다. 이들이 삼보에 오르기 직전, 태왕이 사냥을 즐기기 위해 잠시 도성을 비웠는데, 이때 선방 등이 내용을 알 수 없는 큰 모의를 은밀하게 주도했다는 소문이 나돌았다. 공교롭게도 이 모임 직후의 인사人事에서 이들 강경파가 삼보의 자리를 모두 차지했던 것인데, 특히 정치와는 거리를 두었던 방회가 좌보에 오른 것을 두고 말들이 많았다. 그러나 방회는 미천제에게 궁술을 가르친 무예 스승으로 태왕의 신임이 각별한 인물이었다.

그 후 2년이 지난 308년 마침내 고구려가 그동안 미뤄 오던 낙랑왕 자술을 공격해 〈낙랑〉의 2개 郡을 차지했던 것이다. 그때 눈치 빠른 자술이 고개를 숙이고 즉시 칭신을 해 오는 바람에 낙랑 전체를 수복하려던 의도가 또다시 무산되고 말았다. 그해 연말 좌보 방회方回가 57세의 나이로 먼저 사망했는데, 죽음의 원인은 알려지지 않았다. 그런데 이듬해인 309년에는 더욱 기이한 사건들이 연속적으로 발생했다.

그해 10월 미천제가 멀리 두눌원杜訥原까지 나가 사냥을 했는데, 주周후와 면免후 모녀가 따라가서 관나궁貫那宮에 유숙했다. 면후는 원래 선방을 보좌하던 측근의 아내였으나, 선방과 눈이 맞아 딸인 거지居知(周后)를 낳았다. 그녀의 딸이 자라서 미천제의 小后에 오르게 되자, 면후가 딸과 함께 궁으로 들어갔는데 미천제의 눈에 들어 그녀 역시 后의 자리에 올랐다. 그런데 바로 그 무렵 관나궁 면후의 처소에서 갑자기 태보 고자高柘가 피살되는 경악스러운 일이 벌어지고 말았다. 워낙 쉬쉬하다 보니 태보의 사망 원인과 배경에 대해서는 자세히 알려지지 않았다.

그런데 용산공이 죽기 석 달 전인 그해 7월경, 주후周后가 태왕에게 자신의 부친인 선방仙方에 관한 일을 고했다.

"제 아비는 폐하를 끝까지 모실 뜻이 없으니, 절대로 큰 권한을 맡기시면 아니 될 것입니다."

뜬금없는 주후의 말에 미천제가 의아해하면서 다시 물었다.

"대체 당신 부친을 믿지 못한다면, 누군들 믿을 수 있겠소?"

그러나 주후가 뜻을 굽히지 않아, 결국 미천제가 우보에 오른 지 3년 만에 선방을 조정에서 축출하기에 이르렀다. 그때 선방이 내정했던 5部의 내사자內使者 10인이 모두 함께 파직되었고, 선방 역시 고향인 마산馬山으로 숙청을 당하면서, 고구려 조정이 발칵 뒤집혔다. 당시 선방이 이렇게 한탄했다고 한다.

"아, 내가 어린 딸에게 몹쓸 일을 당하고 말았구나. 이것이 천명인가 보다……"

어쨌든 이를 계기로 결국 선방마저 갑작스레 측근 부하들과 함께 실각을 당하고 말았다. 안국군 달가의 맥을 잇는 강경 매파 3인 중 2명은 그 죽음의 원인도 제대로 알려지지 않은 채 3년 만에 사망했고, 핵심 인물이던 선방조차도 이내 조정에서 축출된 것이었다. 삼보의 자리에서 조정의 권력을 주도하던 이들 매파 3인방이 한순간에 몰락해 버린 셈이었다.

이와 같은 강경파의 몰락은 이들에 반대하는 정적들의 반격이 매서웠기 때문으로 보였다. 그 와중에 개국공신 오이의 종손으로 〈12 공신〉의 일원이던 오맥남은 선방 암살을 모의하다 들통이 나서 축출되기도 했다. 자세히는 알 수 없으나, 당시 고구려 조정에서 강온파 군신들 간에 극심한 노선 갈등과 암투가 벌어졌던 것이다. 문제는 달가의 아들 용산공이 면후의 처소에서 죽었다는 것으로 보아, 그 실질적인 배후에 태왕인 미천제가 있었을 가능성이 매우 크다는 점이었다. 이제 삼십 대가 된 미천제가 즉위 후 10년을 전후해 국정을 주도하고자 행동에 나선 것이었다.

재위 초기에 혁명 공신들의 추대로 태왕의 자리에 오른 미천제는 경륜도 부족한 데다, 공신들의 위세에 눌려 한동안 끌려다녔을 공산이 컸다. 마침 서쪽의 변화와 선비의 도발로 인해 강경파들이 정권을 장악하는 것을 관망했으나, 크고 작은 전쟁이 이어지다 보니 병사들의 살상은 물론, 전쟁 수행을 위한 비용 부담이 가중되면서 나라 전체를 경영해야 하는 태왕으로서의 고민이 날로 커졌을 것이다.

그즈음 미천제가 매파들의 요구에 소극적으로 대응하기 시작했고,

이에 대해 선방이 태왕의 소심한 성격을 탓하면서 불만을 토로했다. 마침 주후周后가 이를 듣고는 긱징스러운 마음에 태왕에게 그 사실을 선했는데, 이때 선방에 대한 자신의 생각을 더한 것이 바로 주후의 충고였을 것이다. 결국, 미천제가 이들 매파에 대한 본격적인 견제에 나섰고, 그 결과 석 달 뒤에 먼저 용산공이 희생된 것으로 보였다.

이어서 2달 뒤에는 장인인 선방마저 관직에서 내쫓아 버림으로써, 태왕이 염원하던 군권을 되찾은 것으로 보였다. 이런 일련의 일들이 착착 진행된 것으로 미루어 당시 매파 축출을 위해 철저한 사전계획이 준비되었고, 드러나지는 않았지만 그 중심에 미천제가 있었을 가능성이 농후했던 것이다. 어느덧 미천제가 공신들을 압도하는 노련한 군주가 되어, 국정을 주도하고 있었던 것이다.

이처럼 선방이 조정에서 쫓겨나 낙향했을 때, 뜻밖에도 을태후가 선방을 따라 마산馬山으로 내려갔다. 강경 매파들을 일소하려는 미천제의 속뜻을 알아차린 을태후가 선방을 지키기 위해 일부러 동행한 것으로 보였다. 오맥남이 선방 암살을 모의했다고 한 것으로 보아, 용산공을 제거할 때부터 선방도 그 암살대상에 포함된 것이 틀림없었던 것이다.

이듬해 정월이 되니 궐 안에 슬픈 일이 발생했다.

"태왕폐하, 초후마마께서 해산 도중에 난산으로 거하셨습니다, 흑흑!"

"초후가……"

초후草后는 처음 을불(미천제)의 연인이었으나 그의 도피 생활로 인해 봉상제의 처가 되었다가, 을불이 태왕으로 화려하게 복귀하면서 재再입궁했다. 미천제의 사랑에 변함이 없어 황후가 될 뻔했으나, 폐제를 모신 여인이라는 이유로 창조리 등이 반대하여 小后로 머물러야 했다. 그즈음 주후周后가 태왕의 총애를 독차지하다 보니 슬픔과 실의에 빠져 지내다 병이 들었고, 그 상태로 해산을 하다 죽었으니 기구한 운명의 여인이었다.

이런저런 일을 핑계로 미천제는 그해 여름이 다 가도록 모후母后를 찾지 않았다. 그러나 태왕으로서 결코 효孝를 멀리 할 수도 없는 일이었으므로 주위의 시선을 신경 쓰지 않을 수 없었다. 마침 면兔후가 이를 부추겼다.

"폐하, 어머니를 멀리해서는 아니 될 것입니다. 소첩이 모실 테니 해가 가기 전에 함께 마산에 들러 태후마마를 뵈러 가시지요."

결국 10월이 되어서 미천제가 면후兔后와 함께 친히 마산馬山을 찾았고, 을태후와 선방을 위한 연회를 베풀어 위로했다.

이로 미루어 볼 때 선방이 태왕의 제위를 찬탈하려 했다는 것은 믿기 힘든 일이었다. 당시는 중원의 〈서진〉이 내홍으로 분열되고 鮮卑가 준동하던 대세 전환기였다. 그럼에도 고구려는 동천제 사후 3代 반세기가 지나는 동안 가능한 전쟁을 회피했고, 명문 호족들이 태왕의 권위를 억누르면서 문약文弱한 기운만이 팽배해 있었다. 그런 상황을 계속 방치해 두었다가는 자칫 나라 전체가 위험에 빠질 수 있었고, 실제로 선비의 도발이 점점 가중되고 있었다.

이들 매파 3인방은 이런 상황변화에 대처하고자 서둘러 군사력을 강화하고, 요동과 요서는 물론 장차 중원의 하북까지도 겨냥할 필요가 있다는 적극적인 자세를 견지했을 가능성이 컸다. 그런 분위기 속에 선방을 비롯한 강경파 3인방이 삼보의 자리를 차지했고, 이후 군사훈련 강화와 무력 확장에 나서면서 조정의 분위기가 전시체제 일변도로 빠르게 변해갔다. 30만 수륙 양군의 압록원 사열은 그 절정기에 일어난 일이었을 것이다.

그런 분위기 속에서 가뜩이나 정국의 주도권을 매파 삼보에게 내준 터에 이들이 군사력 강화 일변도로 나아가니, 언제부터인가 미천제가 이들을 감당키 어려운 존재로 인식했을 법했다. 난하를 중심으로 하는 산악 위주의 고구려는 중원의 나라들처럼 너른 곡창지대와 인구를 가진 나라가 아니어서, 농경과 목축, 수렵을 병행해야 했다. 이와 달리 흉노나 선비처럼 초원을 삶의 터전으로 삼던 유목 민족은 아예 식량 보충을 위한 약탈경제가 삶의 일부였다.

고구려는 그 정도까지는 아니어서 자립경제가 충분히 가능했겠지만, 일상적으로 전쟁을 수행할 정도로 부유한 나라도 아니었다. 따라서 고구려 조정의 일관된 대외정책 기조는 수성과 방어에 주력하되, 엄청난 전쟁물자와 비용이 수반되는 전쟁을 가능한 최소화하는 데 있었다.

결국 이런저런 문제를 고심하던 미천제가 마침내 결단을 내렸다. 그것은 은밀하게 이들의 정적政敵을 이용해 강경파 삼보三輔를 일거에 제거하는 것이었고, 이를 위해 전통 깊은 가문의 오맥남에 주목했다. 사실 달가나 선결은 다 같이 사로斯盧와 吳나라의 피가 섞인 외인外人의 후예들로 토착 귀족들에게 무시와 질시의 대상이었던 것이다.

우선 1차 제거 대상은 달가의 아들로 매파를 주도하고 있던 용산공이었다. 병권을 쥐고 있어 당장이라도 병력을 동원할 수 있는 선방은 그 다음 차례였을 것이다. 미천제는 멀리 선방의 눈길이 미치지 못하는 두눌원으로 사냥을 나가서는, 은밀하게 용산공을 인근의 관나궁貫那宮으로 불렀는데 그곳은 미천제를 따라온 면免후와 주周후 모녀의 임시거처였다. 미천제는 이후 아무런 낌새도 모른 채 나타난 용산공을 살수殺手를 시켜 쥐도 새도 모르게 제거해 버리고는, 일체의 사실을 비밀에 부치게 한 채로 유유히 귀경했다.

그 후로 도성에서는 돌연한 용산공의 잠적에 대해 말들이 많았으나, 그 연유를 제대로 아는 사람이 없었기에 선방을 포함한 누구도 선뜻 손을 쓸 수가 없었다. 다음의 제거 대상은 병권을 쥐고 있는 선방이었으나, 선방은 그 부친 때부터 자신을 제위에 올린 일등공신인 데다, 주후나 을태후와의 관계 때문에 미천제의 고심이 깊어졌다. 다행히 강경파의 두뇌격인 용산공이 제거된 상태였기에, 미천제는 결국 선방을 죽이는 대신 숙청으로 마무리 짓기로 하고 오맥남에게 선방 암살을 중단하라 일렀다.

　그러나 선방을 최대 정적으로 여기던 오맥남은 모른 척 태왕의 명을 어긴 채 계획대로 암살을 시도했고, 다행히 선방은 위기를 모면했던 것이다. 이 사실을 알게 된 미천제가 분노해 오맥남을 즉시 잡아들임으로써, 사건과 함께 암살계획이 새나가지 않도록 서둘러 덮어 버렸다. 그러는 사이에 훌쩍 2달이 지나 연말이 다가왔다. 해를 넘기기 전에 사건을 종결시키고 싶었던 미천제가 선방과 그 일파들에 대해 전격적으로 체포 명령을 내렸다.

　"우보 선방과 그 일당들이 제위 찬탈을 모의하려 했다니, 즉시 잡아다 구금하라!"

　미천제는 선방 일행에게 역모의 혐의를 씌워 일제히 구속시킨 다음, 일사천리로 사건을 마무리했다. 결과적으로 이 사건으로 인해 죽음에 이른 사람은 용산공을 제외하고는 아무도 없었고, 대부분 관직에서 쫓겨난 채 낙향해 나머지 삶을 살게 했다. 미천제는 이처럼 치밀하고도 주도면밀한 사전계획에 의해 강경파 삼보를 제거하는 동시에 비로소 조정의 권력을 자신의 수중에 두는 데 성공했다. 이것이 바로 〈선방仙方 역모 사건〉의 전말이었던 것이다.

　미천제는 여러서 부친 돌고를 잃고 졸지에 역적의 신분으로 내몰려 민가를 떠돌며 살아야 했다. 그 과정에 머슴살이 같은 고단한 삶은 물론, 숱한 위기와 역경을 헤쳐 나간 인물이었다. 그렇게 힘들게 살다 보니 '남다른 인내력을 갖게 되었고, 매사에 신중하고도 깊은 사고를 통해 생존하는 법을 터득할 수 있었다. 아직은 젊은 태왕이었지만, 미천제는 노련하기 그지없는 군왕이 되어 있었던 것이다.

이듬해 311년, 미천제의 총애가 깊던 선방의 딸 주후周后가 태자 사유斯由를 낳았다. 우두머리의 위용에다 목소리가 크고 맑아, 미천제가 크게 기뻐했다.

"이 아이가 진짜 용종龍種이로구나, 하하하!"

그런데 사실 주후의 친정과 관련해서 대단히 놀랍고 흥미로운 이야기가 숨겨져 있었다. 그것은 바로 그녀의 조상이 놀랍게도 〈적벽대전〉의 영웅이자 〈오吳〉나라의 대도독을 지낸 주유周瑜(공근公瑾)라는 사실이었다. 동천제 시절이던 236년, 주유의 서손庶孫 주선周仙이라는 인물이 손권의 사신 호위胡衛를 따라와 입조했는데, 그때 吳나라 사신들이 유배되거나 목 베이던 소동 속에서도 용케 살아남았다.

손책의 동갑 친구였던 주유는 빼어난 인품에 음악에도 조예가 깊었다지만, 무엇보다 수려하게 잘생긴 외모로 유명했다. 당시 주선이 18살 어린 나이에도 고구려말에 능통한 데다, 주유의 핏줄이라 그런지 빼어난 용모를 지닌 모양이었다. 전법령典法令 주통朱通이 동성애자였는지, 주선周仙을 눈여겨본 끝에 그를 빼돌려 집에 숨겨 놓고 상통했다.

그런데 그 와중에 어이없게도 주통의 아내 우于씨마저 남편의 가신인 주선에 미혹되어 아들 선결仙潔을 낳았다. 주선의 외모가 가늠하기 어려울 정도로 출중했던 것이다. 다행히 그의 아들 선결이 자라면서 명민한 데다 학문을 좋아하다 보니 안국군 달가에게 발탁되었고, 그의 가신家臣이 될 수 있었다. 후일 미천제의 모후인 을태후가 그런 선결의 아들 선방을 흠모한 것도 비슷한 이유 때문이었을 것이다.

그 뒤 안국군의 자결로 실의에 빠진 선결은 난하 하류 서쪽의 마산馬山(馬城)으로 낙향해 소와 양을 치고 살았는데, 운 좋게도 金과 은銀을 캐내 수만금의 재화를 쌓고 거부가 되었다. 마침 반옥령에서 함거가 깨진 이후에는 을불(미천제)을 집에 숨겨 주어 중흥대업이 이루어지게 하는 데 지대한 도움을 주었다. 그럼에도 스스로 언제나 은인자중하면서 자손들에게도 이렇게 타일렀다.

"우리가 이민자의 후예임을 잊어서는 아니 된다. 늘 겸손하게 굴고 행동거지를 각별히 조심해야 한다!"

미천제가 그런 선결의 아들들을 중용했고, 그중 선방仙方의 딸인 주후周后가 미천제의 총애를 독차지했다. 그런데도 선방이 오만하게 굴지 않으니 사람들로부터 칭송이 자자했다.

선결은 그 3년 전에 72세의 나이로 죽었는데, 그의 처인 선우仙牛씨 역시 남편을 따라 죽었다고 한다. 선우씨의 조상이 마산에서 소 아홉 마리로 부를 쌓았다 하여, 마산에서는 구우九牛를 신으로 모시면서 매년 〈구우제九牛祭〉를 지냈다. 선우씨 또한 미모가 뛰어나 지역의 패자를 모신 여인이었는데, 그 남편이 죽은 뒤로 선결에게 재가해 아들인 선방을 낳았던 것이다. 공교롭게도 선우씨는 아비가 서로 다른 아홉 명의 아들을 두었는데, 그 무렵에 이들 이부異父형제들이 선仙씨와 우牛씨, 주周씨 일가를 크게 이루었다고 한다.

생전의 선결이 늘 아홉 마리 소들이 나라를 구했다고 했는데, 주후가 구우제의 제주祭主가 되면서부터는 미천제까지 참가할 정도로 규모가 커진 모양이었다. 그해 5월, 미천제가 주후와 갓 낳은 태자 사유를 데리고 용산의 온탕을 다녀왔는데, 비로소 이때 주후周后를 황후로 삼아 옥책玉冊과 금인金印을 내려주었다. 아울러 이때 장인인 선방을 태보太輔로 삼아 조정으로 복귀시켰다. 선방의 복귀는 그만큼 조정에 무인 출신의 인재들이 필요해졌다는 의미였을 것이다.

사유가 태어나던 그해 311년 3월, 남소南蘇태수를 맡고 있던 고노자高奴子가 아들 고경高卿을 조정에 보내 건의했다.

"태왕폐하, 지금이 요동을 정벌하기 딱 좋은 상황입니다."

고노자의 건의를 받아들인 미천제가 즉시 방부와 선옥에게 명을 내려 보기步騎 5만을 주고 출정하게 했다. 이때 신성新城태수와 함께 3로군을 편성해 진격하게 하고, 현도에서 남소로 귀부해 온 삼성參星과 안평安平 출신 가회賈回를 선봉으로 삼게 했는데, 이들이 요동의 사정을 잘 알기 때문이었다. 미천제는 이와는 별개로 봉우封雨와 온숙溫叔을 시켜 사전에 요동遼東과 현도玄菟 땅으로 들어가 현지의 선도仙徒와 무도巫徒 무리들을 달래 회유케 했으니, 흔히 침공에 앞서서 펼쳐지는 심리전까지 병행한 셈이었다.

이렇게 사전에 잘 짜인 계획 덕분에 8월이 되니 방부 등이 진격에 성공해 마침내 북경 남쪽의 〈西안평〉을 손에 넣을 수 있었고, 그곳의 남녀 포로 2천을 잡아 평양으로 옮겼다. 미천제가 참전했던 군신들에게 연회를 베풀어 노고를 위로했으며, 선옥仙玉을 안평태수에 봉하고, 기타 선술仙述을 좌위장군에 임명하는 등 두루 포상했다.

미천제 13년인 312년, 남소태수이자 고구려의 영웅인 고노자高奴子가 사망해 송거松巨가 그를 대신하게 했다. 고노자는 전장에서 늘 병사들에 앞장서서 전투에 임했고, 병사들과 소통하면서 부하들의 마음을 얻어내 城을 잘 지켜 냈다. 남소와 신성 양쪽의 백성들이 그의 사당을 세우고 제를 올려 주며 그의 죽음을 추모했다.

그해 5월 미천제가 오민전吾民殿으로 나가 국산대부國産大夫 효경孝卿과 대의경大醫卿 언산彦山에게 포상을 내렸는데, 이들은 모두 나라의 백성과 인구수를 늘리는 데 지대한 공을 세운 인물들이었다. 미천제가 즉위하고부터는 남편이나 처를 잃은 이들이 크게 줄어들어 인구가 4~5배나 늘어났고, 특히 남부의 황룡촌이나 서부의 가래촌加來村처럼 인구가 10배나 늘어난 지역도 있었다. 효경은 일찍부터 호족이나 백성들로부터 눈 밖에 난 여인들을 변방의 수守자리(요새)가 있는 곳으로 보내 출산이 이루어지도록 도왔는데, 전쟁이 다반사로 일어나던 시절에 인구증가는 국력을 키우는 데 가장 중요한 정책의 하나였던 것이다.

313년 춘정월, 을태후궁에서 조회를 받고 연회를 베풀던 중 분위기가 한껏 무르익자, 태왕이 태보에게 물었다.

"안평이 이미 평정되었으니, 이젠 낙랑을 깨야겠는데 좋은 계책이 없겠소?"

그러자 선방이 거침없이 답했다.

"자술은 용맹하긴 하나 지모가 없으니 지략을 동원할 필요가 있습니다. 그러니 구태여 정복전쟁을 벌이기보다는 계략을 써서 기습으로 굴복시키면 될 것입니다."

그러자 태왕이 기다렸다는 듯 답했다.

"좋소. 태보께서 정남征南대장군이 되어 낙랑정벌을 도맡아 보시오!"

이와 함께 조문, 뉴벽, 장막사, 창멱 등의 장수들과 함께 일을 도모하라 일렀다.

그해 4월, 탁발선비의 의로猗盧가 아들인 육수六脩를 시켜 단선비의 단질륙권段疾陸眷을 공격했으나 실패 끝에 물러났다. 모용외가 그 틈을 이용해 재빨리 단씨의 도하徒河 땅을 차지해 버렸는데, 이때 낙랑의 장통張統이 모용외에게 투항했다. 그러자 모용외가 제멋대로 〈낙랑군樂浪郡〉을 신설하고는 장통을 낙랑 태수로 올리고, 왕준王遵을 참군사參軍事로 삼았다. 소식을 들은 고구려 미천제가 크게 자극을 받은 가운데, 이래저래 낙랑정벌을 서두르게 했다.

"모용외가 낙랑 전체를 차지하려 드니 이대로 둘 일이 아니다. 아무래도 우리가 선수를 쳐서 먼저 자술子術의 낙랑을 깨뜨려야겠으니, 즉시 원정에 나서도록 하라!"

이에 마침내 고구려의 〈낙랑원정〉이 개시되었고, 사전에 치밀하게 짜 놓은 군사작전이 하나씩 펼쳐지기 시작했다. 그해 10월이 되자, 선방이 낙랑왕 자술을 살수薩水 인근으로 보이는 살천원薩川原으로 불러내 회동을 갖고 함께 사냥을 하기로 했다. 그때 살천원에 도착한 자술이 선방의 기병들이 사뭇 많다는 것을 눈치채고, 곧장 달아나려 했으나 이내 잡히고 말았다. 같은 시간에 조문祖文과 뉴벽紐碧 등은 해빈海濱으로 나가 바닷가에 펼쳐져 있는 소읍들을 차례대로 평정해 나갔다. 동시에 장수 창멱倉覓은 별도로 군사들을 거느리고 나가 낙랑교위부校尉府를 공격했고, 그 속국을 관리하던 7인의 교위校尉 등을 생포했다.

그런 연후에 장막사長莫思가 곧장 〈낙랑성〉으로 치고 들어가니 마침내 성을 어렵지 않게 함락시킬 수 있었고, 남녀 2천여 포로를 생포했다. 선방이 치밀하게 마련했던 낙랑진공 작전이 가져다준 쾌거로, 197년 〈발기의 난〉 때 공손도公孫度에게 낙랑을 빼앗긴 이래로 110여 년 만에 낙랑樂浪 땅을 되찾은 셈이었다. 미천제가 낙랑 수복에 크게 흡족해하면서 선방을 낙랑왕樂浪王으로 삼는 한편, 작위를 태공太公으로 올려 주고 낙랑을 지키게 했다.

314년 정월, 미천제는 사유斯由를 황자皇子로 봉해 주고, 단림신궁檀林

258

神宮을 주황후의 궁으로 삼게 했다. 9월에도 방부가 선옥, 휴도, 부협 등의 장수들과 함께 출정해, 평곽平郭을 포위한 끝에 수중에 넣는 데 성공했다. 방부는 그곳의 백성들을 좀 더 서쪽으로 이주시켜 북경 아래 신성新城의 동북쪽 인근에 땅을 개간하여 농사짓고 살게 했다. 이와 별개로 낙랑왕 선방 또한 조문 등으로 하여금 〈대방〉을 치게 해 잠성岑城과 제해提奚 2城을 빼앗았고, 그 포로들을 잡아 (창려)평양으로 보냈다.

다음 해인 315년 2월에도 고구려의 요동공략은 지속되었다. 춘 2월, 방부, 송거, 고식高植 등이 출정해 마침내 〈현도성〉을 빼앗는 데 성공했다. 수장으로 있던 왕애를 포함해 30인의 목을 베고, 방부를 진서鎭西대장군, 현도玄菟태수, 평해공平海公으로 삼아 최체最彘 및 양화陽化, 갈부鞨部 장령長嶺의 땅까지 다스리게 했다. 이로써 옛 공손씨가 다스리던 대방과 낙랑, 현도 땅까지 요동遼東 지역 대부분을 고구려가 장악하는 쾌거를 이루게 되었다.

그해 5월이 되니, 모용외가 종제從弟(사촌동생)인 구句를 시켜 미천제에게 입조시켰는데, 각종 선비의 토산물과 인삼, 감초, 단서피貂鼠皮(오소리가죽) 등 50여 종의 공물을 보내왔다. 미천제가 모용구에게 타이르듯 말했다.

"그대의 형이 천명을 알 터이니, 서둘러 河西의 땅을 바치고 서로의 경계로 삼아야 하지 않겠느냐?"

그러자 모용구가 당치 않다는 듯 답했다.

"우리는 대진大晉의 신하인데, 어찌 마음대로 할 수 있겠습니까?"

그 말에 미천제가 웃으며 말했다.

"하하, 내가 갖고자 하는 곳이 진晉이다. 그러니 그대는 돌아가거든 형에게 속히 찾아와서 내게 항복하라 이르거라. 그렇지 않을 경우 그대의 형도 왕애王皚나 경회耿瞥처럼 될 것이다!"

당시 〈영가의 난〉 등으로 멸망 직전에 있던 서진을 미천제가 조롱했음에도, 모용구는 지지 않고 꿋꿋하게 따져 물었다.

"황송하오나 폐하, 최체나 양화 모두 하북의 땅이옵고, 제 조부께서 일어서신 곳인데, 폐하께서는 무슨 연고로 그 땅을 갖겠다고 하십니까?"

순간 모용구의 당돌한 질문에 불만을 품은 고구려의 대신들이 구의 태도를 나무라며 성토하는 가운데, 미천제가 한심하다는 듯 답했다.

"허어, 그곳은 우리의 황조이신 유리명황 11년에 부분노가 토벌해서 속령으로 삼은 지 오래였다. 그대의 조부 또한 내 신하가 아니었더냐?"

모용구가 주변 분위기에 개의치 않고 답했다.

"제 조부의 조상께서 처음 자몽천紫蒙川에서 일어섰으나, 우문宇文 집안과 원수가 되어 잠시 하서河西 땅으로 피했다가 다시 파동巴東의 오림烏林, 대극大棘으로 내려오니 최체最彘의 남쪽 땅이고, 그러니 그 땅 모두가 저희 땅이었습니다."

그러자 미천제가 약간은 수긍할 수 있다는 표정으로 답했다.

"하남河南 땅 모두가 우리의 땅이지만, 최체 정도의 작은 땅은 그대들에게 줄 수도 있겠다."

여기서 미천제가 말한 하서나 하남의 기준이 되는 강은 모두 난하(압록)를 뜻하는 것으로, 요동 지역 전체가 고구려의 땅임을 주장한 것이었다. 미천제는 요수(영정하) 동쪽으로 옛 공손씨의 강역 모두가 고구려의 땅이니, 앞으로 이 땅을 넘볼 생각도 하지 말라는 경고를 분명하게 날린 셈이었다.

미천제의 의지를 파악한 모용구가 극성으로 돌아가 모용외에게 사실을 고하니, 단단히 화가 난 모용외가 화친을 포기하기로 했다는 소문이 들려왔다. 7월, 미천제는 주周황후와 함께 보란 듯이 현도성을 거쳐 남소까지 순행하면서 장병들을 위로했고, 서천원에서 사냥까지 즐긴 다음 9월이 되어서 환궁했다.

316년 춘정월에 미천제는 새로 확보한 요동 지역을 다스릴 인물에 대해 인사를 단행했다. 소우蕭友를 南部대사자, 유장구劉長句를 점선태수, 부승芙昇을 마천태수, 주담周淡을 낙랑태수로 임명하고, 청견靑見을 좌보, 우풍于豊을 우보, 오맥남을 中部우대于臺로 삼았다. 그중 오맥남은 한때 선방仙方에 대한 암살모의에 연루되어 퇴출된 인물이었으나, 이때 다시 복귀한 것이었다.

미천제 18년 되던 317년, 태왕이 주황후를 대동하고 홀본忽本(졸본)으로 가서 〈동명묘東明廟〉에 배알한 다음, 동쪽의 책성柵城 인근까지 돌아보았다. 순행을 마치고 환도還都한 태왕이 이번에는 고식高植 등에게 동해東海의 땅을 쳐서 빼앗으라는 명을 내렸다. 얼마 후 고식이 성과를 냈다는 소식에 태왕이 그를 동해태수로 삼았다. 그 무렵엔 사마씨의 〈서진〉이 멸망한 직후였다.

그해에 장강 아래로 달아난 〈동진東晉〉으로부터 신경 쓰이게 하는 소식이 들려왔다.

"아뢰오, 동진의 사마예睿가 모용외를 창려공昌黎公에 봉했다고 합니다!"

"무엇이라, 모용외를 창려공에? 허엇, 참!"

건강(남경)에서 모용외의 도성인 극성(적봉)까지는 수직으로 4천 여 리나 떨어진 먼 거리였다. 당시 창려는 북경 서북 인근의 창평현을 뜻하는 것으로 모용외의 요동진출을 인정하고, 장차 그 동쪽의 〈고구려〉를 견제하라는 동진 조정의 뜻이 담긴 것으로 보았다.

모용외는 〈동진〉이 자신을 왕으로 인정해 주지 않은 데 대해 이를 정중히 거절했는데, 그래도 맘에 걸렸던지 뱃길로 자신의 아우를 건강으로 보내서 사마예를 알현케 하고, 동진 측에서 먼저 북쪽으로 진격할 것을 권했다. 고구려를 사이에 놓고 위아래에서 서로 협조할 것을 모색한 것으로, 모용외의 노련함을 엿볼 수 있는 행보였다. 실제로 이 사건은 고구려를 자극해 얼마 후 모용선비와의 전쟁으로 비화되고 말았으니, 사마예의 노림수가 크게 성공한 셈이었다.

사실 동진은 서진의 잔류세력들이 장강 아래로 멀리 달아나 이제 막 나라를 세운 피난 정부로 아직은 껍데기에 불과했을 것이다. 동천제의 죽음 이래로 고구려는 〈위魏〉와 그 뒤를 이은 〈서진西晉〉을 그야말로 원수의 나라로 여겨 왔겠으나, 이즈음엔 남쪽 멀리 떨어져 서로 간에 위협이 사라진 뒤였다. 따라서 70년이나 이어 온 낡은 국민감정에서 과감히 벗어나, 급변하는 주변 정세에 맞는 새로운 전략을 수립하고, 하북河北을 도모할 외교적 방법을 찾을 법도 했다. 그러나 당시 고구려 조정에서는 힘의 우위만이 강조되던 강경 분위기 일색뿐이었다.

그해 5월, 미천제가 현토소수小守 고경高卿을 시켜 하성河城을 빼앗게 했다. 그러자 〈서진〉의 평주平州자사를 지낸 최비崔毖가 그 소식을 듣고는 사신을 보내와 칭신하며 제안을 하나 했다.

"태왕을 뵈옵니다. 자사께서 우문선비와 연합으로 모용선비를 쳐서 그 땅을 서로 나눠 갖기를 청하고 계십니다."

"흐음, 그것 참 괜찮은 생각이로다……"

눈엣가시 같은 모용선비를 쳐내자는 말에 이끌린 미천제가 은밀하게 담하談河를 불러 명을 내렸다.

"이제부터 우문선비와 단선비로 들어가 정세를 살피고 오라. 아울러 우리와 함께 연합으로 모용선비를 토벌할 것을 제안하고 방법을 모색해 보거라. 모든 것은 반드시 극비로 이루어져야 할 것이다."

262

그 무렵에 탁주 일대 계성薊城의 단필제가 〈서진〉의 병주幷州자사였던 유곤劉琨을 쳐서 제거했는데, 유곤은 죽은 탁발의로와 의형제를 맺는 등 탁발씨를 〈서진〉으로 끌어들인 인물이었다.

당시 최비는 스스로 중원에서 인망이 두텁다고 믿고 요동에 진을 쳤는데, 막상 일을 벌이고 보니 많은 지역 인사들과 백성들이 모용외에게 몰려가는 것을 보고는 크게 기분이 상했다. 최비가 여러 번 사자를 보내 이들에게 돌아올 것을 종용해도 아무런 반응이 없자, 그는 모용외가 이들을 억류했기 때문이라고 생각했다. 결국 모용외를 치기 위해 고구려를 포함한 단씨, 우문씨와의 군사동맹을 생각해 냈고, 토벌에 성공하면 그 땅을 나누자고 했던 것이다.

318년 7월, 미천제의 모후인 을乙태후가 58세의 춘추로 세상을 떠나, 부친인 돌고咄固대왕의 능에 장사 지냈다. 영민했던 을태후는 7척이나 되는 큰 키에도 예쁜 미모를 지닌 데다 노래와 춤에 능했고, 권모술수가 많아 사람들을 잘 다루었다. 미천제의 대업을 몰래 도왔으나, 태후가 되어서도 사신使臣들을 가까이 두고 정무에 간여하다 그르친 일도 많았는데, 아무도 말리지 못했다.

미천제 20년 되던 319년, 정초부터 담하談河가 요동에서 돌아와 東部선비에 대한 정세를 보고했다.

"단段선비는 지금 내란 중에 있습니다. 우문宇文씨가 가장 강성한 모습이지만, 모용慕容씨는 새롭게 번성하니 그 위세를 헤아리기 쉽지 않습니다. 하오니 이들 두 선비족의 동정을 잘 살피면서 조용히 우리의 변방을 관리하다, 기회가 왔을 때 그를 놓치지 않는 것이 상책일 것입니다."

미천제가 담하의 보고에 매우 흡족해했다. 고구려와 북쪽 동부선비 사이의 거대한 하늘에 무거운 전운戰雲이 감돌고 있었다.

3부

반도의 부여백제

11. 극성진공 작전

그 무렵 〈탁발선비〉의 代公 의로猗盧가 분연히 일어섰다. 낙양을 불태우고, 〈서진〉의 황제를 인질로 잡아간 〈漢〉(전조前趙)의 유요를 징계한다는 명분이었다. 이를 위해 자신의 아들 육수六脩와 형의 아들 보근普根에게 수만의 병력을 주어 선봉에 서게 하고, 자신도 20만의 대규모 군사를 이끌고 뒤따르며 유요가 머물던 진양晉陽을 공격했다. 북쪽 탁발선비의 갑작스러운 공격에 유요가 대패한 채 달아나야 했는데, 그는 이 전투 중에 일곱 군데의 부상을 당하고서도 용케 목숨을 건질 수 있었다.

〈漢〉을 내쫓은 탁발의로는 성락盛樂(호화호특)에 성을 쌓아 북도北都로 삼고, 평성平城을 남도南都라 했으며, 인근의 폭수灅水 북변에 중원 양식의 신평성新平城을 쌓아 육수로 하여금 지키게 했다. 모두가 하투河套 동북 방면으로 옛 흉노의 주된 근거지였다. 그럼에도 이미 〈서진〉 정권에 부역했던 의로는 중원의 선진문화에 기운 나머지, 漢人 출신들을 관료로 등용하는 등 중원화를 추진했다. 당시 선비를 비롯한 북방민족들이 모두 멸망 직전의 서진을 겨냥하고 있었고, 고구려보다 화려해 보이는 중원을 동경하는 분위기가 이미 팽배해 있었던 것이다. 현실적으로도 장차 중원을 다스리기 위해서는 중원의 제도와 문화에 익숙해질 필요가 있었을 것이다.

유총이 장안을 무너뜨리고 〈서진〉을 멸망시키기 직전인 315년경, 代 땅의 탁발의로가 서진으로부터 代王에 봉해졌다. 어수선한 서진 조정에서 또 다른 탁발선비의 준동을 막고 이들을 달래기 위해 취한 조처였을 것이다. 그해 3월, 代王 의로가 어린 아들 비연比延을 자신의 후사로 삼기 위해, 장남인 육수六脩와 그 모친을 신평성新平城으로 내쫓았다. 육수는 하루에 5백 리를 달리는 명마를 갖고 있었는데, 대왕이 이를 빼앗아 비연에게 주었다. 그뿐만이 아니었다. 하루는 육수가 조정에 들어갔는데, 대왕이 어린 비연을 향해 절을 하라고 시켰다. 자존심이 상한 육수가 이를 따르지 않고, 퇴청해 버렸다.

의로는 또한 비연을 시종들이 직접 끄는 손수레 보련步輦에 태워 뒤따르게 하면서 보련의 존재를 널리 알리려 했다. 하루는 육수가 큰길을 가다 부친인 대왕의 행차와 마주하고는 길가에 부복했는데, 자세히 보니 비연이 지나가는 것이었다. 화가 치밀어 오른 육수가 참담한 마음으로 되뇌었다.

'아아, 내가 지금 이 꼴이 무엇이란 말인가?'

그 길로 신평성으로 돌아간 육수는 그 후 부친인 의로가 불러도 다시는 입조하지 않았다. 이에 분노한 의로가 육수를 징벌하겠다며 군대를 이끌고 토벌에 나섰는데, 오히려 육수에게 패하고 말았다. 이때 代王이 다급하게 미복으로 갈아입고 민간으로 숨어들었으나, 비천한 아낙의 신고로 붙잡혔고 결국 자식인 육수에게 목숨을 잃고 말았다.

그러나 이것으로 끝난 것이 아니었다. 부자지간의 살육이라는 만행을 지켜보던 의로의 조카가 나라의 기강을 바로잡겠다며 군사를 일으키니, 이내 권력을 놓고 싸우는 가족 간의 항쟁으로 번지고 말았다. 결국 의로의 또 다른 조카 울률鬱律이 그 자리를 차지하고 나서야 비로소 탁발씨 형제들 간의 골육상쟁이 멈추게 되었다. 마침 〈西晉〉이 〈漢〉의 유요에 의해 멸망함으로써 결국 탁발울률이 나라를 세우고 독립하니, 〈代〉나라의 시조인 태조太祖가 되었다. 색두부索頭部 출신인 바로 이들 탁발拓跋씨의 후예들이 후일 〈5호 16국〉의 패자가 되는 〈북위北魏〉를 세우게 되었던 것이다.

317년, 漢의 유총이 서진의 마지막 황제로 술 시중을 들던 민제愍帝를 죽여 없앴다. 그 흉흉한 소문이 뒤늦게 선강健康(남경)에 전해지자, 〈농진〉의 사마예가 비로소 황제에 올랐으니 원제元帝(~322년)였다. 그 무렵 단석괴檀石槐의 후예로 東部 선비의 정통인 단段선비에서도 내분이 일어났다. 요서공遼西公 단질육권段疾陸眷이 어린 아들을 남긴 채로 죽자, 그때부터 가족 간에 피비린내 나는 권력다툼이 이어졌고, 최종적으로 단말배段末杯가 권력을 장악하게 되었다.

비슷한 시기에 代왕 탁발울률이 서쪽 오르도스 지역의 철불부鐵弗部 유호劉虎를 쳐서 깨뜨리고 그 땅을 차지했다. 돌궐계열의 또 다른 남흉노 세력이었던 철불흉노는 하투河套(오르도스) 지역에 거점을 두고 있었다. 남흉노 어부라於夫羅의 조카뻘 되는 철불 우현왕 혁련거비赫連去卑가 위魏나라의 신임을 받아 남흉노를 관할하게 되면서 유연劉淵처럼 그도 유劉씨 성姓을 사용했다. 310년경 거비의 손자 유호劉虎가 본거지인 山西 일대를 탁발씨에게 빼앗기고 오르도스로 옮겨왔는데, 이때 또다시 울률에게 당하고 말았다. 이로써 〈철불흉노〉와 〈탁발선비〉는 돌이킬 수 없는 불구대천의 원수지간이 되었다.

代왕 울률은 이때 철불을 때린 것에 그치지 않았다. 그는 서쪽으로 더 나아가 〈오손〉의 땅을 차지했고, 반대 방향인 동북쪽으로도 진출해 〈물길勿吉〉(말갈)의 서쪽 땅까지 손에 넣었다. 그해 〈漢〉의 유총劉聰이 죽어 그의 아들 유찬劉粲이 보위에 올랐으나, 이내 근준靳準에 의해 피살되었다. 근준이 漢의 새보璽寶를 〈東晋〉의 원제에게 돌려주며 말했다.

"예로부터 호인胡人들이 천자의 자리에 오른 적은 없었소!"

그러나 이때 장안長安에 머물던 유요劉曜가 하북의 석륵石勒과 힘을 합해 이내 근준을 공격했고, 이때 근준이 부하들에게 피살되면서 근씨 일가들이 모조리 제거되었다. 漢이 이토록 난리 북새통을 겪는 바람에 수많은 漢人들이 동북으로 이웃한 낙랑으로 쏟아져 들어왔다. 낙랑왕 선방이 입조해 미천제에게 이 사실을 보고하니, 태왕이 난민들을 후하게 대우하라 명했다. 필시 선방이 이때 가까운 요서 서남부 일대를 장악해 버리자고 건의했고, 이에 대해 태왕이 무시했을 가능성이 있어 보였다.

결국 漢나라에서는 유요가 정권을 장악하고 스스로 황제에 올랐다. 사실 유요는 죽은 유총의 사촌아우지만 유연의 부친인 유표劉豹의 양손養孫으로 실제 혈육도 아니었다. 그러나 〈漢〉은 이미 잦은 전쟁으로 군사력이 많이 고갈된 상태였다. 마침 그해 2월이 되자 석륵이 수하를 〈漢〉으로 보내 승첩勝捷(전리품)을 바쳤다. 유요가 이에 대한 답으로 석륵을 조왕趙王에 봉해 주려 했으나, 석륵의 수하 한 사람이 몰래 유요劉曜를 찾아 둘 사이를 이간질시켰다.

"석륵이 폐하께 겉으로는 지성을 다하는 척하지만, 속으로는 대가大駕(천자의 수레)의 약점을 살피면서 장차 폐하의 가마를 엄습하려 노리고 있습니다!"

가뜩이나 갈족의 석륵을 경계하던 유요가 이 말을 믿고 〈漢〉에 들어와 있던 석륵의 수하 장수들을 참수해 버렸다. 그즈음 석륵은 양국襄國(하북형태邢台)으로 돌아가 있었는데, 〈漢〉에서 도망쳐 온 수하들로부터 이 소식을 접하고는 대노했다.

"내가 유씨(흉노)를 섬기긴 했으나 신하된 직분 그 이상이었고, 그 업적의 기본을 내가 이루어 주었다. 이제 그 뜻을 이루었다고 오히려 서로를 도모하려 든다면, 조趙의 왕이든 황제든 내 스스로 이룰 일이지, 어찌 그놈에게 기대려 하겠느냐?"

결국 갈족인 석륵이 흉노 유요의 〈漢〉과 결별하고, 스스로 〈조趙〉의 왕이 되었다. 이때부터 사가史家들이 유요의 〈漢〉을 〈전조前趙〉(304~329

년)라 하고, 석륵의 나라를 〈후조後趙〉(319~351년)라 구분해 불렀다.

상당의 갈족 小部라 수령의 아들이었던 석륵은 그때까지 파란만장한 풍운아의 삶을 산 인물이었다. 그가 이십 대 후반인 302년경 대기근이 들어 부족들이 뿔뿔이 흩어졌는데, 병주 소속의 군사들에게 잡혀 산동지역의 노예로 팔려 갔다. 그러나 비범한 재주로 이내 노예 신세에서 풀려났고, 인근의 목장에서 일하던 중에 〈팔왕의 난〉이 일어났다. 이후로 목장주를 따라다니며 도적질을 일삼다 성도왕의 용병으로 참전했으나, 307년경 유연에게 패해 투항했다.

운 좋게도 이때부터 유연의 휘하에서 여러 전공을 세워 군단의 수장으로 출세했고, 나중에는 유총의 휘하에서 활약했다. 석륵은 노예 출신에다 일자무식의 문맹이었지만, 천부적인 식견을 지닌 데다 인재를 모을 줄 알았다. 309년경에는 장빈張賓이라는 참모를 두었는데, 그는 석륵의 장자방이 되어 죽을 때까지 의리를 지켰다. 유총 사후에 유요와 결별한 석륵이 이 무렵에 마침내 스스로 〈조趙〉왕에 올라, 시대를 대표하는 영웅의 반열에 오를 수 있었던 것이다.

중원에서 흉노 유씨의 〈전조(한)〉와 갈족의 〈후조〉가 대립하는 사이, 모용외는 일찌감치 도성인 내몽골의 극성(적봉)을 나와 남서진하다가, 고구려의 북쪽을 돌아 요동으로 진입했다. 이어 고구려와 단段선비 사이의 조선하를 따라 현도군으로 내려갔고, 요수 하류에서 강을 넘어 요서 지역에 있던 단선비의 도하徒河를 치고 서남진을 지속했다. 끝내는 북경 남쪽 노구하盧溝河 아래쪽에 자리를 잡은 듯했는데, 이곳을 극성棘城이라 불렀다. 제2의 극성인 셈이었고 새로운 도성으로 삼으려 한 것이 틀림없었다.

이로써 북경 서남쪽 계성(탁주) 일대의 〈단선비〉에 이어, 그 서쪽으로 요수遼水 중상류 지역의 〈우문선비〉, 다시 그 서쪽 대동 일대에 〈탁발선비〉가 일렬로 늘어선 형국이 되었다. 단선비의 동북쪽으로는 모용씨, 그 아래로 〈낙랑〉이 있었고, 반대로 단선비의 서남쪽 중산 일대에는 〈후조〉가 있었다. 이처럼 선비족들이 이리저리 요수 일대를 파고드니, 언제부터인가 미천제가 수복했던 요동 땅도 평곽과 패수 동쪽으로 잔뜩 쪼그라든 것으로 보였다.

그런 마당에 모용선비가 옛 창해의 북쪽이자 낙랑의 서변으로 보이는 곳에 자리를 잡으니, 319년 3월 미천제가 친히 북경 아래쪽 신성新城과 안평安平까지 순행하며 상황을 둘러보았다. 그리고는 이내 부협莯萊과 고경高卿에게 각각 보병과 기병을 이끌고 국경으로 나가 대기하라 명했다. 당시 선방은 요동 수복 이후로 낙랑왕으로 지내 왔는데, 서진西進을 주장하다가 실질적으로 조정에서 퇴출된 듯했다. 이미 나이가 든 데다, 미천제에게 정치적 부담을 준 것이 원인이었을 것이다. 그해 10월이 되니 미천제가 마침내 선옥仙玉에게 명했다.

"이제 때가 되었다. 장군은 즉시 휴도休都와 우경于京의 군대를 이끌고 모용외를 치도록 하라!"

마침내 고구려 태왕이 직접 〈모용선비〉에 대한 공격 명령을 내렸다는 소식을 접하자, 놀란 모용외는 즉시 사자를 보내 자신의 딸을 바치겠다며 화친을 요청해 왔다. 시간을 끌며 상대를 어지럽히려는 기만전술이었다. 미천제가 담하談河를 불러 뜻을 묻자 그가 답했다.

"모용외는 단씨 집안에 장가를 들고도 단선비의 도하徒河 땅을 취한 자로, 겉으로는 어리숙해 보여도 속은 험하기 짝이 없는 인물입니다. 화친은 아니 됩니다."

이에 미천제가 선옥을 시켜 〈우문宇文〉 및 〈단段〉 선비와 함께 모용외의 극성을 향해 진격하라 명을 내렸다. 비로소 본격적인 〈극성진공進攻〉 작전이 개시된 것이었다.

모용외의 진영에서도 아래쪽 〈3國 연합〉의 침공에 격앙된 분위기 일색이라 장수들이 이에 맞대응하자고 성화였다. 그러나 모용외가 이를 저지하며 냉정하게 말했다.

"저들이 비록 최비의 꼬임에 넘어가긴 했지만, 3국이 한데 뭉쳤다는 이점이 있으니 초기 군세가 심히 날카로울 것이다. 따라서 섣불리 맞서 싸우려 들지 말고, 오직 수비를 단단히 해 그 예봉을 꺾어야 한다. 다만 저들은 처음부터 하나로 합쳐진 것이 아니라 무질서하게 모여서 들어왔으니, 모두가 한 사람 아래로 들어갈 수는 없을 것이다. 시간이 지날수록 필시 사이가 어그러지고, 서로를 의심할 테니, 그때를 기다린 연후에 공격하면 반드시 이길 수 있을 것이다."

과연 〈3國 연합〉의 침공에도 모용외는 성문을 굳게 닫고 대응을 피한 채 일체 밖으로 나오지 않았다. 그러더니 유독 〈우문씨〉 진영에만 몰래 소와 술을 보내 화친을 청하게 했다. 우문씨 진영에서 무리들이 나와 모용외의 사자를 맞이하려 했는데, 이때 모용외의 사자가 주변 사람들이 다 들을 정도로 큰 소리로 떠들어 댔다.

"최비의 사자가 어제 다녀갔소이다. 하하하!"

이런 소식이 〈고구려〉와 〈단씨〉 진영에 이내 흘러 들어갔고, 급기야 양측에서는 우문과 모용외가 서로 내통한 것으로 의심하기 시작했다. 당시 이미 날씨는 추워지고, 병사들이 행군으로 지친 상태라 선옥은 은근히 이번 원정을 걱정하고 있었다. 곁에서 이를 본 사마 현슬玄膝이 충고했다.

"남의 말을 믿고 적진 깊숙이 들어오기는 했지만, 군이 싸울 필요까지는 없을 것입니다. 지금 우문이 갑작스레 변심을 한 것으로 보이고, 단씨는 원래 모용외와 다 같은 족속이 아니겠습니까? 그러니 일단은 물러나서 상황을 살펴 가면서 서서히 도모하는 식으로 만전을 기하시지요."

선옥이 그 말이 옳다고 여겨 병력을 물러나게 했더니, 단씨 또한 그렇게 따라 하여, 2國이 각자의 군대를 이끌고 돌아서고 말았다. 교활한 모용외의 이간계에 그대로 걸려든 셈이었다.

갑작스레 홀로 남게 된 우문씨 진영에서는 우문 大人 실독관悉獨官이 잔뜩 격앙되어 독전하기 바빴다.

"비록 두 나라가 모두 돌아갔지만, 나 혼자서라도 당당하게 모용 땅을 차지할 것이다."

당시 우문씨가 동원한 병력이 수십만에 이르러 40리 길에 걸쳐 기나긴 병영이 꾸려졌다고 한다. 그때 모용외의 아들 모용한翰이 요서 지역의 도하徒河에 머물고 있었다. 그런 그가 우문씨의 병력이 절대 우세하니 특단의 계책이 필요하다며, 자신들이 성 밖에서 틈을 노려 우문씨를 공격하게 해 달라고 청해 왔다. 모용외가 이를 허락했는데, 우문의 실독관이 소식을 듣고는 주변에 말했다.

"모용한이 날래기로 유명한 자인데 무슨 꿍꿍이인지 지금 성 밖에 머물고 있다. 행여 골칫거리가 될 수도 있으니, 당연히 그를 먼저 쳐서 잡아야 할 것이다. 지금 성안은 걱정거리가 되지 못한다."

우문실독관이 그 즉시 수천 기를 나누어 도하성의 모용한을 습격하게 했다. 그러나 모용한은 이런 상황을 미리 예견하고, 실독관에게 보내는 단段선비의 사자로 가장한 병사들을 우문씨의 기병대로 보냈다. 거짓 사자가 떠나자마자 모용한은 성 밖에 병사들을 매복시킨 채 우문씨의 군대를 기다렸다. 과연 거짓 사자 일행은 급하게 출병에 나서는 우문씨의 기병대를 만나, 실독관에게 보내려던 전언이라며 귀띔해 주었다.

"귀로 중이던 단선비가 지금 모용한과 엄중하게 대치 중이오. 그러니 도하 공격을 급히 서두를 때요!"

우문씨의 기병대는 크게 기뻐하며 더욱 속도를 냈고, 이내 모용한의 복병들이 기다리는 지역으로 뛰어들고 말았다. 곧바로 모용한의 공격 개시 명령이 떨어졌다.

"드디어 적들이 수중에 걸려들었다. 자, 일제히 화살을 퍼부어라!"

"슈슈슉!"

1차 화살 세례를 맞은 우문씨의 기병대가 커다란 혼란에 빠져 좌충 우돌했다. 이어 모용한의 매복병들이 박차고 나가 창칼을 휘두르니, 우문씨의 병사들이 곳곳에서 나가떨어졌고, 아비만큼이나 전술에 능한 모용한의 대승으로 전투가 끝났다.

모용한은 그 즉시 발 빠른 사자를 모용외에게 보내, 즉시 출병해 큰 전투를 벌이시라 전했다. 소식을 접한 모용외가 아들 모용황과 장수 배억裵嶷에게 정예병을 주어 선봉에 서게 하고, 자신도 그 뒤를 따라 대군을 이끌고 출정했다.

"둥둥둥! 성문을 열어젖혀라, 출정이다!"

갑작스러운 모용외의 출정에 성 밖의 막사 안에 있던 우문대인이 크게 놀라, 모든 병사들을 내보내 전투에 임하게 했다. 그때 모용한이 날랜 1천 기의 기병대를 거느리고 측면에서 나타났는데, 곧장 우문씨의 병영으로 내달려 길게 늘어서 있던 막사에 불을 질러 버렸다. 우문의 병사들이 놀라고 당황해 허둥대는 와중에, 모용외의 본대가 들이닥쳐 대규모 공세를 가하니 우왕좌왕하던 우문씨가 끝내 대패하고 말았다.

우문실독관은 겨우 몸을 피해 달아났으나, 우문의 병사들이 대거 사로잡혔다. 모용외가 이때 우문 황제의 옥새 3개를 노획할 정도였으니, 실독관이 얼마나 허둥대며 달아났는지를 짐작케 했다. 한편 모용외가 우문선비와의 전투에서 대승을 거두고 마침내 동쪽으로 요동遼東을 향해 진격을 개시했다는 소식에, 평주자사 최비崔毖가 전전긍긍했다. 고심하던 그가 조카인 최도崔燾를 극성으로 보내 전승을 축하하는 자리에 거짓으로 참가하게 했다. 막상 최도가 극성으로 들어가 보니 3국 연합에서 보낸 사신들이 이미 도착해 화친을 구걸하고 있었다.

"전쟁은 당초 우리들의 뜻이 아니었습니다. 최평주崔平州가 우리로 하여금 그리하도록 교사했던 것입니다."

모용외가 곁에 세워 둔 최도의 낯빛을 보니, 그가 두려움에 얼굴조차 들지 못하는 것이었다. 모용외가 최도를 돌려보내면서 자신의 말을 전하라 했다.

"항복하면 상책이고, 달아나면 하책이 될 것이다!"

그리고는 병사들을 이끌고 몰래 돌아가는 최도를 뒤따랐다. 이윽고 모용외의 군대가 느닷없이 나타나자 놀란 최비가 수십 기만을 거느린 채, 자신의 군대와 가속들을 버리고 급히 고구려 진영으로 달아나 버렸다. 현장에 남아 있던 최비의 군사들은 이내 모용외에게 순순히 투항해 버렸다. 모용외가 이번에는 또 다른 아들 모용인仁을 정노征虜장군으로 삼고 요동遼東으로 진격하라 일렀다.

한편, 선옥仙玉이 이끄는 고구려 진영에서는 최비가 도움을 요청하자 기꺼이 모용씨와의 전쟁에 임하기로 했다.

"자, 이제부터 진짜 모용선비와의 전쟁이다. 고구려 용사들이여 모두들 나를 따르라!"

선옥이 대군을 이끌고 모용씨의 군대와 맞서 전투를 벌였으나, 섬부른 대응으로 끝내 모용외에게 패했고, 그 자신도 전사하고 말았다. 선방의 아우인 선옥은 위엄직인 외모에 활을 잘 쏘고 용감해, 장조리가 주도했던 〈후산의거侯山義擧〉 때도 큰 공을 세웠었다. 그러나 상대를 얕보는 기질에다 휘하의 부하들을 모질게 대하다 보니, 이번 전투에서 그를 도와 힘껏 싸우지 않았다. 끝내 단기로 적진 깊숙이 들어갔다가 포위되어 전사한 것이었다.

소식을 들은 미천제가 몹시 애통해하면서 명을 내렸다.

"휴도休都로 하여금 죽은 선옥의 뒤를 이어 군대를 총괄 지휘하게 하라!"

모용외 또한 이에 맞서 아들 인仁을 요동태수로 봉하고, 휴도가 이끄는 고구려군을 치게 했다. 그러나 안타깝게도 휴도 역시 모용인에게 패했고, 연이은 패배에 고구려가 이때 통주 아래쪽의 평곽平郭(곽濰)을 잃고 말았다. 미천제가 다급히 소우蕭友를 안평태수로 삼아 2만의 병력으로 휴도의 군대를 지원하게 했다.

그해 12월, 모용인이 요동으로 진격을 지속해 하성河城에 당도해 보니, 고노자같이 생긴 고구려 장수가 진을 치고 있어 깜짝 놀라 주춤했는데, 바로 고노자의 아들 고경高卿이었다. 모용외가 장통張統을 보내 고경을 상대하게 했는데, 아쉽게도 고경 또한 장통에게 패해 죽고 말았다. 장통이 이때 하성의 천여 가에 이르는 백성들을 포로로 잡아끌고 갔다. 전황을 살피며 눈치를 보던 최도가 수하 장수들을 이끌고 그 무렵 극성으로 귀의하여 투항하니, 모용외가 객례로 대했다.

변방에서의 연이은 패전 소식에 다급해진 미천제는 마침내 방부方夫에게 명을 내렸다.

"방부는 현도군玄菟郡의 군대를 이끌고 나가 즉시 하성을 지원하라!"

그러나 방부는 하성으로 가지 않고 곧장 요동으로 달려갔다. 소식을 접한 모용외는 아들 한翰을 보내 모용인을 지원하라 일렀다. 모용한이 전투에 능하다는 소식이 들려오자, 미천제는 방부에게 사람을 보내 피차 경계를 잘 지키는 데 주력하라는 명을 추가했다. 이는 곧 섣부르게 대들지 말고 장기전으로 임하라는 뜻이었다.

그 후로 과연 전투가 소강상태로 접어들어 양쪽의 대치가 오래 지속되었다. 모용외가 이때 노획한 세 개의 옥새 모두를 건강建康으로 보내 〈東晉〉의 황제에게 바쳤다. 원제元帝(사마예)는 모용외의 의리에 답해 그를 거기장군, 평주목平州牧에 임명해 주었다. 강성해진 모용씨가 멀리 강남으로 쫓겨 간 동진에까지 의리를 지키려 했던 의도는 무엇이었을까?

모용외는 필시 이 무렵에 중원 하북으로의 진출을 모색했을 가능성이 컸다. 〈서진〉이 붕괴되자, 고구려 서쪽의 하북 땅을 놓고 〈전조〉와 〈후조〉로 분열되면서 흉노 유劉씨와 갈족 석륵의 대치가 이어지고 있었던 것이다. 모용외는 장강 아래에 있던 〈동진〉과 손을 잡고, 장차 위아래에서 이들 또 다른 북방민족을 밀어낼 꿈을 꾸고 있었던 것이다. 모용외가 이토록 용의주도한 데다 멀리 앞을 내다볼 줄 아는 군주였던 것이다. 이후로 고구려가 수시로 극성을 공격했음에도 번번이 실패했고, 그때마다 모용한과 모용인이 나서서 크게 활약했다. 모용외의 아들들 또한 다 같이 강성해 싸움에 능하다는 것이 두루 입증된 셈이었으니, 이즈음부터 고구려 군신들의 모용씨에 대한 두려움이 점점 고조되기 시작했다.

모용씨와의 대치국면이 서서히 잦아들던 320년 정월, 주황후의 부친인 주선방周仙方이 64살의 나이로 세상을 떴다. 미천제가 친히 곡을 하며 슬퍼했다.

"작년엔 선옥이 전사하더니, 이번 봄에는 아부亞父께서 나를 버리시는 것입니까?"

선방은 일찍이 반옥령에서 함거가 깨진 후 창조리가 소우蕭友 등을 시켜 을불을 찾아냈을 때 안가安家를 제공했던 주선결周仙潔의 아들이었다. 마산馬山의 거부였던 선결은 실질적으로 창조리의 〈후산의거〉를 재정적으로 뒷받침했을 가능성이 컸다. 그런 덕에 미천제 즉위 후 선결의 아들 모두가 높은 자리에 올랐고, 선방은 한때 우보에 올라 나라의 군권을 장악하는 등 최고의 권력을 누릴 수 있었던 것이다. 고구려가 요동수복의 세밀한 계획을 수립해 낙랑과 대방, 현도에 이르기까지 십 년에 걸쳐 숙원인 요동을 되찾기까지는, 미천제의 장인인 선방의 공이 으뜸이었다.

선방은 멋진 풍채에 권모술수에 능하고 사람들과도 잘 어울렸다. 선방이 권력의 정점에 있던 무렵에는 거칠 것이 없다 보니 미천제의 모후인 을태후와도 정인情人이 되었는데, 무례한 일이라고 비난하는 이들도 많았다. 주선방은 낙랑 수복 이후로는 낙향해 낙랑왕으로 지내 왔는데, 끝내 조정으로 복귀하지는 못했다. 이에 자신의 뜻이 하늘에 미치지 못함을 깨닫고 南西쪽 땅으로 나아가려 애썼으나, 끝내는 이도 저도 이루지 못했다. 그러자 이미 환갑을 넘긴 나이에도 낙랑의 젊은 여인에 빠져 정력을 자랑하다가, 갑자기 몸이 쇠약해져 죽었다고 했다. 과연 그가 어찌 여인만을 탐했을까? 필시 미천제의 견제로 서진西進의 의지를 접어야 했고, 이후로 술에 기대 세상을 탓하다 떠나갔을 것이다.

그런데 〈극성진공〉의 실패에 이은 선방의 죽음은 고구려 조정에 또 다른 문제점을 야기했다. 즉 무술과 병법에 능하고 전쟁을 지휘할 유능한 인재들이 대거 사라져 버린 데다, 전쟁을 기피하려는 분위기가 팽배해지더니 조정이 다시금 문약해지기 시작했던 것이다. 그래서인지 이후로 삼보三輔에 오른 인물들은 그다지 두드러진 활약을 보이지도 못했고, 태왕의 외척이나 한미한 공신 출신들이 번갈아 보직을 맡게 되었다. 사실 이러한 조짐은 313년경 강경파 선방이 낙향했을 때부터 이미 시작된 것이었다.

그해 동천제의 외손 청견青見이 우보의 자리에 올랐는데, 사유태자를 도운 대가로 주황후가 불러들인 것이었다. 그때 태왕이 다른 생각을 말했다.

"삼보의 자리는 공신이 아니면 곤란할 것이오."

그러자 주황후가 일축해 버렸다.

"지금 남아 있는 공신들 모두가 덕망 있는 자들만 못하지 않습니까?"

만만치 않았던 周황후가 미천제를 무시하면서 인사에까지 간여했던 것이다.

그 후 선방이 죽고 난 321년경에는, 이제 막 서른을 넘긴 주황후가 폐신인 해현解玄을 끌어들여 국정을 농단하기 시작했다. 보다 못한 태보 우풍于豊이 태왕에게 간했다.

"모용외는 심복들의 우환을 잘 다스렸고, 그 아들들은 하나같이 영특하고 용맹합니다. 그런데 폐하께서는 태자들 모두가 어리신 데다, 황후마마의 폐신이 정치를 좌우하고 있습니다. 행여 모용외가 이를 알아차릴까 두렵습니다……"

"알았소이다……"

미천제가 비로소 명을 내려 해현을 멀리 도성 밖으로 내쫓아 버렸다. 그간 周황후가 조정의 대소사에 깊숙이 간여했음에도 이를 모른 척 어느 정도 허용했던 것이다. 미천제가 야심차게 주도했던 〈극성진공〉이 허망하게 패배로 끝난 이후로는, 조정에서 태왕의 목소리도 부쩍 낮아진 것으로 보였다.

이후에도 미천제 재위 후반부는 내내 모용씨에 끌려다니는 모습만 보였을 뿐, 고구려는 끝끝내 전쟁을 벌이지 않았다. 특히 325년경부터 모용씨와 우문씨가 사활을 건 진검승부를 벌였음에도 배후의 미천제는 내내 관망만 하면서 모용씨를 공격하지 않았고, 이후로도 줄곧 소극적인 자세를 견지했다.

이에 반해 고향으로 낙향했던 선방은 죽기 전에 南西쪽으로의 진출을 시도하려 애썼다고 했다. 당시 서진의 몰락과 함께 중원이 쇠락하면서, 북방대륙의 기마민족들이 무섭게 일어나던 전환기였다. 뒤늦게 일어난 이들 북방민족의 지도자 중에는 묵돌만큼이나 원대한 포부와 꿈을 지닌 영웅들이 허다하게 등장했다. 그러나 고구려는 수성守成에만 주력했을 뿐, 이 기회를 이용해 나라의 강역을 확장하거나 적극적으로 남서쪽으로의 진출을 꿈꾸던 인물이 오래도록 보이지 않았다.

결과적으로 미천제가 선방과 같은 무인 세력을 필요 이상으로 견제한 것은, 안일하고 온전한 삶을 원했던 대다수 귀족들이 웅대한 꿈vision을 가졌던 소수의 영웅들을 배척한 것이나 다름없었다. 어찌 보면 이는 선대先代 봉상제가 전쟁영웅인 달가達賈와 돌고咄固태자를 제거했던 것과도, 맥을 같이하는 일이기도 했다. 고구려는 주기적으로 찾아오는 대륙진출의 기회를 늘 이런 식으로 번번이 놓치고 말았던 것이다. 그러나 세상일이 그렇듯이 기회를 잃게 되면, 예외 없이 무서운 후폭풍이 다가오는 법이었으니 실제로는 그것이 더 큰 문제였다.

12. 선비의 굴기

〈후조後趙〉의 석륵이 북경 남쪽까지 장악해 들어오자, 옛 〈서진西晉〉의 장수였던 前유주자사 유곤劉琨이 단선비 일가, 즉 요서공遼西公 단질육권段疾陸眷과 그 사촌동생 단말배段末杯를 끌어들였다. 이들은 서로 간에 동맹을 맺고 이미 망한 서진의 조정에 변함없이 충성을 다하기로 결의했다. 이들이 건강建康으로 사람을 보내 이런 사실을 알리고, 사마예에게 황위에 오를 것을 간청했다. 눈치를 보던 모용외 또한 선비의 어른 격인 단질육권을 따라 비슷한 행보를 보이니, 선비족들이 멀리 장강 아래로 달아난 서진의 잔류세력인 사마예에게 충성하는 모양새가 연출되었다.

그해에 사마예가 황제의 자리에 올랐는데, 모용외에게 용양장군 창려공의 작위를 내렸다. 그러나 모용외는 그중 창려공에 대해서는 그 지위가 너무 낮다며 사양했다. 이때의 창려昌黎는 북경 서북쪽 인근의 창평昌平 인근으로 추정되는데, 갈석산 인근의 고구려 도성인 평양이 오늘날 창려로 변한 것은 이에 기인한 듯했다. 후대에 고구려의 역사를 폄훼하고자 요동 일대의 지명을 동쪽으로 옮기는 위사僞史구도가 반복적으로 시도되었고, 그 결과 창려나 요수, 압록 등의 주요 지명 등이 자꾸만 동쪽으로 이동했던 것이다.

그러던 318년경, 단선비의 지도자 요서공遼西公 단질육권이 죽었는데 그의 아들이 아직 어려서 질육권의 아우인 단섭복진段涉復辰이 권력을 승계했다. 계성薊城의 유주자사로 있던 질육권의 또 다른 아우 단필제段匹磾가 형의 죽음에 문상을 하러 온다는 소식에 그의 사촌형인 단말배段末杯가 섭복진에게 간했다.

"필제가 문상을 온다는 것은 명분이고, 실제로는 권력을 빼앗으려고 오는 것이 틀림없습니다. 그러니 필제가 들어오는 것을 막아야 합니다."

우북평(북경)의 섭복진이 그 말을 곧이듣고 단필제를 막고자 군대를 내보냈다. 놀랍게도 단말배가 그 틈을 이용해 정변을 일으켜 섭복진의 세력을 일거에 제거하고 스스로 선우單于에 올랐다. 단말배가 이후 단필제의 우북평 입성을 저지하는 바람에 단필제는 별수 없이 계성(탁주涿州)으로 돌아가야 했다. 단씨 형제들의 내분으로 段선비 전체에 짙은 전운이 감돌았다. 그러한 터에 前평주자사 최비가 〈고구려〉로 사람을 보내 우문씨와 연합해 모용을 치고 그 땅을 나누자고 제안했던 것이다.

그런데 마침 그해에 〈漢〉의 유총劉聰이 죽어서 후계 문제로 어지러워졌다. 결국에는 유총의 사촌아우 격인 유요劉曜가 정권을 잡았고, 그러자 갈족의 석륵石勒은 319년 마침내 흉노 유씨의 漢을 떠나 독립을 선언했다. 이처럼 중원이 〈전조前趙〉(漢)와 갈족의 〈후조後趙〉로 대립하는 틈을 이용해 〈고구려〉 미천제가 우문宇文, 단段선비와 함께 〈3국 연합〉으로 〈극성진공〉을 개시했으나, 술수에 능한 모용외에게 참패하고 말았던 것이다.

320년 7월, 고구려 장수 휴도休都가 평곽平郭을 되찾고자 모용인과 일전을 벌인 결과, 모용인의 우익장右翊將 모용여시興市의 목을 베었다. 그러나 얼마 후 모용인이 이내 반격을 가해 왔고, 끝내 휴도와 우경于京이 역전당해 목숨을 잃는 등 커다란 손실이 이어졌다. 12공신의 일원인 휴도의 죽음에 미천제가 분노해 말했다.

"공신까지 잃어 가면서, 이대로 평곽을 내줄 수는 없는 일이다!"

12월이 되자 조바심이 난 미천제가 방부와 송거를 출정시켜 보복에 나섰다. 이들 또한 미천제를 제위에 올린 12공신 출신으로, 모용인仁이 지키고 있던 평곽성을 향해 맹렬한 공격을 퍼부었다. 그러나 용장 모용 인이 굳건하게 버티니 결국 성을 함락시키지 못한 채 철수하고 말았다. 요동 수복의 영웅 선방이 죽고 난 직후의 일이라 군신들 모두가 씁쓸해 하지 않을 수 없었다.

이처럼 미천제가 수차례 군대를 보내 요동을 공격했으나, 끝내 노련 한 모용한과 모용인 형제들을 깨트리지 못했다. 이로써 미천제는 그간 주 선방 등과 함께 재위 20년 동안 쌓아 올린 〈요동수복〉의 공을 송두리째 날려 버린 셈이 되고 말았다. 문제는 〈극성진공〉의 실패를 계기로 고구 려가 중원으로부터 점차 거리를 두더니, 방어 위주의 소극적인 자세로 변하기 시작했다는 점이었다. 즉위 초기 요동 정벌에 앞장섰던 미천제 가 나라를 다스린 지 20년 만에 순한 양으로 변해 가기 시작했던 것이다.

아직은 사십 초반이라 한창 원숙하게 나라를 다스릴 때였건만 미천 제는 철저하리만큼 서쪽을 외면했다. 그만큼 모용 일가를 두려워한 것 으로 보였고, 그사이 모용씨를 비롯한 선비족들이 그 자리를 하나둘씩 차지하기 시작했다. 그렇게 되기까지는 미천제가 자신의 권력을 공고 히 하고자, 선방을 비롯한 무인 세력을 필요 이상으로 견제하면서 자초 한 일이었으니, 미천제는 이 가혹한 시절이 속히 지나가기만을 기다려 야 했을 것이다.

그 무렵에 북경 일대까지 진출해 있던 〈후조〉의 석륵이 단필제와 단 말배 등 段씨 형제들을 차례대로 제압하는 데 성공했다. 이로써 모용씨 의 서쪽에 위치한 유주幽州, 병주幷州, 기주冀州의 하북 3州가 모두 〈후조 後趙〉의 손에 넘어가고, 석륵은 모용선비에 앞서 하북의 맹주나 다름없 는 입지를 굳히게 되었다.

그해 12월, 모용외가 아들 황皝을 세자로 삼았는데, 뜻이 크고 굳센 데다 지략을 갖췄다며 주변에서 칭송이 자자했다. 다분히 학구적이기도 했던 그는 학당 성격의 〈동횡東橫〉을 세운 다음 친히 유생들과 같이 수업을 들었는데, 모용외까지 수시로 짬을 내어 참가했다고 한다. 당시 모용외는 아들 한翰을 시켜 요동 쪽을, 인仁에게는 평곽을 지키게 했는데, 둘 다 백성들은 물론, 조선인(이족夷族)들까지 위엄과 사랑으로 잘 다독였다고 했다. 모용외를 포함해 그 아들 모두가 이러하니, 모용씨가 날로 강성해질 수밖에 없었던 것이다. 그러한 때 모용씨의 남쪽에 위치한 〈전조前趙〉의 유요는 거금을 들여 거대한 궁궐과 전각을 짓는 일에 매달려 있었다.

〈대代〉나라에서는 탁발의이猗㐌의 처 유惟씨가, 代王 울률이 지나치게 강성한 성격이라 장차 자신의 아들들에게 해를 끼칠까 봐 염려했다. 어처구니없게도 유씨가 끝내 울률을 죽이고, 자신의 아들인 하녹賀傉 大人을 代王으로 올렸는데, 그 과정에 많은 사람들이 희생되었다. 당시 울률의 갓난 아들 십익건什翼犍이 강보에 쌓인 채 모친인 王씨의 치마폭에서도 울지 않아, 기적처럼 목숨을 건졌다고 한다. 〈代〉나라는 사실상 여인인 유惟씨가 정권을 장악한 모양새였다.

323년, 〈후조〉의 석륵이 동북쪽의 모용외에게 화친을 제안하는 사신을 보냈다. 그랬더니 모용외가 그 사신을 붙잡아 그대로 〈동진東晉〉의 건강建康으로 보내 버리고 말았다. 〈후조〉가 산동 이북의 하북 일원을 장악해 버리자, 〈전조〉의 유요는 방향을 돌려 서쪽 하투 지역을 장악하는 데 주력해, 농성隴城과 상규上邽 일대를 장악했다.

그즈음 반대쪽 山東 방면에서는 〈후조〉의 중산공 석호石虎가 광고廣固(산동청주)에서 〈전조〉의 안동安東장군 조억曹嶷을 포위한 채 대치중이었다. 결국은 조억이 성 밖으로 나와 항복했으나, 석호는 그를 후조의 도성인 양국襄國(하북형태)으로 보내 끝내 죽게 했다. 이처럼 황하 북쪽

위로는 동에서 서쪽 끝에 이르기까지 사방이 크고 작은 전쟁으로 온통 난리를 겪고 있었다.

미천제 26년째인 325년, 방부方夫가 낙랑왕에, 재생再生이 태보에 오르는 등 인사가 있었다. 재생과 함께 창조리의 〈후산의거〉를 도왔던 좌보 담하談河는 전년도에 세상을 떠나고 없었다. 그해 2월부터 〈후조〉의 석륵은 〈전조〉에 기운 채 자신의 호의를 무시한 〈모용선비〉에 대해 대대적인 공세를 펼치기로 했다. 석륵이 모용씨와 원수지간인 우문씨 걸득귀乞得歸의 관작을 올려 주면서 모용외를 치게 했다. 모용외가 급히 세자인 황皝을 불러 명령을 내렸다.

"우문이 어리석게도 갈족의 사주에 놀아나 동족을 배신하고 우리를 공격해 왔다. 세자 네가 직접 색두索頭와 단국段國을 들러 이들과 함께 걸득귀를 직접 상대하라! 이번에야말로 우문씨를 반드시 꺾어 놓아야 할 것이다."

색두는 머리를 꼬아 묶는 종족으로 주로 탁발拓跋선비를 일컫는 것이었으니, 탁발씨와 단씨를 설득해 합동으로 우문씨를 공격하라는 말이었다. 외廆는 이와는 별도로 아들 인仁과 요동의 배억裵嶷으로 하여금 각각 좌우익을 맡아 걸득귀의 공격을 저지하게 했다. 모용과 탁발이 같은 색두에서 나왔고, 단선비는 이미 모용씨가 제압한 뒤였다. 이로써 모용씨를 중심으로 하는 東部선비 모두가 갈족 편에 선 우문씨와 진검승부를 펼치게 되었다.

우문걸득귀는 연수涑水지역을 거점으로 삼아 직접 모용황을 대적하는 한편, 조카인 실발웅悉拔雄을 보내 모용인을 저지케 했다. 그러나 실발웅은 결코 모용인의 상대가 되지 못했기에, 패배와 함께 목이 떨어져 나가고 말았다. 모용인이 여세를 몰아 황皝의 본대와 합세해 걸득귀를 몰아붙이니, 수세에 몰린 걸득귀도 끝내 군대를 버리고 달아나기 바빴다.

모용황皝과 인仁 두 형제는 국성國城(계성)에 입성한 뒤에도 경기병을 시켜 걸득귀를 추격하게 했는데, 우문씨의 땅 3백여 리를 지나도록 쫓았으나 끝내는 잡지 못하고 돌아왔다. 대신 그 땅에서 기르던 수많은 짐승들과 병장기, 공성용 중기重器 등이 모두 모용씨의 전리품이 되었고, 수만에 이르는 백성들이 투항했다. 우문선비의 완전한 패배였다. 동쪽의 고구려는 가까이서〈모용씨〉와〈우문씨〉가 진검승부를 벌이는 내내 아무런 움직임도 보이지 않았다.

〈우문〉에 대한 승리로〈모용〉과〈단〉선비가 더욱 가깝게 지내게 되었는데, 그 와중에 단말배段末杯가 죽어 아우인 단아段(末)牙가 보위를 이었다. 모용외가 이때 단아를 꼬드겨 계현薊見(북경광양廣陽)의 도성을 아래쪽 영지令支로 옮겨 가게 했는데, 그 백성들이 이를 반기지 않았다. 옛 진한辰韓에 속했던 영지는 원래 代 땅 인근에 있었으나, 동쪽으로 이동하여 산융전쟁 이전부터 북경 아래 탁군涿郡의 신성진新城鎭 일대에 자리한 것으로 보였다. 특히 이 무렵엔 선비족이〈서부여〉및 대방 세력을 내쫓고 요수 일대까지 장악하고 있었다.

그러나 이 땅은 옛 번조선의 땅이자 창해 및 중마한, 낙랑 등의 땅이었으므로 고조선의 후예인 토착민들이 이들 선비족에게 고분고분할 리가 없었다. 이에 모용외가 슬쩍 단아를 부추겨 영지를 장악해 다스리게 한 것인데, 그리되면 단선비가 요수의 동쪽으로 고구려를 막아 주는 방파제의 역할을 해 줄 수 있기 때문이었다. 죽은 단질육권段疾陸眷의 손자인 단료段遼가 이를 기화로 반기를 들었다.

"단아가 어리석게도 모용외의 꼬임에 놀아나 생각 없이 국성國城을 바꾸는 죄를 저질렀다. 단아를 끌어내리고 나라의 자존심을 바로 세울 것이다!"

그해 연말 단료가 반역을 일으켜 끝내 단아를 죽이고, 스스로 보위에 올랐다. 단료가 권력을 장악한 이후로 단부段部가 오히려 나날이 강성해졌는데, 서쪽으로 代나라 어양漁陽에 접하고, 동쪽으로는 요수遼水(영정하)를 경계로 낙랑樂浪 가까이 이르렀다. 호인胡人(선비)과 과거 서진西晉 쪽 사람들을 합쳐 3만여 호를 다스렸고, 휘하에 4~5만에 이르는 공현控弦 (사수射手)을 거느렸다.

그 무렵 〈대〉나라에서는 탁발하녹이 죽어 그의 아우인 흘나紇那가 왕위를 이었다. 〈후조〉에서는 석륵이 한단邯鄲 아래 업성鄴城에 새로이 궁을 짓고, 세자인 석홍石弘으로 하여금 성을 지키게 했다. 한편, 그동안 많은 공적을 쌓은 석호石虎는 정작 업鄴으로 갈 마음이 없었기에, 이듬해인 327년 代王 흘나를 공격했다. 구주句注와 형북陘北에서 일전이 벌어졌는데, 탁발흘나가 석호를 당하지 못하고 대패하는 바람에 부득이 도읍을 대녕大寧으로 옮겨야 했다.

328년, 고구려의 태보 재생再生이 죽어서 오맥남烏陌南이 이를 대신했는데, 이때 봉상제의 황후였던 연후緣后가 그의 첩이 되었으니 그녀의 삶도 참으로 구차한 것이 되고 말았다. 송거松巨가 좌보에, 선술仙述이 우보에 올랐으나, 그즈음에 한미한 출신들이 줄줄이 공신의 자리에 올랐다며 말들이 많았다.

그해 여름, 〈후조〉의 석호石虎가 4만의 군사를 이끌고 지관軹關의 서쪽에서 출발해 〈전조〉의 하동河東을 공격했다. 그러자 전조의 관할 아래 있던 50여 縣이 이에 호응했고, 석호는 진격을 계속해 포판蒲阪으로 향했다. 〈후조〉와 〈전조〉의 본격적인 대결이 시작된 것이었다. 전조의 유요가 하간왕河間王 술述로 하여금 저氐족과 강羌족의 병사들을 징발해 진주秦州에 둔을 치게 하고는, 서쪽으로 들어오는 후조의 군대를 막아 내게 했다. 유요 사신은 포판을 지키고자 장안성 안팎의 징에 수륙水陸 양군 모두를 동원한 다음, 위관衛關을 출발해 북쪽으로 황하를 건넜다. 유요가 병력을 총동원했다는 소식에 석호가 망설였다.

"무엇이라? 유요가 직접 대군을 이끌고 강을 넘어 북상 중이라고?"

유요의 기세에 눌린 석호가 두려움에 빠진 나머지, 진격을 멈추고 슬그머니 병력을 되돌려 물러나기 시작했다. 유요가 가만히 있을 리 없었다.

"석호가 돌아섰다고? 껄껄껄, 들어올 땐 제 맘대로였겠지만, 물러날 땐 그렇게 둘 수 없다. 이 기회에 석호를 반드시 잡아야 하니 서둘러 추격을 시작하라!"

유요의 추격군이 속도를 낸 끝에 고후高候 땅에서 마침내 석호를 따라잡고 전투를 벌였다. 중과부적의 석호군이 크게 패해 장수 석첨石瞻의 목이 날아갔고, 2백여 리의 길바닥에 수많은 시체와 병장기가 널브러져 뒹굴었다. 겨우 목숨을 건진 석호가 혼비백산해 조가趙歌(안양安陽 일대)로 달아났으나, 유요의 집요한 추격에 〈후조〉의 형양滎陽태수와 야왕野王태수 등이 모두 투항했고 도성인 양국襄國마저 크게 위태로운 지경에 빠지고 말았다.

그러나 후조왕 석륵이 누구인가? 그는 전조 황제 유요의 이번 역공이 양국 간에 사활을 건 싸움이 될 것이라 직감했다. 석륵이 낙양을 구하고자 친히 출병하려 하니, 측근들이 제왕의 안위가 우선이라며 석륵의 출병을 극구 말렸다. 그러자 화가 난 석륵이 주변에 용렬하기 짝이 없는 인사들뿐이라며, 이내 서광徐光을 불러들여 말했다.

"유요가 십만 갑병으로 낙양성을 둘러싸고도 백일이 지나도록 이기지 못했으니 장수와 그 병졸들이 크게 지치고 나태해진 것이다. 우리가 초기의 예리함만 있다면, 한 번의 공격으로도 적들을 쳐서 유요의 목을 벨 수 있을 터인데, 경은 어찌 생각하는가?"

서광이 기다렸다는 듯 기세 좋게 맞장구를 쳤다.

"유요는 고후 땅을 차지하고도 양국으로 진격하지 못했습니다. 이제 고작 금용金墉이나 지키는 신세로 전락해 버렸으니, 이는 그의 무능함을 드러낸 것입니다. 대왕의 위세와 책략으로 적들과 맞붙는다면, 적들은 필시 대왕의 깃발을 보는 것만으로도 달아날 것입니다. 천하를 평정할 절호의 기회니 이를 놓치시면 아니 될 것입니다."

그러자 석륵이 한바탕 웃으면서 말했다.

"껄껄껄, 과연 서광의 말이 맞는 것이다. 앞으로 나를 말리려 드는 자가 있다면 그 목을 베어 버릴 터이니 이를 내외에 엄하게 알리도록 하라!"

석륵이 주변에 엄포를 놓고는 수하 장수들과 병력을 총동원해 모조리 형양으로 집결하게 했다. 소식을 들은 석호가 석문으로 진격해 거점을 만들어 대비했고, 석륵은 4만에 달하는 보기병을 이끌고 금용을 향해 남진을 시작해 대알大堨의 강을 건넜다. 진군 도중에 석륵이 서광에게 넌지시 말했다.

"유요는 분명 성고관成皐關을 지키는 것이 상책이고, 그게 아니라면 낙수洛水라도 지키는 것이 차선책일 텐데, 저렇게 낙양에 눌러앉아 있으니, 분명 사로잡히고 말 것이다!"

그해 연말이 되어 〈후조後趙〉의 모든 병력이 성고에 집결했는데, 보병 6만에 기병이 2만 7천에 달했으니, 대략 10만의 大軍을 갖춘 셈이었다. 석륵이 바라보니 과연 〈전조前趙〉의 군영에 망을 보는 병사들이 보이질 않았다. 석륵이 하늘이 돕는 것이라고 기뻐하면서 하늘을 향해 감사의 표시를 한 다음, 이내 명을 내렸다.

"이제부터 험한 산길이다. 전 병사들에게 갑옷을 벗어 무장을 가볍게 줄이게 하고, 말에도 재갈을 물리게 하라. 행군을 서둘러야 한다!"

그 시간에 전조왕 유요는 놀랍게도 폐신들과 술을 마시며 도박을 즐기느라 정신이 팔려 있었다. 오랜 세월 전쟁터를 누비며 긴장 속에 살다 보니, 정신력이 소모되고 마음이 극도로 피폐해진 모양이었다. 장수나 병졸들을 다독이고 군기를 점검하기는커녕, 간혹 주위에서 이를 말리려 들면 요망스러운 말을 말라며 목을 치게 할 정도였던 것이다.

얼마 후 석륵이 대군을 이끌고 황하를 건넜다는 다급한 보고가 들어 오고 나서야 깜짝 놀란 유요가 대비하느라 부산해졌다. 유요는 급히 금 용 주변을 둘러싸고 있던 군대를 낙수洛水 서쪽으로 이동시켜 진을 치고, 10만의 군사들을 남북 십 리에 걸쳐 배치했다. 강 건너로 낙양성의 수비군이 허둥지둥 빠져나가는 모습을 지켜보던 석륵이 자신만만한 표정으로 좌우에 말했다.

"후후, 모두들 나를 축하해 줘야 할 것 같구나."

석륵은 이내 4만의 보, 기병을 총동원해 곧장 낙양성을 향해 치고 들어갔다. 동시에 중산공 석호는 보병 3만으로 성의 북쪽에서 서쪽으로 전 조의 中軍을 때리고, 석감石堪과 석총石聰이 정예기병 8천씩을 거느린 채 반대편인 성의 서쪽에서 북쪽으로 전조군의 전봉前鋒을 빠르게 치고 들어갔다. 이윽고 낙양성의 서양문西陽門에서 첫 번째 교전이 개시되었고, 석륵 또한 궁성의 남문인 창합문閶闔門에 이르러 매섭게 협공을 가했다.

어려서부터 술을 좋아하던 유요가 궁궐을 떠나 달아나는 긴박한 상 황에서도 화를 이기지 못한 채 여러 말의 술을 들이켰다. 만취한 유요가 병력을 이끌고 서양문의 너른 곳에 다다르니, 이를 본 석감이 기회를 놓 치지 않았다.

"옳거니, 드디어 유요가 나타났구나. 후조의 황제가 나타났다. 절대로 놓쳐선 아니 된다. 공격하라!"

석감이 맹공을 퍼붓자 전조군의 진영이 일거에 무너져 버렸고, 술에 만취해 정신이 오락가락하던 유요는 뒤로 달아나기 바빴다. 하필이면 그때 타던 말이 돌로 만든 수로에 빠지는 바람에, 빙판 위로 나뒹굴던 황제 유요가 사로잡히고 말았다. 그 마당에도 힘을 쓰고 저항을 하다가 열 군데나 다쳤고, 그중 3군데는 상처가 깊은 편이었다.

〈전조〉와 〈후조〉의 군주들이 직접 정면 대결을 벌인 〈낙양전투〉에서 전조군이 대패해, 그 반인 5만여 병졸이 목숨을 잃었다. 승리를 확신한 석륵이 큰소리로 명을 내렸다.

"대세는 이미 우리 쪽으로 기울었다. 이제부턴 병사들에게 날카로운 공격을 거두게 하고, 적들이 투항할 수 있도록 길을 터 주도록 하라!"

그렇게 후조왕 석륵石勒이 마침내 평생의 숙적 전조왕 유요劉曜를 꺾고 전투를 마무리했다. 치명상을 입은 채 체포된 유요는 후조의 도성 양국으로 이송되었다. 석륵의 완벽한 역전승이었다.

그럼에도 당시 낙양의 서쪽 장안長安에는 유요의 아들 유희劉熙의 무리가 여전히 만만치 않은 규모로 남아 있었다. 석륵이 유요에게 그 수하들을 보내 아들 유희에게 항복을 권유하도록 종용했다. 그러나 당대의 영웅 유요가 애당초 자신의 부하나 다름없던 석륵에게 고개를 숙일 일은 아니었다. 오히려 그는 의연한 모습으로 자신을 찾아온 옛 수하들에게 자신의 아들과 대신들에게 보내는 전언傳言을 남겼다.

"사직社稷을 새로이 닦도록 하라. 절대 나 때문에 뜻을 바꾸지 마라!"

분노한 석륵이 결국 유요를 참수해 버렸다.

이듬해 정월, 유희에게 부친이 처형되었다는 소식이 전해졌다. 그러나 유요의 기대와 달리, 유희는 나라를 수습한다는 생각보다는 두려움에 사로잡히고 말았다. 아비의 용맹함이 자식들에게 그대로 전수되란 법은 없는 모양이었다. 유희가 형인 윤胤과 함께 가솔들을 챙겨 장안을 떠나 상규上邽로 달아나니, 관중關中 땅 전체가 어지러워졌다. 장안에 남아 수십만에 이르는 백성들을 보듬은 채 고군분투하던 〈전조〉의 장군 장영蔣英과 신서辛恕 등이 크게 실망했다. 지도자를 잃은 이들이 결국 석륵에게 투항 의사를 밝히자, 석륵이 석생石生을 보내 그곳의 무리들을 데려오게 했다.

그해 여름이 되자, 상규에 머물던 유씨 형제들에게 조만간 장안이 함락될 것이라는 소식이 쏟아져 들어왔다. 그러자 형인 유윤劉胤의 마음속에 뒤늦게 의기가 일었다.

'아아, 내가 장안의 백성들을 놔두고 대체 여기서 지금 무얼 하고 있는 것인가? 아버지를 생각할 때 이래서는 아니 된다……'

결국 유윤이 홀로 수만의 무리를 규합해 장안으로 향했다. 그러자 위수渭水 남북으로 걸쳐 있던 여러 郡의 융족戎族, 하족夏族 사람들이 기다렸다는 듯이 군대를 일으켜 전조軍에 호응했다. 유윤의 저항군이 장안의 중교仲橋에 이르자, 석생이 성을 에워싼 채 방어에 나섰고, 소식을 접한 석호가 급히 2만의 기병을 데리고 출정해 유윤을 막고자 했다.

9월에 이르러 의거義渠 일원에서 석호가 이끄는 후조軍과 유윤이 지휘하는 〈전조〉의 저항군이 맞붙어 일전을 펼쳤다. 그러나 유윤이 당대의 호걸 석호를 상대하기는 역부족이었다. 결국 유윤이 패해 다시금 상규 방면으로 쫓겨 달아나니 석호의 집요한 추격전이 이어졌고, 그 바람에 천 리 길에 걸쳐 누운 시체들이 즐비하게 되었다. 마침내 석호가 상규로 거침없이 진입해 유희劉熙와 윤胤 형제들의 잔당을 완전히 궤멸시키고, 3천이나 되는 전조의 왕족과 장수들을 모조리 제거해 버렸다. 이로써 〈전조前趙〉가 허망하게 몰락하고 말았다.

〈前趙〉는 남흉노 계열 유연劉淵이 漢왕을 자칭하며 제일 먼저 〈5호16국〉 시대를 열어젖힌 왕조였다. 그 후 〈삼국시대〉 최후의 승자나 다름없는 사마씨의 〈서진西晉〉을 몰락시키면서, 중원을 호령하는 제1의 맹주로 부상했다. 그러나 고작 20여 년이라는 짧은 흔적만을 남긴 채, 가장 먼저 역사 속으로 사라지는 운명을 맞이하고 말았다. 그럼에도 〈전조〉가 당대 중원 대륙에 미친 여파는 태풍처럼 워낙 크고 강렬한 것이어서, 이후 중원을 포함한 아시아 전역을 더욱 극심한 혼돈의 상태로 몰고 갔다.

석호石虎는 서쪽으로 더 나아가 저족과 강족 무리들의 항복을 받아냈다. 한편, 代나라에서는 4년 전 흘나가 代王의 자리를 이었으나, 이후 석호에게 패한 다음 대녕大寗으로 옮겨가 우문부宇文部에 의지하고 있었다. 그러나 그 후 하란부賀蘭部의 大人들이 죽은 代왕 탁발울률의 아들 예괴翳槐를 새로이 보위에 올렸다. 예괴가 그즈음 〈전조〉를 무너뜨린 석륵을 두려워한 나머지 선제 조치에 나섰다. 그는 자신의 동생 탁발십익건什翼健을 석륵에게 인질로 보내고 화친을 구했다. 명백한 〈후조後趙〉 석륵石勒의 시대였던 것이다.

미천제 31년째인 330년 정월, 미천제가 주周황후와 동궁東宮을 거느리고 온탕에 갔다가, 동궁에게 명했다.

"이제부턴 동궁이 온궁溫宮에서 정사를 보도록 하거라."

이에 동궁이 장막사長莫思를 좌보에, 청견靑見을 태보로 삼았다.

그해 9월이 되니 마침내 〈후조後趙〉의 석륵이 황제를 칭했다. 그리고는 〈고구려〉로 사신을 보내와 조공하고, 함께 〈모용선비〉를 토벌할 것을 청해 왔다. 미천제가 답례품으로 3개의 주옥珠玉과 경적經籍, 비단과 백여 종에 달하는 약물을 보내 주었으나, 선뜻 동맹까지 약속해 주지는 않았나.

11월이 되어 미천제가 상능尙能과 용발龍發을 석륵에게 보내 맥궁貊弓 열 자루를 건네고, 선비鮮卑토벌에 관한 문제를 본격 협의하게 했다. 석 륵이 크게 기뻐하면서 보마寶馬 한 쌍과 청색비단 일곱 필을 답례로 내 주며, 미천제에게 말을 전하라 했다.

"동방東方의 일은 왕께서 주관하시오. 서방西方의 일은 짐이 주재하겠 소이다!"

이듬해 331년 정월, 석륵이 미천제가 보낸 고구려 사신단 일행에게 크게 연회를 베풀어 주고, 황금을 섞어 짠 비단을 주周황후에게 보내왔 다. 이를 본 미천제가 웃으며 말했다.

"놈은 집 안에 범을 기르고 있어 머지않아 망할 텐데도, 감히 남의 집 안을 들여다볼 셈인가 보오, 허허허!"

그런데 2월이 되자, 갑작스레 미천제의 병이 위중해졌다. 태왕이 태 자를 불러 신검神劍을 넘겨주고는 얼굴 가까이 오게 해 말하기를, 봉상 처럼 무도하게 굴지 말라며 태왕에 올라 지켜야 할 일들을 일일이 일러 주었다.

"모용 집안과는 서로 이익을 다투지 말라……. 성을 튼튼히 하고 경 계를 잘해야 한다."

바로 미천제가 그동안 취해 왔던 대외전략의 핵심 그대로를 말한 셈 이었다. 마지막으로 자신을 周황후의 고향 산세가 좋으니 미천美川의 석 굴에 장사 지내라 이르고는 숨을 거두었다. 춘추 54세로 아직은 아까운 나이였다. 주황후가 태자 사유斯由를 안아 일으켜 시신이 보는 앞에서 태왕에 즉위하게 했고, 3보輔들의 알현을 받았다. 이어 빈궁殯宮의 뜰에 서 기다리던 백관들이 새로운 태왕의 즉위에 만세를 불러댔다.

〈고구려〉의 국상 소식에 모용외와, 석륵 등이 모두 사절을 보내와 조문하고, 부의도 후하게 보내왔다. 새로운 태왕이 조문사신들을 일일이 맞이하고 삼가며 빈례를 다하자, 이들 대부분이 고구려의 새 임금이 앞선 임금을 능가한다고 보고했다. 〈후조〉황제 석륵이 이를 듣고 한탄했다고 한다.

"을불은 아들이 있어 사직이 오래 갈 것이야. 나도 조용하고 평온하기는 하지만 장차 어찌 될 것인가?"

아들인 석홍石弘이 나약하다 보니 안심할 수 없었던 것이다. 이 소식을 들은 고구려의 새로운 태왕이 주변에 말했다.

"우리는 대위大位가 한번 정해지면 다시는 두말하지 않는 법인데, 갈羯과 호胡(선비)는 서로를 죽여 멸하고, 인간의 도리를 다하지 않으니 실로 금수禽獸라 할 것이오."

고구려 주변의 나라들에 대한 태왕의 인식을 보여 주는 말이었다.

미천제의 시대는 중원의 漢족들이 퇴락한 반면, 북방에서 수백 년간 천덕꾸러기 신세였던 鮮卑가 굴기崛起하던 대전환기였다. 미천제는 부친 돌고를 일찍 여의고 민가에 숨어들어, 한때는 소금장수로 연명해야 했다. 그래도 어려운 시기를 잘 견디고 살아남은 덕에, 후일 창조리가 봉상제를 끌어내리고 그를 찾아내 태왕의 보위에 올렸으니, 실로 군왕의 운을 타고난 모양이었다.

그러나 미천제는 재위 초기 공신들의 위세에 눌려 지내야 했고, 군사력 강화에 주력하던 강경파 삼보三輔에 끌려다니기 바빴다. 매파들의 일방적 득세에 부담을 느낀 미천제는 태왕의 권력을 되찾고자, 이들과 노선을 달리하는 온건 호족들과 함께 은밀하게 강경파 일소에 나섰다. 그 결과 자신의 배다른 사촌형이자 태보였던 용산공 고자高訿를 제거하고,

군부를 이끌던 장인 선방仙方을 퇴출시키는 데 성공함으로써 권모술수權謀術數에도 능한 군왕임을 드러냈다.

그러면서도 이후로 〈서부여〉 지역이 나라 안팎의 도전에 흔들리는 틈을 타, 낙랑, 대방, 현도 등 옛 공손씨 강역을 모두 수복하는 쾌거를 이루며 전성기를 이루었다. 그러나 그의 재위 중반 이후로는 중원의 〈서진〉이 몰락하면서, 강성한 선비족의 호걸들이 곳곳에서 일어나는 엄중한 시기와 맞닥뜨리게 되었다. 남흉노 계열 유연의 〈전조前趙〉(漢)를 시작으로, 갈족 석륵의 〈후조後趙〉, 동부 3선비인 〈모용〉, 〈단〉, 〈우문〉에 이은 중부의 〈탁발〉 선비까지 모두 일어나 중원을 놓고 패권 다툼을 벌이는 것은 물론, 상국이나 다름없던 고구려에 도전해 온 것이었다.

고구려는 그중에도 서쪽의 노련하기 짝이 없는 모용외와 그 아들들에게 밀리면서, 점차 요동遼東의 옛 강역을 하나둘씩 도로 내주고 말았다. 특히 모용씨에 대한 〈극성진공〉 실패 이후로 말년의 미천제는 더 이상 선비족과의 전쟁을 그치고 관망하면서, 경계에만 치중하는 소극적인 태도로 일관했다. 그만큼 선비족들의 기세가 강성했던 탓이었지만, 오래도록 대외전쟁을 수행하기에는 국력에 한계가 있다고 여긴 때문이었을 것이다. 대신 전쟁을 그치니 경제 상황은 빠르게 나아졌고, 백성들로부터는 칭송이 자자했다.

이처럼 수성守成에 주력하고 가능한 전쟁을 최소화하려는 것이, 2세기 후반 신대제 이래로 역대 고구려 황실이 유지하려 했던 대외정책 기조로 보였다. 게다가 동천제 사후의 고구려는 중천제와 서천제, 봉상제에 이르기까지 순국으로 지켜 내려 했던 동천제의 결기와는 달리, 평화에만 주력한 나머지 군사력이 지속적으로 약화되었다. 특히 봉상제에 이르러서는 국력을 보강하기보다는 궁전을 보수하는 일에 주력하다가 망국의 지경에까지 이르는 수준이 되었다. 사태를 엄중하게 본 창조리의 용기로 미천제가 태왕이 되어, 나라의 기강을 다잡고 안정을 이루는 데 성공했으니 다행한 일이었다. 미천제가 이후로 한때는 요동을 수복하는 등 나라의 강역을 넓히고 위상을 드높였으니, 중흥군주라 할 만도 했다.

그러나 크게 보아 미천제의 시대는 중원의 漢족이 쇠락하고, 강성한 북방기마민족이 들불처럼 일어나던 역사적 대세 전환기였다. 미천제는 고구려 건국 4백 년 만에 선비 등 속국이나 다름없던 북방민족들의 거센 도전에 직면한 최초의 태왕으로서, 엄중한 시대의 변화를 읽어 냈어야 했다. 그러나 그는 요동 수복이라는 작은 성공에 만족하고, 대신들과의 권력투쟁에 치우친 나머지 시대가 요구하는 인재들, 즉 병법을 알고 전쟁을 수행해 낼 수 있는 무인 세력을 스스로 내치는 우를 범하고 말았다.

그 결과는 미천제 본인이 주도했던 〈극성진공〉의 실패로 귀결되고 말았다. 수많은 장병들과 장수들이 전사하고 국력을 크게 상실한 나머지 이후로는 힘을 쓰지 못하니, 자신이 되찾았던 요동의 땅도 선비족에게 차례대로 내주어야 했다. 그의 치세에 선비의 준동을 꺾기는커녕 오히려 내밀림으로써, 이후로 북방의 선비는 더욱 강성하게 일어날 수 있었고, 소위 3백 년에 걸친 〈5호 16국〉 시대가 활짝 열리게 되었던 것이다.

이들은 고구려를 돌아 중원대륙 전체를 헤집고 다니며 장강長江의 이북 모두를 장악했고, 중원대륙 전역과 동북아 전체를 뜨거운 전쟁의 광풍 속으로 몰아넣었다. 비록 멀리 요동에 치우쳐 있다고는 해도, 〈고구려〉 또한 이 거대한 변화의 소용돌이 속에서 결코 예외가 될 수 없음을 간파하고 사생결단의 각오로 적극 대처해야 했을 것이다.

그렇다 해도 미천제의 고구려가 이런 거대한 시대의 흐름을 막아 내기에는 어쩌면 무리일 수도 있었다. 그러나 모용씨와 다투지 말라는 미천제의 소극적 유지는 그가 죽음을 앞두고시도, 급변하는 국제징세와 저항할 수 없는 힘의 이동을 여전히 실감하지 못했음을 알게 해 줄 뿐이었다. 이것이 진정한 태왕의 유지였는지 사실 여부를 떠나, 이처럼 안일한 상황인식이 그의 후대에 더더욱 뼈아픈 고통으로 이어졌기 때문이었다.

13. 부여백제의 등장

한반도의 〈사로국〉에서는 미추왕 14년인 275년경, 왕의 모후인 술례述禮태후가 83세의 고령으로 세상을 떠났다. 소비왕所非王 이음利音의 딸로 명석하여 윗사람을 잘 받들고, 사람들을 두루 거느리는 재주가 있었다. 16살에 내해왕奈解王의 후비後妃를 거쳐, 아랫사람이던 장훤공長萱公에게 재가해 두루 자식을 두었다. 그 후 군군軍君(김구도)에게 발탁되어 미추왕을 낳았으나, 사실 장훤공의 아들이었다고 한다.

일부에서는 미추의 세력이 당시 북방에서 흘러온 오환烏桓족 출신들을 끌어들였을 것으로 보고 있는데, 자세히는 알 수 없었다. 다만 장훤에 이은 양부良夫 등의 세력이 석昔씨 왕조를 밀어내고, 金씨 미추왕을 세우는 데 큰 공을 세우다 보니 충분히 가능한 이야기였다. 알지의 후손인 김씨 일가 역시 북방 흉노 휴도왕의 후손이었으니, 주류인 昔씨 일가에 대항해 대륙에서 이주해 온 오환 출신 무장 세력을 어떻게든 끌어들이려 했을 수 있었다. 그 중심에 미추왕의 모친인 술례가 있었고, 그녀가 구도에게 온몸을 던짐으로써 구도의 딸인 옥모태후와 가까워질 수 있었던 것이다.

장훤의 처였던 술례는 그 후 조분선금의 딸을 낳았고, 장훤이 죽자 다시 구도의 아들인 말흔末昕의 정처가 되었다가, 아들인 미추왕의 즉위와 함께 태후의 자리에 올랐다. 술례태후는 자신의 파벌을 이루며 두루 정사에 관여했는데, 말흔의 자식인 말구末仇에게 군권을 주어 골문骨門을 장악하게 하고, 소위 화림중흥花林中興의 대업을 이루어 내게 했으니 틀림없는 여장부였다. 미추왕이 모후의 죽음을 슬퍼하면서 말했다.

"모후가 아니었다면 내가 어찌 임금의 자리에 오를 수 있었겠느냐? 흑흑!"

미추왕이 태후의 능을 세우는 데 각별히 신경을 써서 대단히 웅장하게 조성했고, 내해왕의 딸인 내술奈述궁주를 제주祭主로 삼았다. 이후 술례태후가 모셨던 다섯 남편, 내해, 장훤, 구도, 조분, 말흔의 무덤에 각각 분골했다고 한다. 놀랍게도 당시 죽음을 앞둔 술례태후가 폐신들에게 지엄한 명을 내렸다.

"내가 죽거든 나를 따르던 신하들 모두는 부디 나를 따라 죽기를 바란다!"

미추왕이 당연히 이를 허락하지 않았는데, 그녀는 죽어서까지 자신으로 인해 야기될 수 있는 부담을 자식에게 남기지 않으려 했던 것이다. 파소여왕 선도仙桃성모 이래로 사로국은 여전히 여인의 정치력이 십분 발휘되는 사회였던 것이다. 또 이 시기에 비로소 알지의 후손인 김씨 미추왕을 배출함으로써 이후 金씨 또한 朴, 昔씨와 함께 당당히 왕족의 계보를 이루는 3성姓씨로 편입되게 되었다. 후대에 金씨들이 창성하기까지는 이처럼 구도와 옥모 부녀에 이은 술례 등의 남다른 노력이 있었기에 가능한 일이었을 것이다.

미추왕 21년인 282년, 왕이 조분왕과 아소례阿召禮의 아들인 유례儒禮 태자를 부군副君으로 삼았나. 소분왕이 어려서부터 아후阿后(아이혜)에게 유례를 기르도록 했는데, 《효경孝經》에 능통했고 아후를 지극하게 모셨다고 한다. 그즈음에는 아후가 유례를 총애하여 부군으로 올렸던 것이다. 당시 유례가 상문태사詳文太師로 있던 미암米諳을 스승으로 두었는데, 그는 오吳나라 출신으로 사로국 왕실의 혼례 문화에 대해 대단히 비판적이었다. 그런데도 유례가 어머니나 다름없는 아후와의 관계를 걱정했을 때, 정작 미암은 이를 허용했다고 한다.

"태자는 조분선제의 총애를 받은 아들이다. 나에 대한 예의를 지키려 한다면 후일 백성들을 교화하면 될 일이다. 한 분의 后와 두 임금의 치세 중에 이런 일이 생겼으나, 어찌 또 그런 일이 반복해 일어나겠는가?"

이에 왕실에서 미암에게 많은 곡식과 노비를 내려 주고, 장원과 저택을 하사해 왕자의 예에 버금가는 우대를 해 주었다. 생전의 손광孫光대사가 미암의 부친인 미회米會를 따라 吳나라로 들어가 6년간 수행을 하고 돌아올 때, 미회의 첩이자 미암의 생모인 유劉씨를 금성으로 데리고 왔다. 수도 중에 손광이 미모의 유씨를 흠모했고, 이를 안 미회가 손광에게 첩을 내주었던 것이다. 그 후 장성한 미암이 생모를 찾아 금성으로 오니, 손광이 그를 양자로 삼아 큰 스승이 되게 했고, 유례를 포함해 양부良夫 등이 그를 받들었던 것이다.

그 무렵 吳나라의 멸망을 전후해 장혁張弈과 같은 오인吳人 출신들이 미암을 좇아 금성으로 들어왔는데, 조정에서 무거운 녹봉을 주며 우대했다. 나중에는 〈오인전吳人田〉까지 두고 미암을 그 전주田主로 삼아 이들을 육성하도록 하니, 이들이 吳나라의 미녀들을 들여와 골문에 바치곤 했다. 환環씨와 비狒씨 같은 여인들이 미암이 데리고 있다가 궁실에 바쳐진 吳나라 출신 미녀들이었다.

미암은 중원의 예교禮敎를 들어 당시 사로국의 골문을 향해 음란하다며 크게 꾸짖었고, 그런 이유로 사람들이 그를 어려워하다 보니 권위가 더해져 많은 관료들이 그에게 아첨했다. 그러나 정작 본인은 남몰래 골녀들을 유혹해 자식들을 낳고 재물을 탐하는 등 지식인으로서 이중적인 행태를 드러냈고, 이런 그의 그릇된 행동을 비판하는 식자들도 많았다. 어쨌든 미암은 3년 후 72세의 나이로 죽기까지, 반도 동쪽에 치우친 〈사로국〉을 중원과 연결시켜 주던 소중한 존재임이 틀림없었다.

그런데 유례태자가 부군에 오르자 미추왕은 점점 정사에서 멀어진 듯했고, 이제 나이가 든 아후阿后 역시 마찬가지여서 그녀와 조분왕의 딸인 광명光明이 미추왕을 가까이서 모셨다. 283년에는 양부 등이 아후를 받들어 신후神后로 삼기를 청했는데, 그녀도 이제 정치와 거리를 두기 시작했다는 의미였다. 미추왕이 조정의 백관들에게 3일 동안 연회를 베푸는 한편, 아후의 자손들에게 1급씩의 작위를 올려 주었다. 그해 3월 미추왕과 광명후가 흘해訖解와 기림基臨 등을 거느리고 아슬라신산阿瑟羅神山에 올라 신후神后의 복을 빌었다. 그 무렵 사로국에 가뭄이 심하여 미추왕이 조정에 나가 탄식하면서 말했다.

"백성들은 고생이 많거늘 조정의 사치는 점점 심하고, 신하들은 원망이 크다. 軍의 사기는 떨어지고, 文이 흥미를 잃었다……"

그리고는 이내 음식을 끊으려 하자, 유례부군이 신후(아이혜)에게 이를 말리도록 종용했다. 신후가 미추왕을 찾아 한소리를 해 댔다.

"임금께서 식사를 끊으면 부군도 따라 해야 하거늘, 대장부께서 어찌하여 속 좁은 소인배처럼 구시는 겝니까? 나라가 태평하다는 것 자체가 이미 군주의 복인데, 작은 가뭄에도 임금이 나서서 일일이 자책할 필요가 무엇이겠습니까?"

"......."

이에 대해 미추왕은 묵묵부답으로 대응했다. 화려한 것을 좋아한 신후는 사치를 즐겨 궁중에서 옥玉을 많이 사용함은 물론 진귀한 그릇들을 쓰게 했고, 정원을 커다랗게 쌓은 가산假山으로 꾸몄다. 바닥은 호피를 깔고, 꿩의 머리털로 만든 곤룡포를 입었으며, 8가지 보석으로 꾸민 화려한 금관을 썼다. 그에 반해 미추왕은 스스로 검소함을 실천하고, 항상 마음을 차분하게 한 다음 정무에 임했다. 부군 유례가 서로 상반된 왕과 왕후의 행동에 적지 않게 난감해했다고 한다. 신후는 신후대로 미추왕이 늙은 아내를 멀리한다고 서운해하면서, 부부의 사이가 갈수록 소원해졌다.

그 시절 오래도록 커다란 전쟁이 없던 탓이었는지, 경도京都(금성)는 사람과 물자가 크게 번성해 있었다. 인구만 129,000여 호에 대략 80만 명에 이르렀고, 황금색 도료를 칠한 황옥대궁黃屋大宮이 30여 곳, 금칠을 한 금입대택金入大宅이 90여 곳에, 그보다 작은 금입소택金入小宅은 5백여 곳이나 되었다. 경도의 바깥에도 대택이 100여 군데나 있었고, 모두 노비와 장원이 딸린 것들이었다. 갖가지 기술을 지닌 백공百工들이 활동했고, 재화가 넘쳤다. 신후가 수차례나 궁실을 고치자고 했으나, 미추왕은 재정을 쌓는 데만 신경을 쓸 뿐, 이를 들어주려 하지 않았다.

사실 미추왕이 가뭄을 자책한 이유도 신후가 스스로 부끄러움을 깨닫게 하려던 의도였으나, 오히려 그녀의 화만 돋우고 만 셈이었다. 미추왕이 잔뜩 실망하여 말했다.

"내가 오래전부터 선위하려 했었는데, 오늘이 바로 그것을 실행할 만한 날이로다!"

미추왕이 부군 유례에게 새보璽寶(옥쇄)를 전하고는 이내 궁을 나가 도산桃山으로 가 버렸고, 부군은 울면서 사양할 뿐이었다. 도산에 도착하자마자 미추왕은 유례부군의 가신이나 다름없는 홍권弘權을 불러 곧장 택일을 하라는 명을 내렸다. 이후 선위禪位의 의식이 일사천리로 진행되었는데, 조분의 선례를 따라 도산에서 이루어졌다. 미추왕은 선금仙今, 부군은 신금新今이라 칭하게 했는데, 유례신금이 신후와 함께 백대마白大馬를 타고 조상의 사당을 알현한 다음, 〈남당南堂〉으로 가서 백관들로부터 축하를 받았다.

미추왕은 이때부터 유유자적 산천을 유람하면서 백성들의 질병과 고통을 보살피러 다녔다. 다만, 수시로 현명한 인재를 천거하거나, 재주 있는 문장가들을 키워 내고자 했다. 그러던 중 유례이사금 11년인 296년경, 미추선금이 신림新林에서 아후阿后를 따라 죽었다고 하는데, 이때 화궁花宮을 헐어 대릉大陵으로 다시 조성했고, 그 사당을 명당明堂이라 불렀다.

그러나 유례이사금의 부상은 실제로는 아후阿后가 金씨 미추왕을 밀어내고, 다시금 석昔씨 왕통을 되돌려 놓은 모양새였다. 어찌 보면 이 모든 것을 주재한 사람은 여성인 아후였으니, 구태여 성姓씨나 왕통을 따질 일도 아니었던 셈이다. 昔씨 내해왕의 딸인 아이혜(아후)는 풍요로운 시절에 누구보다 화려한 삶을 살다간 운이 좋은 여인이었다.

그 무렵 대륙에서는 AD 285년경, 모용선비의 〈西부여〉(비리卑離) 침공으로 의려왕依慮王이 자결하면서, 약 3백 년을 이어 오던 서부여 정권이 붕괴되기 시작했다. 의려왕의 아들 의라依羅가 고구려 양맥으로 피신해 있는 사이 낙랑을 비롯한 서부여의 강역에 속했던 소국들이 저마다 독립을 시도했고, 〈모용선비〉 외에 〈서진〉과 〈고구려〉까지 달려들어 각축전을 벌이면서 이 지역은 순식간에 가장 뜨거운 분쟁지역이 되고 말았다. 그 와중에 정작 주인이어야 할 의라왕의 존재가 희미해진 것으로 미루어, 의라왕의 세력은 여기저기 밀린 채, 사태를 관망할 수밖에 없었던 것으로 보였다.

이와 같은 〈서부여〉의 분열은 모용외의 침입 이전부터 의려왕의 친고구려 정책에 반기를 든 대방왕帶方王 공손건公孫虔과 책계責稽를 중심으로 하는 반서부여 세력이 주도한 것이었다. 혼인동맹으로 결속을 다진 이들은 서부여의 새 임금이 된 의라왕이 〈고구려〉와 〈서진〉의 지원으로 〈모용씨〉를 몰아낸 이후에도, 계속해서 반기를 들어 자립을 시도했고 오히려 의라왕을 압도한 것으로 보였다. 그 와중에 책계가 한맥漢貊과의 전투 중에 전사했고, 뒤를 이은 분서汾西는 낙랑왕 자술子述이 보낸 자객에게 피살되었다.

그해 304년경, 대방 출신으로 분서의 모친이었던 보과宝果는 비류比流를 내세워 권력을 유지하려 들었는데, 그는 보과부인의 정부情夫로 보이는 인물이었다. 고구려의 미천제는 대방 고지故地의 최체最彘태수 장막사長莫思를 시켜 비류의 편에 서서 낙랑왕과의 반목을 유도할 것을 명했고, 그사이에 요동정벌을 위한 만반의 준비를 갖추었다.

307년 모용외가 대선우에 올라 그 세력을 더욱 공고히 하자 이듬해인 308년, 마침내 미천제가 야심찬 각오로 〈요동 원정〉을 개시했다. 때마침 漢(前趙)의 유연이 칭제를 하면서 〈5호 16국〉의 시대가 본격적으로 열리고, 사마씨의 〈서진〉이 붕괴 직전으로 내몰려 있었던 것이다. 고구려가 우선 인근의 낙랑을 공격해 그에 속한 2개 郡을 차지하자, 낙랑왕 자술이 재빨리 고구려에 칭신하며 그 아래로 들어왔다. 3년 뒤인 311년에는 남소南蘇태수 고노자高奴子의 건의로 요동遼東의 서안평西安平을 공격해 차지했다.

2년 뒤인 313년에는 모용외가 자술의 부하인 장통張統을 낙랑태수에 임명하여 따로 낙랑군을 설치함으로써 고구려를 견제하려 들었다. 그 해 가을 미천제가 장막사 등을 시켜 낙랑성을 공략해 일거에 함락시키면서 낙랑을 수복하는 데도 성공했다. 미천제의 요동 원정은 이것으로 그치지 않아, 이듬해에도 통주 아래 평곽平郭과 대방에 속했던 잠성岑城과 제해提奚 2城을 공략해 빼앗았다. 그 이듬해인 315년에는 낙랑의 북쪽인 현도성玄菟城을 빼앗았고, 말갈부의 장령長嶺까지 장악해 다스리게 했다. 이로써 미천제는 즉위 15년 만에 숙원이었던 요동의 대부분을 회복하는 쾌거를 이루었는데, 정확히는 이것이 미천제 재위 전반기의 성과였던 것이다.

이처럼 강력한 〈고구려〉가 현도와 낙랑, 대방에 이르는 옛 〈공손연燕〉의 강역 대부분을 차지하는 동안, 고구려에 의지해 그 땅에서 살고 있던 〈서부여〉와 그에 반목하던 비류의 세력은 하나같이 자신들이 설자리를 잃고 말았다. 요동고토 수복이라는 대명제 아래 미천제 초창기의 고구려가 이들을 전혀 안중에 두지 않은 채 무자비한 영토전쟁에 몰입했던 것이다. 당시 고구려는 요동 원정을 위해 수륙군을 합해 무려 30만에 이르는 대규모 병력을 양성해 놓은 상태였다. 그 결과 고구려를 믿었던 의라왕의 서부여 세력은 서북쪽의 내몽골 방면으로 힘없이 내처지고 말았다.

문제는 서부여 남쪽의 대방고지를 근거로 하던 비류의 세력이었다. 당시 고구려의 요동원정이 남북 전역에 걸쳐 워낙 주도면밀하고도 집요하게 이루어진 탓에, 비류 세력 또한 속수무책으로 당할 수밖에 없었을 것이다. 이제 동쪽과 북쪽은 고구려요, 서쪽은 또 다른 모용선비가 고구려와 직접 부딪칠 기세로 다가와 있었다. 비류 세력이 갈 곳이라곤 남쪽으로 인접한 발해 바다뿐이었을 것이다. 실제로 이들 비류 세력은 고구려에 굴복하는 것을 거부한 채, 그즈음 어느 시기에 바다 건너 한반도 이주를 택하고 말았다.

사실 역사적으로도 번조선이자 낙랑, 마마한, 백제 등을 두루 품었던 이 지역은 북방민족을 대표하는 古조선과 중원의 화하족이 경계를 이루며 무려 천 년이 넘도록 다투었던 주요 분쟁지역이었다. 춘추시대인 BC 660년경 〈진한辰韓〉에 대항해 중원의 〈제齊〉나라 연합이 맞붙었던 〈산융전쟁〉에서부터, BC 3세기경 〈연燕〉나라 진개의 〈동호 원정〉, 이어진 흉노 묵돌의 〈동호 공략〉이 있었다. 무엇보다 BC 108년경 漢무제의 〈위씨조선〉(낙랑) 침공 이후에는 고조선이 열국시대로 들어가 분열되기 시작하면서, 소위 〈한사군〉 설치를 놓고, 가장 뜨거운 분쟁지역으로 고착화되고 말았다.

그 와중에 사로국의 전신인 포구진한의 〈사로斯盧〉(서나벌)는 물론, 온조의 〈백제伯濟〉와 그 아래쪽에 있던 창해국 예맥조선, 진변조선, 낙랑과 말갈 등 수많은 소국들과 부족들이 이합집산을 거듭하고, 건국과 소멸을 반복했다. 그러나 AD 40년을 전후하여 後漢과 고구려의 2강으로 강역이 좁혀지게 되었고, 이때 이들의 틈바구니에서 갈 곳 없는 소국들이 한반도 이주를 감행하면서 일시적으로 한반도 이주 러시가 일어나기도 했다. 바로 이러한 역사적 연원이 있어, 요동과 요서 지역의 반도 이주는 수시로 반복되던 일이었고, 비류比流 세력 또한 이때 과감하게 반도행을 결행한 것으로 보였다.

그 무렵인 312년경, 비류가 사람들을 내보내 백성들의 사는 형편을 돌아보게 했다. 이어 4궁窮, 즉 고아와 독거노인, 홀아비와 과부 등 외롭게 사는 사람들에게 곡식 3석石씩을 나눠 주게 하는 등 민심을 다독이게 했다. 4월에는 동명東明사당을 찾아 배알하고, 평산平山 출신이라는 해구解仇를 병관좌평兵官佐平으로 삼아 군기軍氣를 강화했다. 그 이듬해 313년에는 비류가 친히 제물祭物을 칼질하여 잡은 다음, 성 밖의 남쪽 교외로 나가 하늘과 땅에 제사했다. 이 모두가 무엇인가 중대한 결심을 앞둔 모습들이었다.

놀랍게도 이러한 일들은 그즈음 대방을 떠난 비류 세력이 이미 한반도로 들어와 실행한 행위들이었다. 바로 그해 고구려가 직접 요동의 낙랑성을 공격해 깨뜨리는 데 성공했고, 이듬해인 314년에는 평곽과 함께 대방의 2개 城까지 빼앗았다. 고구려로서는 서부여의 일파였던 비류 세력(대방)이 떠나 버린 낙랑을 놓고 모용씨와 다투긴 했으나, 원래의 땅을 되찾는 일이라 그리 어려운 일만은 아니었을 것이다.

그 후 몇 년이 더 지난 316년 정월, 한반도 한성의 〈백제伯濟〉에서는 큰 별이 서쪽으로 떨어지고, 가뭄이 도래했다. 4월에는 한성에 흉흉한 소문이 나돌기 시작했는데, 어느 날 도성의 큰 우물이 넘쳐흐르더니 갑자기 흑룡黑龍이 나타났다는 것이었다. 사람들이 이를 가리켜 북쪽 나라가 쳐들어와서 나라를 빼앗을 징조로 여기며 몹시 불안해했다고 한다.

이런저런 정황으로 미루어 한반도 〈백제〉에 등장한 흑룡의 실체는 바로 요동의 〈서부여〉 일파로, 대륙에서 바다를 건너 이주해 온 비류比流의 세력이 틀림없었다. 고구려의 대대적인 요동 원정 공세를 견디다 못해, 이들이 한반도행을 택했던 것이다. 다만, 당시 반도의 서북은 강력한 〈고구려〉의 강역이었고, 그 아래 한강 유역은 자신들보다 무려 3백 년이나 앞서 요동에서 이주해 온 〈한성백제〉 세력이 이미 터를 잡고 있었다.

따라서 비류가 이끄는 대방(서부여) 세력은 미천제의 요동원정이 개시되던 308년을 전후한 어느 시기에, 한성 백제에서 남쪽으로 멀리 떨어진 충남지역의 서해안 어딘가에 도착해 반도에서의 정착을 시도한 것으로 보였다. 그 와중에 316년경, 한성백제의 왕(미상)이 사망한 듯했고, 이러한 한성의 왕위교체를 계기로 북쪽으로의 진출을 도모한 것으로 보였다. 급기야 320년 8월경이 되자 비류가 궁궐의 서쪽에 사대射臺(활터)를 쌓아 놓고, 대신들에게 지엄한 명령을 내렸다.

"앞으로 초하루와 보름날마다 좌평 이하 모든 이들은 한 사람도 빠짐없이 활쏘기 훈련에 참가하도록 하라. 또 주기적으로 시험을 치를 것이니, 훈련에 적극 임해야 할 것이다!"

자세히는 알 수 없지만, 이로 미루어 비류의 한반도 이주 집단은 이 무렵에 충남 일대에 나라를 건설하고, 종전 그대로 비류를 자신들의 왕으로 받든 것으로 보였다. 이들이 이후 거발성居拔城(고마성固麻城)이라는 도성都城을 쌓고 궁궐까지 갖추었다고 하니, 반도 정착에 빠르게 성공한 것이 틀림없었다. 거발성은 원래 이들이 있던 대방고지의 치소治所 이름이었는데, 반도에 와서도 자신들의 정체성을 유지하고자 명칭 그대로를 부른 것으로, 금강錦江이 흐르는 웅진熊鎭(충남공주) 일대로 추정되는 지역이었다.

이들은 건국 초기부터 언제 어디서든 누구나 전쟁에 참여할 수 있도록 전시체제로 나라를 다스려야 했고, 따라서 활쏘기 등 무술연마를 중시한 듯했다. 일설에는 이때 한반도로 넘어온 비류세력이 백가百家를 넘을 정도의 규모였고, 이를 '백가제해百家濟海'라고 부른 데서 〈백제百濟〉라는 국호가 나왔다고도 했다. 정황으로 보아 가능성이 아주 높은 이야기였다.

이렇게 충남 일대를 평정한 〈백가제해〉 세력이 이후로 서서히 북상해 기존 북쪽의 〈한성백제〉에 접근해 경계를 이루고 있다가, 왕위 교체기를 맞이한 이 무렵에 이르러 한성백제를 바짝 압박하기 시작했다. 한성백제 사람들이 흑룡의 출현과 함께 장차 북쪽 나라 사람들이 쳐들어올 것을 염려했다는 것이 이를 뒷받침하는 것이었다. 바로 이들이 소위 〈부여백제夫餘百濟〉 세력이며, 비류와 함께 갑작스레 한반도에 혜성처럼 등장한 백가제해 세력이었던 것이다. 이들은 노선 투쟁에서 의라왕과 대립했던 반서부여 세력이었으나, 다 같은 古비리국, 즉 〈서부여西夫餘〉 출신이었고, 위구태의 후예들임이 틀림없었다.

이듬해 321년, 비류왕이 이복동생 우복優福이라는 인물을 내신좌평으로 삼았는데, 우복이 폐신이어서 조정 대신들이 두루 탐탁지 않게 여긴 모양이었다. 그래서인지 한낮에도 태백성이 나타나고, 남쪽에서는 황충이 일어나 농사를 망쳤다고 했다. 태백성은 저녁 서쪽 하늘에 나타나는 샛별(금성金星)을 말하는데, 한낮에 나타나는 것을 불길한 징조로 여겼다.

4년 후인 325년 11월, 비류왕이 구원狗原의 북쪽에서 사냥을 하고, 손수 사슴을 잡았다. 구원은 한성의 서쪽, 오늘날 경기 김포로 추정되는 곳이었으니, 어느 순간 비류 세력은 놀랍게도 한성백제 세력을 무력으로 제압하는 데 성공했고, 그 서북단까지 진출한 것이 틀림없었다. 아마도 당시 전투에서 우위를 차지했던 비류왕이 한성백제 세력과 모종의 협상을 진행했고, 그 결과가 만족스럽게 끝나 이를 축하하기 위해 양쪽의 군주들이 만나 사냥대회를 가진 것으로 보였다. 협상의 내용을 자세히 알 수는 없지만 영토 문제를 포함한 양측의 정치통합 문제 등을 논의한 것으로 추정되는데, 이때 비류왕 측이 한성백제로부터 많은 양보를 이끌어 낸 듯했다.

당시 비류왕의 세력은 대륙의 요동에서 크고 작은 전쟁에 일상적으로 노출되었던 자들로, 사실상 전사戰士들로 이루어진 집단이었다. 이에 반해 한성백제는 동남쪽의 사로국이나 말갈 정도와 이따금 전쟁을 치렀을 정도로 오랜 세월 평화로운 생활에 젖어 있던 나라였다. 따라서 대륙 출신의 전사 집단으로 각종 병장기는 물론 전투 능력에서 앞서 있던 부여백제의 공세를 한성백제 세력이 당해 내지 못했을 공산이 매우 컸던 것이다.

그 무렵 비류왕이 구원에서 사냥을 하기 1달 전, 한성백제의 하늘에서 풍랑이 서로 부딪는 듯한 소리가 들렸다고 했다. 이는 두 백제 세력이 한강 유역 어디쯤에서 대규모로 충돌했음을 시사해 주는 내용이었다. 바로 이 전투에서 부여백제가 승기를 잡았고, 그 결과 한성 측이 협상에 응하면서 비류왕 측의 요구를 두루 수용했던 것이다. 그 내용은 필시 두 백제의 실질적인 정치적 통합과 함께, 비류왕을 왕으로 추대하는 문제였을 것으로 추정된다.

그때 비류왕에게 순순히 무릎을 꿇은 온조계 한성백제의 군주가 끝내 누구인지 드러나지 않은 것도 이를 뒷받침하는 또 다른 증거였다. 대륙으로부터 도래한 서부여계〈부여백제〉의 비류왕 세력이 고이왕 이후의〈한성백제〉세력을 제압하고 정치적 통합을 이루다 보니, 양국의 왕력이 중첩되는 문제에 노출되고 말았던 것이다. 결국 후대의 사가史家들이 부여백제가 토착 한성백제의 오랜 왕력王歷을 계승한 것으로 만들고자, 고이왕 이후의 왕력을 책계, 분서, 비류왕으로 이어진 것으로 덮어 씌우는 대신, 그사이에 존재했던 한성백제의 군주들을 가린 것으로 보였다.

이렇게 두 왕조의 역사를 하나로 묶는 바람에, 후일 백제 역사를 해석함에 있어 커다란 혼란이 야기되었던 것이다. 이와 유사한 경우가 바로 사로국에서 먼저 일어났으니, 사벌과 탈해왕의 시기였다. 충청 일대의 구휼 〈서나벌〉과 경주의 〈계림〉 두 왕조가 각각 동시대에 병존했지만, 후일 양측의 역사를 하나로 통합하면서 유리왕의 뒤를 탈해왕이, 그 뒤를 파사왕이 이은 것으로 했고, 그 와중에 애꿎은 사벌왕이 왕력에서 누락되고 말았던 것이다.

사실 한성백제는 온조대왕이 고구려로부터 독립해 대륙 요동에서 나라를 세운 다음, 아들인 다루왕 때 한반도로 이주한 이래로 3백 년을 이어 온 오래된 왕조였다. 〈백제伯濟〉는 비슷한 시기에 마찬가지로 요동에서 반도로 먼저 이주해 온 〈中마한〉을 비롯해, 영원한 숙적인 〈서나벌〉(사로)이나 〈동예(말갈)〉, 〈동옥저(낙랑)〉, 〈가야〉 등과 수시로 충돌하면서도 꿋꿋하게 오랜 왕통을 이어 왔다. 그러다 이 무렵인 4세기 초 대륙으로부터 갑작스레 등장한 〈서부여〉 비류 세력에 맥없이 통합되면서, 그 앞뒤의 역사 자체가 의문투성이로 남고 말았다. 게다가 伯濟라는 국호의 명칭이 바로 이 무렵에 비로소 〈百濟〉로 바뀐 것이 틀림없었다. 한성伯濟가 백가제해百家濟海의 나라가 되고 말았던 것이다.

2세기 초, 요동에서 이주해 온 서나벌과 동남쪽의 계림(사로)이 정치적 통합을 이루어 냈듯이, 공교롭게도 이 시기에 대륙으로부터의 이주 세력인 부여백제와 기존 한성백제 세력이 또 다른 형태의 정치적 통합을 이룩해 냄으로써 2세기 만에 유사한 역사가 재현된 셈이었다. 이처럼 서부여 세력의 한반도 이주야말로 반도의 역사에 엄청난 충격을 가한 대사건이었던 것이다.

그런데 그 2년 뒤인 327년 9월, 한성의 비류왕에게 반갑지 않은 급보가 전해졌다.

"아뢰오, 내신좌평 우복이 갑작스레 북한성北漢城을 근거로 반란을 일으켰다고 하옵니다!"

사실 우복은 한성백세 고이왕의 왕후 중 한 사람이었던 어음餘音의 아들로 추정되는 인물이었다. 여음이 고이왕후인 소내素嬭에게 쫓겨나 평촌坪村에 숨어들었을 때 그곳 촌주와의 사이에서 낳은 자식이라는 것이었다. 당시 비류왕이 한성백제와의 정치적 통합을 위해 주변의 반대를 무릅쓰고 한성을 대표하는 우복을 이복동생으로 삼아 내신좌평의 자리를 내준 것으로 보였다. 그러자 야심 가득한 우복이 비류왕을 등에 업고 한성백제의 정치를 농단하기 시작했다.

그러나 우복은 어디까지나 한성백제의 비주류임에 틀림없었고, 끝내는 비류계와도 갈등하기 시작하면서 속으로 불만이 가중되었을 것이다. 우복이 내신좌평에 올랐을 때, 비류왕의 측근들이 그를 탐탁지 않게 여겼다는 것도 이를 시사해 주는 내용이었다. 마침 비류왕이 책계왕의 처로 미색이 빼어난 사계沙鷄란 여인을 후비後妃로 삼았는데, 그즈음 우복 또한 그녀를 흠모해 왔다고 한다.

우복이 이로 인해 비류왕에 대해 더욱 반감을 품은 상황에서, 비류왕의 여러 아들들과도 수시로 충돌했다. 결국 우복이 무모하게 한성백제의 왕권 탈취를 시도하다 실패한 것으로 보였고, 궁지에 몰린 우복이 끝내 북한산을 근거지로 하여 반란을 일으킨 것이었다. 우복은 이때 필시 한성백제의 부활을 기치로 내걸었을 것이다. 비류왕이 엄하게 명을 내렸다.

"우복이 은혜를 모르고 반기를 들었으니, 결코 좌시할 수 없다. 이번에 반드시 우복을 진압해야 추가적인 동요를 막을 수 있을 것이다."

결국 비류왕이 북한산으로 군대를 보내 우복의 토벌에 나섰으나, 우복에 호응하는 한성백제 토착 세력의 저항이 만만치 않았다. 그 결과 뜻밖에도 우복이 여러 해를 버티면서 뜻을 굽히지 않았는데, 그 와중에 북한성에서 죽음을 맞고 말았다. 이때 그의 아들 열복悅福이 추종하는 무리를 이끌고 이웃한 〈신라新羅〉(사로)로 달아나 버림으로써 〈우복의 난〉이 평정될 수 있었다. 우복에 대해 마치 사계라는 여인을 놓고 사랑싸움이라도 벌인 용렬한 인물인 듯 비하했지만, 우복은 실상 〈한성백제〉의 부활을 위해 저항했던 인물일 가능성이 높았던 것이다.

그러던 331년 10월이 되자 비류왕의 〈百濟〉가 이웃한 〈新羅〉의 변경을 침범하여 괴곡성槐谷城(충북괴산)을 포위했다. 〈우복의 난〉으로 백제의 열복이 신라로 달아나 버리자, 그를 따라 신라로 들어간 백제의 병사들을 백제로 되돌리기 위해서였다. 신라 조정에서는 당시 열복에 대한 믿음이 없어서 스스로 물러나기를 바랐으나, 끝내 열복 일행의 귀부 요청을 받아들였었다. 신라에서 즉시 해찬海湌 정원正源을 내보내 백제군에 맞서니 백제군이 물러나고 말았다.

그러나 5년 뒤인 336년 10월, 백제는 장수 사문沙文을 시켜 또다시 신라로 들어가 괴곡성을 공격하게 했다. 열복 일행을 받아들이고 그들을 돌려보내지 않은 데 대한 보복성 공격이었다. 신라에서는 양질良質이 정예기병을 이끌고 나와 백제군에 맞서 싸웠다. 그 결과 신라가 백제군을 크게 깨뜨렸고, 사문은 포로가 되고 말았다.

그로부터 세월이 흘러 344년이 되자 〈부여백제〉의 시조나 다름없던 비류왕이 약 40년의 오랜 통치 끝에 죽음을 맞이했다. 그는 비록 보과부인의 정부에 불과한 인물이었음에도, 신민臣民들의 추대를 거친 끝에 분서왕의 뒤를 이어 반서부여 세력이던 〈대방〉을 이끌었다. 그러나 강성한 고구려의 요동 수복을 위한 대대적 공세와 맞물려, 끝내 대방 지역을 버리고 한반도 이주를 결행했다.

천만다행히도 한반도 거발성에 거점을 두고 빠르게 정착에 성공한 결과, 북쪽의 한성백제를 꺾고 통합에 성공했다. 그 과정이 결코 순탄하지 않은 것이었음에도, 탁월한 지도력으로 이를 극복하고 통합 (부여, 비리)〈百濟〉시대를 새롭게 열었으니, 그는 노련하고도 유능한 지도자임이 틀림없었다. 그의 사후 그에게 온조대왕의 형인 비류沸流와 같은 이름의 왕호가 붙은 것으로 보아, 그의 후예들은 분명 자신들이 기존 온조계와는 다른 서부여계임을 드러내려 한 것으로도 보였다.

비류왕이 풍운아같이 화려한 삶을 마치고 세상을 떠났지만, 왕의 뒤는 그의 출신 때문이었는지 결코 그의 직계 후손들이 잇지 못했다. 왕실의 최고 어른인 보과宝果부인이 이때서야 비로소 자신의 피붙이로 하여금 보위를 잇게 했던 것이다.

"이제부터 비류왕의 뒤는 마땅히 계가 이어야 할 것이다!"

사실 계契는 보과부인의 손자이자 분서왕의 아들로, 40년 전 분서왕이 암살당했을 때 너무 어린 나이라 보위에 오르지 못한 인물이었던 것이다. 그러므로 장성한 이후로는 사실상 태자의 지위에서 비류왕의 시대가 끝나기를 마냥 기다려 왔을 것이다. 그러나 이미 40대 중반으로 보이던 계왕은 비류왕이 지닌 만큼의 노련함이 부족했던지, 즉위 직후 기존 부여백제계 세력으로부터 거센 도전에 직면해야 했다. 그러다 즉위 2년째 되던 346년, 불행히도 내부의 쿠데타에 의해 축출되고 말았다. 부여백제계 계契왕의 조정을 뒤엎고, 새로이 권좌에 오른 인물은 조고照古(속고速古)라는 이름을 가진 근초고왕近肖古王이었다.

근초고왕은 비류왕의 차자次子라고도 했으나, 그의 시호가 고이왕의 선왕先王이었던 초고왕의 시호에 가깝다는 뜻의 근近을 합친 것으로 보아, 오히려 그는 종전 온조계열 〈한성백제〉의 왕족임이 틀림없었다. 체격이 크고 용모가 준수한 데다 식견이 넓은 인물이었다고 했지만, 그가 쿠데타를 통해 왕위에 오르기까지는 또 다른 제3의 세력이 개입했던 매우 복잡한 속사정이 있었다.

근초고왕의 왕후는 진眞씨로, 같은 한성백제 계열의 대표적인 귀족 출신이었다. 십여 년 전인 333년경 생전의 비류왕은 우복의 뒤를 이어 한성 출신의 진의眞義라는 인물을 새로이 내신좌평으로 삼았다. 자세히는 알 수 없지만, 진왕후는 진의와 가까운 친족관계일 가능성이 매우 높았다.

근초고왕이 즉위했던 이듬해인 347년 정월에, 왕은 천지에 제사를 올려 즉위 사실을 고하고는, 이내 자신을 보좌할 새로운 인사를 단행했다.

"진정을 조정좌평으로 삼을 것이다!"

진정眞淨이란 인물 또한 진왕후의 친척이었는데, 그는 성질이 사납고 어질지 못한 데다 권세를 믿고 제멋대로 국정을 농단해, 사람들이 싫어했다고 한다. 그는 바로 온조계 근초고왕을 보위에 올린 한성백제계의 실권자로서, 사실상 왕의 권위를 능가하는 인물이었던 것이다. 그런데 더욱 놀라운 것은 그런 진眞왕후 세력을 뒤에서 뒷받침해 근초고왕의 쿠데타를 실질적으로 지원했던 또 다른 실세가 존재했다는 점이었다.

이들은 비류왕과 함께 반도로 이주했던 백가제해의 일파로, 남쪽의 거발성에 남아 한성의 비류왕을 배후에서 지원하던 세력이었다. 이들은 요동의 대방국(서부여) 시절부터 비류를 왕으로 모셨으므로, 비류왕 생전 시에는 요동에서든 반도에서든 당연히 신하로서 비류왕을 보좌했을 것이다. 나중에 북으로 진출한 비류왕이 한성백제의 왕위에 오르고 나서도, 아래쪽의 거발성을 책임질 소왕小王을 두고 상호 긴밀한 관계를 유지해 온 것으로 보였다. 실제로 거발성의 소왕은 나중에 기존 한성백제 최고 권문세가인 진眞씨 가문의 딸을 왕비로 맞아들이기도 했던 것이다.

그러나 비류왕의 사후를 진후한 이느 시점부디 이들이 거발성(웅진)을 장악하고는, 〈한성백제〉와는 별개로 새로이 자신들만의 왕을 옹립한 것이 틀림없었다. 정확히는 알 수 없지만, 사실상 이들이 거발성을 거점으로 하여 순수 서부여계로 이루어진 소위 〈부여(비리)백제〉를 건국하고 새로운 왕조를 세운 것이나 다름없었던 것이다. 이후 부여백제의 왕은 놀랍게도 비류왕 사후의 계契왕을 내치기로 하고 한성백제 조정 내에 친위쿠데타를 획책하기 시작했는데, 그 방식이 종전과는 전혀 다른 새로운 것이었다.

즉, 자신들이 직접 계왕의 자리를 강압적으로 탈취하는 것이 아니라 기존 한성백제 온조 계열의 왕통을 복원할 수 있도록 지원하되, 배후에서 이들을 통제하는 간접적인 통치방식을 택한 것이었다. 이것이 장차 한성백제 백성들의 반발을 무마하는 데 좀 더 효과적일 수 있다고 판단했기 때문이었다. 실제로 비류왕 재위 시절 기존 한성백제 왕실과 백성들의 저항이 결코 만만치 않았고, 〈우복의 난〉과 같은 부활운동으로 골머리를 앓곤 했던 것이다. 부여백제왕은 이처럼 온건한 방식을 모색하되, 향후 한성백제를 자신들의 속국으로 다스리겠다는 속셈이었으니 그는 대단히 노련한 지도자임이 틀림없었다. 그리고 이 모든 문제를 풀어줄 열쇠는 온조 계열의 해解씨 가문과 두루 연결되어 있었던 한성 출신 진眞왕후의 가문이 쥐고 있었다.

이처럼 근초고왕의 배후에서 이 모든 것을 이끈 이가 바로 〈부여백제〉의 왕으로 추정되는 여구餘句라는 인물이었다. 여구왕의 세력은 비류왕과 함께 요동에서 한반도로 이주한 〈백가제해〉 세력의 일원이었다. 이들은 자신들의 뿌리가 〈서부여〉에 있었으므로 부여백제를 건국하면서도 기존의 부여夫餘씨를 그대로 왕실의 성씨로 삼았다. 이처럼 여구왕이 직접 한성으로 올라가지 않고 근초고왕을 내세우기까지 또 다른 이유가 있었으니, 그것은 한성백제의 북쪽에 경계를 맞대고 있는 〈고구려〉의 존재였다.

애당초 강성하기 그지없는 대륙의 고구려에 쫓겨 한반도로 이주해야 했던 만큼, 부여백제는 반도에서도 고구려를 의식하지 않을 수 없었던 것이다. 마침 한강 이북의 황해 지역에는 자신들에 앞서 요동을 떠나온 대방의 일부 세력이 자리 잡고 있었기에, 이들 황해대방과의 연합을 통한 북방진출은 당연한 명제가 되었을 것이다. 고구려와의 충돌을 예견한 여구왕은 북쪽의 한성백제를 장차 고구려를 겨냥한 전진기지로 삼되, 동시에 고구려와 부여백제 사이의 완충지대로 한성백제를 이용하려한 듯했다.

그 밖에 부여백제가 도성을 한성으로 삼지 않고 반도 남쪽 후방인 거발성에 거점을 두기로 한 데는, 동쪽으로 〈신라〉와 〈가야〉 및 남쪽으로도 옛 (반도)〈마한〉의 잔류세력이 영산강 유역에 산재해 있기 때문이기도 했다. 더구나 남해안의 남쪽 큰 바다로 나아가면, 말로만 듣던 왜倭(일본) 열도까지도 도달할 수 있었다. 노련한 여구왕은 버겁기 그지없는 북쪽의 고구려만을 겨냥한 것이 아니라, 상대적으로 낙후돼 있는 반도의 남쪽 전체를 장악하겠다는 야망을 품고 있었음이 틀림없었다. 따라서 반도 남부의 중심에 위치한 거발성이야말로 장차 그런저런 목적을 달성하는 데 한성보다도 더 큰 전략적 가치를 지니고 있다고 판단했을 법했던 것이다.

이런 상황 아래 근초고왕이 다스리는 〈한성백제〉는 어쩔 수 없이 여구왕이 다스리는 〈부여백제〉의 괴뢰정권과 같은 성격일 수밖에 없었다. 따라서 근초고왕 재위 초기에 한성백제를 실질적으로 다스린 사람은 여구왕의 통제 아래서 진眞왕후를 등에 업고 실권을 행사한 조정좌 평 진정이었다. 사실상 근초고왕은 즉위 후 20년이 지나도록 허수아비 왕에 지나지 않았던 것이다. 그러다가 필시 진왕후의 사망과 함께 진정 이 실각하게 되면서, 비로소 근초고왕이 전면에 나서서 왕권을 행사하 기 시작했던 것이다.

14. 여인천하 사로국

AD 283년경, 사로 조정이 아후阿后(아이혜)를 신후神后로 떠받드니 그녀의 위상이 더욱 높아져만 가는 반면, 상대적으로 미추왕의 목소리 는 크게 위축되고 있었다. 아후가 이미 그 1년 전에 유례儒禮를 부군으로 올려 줌으로써, 미추왕이 정사에서 벗어나 있었던 것이다. 그해 3월 미 추왕은 조정을 비워 둔 채 광명후와 함께 흘해와 기림 등을 거느리고 아 슬라神山(강원강릉)으로 행차를 나가기까지 했다.

그 무렵 어느 날인가 미추왕의 포제인 말구末仇각간이 화림花林에서 깊이 잠들었는데 황룡이 승천하는 꿈을 꾸다 놀라 깼다고 한다. 공교롭 게도 그 시간에 화림의 묘주廟主로 있던 휴례休禮공주 또한 마루기둥에 기대 얼핏 잠이 들었다. 그때 백화百花가 만발한 꽃밭에서 오색찬란한 봉황이 날아오르는 꿈을 꾸었는데, 봉황이 어느 순간 공주의 품속으로 뛰어들기에 가만히 들여다보니 바로 말구각간의 모습이었다. 화들짝 놀라 꿈에서 깬 공주가 이상하다 여겨 각간이 머물던 방을 엿보려는 순간, 각간이 뛰쳐나와 공주를 얼싸안으며 흥분된 목소리로 말했다.

"공주, 내가 방금 좋은 꿈을 꾸었는데, 부디 공주가 내 꿈을 이루어 주기 바라오!"

그러자 공주 또한 반색을 하며 답했다.

"어머, 희한한 일이네요……. 실은 저도 방금 전 상서로운 꿈속에서 각간을 만났더랍니다."

그렇게 각자의 꿈 얘기를 주고받은 두 사람이 이내 서로를 부둥켜안고는, 곧바로 신지神池에서 목욕을 하고 묘신廟神에 기도를 올린 다음 비로소 원앙의 인연을 맺었다고 한다. 이후로 휴례공주의 몸에 태기가 생겼고, 이 소식을 들은 미추왕이 두 사람이 도산에서 길례를 올리고 부부가 될 것을 명했는데, 당시 각간의 나이 53세, 공주는 19세였다. 이는 마치 과거 술례術禮태후가 금색대조金色大鳥 꿈을 꾸고 구도갈문왕의 아들인 미추왕을 낳았다는 이야기와 흡사한 이야기였다.

이듬해 3월이 되자, 미추왕에게 반가운 소식이 들려왔다.

"경하드립니다, 휴례공주께서 말구각간의 아들을 낳으셨다고 합니다!"

"무어라, 휴례가 아들을? 허어, 내 아우가 늦둥이를 보다니, 아우가 가진 복이 나보다 백배는 나은 게로구나, 하하하!"

얼마 후 미추왕이 휴례休禮의 어머니인 달례궁주와 함께 친히 말구공末仇公의 집까지 행차해 득남을 축하해 주었다.

"오늘 비로소 왕실이 용손을 얻은 듯하니 기쁘기가 한량이 없도다, 껄껄껄!"

이어 아이의 이름을 내물柰勿(나물)이라 부르게 하고는, 옷과 쌀을 내리고 노비를 더해 주었다. 얼마 후 공주와 각간이 어린 내물을 안고 조부인 구도세신仇道世神의 묘에 참배한 후, 부친인 말흔공末昕公을 찾아뵌데 이어 골문의 친지들에게도 잔치를 베풀었다.

9월이 되자 선도仙道 일파 중 구도狗徒무리가 내물을 받들어 주군主君으로 삼을 것을 요청하여 왕이 이를 허락해 주있는데, 말흔공이 구도의 최고지도자(君)였기 때문이었다. 같은 달 문천에서 〈금구제金狗祭〉가 열렸는데, 말구가 고령의 말흔공을 대신해서 주관했다. 미추왕과 유례부군이 이때 말흔공의 집까지 행차해 公과 그의 妃 유모乳帽궁주에게 축하의 연회를 베풀었다. 또 달례達禮와 연황軟風 두 궁주에게도 옷과 말을 내려 주었는데, 이들이 좌우구주狗主이기 때문이었다. 마침 그해에는 대풍년이 들었는데, 말흔공의 장원에서 좋은 이삭이 나와서 사람들이 길조로 여겼다.

그러나 그해 12월, 각간 金씨 말흔이 73세의 나이로 세상을 떠났다. 그는 구도의 의붓아들로 군정軍政을 장악했고, 우로于老태자와 함께 나란히 40여 년이나 사로 조정의 병권을 쥔 채 많은 공적을 쌓았다. 조정에서 왕례로 장사 지내고자 했으나, 미추왕이 이를 말렸다.

"형님은 늘 공손하여 제 분수가 아닌 것을 싫어하셨다. 검소한 성품에 늘 나를 타이르며 절약했고 백성들에게 사역을 시키려 들지 않으셨으니, 이 겨울에 그 뜻을 따르는 것이 옳은 일이다."

이에 각간의 예로 장례를 치렀다. 얼마 후 말흔의 유지를 받들어 그의 아들 말구를 육군두상六軍頭上으로 삼고 군정을 도맡게 했다. 생전의 술례태후가 백마白馬의 꿈을 꾸었으나, 마침 구도갈문왕이 병질이 있어 장흔의 아들인 말흔을 통해 얻은 아들이 각간 말구였던 것이다.

이 시절에 유독 金씨 일족과 관련해 비슷한 일화들이 다수 전해지는 것은, 그중 혈통적 기반이 가장 취약했던 김씨들이 자신들의 조상을 신격화시키기 위해 퍼뜨린 이야기였을 것이다. 그러나 그런 노력에도 불구하고, 당시의 신라 사회가 결코 김씨 일족들이 원하는 대로 돌아가지 않았으니, 왕조의 변천regime change이 그만큼 어려운 일이었던 것이다.

그런 와중에 유례부군이 정사를 본격적으로 펼치기 시작했다.

286년경, 그동안 2년 정도 정무에서 떠나 있던 미추왕이 스스로 왕위에서 물러나겠다는 결심을 하고, 부군인 유례를 불러 말했다.

"내가 진즉에 너에게 선위하고자 했거늘 이미 오래된 일이 되었으니, 오늘 선위할 만하다."

깜짝 놀란 副君이 손을 내저으며 극구 사양했다.

"그것은 아니 되옵니다. 이제야말로 임금께서 다시금 정무를 돌보실 때입니다. 명을 거두어 주소서!"

부군이 끝내 눈물을 보이면서 사양했으나, 미추왕은 새보璽寶(옥새)를 부군에게 전하고는, 이내 궁을 나가 도산桃山으로 향했다. 그리고는 홍권弘權에게 일러 택일을 명했다. 결국 조분왕의 선례를 따라 도산에서 선위의 의식을 거행했는데, 의식이 끝나자 신금이 광명神后와 함께 백대마白大馬를 타고 조상의 사당에 들러 알현한 데 이어, 백관들이 기다리는 남당南堂으로 향했다.

"만세, 사로 만세, 신금 만만세!"

이로써 그동안 사실상 나라를 다스리고 있던 부군 유례儒禮가 정식으로 〈사로국〉의 14대 이사금에 올랐다. 내음奈音의 딸인 아소례阿召禮와 조분왕 사이의 아들이었다. 昔씨 내해왕의 딸로 오빠인 우로태자를 택하지 않은 대신, 김씨 미추왕을 택했던 아후가, 끝내는 석씨 조분왕의 아들인 유례에게 왕위를 되돌려준 셈이었다. 그 결과 金씨 왕조는 고작 1대 25년 만에 끝이 나고 말았고, 다시금 사로 왕실이 석씨 왕조로 돌아가게 되었다.

그런데 이듬해 4월이 되니, 느닷없이 왜인들이 쳐들어와 일례一禮 지역에 불을 지르고, 남녀 백성들 1천여 명을 납치해 갔다. 김씨 미추선제 재위 시에는 석우로의 전사 때를 제외하고는 왜인들이 사로를 노략질한 일이 없었으므로, 석씨 유례왕의 즉위에 대한 불민을 표출한 것으로도 보였다.

유례왕 3년 되던 289년, 뱃사람들이 왜병이 또다시 출격했다는 말들을 전해 왔다. 조정에서 이에 대비코자 서둘러 선박과 병장기를 손질하고 무장한 갑병甲兵을 대기시켰으나, 끝내 왜병의 모습은 보이지 않았다. 당시 사로의 북쪽으로는 고구려와 말갈(동예)이, 남쪽에는 왜구倭寇가 있었고, 서쪽의 백제는 수차례나 배반을 반복했다 되돌아오곤 했는데 그것이 나라의 걱정거리였다.

그런데도 그 무렵 선문仙門과 골문骨門이 하나같이 안일한 분위기에 젖어 있다 보니, 군대에 관한 무사武事를 꺼리는 분위기였다. 그런 상황에서도 유례왕의 아들 세기世己가 양도羊徒 무리에게 명을 내려 대오를 갖추고, 군사훈련을 실시하는 등 기상을 높이니 백성들이 이를 칭송했다.

그러던 이듬해 사로국 조정의 핵심 인물인 양부良夫가 63세의 나이로 사망했다. 내해왕奈解王의 손자로 너그러운 성품에 박학다식했다. 당시 학식이 높기로 이름난 손광孫光대사의 저술들을 모아 경전經傳으로 다시 집대성했기에, 대사의 12고제高弟 중에서도 제일이라 했다. 그 시대엔 선도들 사이에 치장하는 것이 유행했는데, 양부는 얼굴에 분을 바르거나 눈썹을 그리는 것을 옳게 여기지 않았다.

대신 양부는 특히 지미知味(음식 맛)에 뛰어난 미식가로서, 직접 재료를 삶고 졸이는 팽임烹飪에 능할 정도의 요리 실력으로 유명했다. 그렇게 늘 맛있는 요리를 대하다 보니, 감식減食diet이 부족해 기름진 갈비 따위를 피하려 애썼지만 언제나 뚱뚱한 몸집에서 벗어나지 못했다. 사로국이 오래도록 커다란 전란 없이 평화와 번영을 누리던 때임을 입증해 주는 이야기였다. 호인의 성격을 지녀 주위에 청탁을 하거나 그를 이용하려 하는 사람들이 많았으나 대부분 눈감아 주었고, 여성들 문제에 대해서도 대범했다. 그러나 양부는 죽은 장훤공長萱公에 이어 김씨 미추왕계를 떠받들던 실권자로서 특히 오환족을 이끌며 한 시대를 풍미한 주역이었고, 사람들이 그런 그의 죽음을 안타까이 여겼다.

유례 6년째 되던 291년 정월, 광명후 등 왕실의 큰어른들까지 모인 가운데 군부대에 대한 사열이 있었다. 그때 미추선제仙帝가 자신의 딸이자 군의 수장인 육군두상 말구의 처 휴례공주에게 범상치 않은 명을 내렸다.

"휴례는 융복을 갖추어 입고, 말을 탄 채로 장사將士들로부터 조례를 받도록 하라!"

"예!"

왕실 인사들 속에서 어린 내물을 안고 장병들의 사열을 관람하던 공주가 마치 기다리기라도 했다는 듯 선제의 명을 받들었다. 이윽고 휴례가 바지 차림의 융복戎服 위에 갑옷을 걸치고 다시 나타났는데, 방금 전 조신하고 아름다운 여성의 모습은 사라진 채 날렵하고 당찬 북방여전사의 모습 그대로였다. 이때 휴례가 어린 내물을 번쩍 들어 올려 말안장에 태우더니, 이내 내물을 품은 자세로 말을 몰기 시작했다.

"하앗, 하앗! 히히힝!"

이윽고 말고삐를 단단히 쥔 휴례가 말의 옆구리에 가차 없이 박차를 가하자, 성난 말이 목을 뺀 채로 한껏 울어 젖히더니 거침없이 도열해 있는 군병들 앞을 질풍처럼 내달렸다. 망루에 올라 있던 광명후와 선제가 멀리서 이 모습을 보니 꽤나 위태로워 보였으나, 사열을 무사히 마칠 수 있어 안도했다.

얼마 후, 휴례가 내물과 함께 자신만만한 모습으로 광명후를 찾아 재차 알현했는데, 어린 내물의 얼굴에 두려움은커녕 잔뜩 신이 나서 들뜬 표정이 가득했다. 휴례가 엄한 군복으로 무장한 채 번쩍이는 칼과 창을 들고 도열해 있는 장사들을 향해 가리키며 내물에게 물었다.

"저기 장사들을 보아라, 무섭지 않았느냐?"

그러자 어린 내물이 대수롭지 않다는 듯 답했다.

"아니요, 모두 내 신하들인데 어찌 무섭겠습니까?"

순간 그 말을 들은 광명후의 입가에 커다란 미소가 번지더니, 연신 장하다며 칭찬을 아끼지 않았다.

"저 아이가 용손龍孫입니다. 장차 가히 내 딸 도류道留와 맺어 줄 만하겠습니다, 호호호!"

선제도 크게 웃으며 다 함께 기뻐했는데, 도류는 바로 선제仙帝의 딸이었다. 사실 그날의 이 작은 소동은 軍총수의 아내인 휴례공주가 수많은 남성 장사들의 앞을 힘차게 말을 타고 달리게 함으로써, 장차 군의 사기를 북돋우기 위한 것이었다. 여인으로 하여금 저토록 뛰어난 기사騎士의 모습을 연출하게 함으로써 병사들의 자존심을 자극하려 했던 것이니, 사전에 기획된 일임이 틀림없었다. 휴례공주는 거기다 더해 자신의 어린 아들까지 동원했으니, 도열했던 장사들의 가슴속에 잠자고 있던 전사의 기질이 불타올랐을 법도 했던 것이다.

그런데 이듬해 292년이 되자, 그간 우려했던 대로 왜구들이 또다시 대규모 기습공격을 가해 왔다. 이때 금성 북쪽의 사도성沙道城(경북영덕)이 함락되었는데, 왜구들이 해택海宅까지 난입해 불을 지르고, 나아가 초궁綃宮까지 도달할 기세였다. 위기의 순간에 초궁을 지키던 사화랑沙火郎이 선도仙徒 무리를 모아 산 중턱까지 올라 마치 사로국의 병사들인 양

위세를 펼쳐 보이게 하니, 이를 본 왜구들이 고개를 갸우뚱거렸다.

"이상하다. 깃발도 없이 산중턱에 올라 있는 저 무리들이 대체 관병들이냐, 아니냐?"

왜구들이 관병이 아닌 듯이 여기면서도 차마 더는 나서지 못하고 주저하고 있던 그때, 마침 일길찬一吉湌 대곡大谷이 도성의 수비대인 경로군京路軍을 이끌고 나타나 왜구들을 공격하기 시작했다. 이 전투에서 정규군인 경로군이 왜구의 우두머리를 쳐서 깨뜨리고, 무수히 많은 왜구들을 죽이거나 사로잡았다. 왜구가 패퇴하여 달아난 이후, 조정에서는 사화의 공을 인정해 그를 내마奈麻의 작위로 올려 주고 병관兵官으로 들어오게 했다. 그러나 사화가 중앙의 관직을 사양했기에 지방관직의 예우를 해 주도록 조치했다. 이듬해 조정에서는 사도성을 개축하고, 사벌주沙伐州의 유력 가문 80여 가家를 옮겨 살게 했다.

미추선제가 궐을 떠난 지 어언 7년째가 되어 가던 그해, 선제가 휴례, 내물 모자와 함께 화림花林에서 제를 올렸다. 그때 이제 열 살도 안 된 내물奈勿이 제사의 예절을 익힌 것이 대견하다며, 선제가 용천검龍天劍을 내려 주고 부친인 말구末仇로부터 그 쓰임새를 배우라고 일러 주었다. 그러나 각간 말구는 그 무렵 지독한 이질에 걸려 매우 위독한 상황에 처해 있었다. 그런 와중에도 말구가 은밀히 아우인 대서지大西知를 불러 말했다.

"내가 이렇게 병든 몸이건만 부제父帝(미추)께서 이미 늙으셨으니, 믿을 사람은 오직 자네뿐일세. 내가 죽거든 자네는 나의 처(휴례)를 아내로 거두고, 내 아들(내물)을 아들로 삼아 장차 화림의 대통을 잇도록 해 주시게……"

말구가 이렇게 유지를 남긴 채 세상을 떠나고 말았는데, 이로 미루어 그는 자신의 어린 아들 내물이 자라서 화림을 잇고, 장차 金씨 왕조를 부흥시킬 것을 기대한 것이 틀림없었다. 그러나 내물의 생모인 휴례 부인은 이미 말구의 병관 호림好臨과 상통한 사이라 결코 말구의 뜻대로 하지 않았다.

해가 바뀌어 이듬해인 293년 정월이 되자, 연석連石이 이벌찬, 당월堂月이 품주에 올랐는데, 마침 당월은 미추선제가 아끼던 총첩이었다. 그런 연유 때문이었는지 4월이 되니, 조정에서 태음신경太陰神鏡이라는 거울 12개를 제작해 나라의 4大 신산神山에 바치고 제를 올리게 했다. 그런데 당시 조분왕과 아후阿后의 딸로 미추선제와 유례왕을 차례대로 모신 광명후光明后는, 이제 삼십 대를 갓 넘은 한창의 나이였다. 그런 광명후가 활발하게 조정의 대소사에 관여했는데, 어느 날 미추선제가 뜻밖에도 조정 대신들을 향해 지엄한 명을 내렸다.

"광명후로 하여금 나라의 정사를 총괄케 하라!"

선제仙帝가 그간 정사에서 떠나 있었음에도 어찌 된 일인지 유례왕이 순순히 물러나 도산桃山으로 나가 살게 되었고, 미추선제는 화림궁으로 들어와 생활했다. 이때부터 광명후가 나라의 정사를 사실상 총괄하기 시작했고, 비로소 대서지大西知로 하여금 육군두상의 임무를 맡게 하는 동시에, 죽은 말구末仇 각간의 뒤를 이어 나라의 병권兵權을 일임하게 했다. 그즈음 휴례공주가 호림好臨의 아들 호물護勿을 낳았고, 그 익월에는 예생禮生이 대서지의 아들 마아馬兒를 낳아 조정에서 각각 쌀을 내렸다.

그런데 그 후 반년도 지나지 않아서 아후의 아들 기림基臨(父걸숙)이 새로이 副君의 자리에 올라 광명후의 일을 대행하게 되었다. 당시에는 고령의 阿后가 이제는 정신이 흐려져서, 모든 정사를 미추선제와 광명후에게 위임하던 때였다. 광명후는 기림과 더불어 석우로의 아들인 흘해訖解(母명원)를 좌우사신私臣으로 두고 가까이했는데, 초기에 이 두 사람의 관계는 매우 친밀한 것이었다.

그러나 이 무렵에 흘해가 군권軍權을 노리는 조짐을 보이자, 이를 간파한 미추선제가 흘해를 견제하고자 기림과 화림花林(왕위)을 약속하고, 군권을 세우고자 했다. 이 일로 한 살 터울의 기림과 흘해가 서로 상대를 의심하고 소원해지면서 파당을 이루어 본격적으로 경쟁하기 시작했다. 당시 대서지가 말구의 유지를 쫓아 내물의 생모인 휴례와 혼인하려 했으나, 휴례는 호림과 상통한 사이였다. 대서지가 호림의 포형胞兄인 기림을 경계하니, 흘해가 대서지를 끌어들여 유례왕을 돕게 하면서 미추선제가 미는 기림에 맞서고자 했다. 유례왕과 기림부군의 뜻이 서로 맞지 않는 것은 당연한 일이었다.

이듬해 294년 5월이 되니, 왜인들이 또다시 장봉성長峰城을 침입해 들어왔으나 사로군이 이를 격퇴시켰다. 7월이 되니 다사군多沙郡에서 좋은 벼가 생산되었다는 보고가 올라왔다. 조정에서 이를 상서로운 일로 여겨 멀리 〈고구려〉로 보내 진상하려 했다. 그런데 그때 좋지 않은 소식이 들려왔다.

"구려의 새로운 태왕 치갈이 달가태자를 질시하고 핍박한 끝에, 태자께서 자결했다는 소식입니다……"

"무엇이라? 달가태자가 자결을?"

옥모의 아들 안국군 달가達賈의 비극적인 사망 소식에 유례왕이 크게 실망한 눈치였다. 며칠 후 유례왕이 다사군의 볍씨를 고구려에 진상하려던 것을 취소하라 일렀다. 그 무렵 고구려는 달가의 죽음을 알게 된 모용외의 1차 침공인 〈곡림대전〉을 치르느라 정신이 없던 때였다.

그해 8월, 광명후가 미추선제의 딸 보반保反을 낳았다. 두 사람이 유례왕에 대해 미안함을 느꼈던지, 미추선제가 다시금 유례왕의 정무 복귀와 함께 기림부군과 함께 정사를 돌보라는 명을 내렸다. 유례왕은 그 즉시 대서지를 이벌찬에, 예생을 품주로 삼고 가까이 두었다. 대신에 이 기회에 미추선제의 딸 휴례공주의 마음을 돌려 대서지와 묶어 주려 했는데, 말구 각간의 유지가 있었기에 광명후를 비롯한 주변 모두가 이를 권하는 분위기였다. 오직 기림부군만이 포제인 호림이 휴례를 사랑하는 것을 알고 이를 안타깝게 여겼다.

그럼에도 결국 이듬해인 295년 휴례공주와 대서지가 포사에서 길례를 가졌는데, 유례왕과 예생이 식을 주관했다. 그날 휴례공주가 6軍으로부터 사열을 받았는데, 많은 장병들이 기뻐했다고 한다. 그 후에도 유례왕과 기림부군의 마음이 맞지 않아 사이가 더욱 악화 일로를 걷는 가운데, 우로태자의 아들인 흘해 또한 유례왕의 편에 서서 대서지를 돕고자 했다. 그런 분위기 속에서 이듬해에는 대서지의 포제인 장흔長昕이 이벌찬에 올랐다.

그 무렵 왜인들이 자주 출몰하는 데 대해 유례왕이 우려를 표하면서 근본 대책을 요구했다.

"지난해 왜구들이 장봉성을 공격하더니 수시로 쥐새끼처럼 나타나 도둑질을 일삼고 있으니, 이참에 왜 땅으로 들어가 그 근원을 뿌리 뽑았으면 하는데 경들의 생각은 어떠한가?"

당시는 양부의 뒤를 이은 홍권弘權이 유례왕을 옹립하는 데 결정적 기여를 한 공으로 실권자로 부상해 있었다. 그는 사로국으로 망명했던 오환족의 2세쯤으로 추정되는데, 이들은 사로에서 태어나고 장성했기에 온전한 사로 귀족의 일원이 되어 있었다. 홍권이 답했다.

"송구하오나 바다 너머 왜구의 땅은 멀고 넓어 그 범위를 가늠하기 어렵습니다. 게다가 우리 군은 물에서 싸우는 법에 익숙하지 못하니, 지금 당장 원정을 결행하기는 사실상 불가합니다. 더구나 서쪽의 부여(백제)가 건재한 데다, 속임이 많은 지라 이에 대한 경계를 게을리할 수 없는 형편입니다."

유례왕이 옳다고 수긍했는데, 사로군이 수전水戰에 약하다는 것으로 미루어, 사로군 지휘부의 상당수가 대륙 출신 오환의 후예들일 가능성이 커 보였다. 당시 金씨 미추왕과 양부가 병권을 장악하고 있던 시절에 왜인들은 사로를 침범하지 않았다. 그에 비해 昔씨 유례왕과 그를 밀었던 홍권으로 정권이 바뀐 이후부터 왜인들의 공세가 부쩍 잦아진 것으로 미루어, 석씨계에 대한 왜인들의 반감이 예사롭지 않았던 것이다.

그해 296년 4월, 광명후에게 보고가 하나 올라왔다.
"아뢰오, 드디어 도류궁이 완성되었다고 하옵니다."
"그러하냐? 반가운 소식이구나, 이제 때가 된 것이로다……"
이에 그간 내물공자를 눈여겨보아 왔던 광명후가 휴례궁에 명을 내렸는데, 모친과 함께 휴례궁에서 살던 내물로 하여금 노비를 이끌고 도류궁의 서궁으로 옮겨 가라는 것이었다. 동시에 광명후의 딸인 도류 또한 도류궁의 동궁으로 노비들과 함께 이주했다. 이어서 그해 5월에 아직은 어린 두 남녀가 도산선궁仙宮에서 혼례를 가졌는데, 미추선제와 광명후가 식을 주재했다.

마침 그 무렵에 질병에 시달려 왔던 아이혜阿爾兮(아후阿后) 신후神后가 77세의 고령으로 졸하였다. 내해왕의 딸로 처음 조분왕의 왕후였으나, 조분왕이 선도에 빠지면서 정사를 도맡아 보게 되었다. 아후가 총명한 데다 정무를 봄에 있어서도 능하게 결단을 내릴 줄 아니, 권력의 핵심이 되어 조정 안팎으로 자신의 세력을 두루 확장시켰다. 그 와중에 첨해왕에 이어 미추왕, 유례왕까지 차례로 섬기게 되었는데 모두 아후의 뜻에 따라 이사금의 자리에 오른 것이었다.

골문에서 물병하는 사람이 있으면 즉시 유배를 보내 버릴 정도로 단호하게 굴었고, 홀로 정사를 주무르다 보니 사사로이 폐신嬖臣들이 늘어나는 문제도 적지 않았다. 그럼에도 처음부터 끝까지 미추선제를 신임해 이들을 견제토록 했고, 죽음에 이르자 호림의 부친인 호산好山을 비롯해 많은 군신들이 따라 죽었다. 그간 아후가 쌓아 올린 덕德이 높은 것이었음을 입증한 셈이었다.

미추선제 역시 이때 아후의 질병을 낫게 하려고 부지런히 간호했으나, 오히려 병에 전염되고 말았다. 약사들이 선제의 병을 고치려 들었으나 이를 만류했다.

"신후가 죽었는데 나 혼자 무슨 마음으로 더 살겠느냐? 마땅히 후를 따라 하늘로 갈 것이니라……"

그렇게 신림新林에서 지내던 미추선제 또한 얼마 후 아후를 따라 세상을 뜨고 말았다. 이때 화궁花宮을 헐고 대릉大陵을 새로이 조성하여 장사 지냈는데, 그 사당을 〈명당明堂〉이라 불렀다. 미추선제가 죽고 나서 한 달 뒤, 유례왕과 광명후가 상서로운 즉위식을 다시 거행했으니, 유례왕이 온전하게 정무에 다시 복귀한 셈이었다.

미추선제의 〈대릉大陵〉은 당시 금성 어디에서도 볼 수 있을 정도로 어마어마한 대규모 능원으로 조성되었는데, 봉분의 직경만 약 60m에 달하는 규모였다. 이는 그 전과는 사뭇 다른 형태의 거대 봉분으로 전형적인 북방민족 수장의 무덤양식이었다. 미추왕이 구도세신의 아들이라 하여 金씨 성을 가진 왕이었으나, 실은 장훤長萱의 아들이었다. 구도는 심복 장훤을 통해 당시 북방에서 이주해 온 오환烏桓의 무리들을 자신들의 세력으로 끌어들였다.

강성한 전사무리인 오환족을 이끄는 일은 장훤에 이어 양부에게 이어졌고, 다시 홍권이 이 일을 도맡았는데, 홍권은 오환족 혈통으로 추정되는 인물이었다. 이처럼 북방계 오환족 출신들이 권력의 중앙으로 진입하면서, 남성 임금의 권위를 강조하던 북방식의 거대 묘제 문화가 미추왕의 대릉大陵을 통해 처음으로 구현된 것으로 보였다. 북방민족의 전형이던 선비, 오환의 문화가 반도의 사로국에서 뒤섞여 함께 어우러졌다는 증거였던 셈이다.

이듬해 봄이 되자, 사로국의 여왕이나 다름없던 아후阿后를 분골하여 대릉에 장사 지냈다. 그런데 이때 副君 기림의 부친으로 각간을 지낸 걸숙乞淑이 뒤늦게 아후를 따라 죽었다. 광명후가 부군을 위해 순사殉死를 허용하지 않았지만, 걸숙공이 끝내 스스로 자진했던 것이다. 아후에 대한 의리를 지킴으로써 아들인 기림 부군의 입지를 도와주려 한 것으로 보였으니, 후대를 위한 아비 세대의 희생이 눈물겨운 것이었다. 조정에서 걸숙공을 태공의 예로써 아후의 옆에 장사 지내 주었다. 이로써 한 시대를 풍미했던 여걸 아후阿后와 그녀가 선택했던 金씨 미추왕의 시대가 비로소 저물고 말았다. 비교적 평화로운 시기에 풍요와 권세를 마음껏 누리다 간 운이 좋은 군주들이었다.

그해에 내물奈勿을 병관으로 들어오게 하여 궁마弓馬를 연마하게 했다. 내물의 나이 이제 열넷에 불과했음에도, 기골이 장대해 광명후와 미추선제의 딸인 도류道留와 이미 혼인한 상태에서도 광명후의 각별한 관심과 총애를 받고 있었다. 그 무렵에 군신들이 아후의 뒤를 이어 광명후를 신후神后로 받들어 모셨다. 그런데 그다음 달이 되자 느닷없이 나라에 반란이 일어났다는 소식이 들려왔다.

"속보요, 이서국 사람들이 반란을 일으켜 금성을 공격해 오고 있다

합니다!"

생전의 아후가 자신의 뜻에 반대하는 불평분자들을 주로 〈이서국伊西國〉(경북청도清道)으로 유배를 보냈는데, 그녀의 사망을 계기로 이들이 이서국의 왕과 함께 난을 일으킨 것이었다.

대서지의 아우 장흔長昕과 물품勿品, 한성汗聖 등이 三軍을 거느리고 나가 싸웠으나 쉽게 물러서질 않아 격퇴하는 데 애를 먹었다. 이서국 반란군의 기세가 예사롭지 않았겠지만, 여인들이 오랫동안 득세하면서 병무를 소홀히 한 탓에 작은 반란군을 제압하는 것조차도 쉬운 일이 아니었던 것이다. 물품이 먼저 계략을 내어 반란군의 위세를 꺾는 사이에, 장흔이 대군을 동원하고 나서야 겨우 반란군 진압에 성공할 수 있었다.

일설에는 이때 어디선가 귀에 대나무 잎을 단 죽엽군竹葉軍이 나타나 정부군을 돕고는 홀연히 사라졌다고 한다. 누군가 나중에 미추왕릉에 대나무잎 수만 장이 쌓여 있는 것을 발견했는데, 죽은 미추왕이 음병陰兵을 보낸 것이라 하여 능의 이름을 죽장릉竹長陵이라 불렀다고 한다. 〈이서국의 난〉이 쉽사리 진압되질 않자, 김씨 미추선제를 따르던 선도仙徒 무리(구도狗徒)가 의병으로 참전해 활약한 다음, 전투가 끝나자 공적을 드러내지 않은 채 자진 해산한 것으로 보였다. 비록 昔씨 유례왕조였지만, 金씨 가문의 영향력이 여전히 건재했던 것이다. 난을 평정한 공으로 장흔이 대성군大城郡에 봉해지는 등 두루 포상이 이어졌다. 그와 함께 공을 세운 물품勿品 또한 이벌찬에 올랐는데, 그는 후일 만고의 충신이 된 박제상朴堤上의 부친이었다.

이듬해인 298년 정월, 한성汗聖이 이벌찬에 올랐는데, 2월이 되니 금성에 앞을 분간할 수 없을 정도의 극심한 안개가 닷새 동안이나 이어졌다. 그 후 도성에 이런저런 유언비어가 퍼져, 왕이 명을 내려 이를 퍼뜨리는 것을 금하게 했는데, 이서국 내란의 후유증이 여전히 가시지 않은 듯했다. 10월이 되자, 광명신후光明神后가 왕의 딸 기탄基炭을 낳았는데, 유례왕이 부군에게 아기를 씻기도록 한 것으로 보아 기림基臨의 딸이 틀림없었다. 사실 기림은 광명후의 포제胞弟로, 아후阿后가 바로 두 사람의 모친이었다. 동시에 광명후와 유례왕은 둘 다 부친이 조분왕으로 배다른 남매이기도 했다.

그 일이 있고 나서 얼마 지나지 않아, 광명신후가 유례왕이 정사를 독단으로 처리한다며 크게 화를 냈다. 마침내 그녀가 대서지大西知를 불러 명을 내렸다.

"공이 이사금을 찾아 이제부터 기림부군에게 선위를 하라 아뢰시오!"

난처한 입장에 처해진 대서지가 감히 유례왕에게 선양을 말하지 못하고 주저하는 사이에, 소문을 들은 유례왕이 두 달 뒤에 스스로 부군(기림)에게 선위를 하겠다고 선언했다. 평화로운 시기라 그랬는지, 아후阿后에 이어 광명후光明后의 시대에도 여인들의 입김에 사로국 왕들의 운명이 좌우되고 있었다.

사로의 정치체제가 이처럼 복잡하고 다소 불안정한 형태로 운영된 것은, 역설적이지만 나라에 평화가 오래도록 지속된 탓도 있었다. 우선 당장 나라의 안위를 뒤흔들 만한 대규모 전쟁이나 위험이 없다 보니, 나라 전체가 풍요로운 현실에 안주해 국방에 힘쓸 필요성을 느끼지 못했다. 결국 남성 중심의 강력한 통치체제보다는, 부드럽고 온화한 여성과 종교계의 지도력이 중시되었던 것이다. 그사이 나라의 국방력은 갈수록 점점 나약해지고 말았으니, 수천 명에 불과했던 망명 오환족들이 빠르게 권력의 중심부로 진출할 수 있었던 것도 이를 입증해 주는 사례였을 것이다.

그런 환경에서 왕위 결정권을 지닌 여왕들이 다양한 세력들을 품고

가려다 보니, 부득이 여러 남편을 두게 되는 구태가 반복되는 형국이었다. 이해관계가 상충하는 여러 세력들이 오히려 어왕(신후)을 중심으로 권력을 돌아가며 나누는 독특한 구조였던 것이다. 특히 외부와의 전쟁이 드물어 대체로 평화로웠던 석昔씨 왕조 내내 이런 특징이 두드러졌는데, 왕조의 지속가능성 측면에서 볼 때 오히려 더욱 불안한 모습을 내포하고 있었다.

어쨌든 이렇게 유례왕이 물러나면서 아후의 아들인 기림왕基臨王이 사로국의 15대 이사금이 되었는데, 새 임금이 호도虎徒 출신이어서 이번에는 그 무리가 득세했다. 이듬해인 299년, 대서지가 자리에서 물러나고자 동복아우인 장흔長昕을 불러 말했다.

"내가 병권을 다른 이에게 나누어 줄 수 없으니 너로 삼는 것이 마땅한 일이다."

장흔이 과분한 중책이라며 고사했으나, 소문을 들은 광명후가 장흔이 공평무사하다며 그로 하여금 양위를 받게 했다. 그리하여 장흔이 이찬에 오르고 내외병마사를 겸하게 되었다. 얼마 후 광명후가 장흔의 모친으로 고령인 유모乳帽궁주를 찾아 옷과 술을 내리면서 위로했다.

"숙모는 두 아들을 고굉으로 만드셨습니다."

팔과 다리라는 뜻의 고굉股肱은 임금이 가장 신임하는 중신이란 뜻이니, 대서지와 장흔 형제를 낳은 유모궁주에게 고마움을 표시한 것이었다. 고령의 유모궁주는 그 후로도 3년을 더 살다가 92세의 나이로 세상을 떠났다. 30년 동안 계도鷄徒 무리를 이끌었는데, 그 규모가 수만 명에 달했다니, 그녀의 영향력이 결코 작지 않았던 것이다. 그런데 이듬해가 되니 기림왕이 호도虎徒의 무리를 떠나 구도狗徒로 돌아서고 말았다. 당시 구도 무리가 나라를 안정시키는 데 더 유리하다는 설이 나돌았다는 것이다. 선도仙道의 유파들이 서로 경쟁하면서 오늘날의 정당처럼 정치에 깊이 간여했던 것이다.

생전의 金씨 말혼 공이 구도狗徒의 수장이었는데, 그런 이유 때문이었는지 놀랍게도 그해에 왜인倭人들이 와서 화친을 청해 왔다. 양국에서 서로 사신을 주고받은 끝에 결국 관계가 다시금 호전되기에 이르렀다. 2월에 기림왕이 비열홀(함경안변)을 순행하면서 어려운 백성들과 노인을 구휼했다. 당시 요동의 고구려는 봉상제의 전횡이 이어진 데다 2차례에 걸친 모용선비의 침공으로, 멀고 먼 반도의 일을 제대로 신경 쓰지 못한 것으로 보였다. 마침 그해는 국상인 창조리가 〈후산의거〉를 일으켜 봉상제가 축출되고, 을불 미천제가 태왕에 오른 해였다.

기림왕 일행이 다시 우두주(강원춘천)에 들러 태백산을 향해 망제를 올렸는데, 이때 인근의 낙랑樂浪과 대방帶方에서 공물을 바쳐왔다. 이들 중 낙랑은 반도 중부의 임진강을 끼고 있던 지역으로 옥저의 후예들이 일찍이 사로에 귀부해 온 세력이었다. 다만 대방은 한강 하구 북쪽의 황해도 일대를 지칭하는 것으로 고구려의 강역에 속한 지역이었다.

당시 발해만을 끼고 있는 요동의 천진 일대에 서부여의 속국인 〈대방국〉이 있었으나, 3세기 초엽에 서부여가 남북으로 분열되면서 고구려의 잦은 공격으로 전쟁터로 변해 있었다. 따라서 그 무렵에 이미 대방의 일파가 난리를 피해 한반도로 꾸준히 이주해 온 것으로 보였는데, 〈백가제해〉 세력에 한발 앞서 움직인 셈이었다. 이들이 한강 하구에 있던 친고구려 성향의 〈한성백제〉를 피해, 강북의 황해 일대에 자리 잡았기에 대방이라 부르기 시작한 것으로 보였다.

마침 그 무렵에 봉상제의 폭정과 함께 모용선비의 거듭된 침공으로, 고구려가 반도에 눈길을 돌리지 못한 틈을 이용해 황해 서부 지역에 대방 세력이 파고들 수 있었지만, 원래부터 반고구려 세력이다 보니 동남쪽의 〈사로〉에 기웃거린 듯했다. 바로 이들이 후일 서부의 백가세해 세력의 본격적인 한반도 이주를 촉발한 것은 물론, 남쪽 거발성(충남공주)에 자리 잡은 부여백제 세력이 빠르게 북진해 한성백제를 장악하는 데 크게 일조했을 가능성이 농후했던 것이다.

그런데 그사이에 유례왕의 실각으로 권력의 중심에서 멀어진 듯하던 흘해가 놀랍게도 광명후의 폐신이 되어 있었다. 마침 기림왕이 순행을 나간 사이에 흘해가 광명후에 바짝 다가갔고, 두 사람이 사통하면서 더욱 가까운 사이가 될 수 있었던 것이다. 이후 304년 정월이 되자, 마침내 흘해가 이벌찬에 올랐는데 광명신후의 입김이 작용한 것이 틀림없었다. 조정에서 그 익월에 적토제赤兔祭를 가졌는데, 바로 다음 날 비보가 하나 날아들었다.

"아뢰오, 선금께서 승하하셨습니다, 흑흑!"

바로 기림왕에게 왕위를 물려주고 조정을 떠나 있던 유례선금儒禮先今이 환갑의 춘추에 세상을 떠난 것이었다. 미추왕의 경우에는 유례왕에게 선위하고도 선도仙徒 무리의 지도자 격인 선금仙今의 지위를 누릴 수 있었다. 이에 반해 유례왕은 그렇질 못했으니 임금에서 물러난 후로는 철저하게 권력에서 배제된 채 평범한 삶을 산 것으로 보였다. 틀림없이 神后와의 관계를 소홀히 한 것이 주된 원인이었을 것이다.

얼핏 다 같은 선양으로 비슷해 보이지만, 두 가지 사례 속에는 실상 커다란 차이가 있었다. 선도의 지도자 격인 선금仙今의 경우에는 어느 정도 원로로서의 정치력을 행사할 수 있었고, 조분왕과 미추왕이 그러했기 때문이다. 심지어 미추왕의 경우에는 사후에도 대릉大陵으로 모셔지는 호사를 누렸으나, 유례왕의 경우에는 왕릉의 기록조차 보이질 않았으니 사망 자체는 물론, 세상을 떠나는 길까지 쓸쓸했던 것이다.

그 무렵 비가 내리지 않고 가뭄이 지속되자, 흘해가 스스로 자책하며 자리에서 물러날 것을 청했으나 기림왕이 이를 허락하지 않았다. 그 와중에 이번에는 왕의 배다른 아우인 호림공好臨公이 35세의 젊은 나이로 세상을 떠났다. 아후阿后의 또 다른 자식인 호림은 죽은 말구의 처 휴례와 아끼는 사이였다. 말구가 대서지에게 자신의 처이자 내물의 모친인 휴례를 처로 삼으라는 유지를 남긴 탓에 끝내 휴례가 대서지와 재혼했다. 기림왕까지 말구의 뜻에 따르라는 명을 내렸던 것이다. 그럼에도 호림공의 휴례공주에 대한 사랑이 지나쳤는지, 마음의 병을 앓다가 죽음에 이른 것이었다.

호림공은 잘생긴 용모에 노래를 잘하고, 형인 기림왕을 지성으로 섬겨 왕이 몹시 아끼던 사이였다. 기림왕이 호림을 잃고 나자 상심한 나머지 고기도 먹지 않고 즐거운 낯빛이 사라지니, 광명신후가 이를 그치게 했음에도 도통 나아지질 않았다. 광명후가 그런 기림왕에게 실망했는지 이때부터 흘해에게 더욱 기울고 말았는데, 당초 흘해가 왕의 반대편에 있던 터라 왕의 속내가 편할 리가 없었을 것이다. 급기야 기림왕이 신후를 섬기지 못함을 깨닫고는 스스로 왕위에서 물러나려 했다. 그럼에도 상황은 나아지지 않았고, 오히려 흘해가 광명신후의 총애를 더욱 독차지했다.

기림 10년 되던 307년경, 8월과 9월에 걸쳐 금성에 지진이 일어나 샘물이 솟구치고, 집들이 무너지면서 사람들이 크게 상했다. 이를 기화로 기림왕이 흘해를 副君으로 삼기를 청하니, 신후가 마침내 이를 허락했다. 그 무렵인 어느 날 흘해부군이 꿈속에서 백마白馬가 달리는 형상을 보았다. 조정에서 논의 끝에 국호를 〈사로斯盧〉에서 〈신라新羅〉로 바꾸기로 했다. 신라라는 명칭은 그 이전부터 이미 사용해 온 것으로 보였으나, 이때 비로소 대략 3백 년 동안 사용해 오던 사로국이라는 명칭을 정식으로 새롭게 변경했던 것이다. 오랜 세월 왕통이 이어지는 가운데 국호를 바꾼 것은 매우 이례적인 일이었다.

310년경부터는 기림왕이 아예 정무에서 손을 떼고, 흘해부군이 정사를 일임하기 시작했으니, 사실상 흘해의 시대가 열린 것이나 다름없었다. 이듬해 정월이 되자 부군 흘해가 인사를 발표했다.

"급리急利를 새로이 이벌찬으로 삼고 내외의 병무를 일임하게 할 것이다!"

이로써 급리가 조정의 대사는 물론 병권마저 거머쥐면서 권력의 실세로 떠오르게 되었는데, 부군이 크게 의지하던 인물이었다. 그런데 해가 바뀌어 3월이 되자, 왜왕이 축하 사절을 보내옴과 동시에 아들의 혼인을 청해 왔다. 이에 논의 끝에 이찬 급리의 딸 수황水皇을 왜국의 왕자에게 시집보냈다.

315년경이 되자 신라의 궁실을 새롭게 중수하기로 하고 작업을 진행시켰으나, 오래도록 비가 오지 않더니 가뭄이 심해졌다. 결국 조정에서 궁실중수를 중단시키고 말았다. 그 후로 2년 뒤에는 가벼운 죄를 지은 자들을 풀어 주게 했는데, 기림 21년째 되던 318년에도 연초부터 백성들을 위한 조서를 내려보냈다.

"앞으로 농사철에는 백성들의 부역을 금하게 하고, 홀로 사는 모든 노인들에게 부역을 면해 주도록 하라!"

유례왕의 아들 세기빠리가 만든 법을 이때 시행한 셈이었다. 그사이 기림왕은 대략 8년간이나 정치 일선에서 멀리 떨어져 지낸 듯했다. 결국은 기림 21년째 되던 318년경, 마침내 기림왕이 경쟁 관계였던 부군 흘해에게 공식적으로 선위하고 왕위에서 물러났다. 적지 않은 재위 기간이었지만, 실상은 13년 정도 나라를 다스린 셈이었다.

기림왕은 광명후의 남동생으로 인자하고 검소한 데다 가사歌詞를 좋아하는 성격이었다. 동시에 또 다른 아우인 호림의 죽음에 상심해 왕위가 흔들릴 정도로 권력의지는 미약한 듯했다. 다행히 기림왕 재위 21년 동안 별 사건이 없었으나, 광명후는 그런 기림왕이 나라를 다스리기에는 부족하다고 판단한 것으로 보였다. 결국 그녀가 과감하게 흘해에게 권력을 넘기게 했고, 나라 전체의 분위기 쇄신을 위해 국호를 〈신라新羅〉로 바꾼 것이었다.

그해 5월, 흘해왕과 광명신후가 함께 백신마를 타고, 내해신奈解神을 모신 양정壤井으로 들어와 혼례를 치렀다. 이어 명궁明宮으로 나가 새로이 국호를 바꾼 〈신라국新羅國〉의 16대 이사금에 당당하게 즉위했다. 김씨 미추에게 왕위를 내주었던 부친 석씨 우로태자를 원상제元上帝로 추증追贈하고, 모친인 명원命元궁주를 태후로 모셨다.

그 시절에 마침내 〈벽골지碧骨池〉를 준설하여 처음으로 물을 대기 시작했는데, 둑의 길이만 1,800보나 될 정도로 어마어마한 규모였다. 당시로서는 보기 드문 대규모 공사로 엄청난 숫자의 인부들이 동원된 대역사大役事였고, 논농사가 널리 이루어졌음을 시사하는 것이었다. 전년도에 벽해碧解가 물막이 제방인 제언堤堰의 이로움을 왕에게 고했다.

"제언은 평상시에 둑을 쌓아 물을 가두어 두었다가, 갈수기에 그 물을 논과 밭에 대어 농사에 활용할 수 있는 획기적인 농경법이니, 이를 나라 곳곳에 쌓을 수 있도록 허용하소서!"

이를 계기로 나라 안에 15개소나 되는 제언을 쌓았는데, 그렇게 축적된 기술로 대규모 제방 공사를 탄생시킨 셈이었다. 다만, 오늘날 전북 김제의 벽골제碧骨堤 또한 비슷한 시기인 330년 백제 비류왕 시절에 조성되었다니, 또 다른 궁금증을 자아내게 한다. 당시 요동에서는 일찍부

터 대규모 저수지(수고水庫)를 이용해 왔던 터라, 이 무렵 반도로 이주해
온 요동 출신들에 의해 그 기술이 벼농사를 짓는 한반도 곳곳에 전파된
것으로 보였다.

그런데 그 시절 신라新羅의 왕실에서는 王女들이 왕의 총애를 받지
못할 경우, 높은 신분과 재물을 등에 업고 사신私臣을 두는 것을 금하지
않았다. 그런 연유로 7~8명의 정부情夫(애인)를 둔 왕녀들이 수두룩했
고, 거리낌 없이 그 자식을 낳았다. 전쟁이 일상이던 고대에는 인구를
늘리는 일이 주요한 덕목의 하나였고, 환경 자체가 오늘날처럼 일부일
처一夫一妻의 부부가 오래도록 해로할 수 있는 것이 아니었던 탓에 자연
스레 유지되던 문화였다.

그러나 이와 같은 중혼이나 겹혼, 심지어는 족혼에 이르기까지 남녀
간의 애정문제는 상대방이 늘어 갈수록 더욱 복잡한 감정과 얽히기 마
련이었다. 따라서 그 과정에서 당사자들끼리의 시새움과 다툼을 야기
하거나, 살상마저 부르는 등 해악이 많아 조정에서도 골칫거리로 삼을
지경이었다. 그때까지도 〈신라〉에서는 中原과 같이 남녀 간의 엄격한
구별과 정절을 중요시하는 유학儒學이 널리 퍼지기 이전이었다. 게다가
유목 또는 수렵에 의존했던 북방민족들은 전통적인 환경 때문에, 인구
를 늘리는 데 더 큰 가치를 두어 성性에 더욱 개방적이고 관대했다. 신라
의 경우 대규모 전쟁이 사라지고 비교적 풍요로운 시절이 이어지다 보
니, 그 정도와 폐단이 특히 심해진 모습이었다.

일례로 세기世己의 모친 선추宣秋는 우도牛徒의 지도자인 산공山公의
아내였으나 곁의 여러 신하들과도 통했다. 그런데 세기의 여동생 붕기
朋己 또한 산공의 신하들은 물론, 의붓아비인 산공과도 통했다. 급기야
선추와 붕기 모녀간에 애정싸움을 벌이는 촌극이 벌어지고, 추문으로

번져 세기가 이를 몹시 부끄러워했다. 세기가 이에 흘해왕에게 청했다.

"왕실 여인들의 문제가 심각한 지경에 이르러 이를 통제할 수 있는 법안을 마련했으니, 부디 이 법으로 골문의 기강을 바로잡도록 하소서."

이렇게 해서 조정에서 심각한 논의를 거친 끝에 320년경, 소위 〈왕녀하가법王女下嫁法〉이라는 특이한 법이 생겨나게 되었다. 그 결과 지위가 높은 왕실의 골녀骨女들이 함부로 아랫사람에게 시집가는 것을 통제하게 되었으나, 그 효과가 어떠했는지는 알 수 없었다. 신라의 경우 나중에 〈골품骨品제도〉라 하여, 골문의 혈통을 기록, 관리하는 관리를 따로 둘 정도로 유독 왕실의 가계를 따진 배경에는 이런 연유들이 있었던 것이다.

그 무렵에 〈신라〉의 뛰어난 여인 두 분이 차례로 세상을 떠났다. 한 분은 미추선제의 처로 휴례궁주의 모친인 달례達禮궁주였다. 달례后는 오래도록 왕실에 전해져 오던 말이나 글귀 등을 외워 훤히 꿰고 있었을 뿐 아니라, 미래를 내다보는 예지력을 지닌 여인이었다. 또 무도巫禱와 음양오운陰陽五運에 해박하다 보니 신경神經을 가졌다며, 당시 사람들이 신神으로 여길 정도였다. 나라에서 도산주桃山主로 모셨는데, 《월내신경月嫡神經》이란 저술을 남겼고 춘추 69세로 도산에서 세상을 떠났다. 월내는 곧 달례의 음훈으로 보였는데, 백해白海공주가 궁주의 뒤를 이었다.

다른 한 분은 유황乳幌궁주로 유모乳帽와 조분왕의 딸이었다. 8척의 늘씬한 키에 손이 무릎까지 닿았다고 하니, 언제나 사람들의 눈에 띄는 미인이었을 것이다. 그럼에도 늘 겸손한 데다 백성을 사랑했고, 명리名利(명예와 이익)를 밝히지 않으니, 따르는 무리들이 신선으로 섬겼다고 한다. 궁주 또한 모친인 유모궁주와 더불어 역대 선모들의 역사를 기록한 선모사仙母史 7천여 구절을 찬술하여 《대모경大母經》을 남겼다. 후일 첨해왕을 모셨으나, 후사는 두지 못한 채로 달례후를 따라 이듬해 세상을 떠났다.

이처럼 당시 신라 왕실에는 임금의 자리를 좌우할 정도의 막강한 정치력을 지닌 여인들이 있었다. 이것은 고래古來로부터 이어져 온 뿌리 깊은 전통신앙인 선도仙道가 신라사회 전반에 국교 수준으로 널리 일반화된 데 기인한 것으로 보였다. 선도의 여러 유파는 서로 경쟁하면서 오늘날의 정당처럼 정치에 간여했고, 그 최상위에 신라왕실의 왕후나 태후가 성모聖母 또는 신후神后와 같은 지위에서 여러 세력 간의 이해를 조정하고, 왕위를 결정하는 역할을 수행했던 것이다.

韓민족 고유의 전통신앙인 仙道에 기반을 둔 이런 독특한 전통은 유독 신라사회에서 강력한 힘을 발휘해 오래도록 유지되었고, 미추왕을 비롯해 유례왕과 기림왕, 흘해왕에 이르기까지 이 시기의 역대 왕들 모두가 예외 없이 선양의 관습을 따랐던 것이다. 마침 이 시기가 대내외적으로 커다란 전쟁이 드물고, 평화로운 시기였기에 이런 전통이 더욱 성행한 것으로 보였다.

이는 서나벌(신라)의 건국시조나 다름없는 선도성모 파소여왕의 전통에 뿌리를 둔 것으로, 성모의 지위에 오르기까지는 우선 직접적으로 성모의 혈통을 계승해야 했을 것이다. 그중에서도 다양한 공부와 수련, 지적 연마를 통해 최고 수준의 지식을 겸비하는 것은 물론, 엄격한 선발 과정을 거친 극소수의 여성들만이 성모에 오를 수 있었던 것이다. 그렇게 성모라는 신성한 자리에 오르게 되면 선도의 최고 어른으로서 추앙받는 동시에, 선도사상의 보급과 함께 나라의 중요 제례를 주관하는 등 중추적 역할을 수행했던 것이다.

생전의 흘해왕이 자주 휴례궁주와 내물공자 모자를 불러, 《월내신경》의 좋아하는 구절을 암송하게 했다고 한다. 안타깝게도 두 분 궁주의 저술이 오늘날까지 전해지지는 않았으나, 필시 역대 성모의 계보를 알 수 있었을 것이다. 고대사회에서 이처럼 여인들의 지적知的 활동이 두드러지고, 나라의 중추적 역할을 했다는 기록은 세계사에서도 아주 드문 사례였을 것이다. 〈신라新羅〉가 비록 반도 남동부의 작은 왕국에 불과했을지 몰라도, 그곳의 왕실 여인들은 이처럼 남성들에 버금가는 지적, 문화적 능력을 대대로 지켜 나갔던 것이다.

320년 여름, 초궁綃宮에서 지내던 기림왕基臨王이 춘추 53세로 붕어했다. 어진 성품에 번잡함을 좋아하지 않아 한거閑居했다고 한다. 임금이 되어서도 권력을 행사하려 들지 않는 대신, 광명신후에게 정사를 일임하다시피 했다. 게다가 약한 체력으로 신후를 당해 내지 못하고, 권력의 지도 미미하다 보니 이부異父 누이인 신후로부터 무시를 당하기 시작했다. 마침 그의 정적이나 다름없던 흘해訖解가 그 틈을 파고들어 신후를 사로잡았고, 副君에 올랐던 것이다. 결국 기림왕이 스스로 물러나 병을 살피겠다며 부군에게 선양을 했다. 초궁으로 나온 기림왕은 부왕인 조분선제를 그리며 일백 수가 넘는 〈월백가月白歌〉를 지어 남겼다고 하는데, 어느 것 하나도 전해지지 않았다.

바로 그 무렵에 〈백제〉는 서부여에서 반도로 들어온 비류왕이 〈한성백제〉를 장악하고 있었다. 당시 비류왕이 먼저 〈신라〉에 사신을 보내 공물을 바치면서 신라의 정세를 두루 살피고 돌아갔다. 이에 흘해왕도 그 이듬해 순선順宣을 백제로 보냈는데, 마술馬術을 배우겠다는 명분을 내걸었다. 신라는 막 국호를 새로 바꾼 뒤였고 비류왕은 한성백제를 장악한 직후였으니, 양쪽 모두가 조정에 커다란 변화가 생긴 만큼 그렇게 서로 상대국에 대한 탐색을 마친 셈이었다.

이듬해 정월이 되자 흘해왕이 인사를 단행했다.

"백강을 이벌찬에, 그의 처 붕기를 품주로 삼을 것이다!"

백강白康은 山公과 함께 우도牛徒 무리의 어른(長)이었는데, 세기世己의 여동생 붕기朋己가 의붓아버지인 산공에게 아첨해서 남편을 정사의 중심에 서게 했다. 흘해왕 또한 우도였기에 이를 비호했다고 한다.

그해 4월에는 큰바람이 불어와 궐 남쪽에 있던 커다란 고목이 뽑히고 말았다. 벌휴왕의 태를 묻은 나무라고 해서, 흘해왕과 신후가 푸닥거리를 했다. 그런데 불길한 일들이 이에 그치지 않았다. 다음 달인 5월 어느 날, 김씨 미추왕과 신후의 딸 보반保反공주가 붉은색의 옷을 입은 채, 제를 올리려고 불을 모으고 있었다. 그런데 그날 경도京都에 비가 내리더니 하늘에서 빗물과 함께 물고기들이 떨어져 내렸다. 갑작스레 길 위에 물고기들이 펄떡대며 뛰어다니니 사람들이 괴이하게 여겨 왕이 점을 치게 했다. 그때 세기가 아뢰었다.

"물고기는 용龍의 백성이고, 구름은 용의 땅이나 다름없습니다. 백성들이 그 땅을 잃고 구름을 따라 떨어진 것이니 용의 책임과 무관치 않을 것이고, 그러니 어찌 길하다고 하겠습니까?"

신후가 그 말이 옳다고 여긴 끝에 왕과 함께 목욕재계하고 또다시 푸닥거리를 여는 한편, 온 나라에 사람들을 보내 백성들이 질병에 시달리지 않는지 살피게 했다. 석씨 왕조의 앞날이 순탄치 않을 것을 예고하는 전조인 듯했다.

그해 9월, 남쪽 교외에서 대장大場을 행했는데, 이때 흘해왕과 신후가 흰 소 30마리가 이끄는 거마를 타고 행차에 나섰다. 대단히 거창한 가행駕行이었고, 호위하는 사람들 모두가 우도牛徒였다고 했다. 그런데 공교롭게도 그달에 흘해왕의 모후인 명원命元태후가 세상을 뜨고 말았다. 왕이 원상릉元上陵에 태후를 장사 지내고, 태후의 여동생인 광원光元궁주를 모셔와 모후로 삼았다.

그러던 흘해 6년인 323년, 金씨 말구公의 아들인 내물공자가 副君의 자리에 올랐다. 내물의 처가 神后의 딸인 도류道留였음에도, 어려서부터 내물에 대한 신후의 총애가 커서 항상 곁에 두었다. 진작부터 신후의 뜻을 헤아리고 있었던 흘해왕이 이때 비로소 내물을 부군으로 삼고, 정사를 돌보게 한 것이었다. 이듬해 정월이 되자 내물부군이 날오捺烏를 이벌찬에 장생長生을 품주로 삼았다. 날오가 마도馬徒인 데 반해 장생은 구도狗徒라는 점을 신후가 두루 고려한 것이었다. 장생은 양도羊徒인 세기와 함께 내물의 스승이기도 했으니, 선도 무리들을 두루 안으려는 모습이었다.

　날오는 금琴(거문고)을 잘 타고 피리와 바둑에도 능하여 제법 아취를 즐기는 편이었다. 그러나 뒤로는 사치를 좋아하고 색을 밝히는 데다, 권력에 아첨하는 위선자에 가까운 인물이었다. 그해 5월, 신후의 딸이자 내물부군의 妃인 도류공주가 산고를 치르다 덜컥 사망하는 일이 발생했다. 신후가 도류의 아우인 보반保反공주에게 명을 내렸다.

　"부군의 妃가 죽어 자리가 비었으니, 동생인 네가 그 뒤를 이어야 할 것이다."

　결국 내물과 보반이 포사鮑祠에서 결혼식을 거행했는데, 신후는 이때도 이들이 거처할 보반궁을 새로 짓게 했다. 그러나 새로이 부군의 妃가 된 보반은 모후인 신후가 남편과 가까이 있는 것을 마냥 보고만 있을 리가 없었다. 급기야 보반비가 흘해왕을 다그쳐 친정을 하도록 부추겼다. 결국 흘해왕이 조정으로 돌아오게 되니, 조정 대신들이 복식을 갖추고 임금의 행차를 맞이했다. 신후가 다시금 흘해왕에게 돌아갈 것을 걱정하던 내물부군은 그럴수록 오히려 신후의 곁을 지키려 애썼고, 그러자 신후가 그런 부군의 처사를 더욱 현명한 것이라고 칭찬했으니 부군의 강한 권력의지를 높이 산 것이었다.

흘해 8년째 되던 이듬해 325년 정월, 신후와 내물부군이 함께 조회를 받았으나, 흘해왕은 병을 핑계로 조정에 나타나지 않았다. 그즈음 왕이 한탄하며 말했다고 한다.

"허어, 이제 보니 내가 또다시 유례와 기림의 꼴이 되고 말았도다……"

그리고는 이내 선위를 하려 들었다. 흘해왕의 측근인 산공 등이 이를 극구 말리고 나섰다.

"선위는 아니 되옵니다. 부디 신후의 총애가 돌아오길 기다리셔야 합니다."

그러나 왕 또한 이미 마음속에 신후를 품을 뜻이 없었기에, 부군이 정치를 도맡을 것을 명했다. 그해 4월 광명신후와 부군이 도산에 들러 복을 기원하고는 하산하던 중에 갑자기 큰비가 쏟아져 내리더니, 열흘 동안이나 멈추지 않았다. 평지가 물에 잠기고 무수히 많은 집들이 떠내려갔다. 여기저기 30여 곳이 넘는 산들이 무너져 내리자, 광명후가 두려움에 세기世己를 불러 점을 치라 이를 정도였다. 그때 집서執書 화종華宗 등이 흘해왕을 찾아 간했다.

"재앙이 거듭해서 나타나고 그치질 않습니다. 하오니 서둘러 선양禪讓을 결정하셔서, 하늘에 답하실 일입니다……"

그러자 왕이 神后의 의중이 어떤 것이냐고 물었고, 화종이 답했다.

"성인은 오직 하늘의 뜻에 따를 뿐입니다. 신후 또한 성인이십니다……"

그제야 흘해왕이 마침내 내물부군에게 선위를 행하였고, 그러자 기이하게도 비가 멈추고 하늘이 맑게 개였다. 그렇게 신라의 왕통이 昔씨로부터 재차 金씨 내물왕에게 돌아가고 말았다. 미추왕 이래 3대 70년 만에 다시금 金씨가 왕위를 차지한 것 자체가 범상치 않은 일이었으므로, 필시 많은 우여곡절이 있었을 것이다.

이렇게 신라의 17대 이사금에 오른 내물왕은 흘해왕과 광원후를 선제仙帝와 선후仙后로 받드는 동시에, 도산에 선궁仙宮을 운영하고 행재소行在所를 두는 등 각별하게 선문仙門을 지원했다. 이어 마아馬兒를 아찬阿湌으로, 미사품未斯品을 사벌성주로 삼아 각각 행정과 서쪽 변방의 국방을 다지게 했다. 그해는 겨울에도 얼음이 얼지 않고, 눈꽃도 볼 수 없을 정도로 유난히 따뜻했다. 두 해에 걸쳐 연이어 대풍이 들어 백성들이 들판에서 노래하며 춤을 추곤 했다.

이찬 세기 등이 간하였다.

"지금 부여나 야인野人 등 모두가 편하지 못하다고 하는데, 우리나라만이 홀로 태평을 누리고 있으니 이 모두가 대왕의 힘입니다. 바라건대 신하들이 대왕의 축수祝壽를 기원하는 수주壽酒를 헌상코자 하니, 허락해 주옵소서!"

그러자 내물왕이 고개를 가로저으며 답했다.

"고마운 말이오. 허나 이 모두는 신후의 성력聖力인 게요."

이에 광명신후를 받들기로 하고 천수天壽를 바라는 식을 거행했는데, 무려 1만이 넘는 백성들이 운집했다.

그러나 해가 바뀌자마자 경도京都는 물론, 남쪽의 가야加耶 일원까지 역병이 돌기 시작했다. 7월에도 메뚜기 떼가 들끓고 곡식이 제대로 영글지 않으니, 왕이 스스로 감식을 했다. 한 가지 눈에 띄는 점은 그 시절 북방의 〈고구려〉에서 미천제가 방부류方夫流라는 인물을 〈신라〉에 사신으로 보내왔는데, 필시 방회方回의 아들인 방부로 보였다.

중천제 사후로는 양국의 사신 왕래가 뜸했는데, 그 무렵 〈서부여〉의 잔당인 비류比流가 한반도로 들어가 〈한성백제〉를 좌우한다는 소문에,

신라를 통해 저간의 정황을 파악하고자 방문한 듯했다. 그런데 방부가 신라를 반도 남동단의 소국이라 얕보며 어지간히 거느름을 피운 모양이었다. 참다못한 삼생이 나서서 길길이 뛰었다.

"내 저 건방진 구려 놈의 목을 따서 신라인의 기개가 살아 있음을 천하에 드러내겠다!"

그렇다고 차마 고구려의 사신을 욕보일 수는 없는 일이었으므로, 내물왕이 엄하게 삼생을 만류했고, 오히려 방부를 후대하여 돌려보냈다. 그가 고구려로 돌아가서 미천제에게 이렇게 고했다.

"태왕폐하, 머나먼 계림鷄林 땅에도 군주다운 이가 있었습니다!"

이듬해 3월이 되니 이번에는 〈백제〉에서 좋은 말馬 한 쌍을 보내왔다. 내물왕이 이사금의 자리에 오를 무렵, 한성백제에서도 서부여에서 이주해 온 비류왕의 세력에 반발해 〈우복의 난〉이 터지고 말았다. 내신 좌평 우복이 끝내 반란군을 이끌고 북한성으로 들어가 웅거하면서, 오래도록 대치국면이 이어졌다. 신흥정권으로서 한성에 기반이 약한 비류왕으로서는 동쪽의 신라가 우복을 지원하거나, 아예 난을 틈타 백제를 침공해 올 것을 우려했을 법했다. 마침 내물왕이 임금의 자리에 오른 것을 축하하면서 선제적으로 신라에 화친의 뜻을 전하고, 신라조정의 분위기를 파악하려 한 듯했다. 어쨌든 그래서였는지 금성에서는 그다음 해 정월, 〈현마제玅馬祭〉를 행하였다.

그런 와중에 태공 대서지大西知가 68세의 나이로 세상을 떠났다. 말흔末昕 갈문왕의 서자로 유모궁주의 아들이었다. 생전의 말구末仇공이 그를 아껴서 포제처럼 대하고 가보를 맡겼는데, 공이 이를 사사로이 취하지 않고 잘 보관했다가, 그대로를 내물왕에게 전해 주었던 것이다. 휴례 태후가 슬피 울며 말했다.

"흑흑, 내 남편 같은 이가 세상 또 어디에 있겠는가? 내가 남편을 따라 죽어 그 마음에 보답할 것이다!"

이에 아들인 내물왕이 겨우 만류했는데, 나라에서는 대서공을 왕례로 장사 지냈다. 내물왕이 대서공의 포제인 장혼長昕을 태공으로 삼았고, 화종華宗을 육군두상으로 하여 군의 최고지위에 올려 주었다. 또 대서공의 또 다른 아들 마아는 위두衛頭로 삼았다. 하필이면 비슷한 시기에 이찬 세기世己도 57세의 나이로 사망했는데, 유례왕의 아들이었다. 公은 고전古典에 해박할 뿐더러 외국의 역사에도 두루 통달하여, 신법新法을 만들고 나라의 규범을 바로잡은 공로가 많았다. 백성들이 그런 공의 죽음을 애석하게 여겼다.

그런데 같은 해 정초부터 신후가 병질에 걸리게 되어 임금이 三山에 신후의 쾌유를 비는 제를 올렸다. 그럼에도 다시 해가 바뀌기까지 신후의 병이 나아지질 않았고, 늘 혼미한 상태가 지속되었다. 그즈음에는 내물왕 외에도 보반후와 신후의 딸인 내류內留가 정사에 깊이 간여하고 있었다. 마침 내류가 마아의 딸 아로阿老를 낳으니, 내물왕이 이때부터 마아를 부군副君으로 올려 주고 정무를 보게 했다. 마아는 예생禮生궁주가 대서公과의 사이에서 낳은 아들로 내물왕의 사촌동생이었다.

그 와중에 이듬해인 330년 2월이 되자, 고령에 병을 앓던 광명신후가 마침내 침궁에서 69세의 춘추로 졸하였다. 아이혜성후阿爾兮聖侯의 일곱째 딸로 7척의 신장에 몸무게가 2백 근이나 나가, 한 번의 식사에 돼지한 마리를 먹어 치울 정도였다. 향가鄕歌를 잘하는 데다, 신사神事에 능숙하여 모친인 아후阿后에 이어 자황雌皇(여왕)이 된 지 40여 년 동안 4명의 부제夫帝를 바꾸었으며, 예외 없이 그 모두와의 사이에서 두루 자식을 두었다.

4명의 임금은 미추왕으로부터 시작해, 유례왕, 기림왕, 흘해왕이었는데, 결코 난음亂淫하지 않았고, 오히려 부제와 부군 이외에는 사신使臣을 기용하지도 않았다. 대체로 어진 성품에 백성들을 아꼈고, 여러 왕으로부터 스물이 넘는 자식과 수백에 이르는 왕손을 남겼다. 나라의 큰일은 주로 골로骨老와 상선上仙들이 결정하게 하고 사사로이 국정에 개입하지 않았으니, 그런 이유로 상복을 한 수많은 백성들이 장지인 우곡牛谷으로 향하는 길을 가득 메웠고, 도성은 물론 나라 전체가 흰색 물결이었다고 한다.

무엇보다도 광명신후는 석씨 조분왕의 딸이면서도 끝내는 스스로 昔씨의 〈사로왕조〉를 끝내고, 새로이 金씨의 〈신라왕조〉를 열게 했으니 중기 신라의 역사에 한 획을 그었던 여걸이었다. 광명후의 삶은 그녀의 모친 아후阿后와 매우 흡사한 것이었다. 이들 두 모녀는 하나같이 복수의 임금을 번갈아 모시며, 사실상 골품의 상징인 웃어른으로서 나라의 정치를 좌우했다. 이는 선도성모 파소여왕이 처음 나라를 연 시조였던 것처럼, 유독 신라에 모계를 중심으로 하는 북방민족의 전통이 짙게 배어 있던 탓이었다. 이처럼 신라 사회에서 왕실 친인척끼리 근친혼에 가까울 정도의 중혼과 겹혼이 일상화된 것은, 철저하게 자신들의 혈통 위주로 왕실을 이끌어 가기 위한 고도의 방편으로 보였다.

그러나 자식들은 저마다 남편의 성姓씨를 따랐으므로, 이를 위해 필연적으로 〈골품骨品〉이라는 그들만의 특별한 제도가 생겨나게 되었고, 나아가 이를 관리하는 관청까지 두었던 것이다. 〈신라〉는 또 반도의 동남단에 치우쳐 있다 보니 중원대륙에서는 일반화된 유학儒學의 유입이 더디고, 전통 신앙인 仙道가 국교처럼 널리 일상화된 사회였다. 당시는 정절보다는 자손을 두루 번창시키는 일이 주요한 덕목이던 시절이라 더욱 그러했다.

신라가 오래도록 커다란 전쟁 없이 무탈한 시기를 누리게 된 것도 이런 분위기 조성에 일조한 듯했다. 아무튼 광명신후 또한 그의 모친처럼 평화로운 시절에 마음껏 복락을 누리고 천수를 살다 갔다. 그러나 신라가 누린 평화와 번영은 대륙으로부터의 바람이 잦아들던 시절에 가능한 것이었으므로, 그것이 언제까지 지속될지는 아무도 알 수 없는 일이었다.

내물왕이 보반과 더불어 신후를 장릉長陵에 장사 지내고, 분골粉骨을 나누어 여러 남편의 능에 묻어 주었다. 그런데 엎친 데 덮친 격으로 광명신후가 죽음에 이르렀을 때, 흘해왕이 이를 몹시도 애석해하다가 병이 되었고, 장례를 얼마 앞둔 시점에 기어코 따라 죽었다고 한다. 그뿐만 아니라 흘해왕이 모후로 삼았던 광원后 또한 그 3일 뒤에 왕을 따라 사망했다고 했다. 이때 왕의 유지를 따라 왕의 후였던 광명신후의 유골을 나누어, 광원, 명원과 함께 묻어 주니, 사람들이 능을 자모능子母陵이라 불렀다.

15. 다시 불타는 환도성

331년 요동의 고구려에서는 미천대제의 셋째 아들 사유斯由가 고구려의 17대 태왕에 오르니 고국원제故國原帝였다. 모친은 태보를 지낸 선방仙方의 딸 주周태후였다. 새로운 태왕은 큰 키에 우람한 체격과 수려한 풍채를 지닌 데다 관후한 성격에 학문을 좋아했다. 또 궁술과 마술에 능해 문무文武를 두루 갖춘 임금임에 틀림없었다. 즉위 초년에 전佃씨를 황후로, 완完을 황태자로 삼고 나라 안에 대사면령을 내렸다.

2년 뒤인 333년 봄이 되자, 고국원제는 서쪽의 대방과 남부 여섯 개의 성을 공격해 평정하면서, 사방에 그 호기로움을 드러냈다. 그 전인 325년에 〈東晋〉의 성제成帝가 즉위하자, 모용외는 동진에 사신을 보내 함께 힘을 합해 당시 한창 일어나던 갈호羯胡(후조)를 멸망시킬 것을 약속했다.

모용외는 10여 년 전인 321년에 〈고구려〉와 〈단〉, 〈우문〉선비 3국 연합의 공세를 물리치고, 우문씨를 괴멸시킨 공으로 동진으로부터 거기장군 및 평주목平州牧, 요동공遼東公의 작위를 내려받았다. 그런데 이때 이르러 비로소 〈동진〉의 조정에서 모용외를 연왕燕王에 임명하는 문제를 검토하고 있었다. 당시 〈동진〉은 산동 낭야 출신의 호족인 왕도王導와 왕돈王敦이 정치와 군사를 장악하고 있었다, 그 와중에 322년에는 사촌형인 왕돈이 반란을 일으키는 등 어수선했다.

당시 아직은 힘도 없는 망명정부에 불과한 〈동진〉에 대해 모용외가 끝까지 번왕의 의리를 지키려 했던 뜻은, 역시나 〈후조〉가 차지한 산동 일대와 화북 평야로 진출하려는 속셈 때문이었다. 그 밖에도 모용외는 사납게 싸우며 떠도는 북방민족보다는, 농경 정착생활이라는 선진문명과 함께 세련된 유교 질서를 내세우는 중원화를 지향하고 있었다. 그런 이유로 마지막 남은 화하족의 나라인 〈동진〉의 끈을 끝까지 놓지 않으려 한 듯했다. 중원을 동경하는 경향, 소위 인심사한人心思漢은 흉노와 선비 등 북방민족 사이에서 이미 널리 일반화된 현상이었던 것이다.

중원이 농업 생산력과 인구의 증가로 국력이 크게 성장하는 데 반해, 요동의 산악지대를 기반으로 수렵과 농경에 의존하던 고구려는 상대적으로 체제경쟁에서 이미 중원에 밀릴 수밖에 없었을 것이다. 그나마 북방민족의 종주국으로서 오직 〈고구려〉만이 대대로 중원의 나라들과 거리를 둔 채, 끈질기게 자기들만의 정체성을 이어 가고 있었던 것이다.

그런데 그 와중에 모용외가 덜컥 사망해 버리는 바람에, 그의 아들인 37세의 모용황慕容皝이 뒤를 이었다. 공교롭게도 그해에 갈羯족의 영웅이자 〈후조後趙〉의 창업자 석륵石勒 또한 60의 나이로 숨져, 그의 아들 석홍石弘이 뒤를 이었다. 이로써 당대 천하를 호령하던 호걸들이 차례대로 사라져 가면서, 이 지역은 또다시 한 치 앞을 내다보기 어려운 안개 정국에 휩싸이고 말았다.

모용외나 석륵은 다 같은 건국의 창업주로서 용맹하면서도 매사에 신중하고 매우 전략적인 행보를 보인 인물들이었다. 특히 모용외는 전통의 강국인 미천제의 〈고구려〉를 꺾음으로써, 단석괴나 가비능조차도 이루지 못했던 鮮卑 최초의 왕조시대를 활짝 열어젖힌 북방기마민족의 또 다른 영웅이었다. 고구려가 이 무렵에 선비의 굴기를 막지 못했기에, 이후로는 3백여 넌이 넘도록 줄곧 선비와의 패권 다툼에 시달리게 되었다. 7세기 말에 이르러서는 끝내 그들의 후예인 〈당唐〉에 멸망하게 되었으니, 모용외는 그야말로 韓민족의 역사에서 흉노 묵돌선우 또는 漢무제만큼이나 막대한 영향을 끼친 인물임이 틀림없었다.

그런데 이들 북방 출신 영웅들은 2가지 측면에서 모두 같은 지향점을 갖고 있었다. 먼저 어떻게든 중원으로 파고들어 일정한 강역을 차지하는 것이었고, 다음으로 그곳에 정착해서 중원사람들을 다스리고 그들처럼 안정된 삶을 살아가려는 것이었다. 한마디로 漢族(화하족)의 선진문화를 동경한 나머지, 궁극적으로 중원화中原化를 추구했던 것이다. 이를 위해 공공연하게 漢族 출신들을 대거 중용했고, 〈구품관인법九品官人法〉처럼 위魏나라 때 시행된 중원의 관료 제도를 그대로 도입했다.

초기 〈5호 16국〉 시대의 이런 성향 때문이었는지, 이후로도 중원화는 나라마다 이를 달성하고자 하는 중요한 목표로 떠올라 있다. 이들의 지배 강역이 대부분 중원에 속했기에, 그 땅의 漢족 백성들을 다스리기 위해서는 당연한 방편이었을 것이다. 당시 중원의 나라들은 농경 중심의 강력한 중앙집권 제도를 기반으로 꾸준히 행정 관료체제를 발달시켜 왔고, 유교가 널리 퍼져 북방민족에 비해 상대적으로 선진화된 문명을 이룬 측면이 있었다. 그런 漢族의 백성들을 다스리기 위해서는 자신들 스스로가 漢族이 되는 수밖에 없었던 것이다.

그러나 한편으로 이는 기마민족이라는 자신들의 정체성을 포기해야 하는 것이었기에 그리 간단한 문제는 아니었다. 초원이나 숲속을 내달리며 이리저리 떠도는 자유분방한 생활방식으로는 중원의 백성들을 결코 다스릴 수 없었고, 그렇다고 초원으로 돌아가자니 풍요로운 땅과 세련된 삶을 포기해야 했던 것이다. 결국 이 문제가 하루아침에 해결될 일이 아니었으므로 북방민족들은 각자의 성향에 따라 자기들끼리 내부 갈등과 충돌을 끊임없이 반복하게 되었다.

고국원제 4년인 334년경, 태왕이 2월부터 동쪽으로의 순행을 시작해 동해東海까지 이르렀다가 5월에 환도했다. 그해 가을이 되자 고국원제가 그간 맘속에 두었던 명령을 내렸다.

"아무래도 (창려)평양성平壤城을 늘려 지어야겠다. 아울러 북쪽의 환도丸都에도 새로운 궁전을 지을 것이다."

모용씨의 기세가 만만치 않다 보니, 방어 태세를 두루 강화하고 유사시에 대비해 곳곳에 궁실을 두려 했던 것이다.

그 무렵 〈후조後趙〉에서는 전년도에 석륵의 아들 석홍이 제위에 올랐으나, 또 다른 호걸 석호石虎가 곧바로 반역을 일으켜 제위를 빼앗고 말았다. 석호는 석륵의 부친이 입양했던 자식으로 석륵이 생전에 우려하던 일이 실제 벌어진 셈이었는데, 석호가 이때 석륵의 피붙이 모두를 척살해 버리는 잔인함을 드러내고 말았다. 석호는 재위 내내 〈동진〉을 겨냥한 나머지, 온 나라를 병영으로 만들고 가혹한 징병제로 백성들을 탄압했다. 또 궁전 증축 공사 등에 노역을 착취하는 등 공포정치를 일삼아 중국 역사에서 가장 포악무도한 군주라는 오명을 얻게 되었다.

한편 모용씨의 나라에서도 모용황이 새로이 군주가 되었으나, 곧바로 이복형제인 한翰과 인仁 두 사람과 반목했다. 이들 모두는 고구려 장수들을 압도하며 전쟁을 이끌었던 유능한 장수들이었다. 급기야 모용황이 이복형인 한翰의 처를 빼앗는 일이 벌어졌는데, 모용한에게 모욕을 주어 먼저 시비를 건 것이나 다름없었다. 이에 궁지에 몰린 한이 고심했다.

'선우가 나와 인을 형제로 대하기는커녕, 제거하려 드는 것이 틀림없다. 여기서 이렇게 무기력하게 당하느니 어떻게든 이곳을 떠나 후일을 도모해야 한다……'

결단을 내린 모용한이 몰래 일가들을 이끌고 처가가 있는 단段선비로 달아나 버렸다. 이를 본 모용인 또한 〈고구려〉에 사람을 보내, 모용황의 죄를 들먹이면서 고구려에 청혼을 해 왔다. 강건했던 모용외의 아들 형제들이 본격적으로 다투기 시작했던 것이다.

소식을 들은 모용황이 가만히 있을 리가 없었다. 연말이 되자 황覬이 직접 나서서 양평성襄平城(계현)을 공격해 빼앗아 버리고는, 요동遼東의 호족 가문들을 극성棘城으로 옮기게 했다. 이어서 두군杜羣이라는 인물을 요동의 상相(국상)으로 삼았다. 장차 중원의 화북을 겨냥하기 위해, 북경 아래쪽 제2의 극성을 새로운 도성으로 키우려 했던 것이다. 이에 맞서 모용인 또한 가만히 있지 않았다. 그가 먼저 요동의 신창新昌에 대

355

한 기습을 감행했는데, 한겨울인 12월인데도 눈이 내리지 않아 가능한 일이었다. 그러나 모용인의 군대는 그곳을 지기던 웡우工寓를 이기지 못하고 끝내 물러나야만 했다.

서쪽에 이웃한 모용선비가 내분으로 심상치 않게 돌아가자, 고국원제는 이듬해인 335년, 모용씨에 대비하기 위해 의무려산(무령산, 2116m) 서북쪽에 전략적 기지인 신성新城을 새로 쌓게 하니 국북신성國北新城이라 했다. 고구려 북쪽의 내몽골에서 꾸준히 남진해 내려오는 (모용)선비족들을 차단하고 방어를 강화하기 위한 조치였다. 그해 가을 양국襄國에서 남쪽으로 더 옮겨간 〈후조〉의 석호는 업鄴(한단 남쪽)을 새로운 도읍으로 삼은 채, 장강 아래의 〈동진〉을 압박했다.

고구려는 미천제 20년이던 319년에 평주자사 최비崔毖의 주도로 선비연합과 모용선비 원정에 나서 〈극성진공〉을 벌였으나 실패한 적이 있었다. 그때 모용외가 모용인으로 하여금 새롭게 확보한 요遼 땅에 머물며 지키도록 한 이래로, 모용씨는 사실상 하북河北의 강자로 급부상했다. 그러던 336년 춘정월, 모용황이 遼 지역의 모용인을 공격하기 위해, 려黎(창주滄州) 땅을 지나 동쪽으로 얼어붙은 바닷길을 이용하는 고난의 행군을 감행했다. 필시 천진 서쪽 발해만의 광대한 개펄에 펼쳐진 요택으로 보였다.

아직 겨울의 끝이라 모용황의 대범한 기습을 미처 생각지도 못했던 모용인이 패배해 달아나다가, 평곽平郭 인근에서 잡혀 끝내 목숨을 잃고 말았다. 통주通州 아래쪽의 평곽은 당시 고구려가 장악하고 있던 것으로 보였는데, 모용인의 부하였던 동수佟壽, 곽충郭充 같은 장수들이 고구려의 평곽태수 뉴벽紐辟에게 달려와 투항해 버렸다.

동수는 이후 근초고왕이 다스리던 〈백제〉와의 관미성전투를 전후해 한반도의 대방(황해도)으로 들어왔고, 357년경 사망했다. 비록 그가 고구려로 귀부했어도, 언제든지 서쪽의 모용선비에게 되돌아갈 수도 있었으므로, 멀찌감치 반대편인 동쪽 반도로 이주시켜 후방의 경계임무를 맡긴 것으로 보였다. 후일 그의 무덤과 함께 〈행렬도〉라는 유명한 채색 고분벽화가 발견되었는데, 그가 바로 〈안악3호분〉의 주인공이었던 것이다.

한편, 생전의 모용외가 인仁으로 하여금 요遼 땅을 지키게 한 것을 상책上策이라 떠벌렸으나, 결국 그 자식들끼리 다투다가 서로 죽고 죽이는 것을 보고는, 사람들이 이렇게 비꼬았다고 한다.

"날랜 고양이가 밤눈 어두운 격이었구먼……"

문제는 이 일로 모용씨의 주력군이 고구려 국경으로 더더욱 바짝 다가서게 되었다는 점이었기에, 고구려 조정에서도 이를 크게 우려해 대책을 논하게 되었다. 그해 2월 고국원제가 〈동진〉으로 사신을 보내 모용황이 동생을 죽이고 형수를 빼앗은 죄를 논하게 했으나, 진작부터 모용씨와 화친의 관계에 있던 〈동진〉 조정에서는 아무도 동조하는 이가 없었다.

이듬해인 337년이 되자 모용황이 마침내 〈동진〉과의 번국藩國 관계를 끊고 스스로 자립해 연왕燕王을 칭했으니, 이때 비로소 〈전연前燕〉이 탄생한 셈이었다. 사실 모용황은 즉위 초기에 놀랍게도 〈조선왕朝鮮王〉을 자칭하기도 했다. 황의 부친인 모용외는 모용선비가 내몽골 옛 〈부여〉의 도성 임서林西에서 일어난 이유를 들어, 〈부여〉를 계승한 동명왕 고두막한의 적손임을 내세우고 스스로를 서몽西蒙대왕이라 불렀다. 요동 진출을 노리던 모용외가 생전에 古조선(부여)의 후예임을 강조하고 〈고구려〉와의 적통 논쟁을 야기하기도 했는데, 모용황도 같은 이유로 처음부터 조선왕을 자임했던 것이다.

그러나 아무래도 그 논리가 전혀 먹히지 않는다고 판단했던지, 이 무렵에는 반대로 전국시대 중원 〈연燕〉나라의 후예임을 자칭하기 시작했다. 요동은 고조선 이래 대대로 그 후예들의 땅이었지만, BC 7세기경 〈산융전쟁〉 이후로 〈연〉의 요동 진출이 시작되었고, 백 년 전에도 〈공손연〉의 땅이었던 데서 연원을 찾으려 했던 것이다. 이는 곧 〈전연〉이 장차 서남쪽 중원으로 진출하겠다는 의지를 드러낸 것이기도 했다. 〈후조〉의 석호 역시 〈조趙〉의 天王을 자칭했는데, 마침 이 무렵에 이 두 나라가 서로 화친하기로 약속했다. 그해 여름 고국원제는 우보 주곽周樹의 딸 주周씨를 황후로 올리고 옥책을 내려 주었는데, 곽은 낙랑왕 선방의 아들로 이듬해 마산공馬山公에 봉해졌다.

다시 338년이 되자, 이번에는 〈전연〉의 모용황이 〈후조〉의 석호와 힘을 합쳐 단부段部를 치기로 했다. 〈단선비〉의 강역은 서쪽 어양漁陽에서 시작해 동쪽으로 요수 사이의 좁은 지역이었는데, 선비와 西晉의 백성들로 어우러진 3만여 호의 인구에 4~5만 수준의 군병을 거느리고 있었다. 북경 아래쪽에 자리한 단段선비는 원래 〈서진〉 조정으로부터 요서공遼西公에 봉해졌고, 그 동쪽의 모용씨는 요동공遼東公의 지위를 갖고 있었으므로 사이가 나쁘지 않았다.

단선비의 족장인 단질육권段疾陸眷의 뒤를 이은 단말아段末牙가 325년 경 모용외의 권유로 도읍을 북경 남쪽 계현薊縣에서 바로 아래쪽인 영지 令支(신성진 일대)로 옮겼다. 역수 위의 영지는 옛 번조선과 위씨낙랑 땅으로 후한 및 고구려, 공손연, 서부여, 대방 등 그 주인이 끊임없이 바뀌었으나, 이 무렵 비류세력이 한반도로 떠난 이후 단선비가 장악한 것으로 보였다.

그러나 영지는 요수를 사이에 두고 〈고구려〉와 바짝 국경을 마주 대

하는 곳이었으니, 장차 고구려를 도모하려는 모용외의 꼬임에 단말아가
넘어간 측면이 있었다. 결국 이일로 단선비 내부의 반발을 사게 되었고,
그 와중에 단질육권의 손자인 단료段遼가 숙부인 단말아를 몰아내고, 요
서공의 자리를 차지하고 말았다. 단말아와 친했던 모용선비는 즉각 단
료에 대해 적대적으로 대했는데, 강성 일변도였던 단료는 남서쪽의 〈후
조〉와도 대립했다.

그러던 중 단료가 먼저 유주(북경)를 선제공격했고, 이에 남쪽의 석
호가 강羌족의 수장 요익중姚弋仲을 선봉으로 내세워 7만의 병력으로 단
료 원정에 나서게 했다. 그와 동시에 북쪽의 모용황 또한 단료의 국경을
치고 들어갔는데, 단료는 이때 망명객으로 와 있던 모용한翰을 내세워
모용황을 막게 했다. 모용황에 쫓겨 처가인 단부에 의지하고 있던 모용
한이 사태의 심각성을 느끼고 단료에게 권고했다.

"남쪽에서 조趙의 대군이 올라오는 데다, 북쪽에서도 연燕이 협공을
해 오니 이 둘을 동시에 상대할 수는 없습니다. 그러니 갈호羯胡보다는
어떻게든 같은 동족인 모용황과 힘을 합치는 것이 우선일 것입니다."

그러나 단료는 모용한의 말을 믿지 않았다. 그러자 한계를 느낀 모용
한이 놀랍게도 이때 자신의 군대를 이끌고 황皝에게 돌아가 용서를 구
했다. 자신들끼리 다투다 보면 결국 모용씨의 나라가 위험에 처할 것을
알고 있던 한翰이 고육지책으로 아우에게 투항한 것으로 보였다. 翰의
깊은 속뜻을 알아차렸던지 황皝도 이때는 마음을 열고 서로 화해했다.

"형님을 이렇게 만든 것이 모두 내 잘못입니다……"

모용황이 이때 단부의 사정을 잘 아는 모용한의 계책을 택해 단부段
部를 공격했다. 분노한 단료가 성급하게 모용황의 군대를 쫓아 추격에
나섰으나, 과연 매복에 걸려 대패하고 말았다. 마침 그 무렵 북진해 오
던 〈후조〉의 요익중이 영지로 들이닥치니, 단료는 아들을 석호에게 보

내 항복을 표하게 하고는 단기로 줄행랑을 쳐 버렸다. 이로써 단부段部의 땅 대부분을 전연이 차지하게 되면서 결과적으로는 모용황이 〈후조〉와 약속한 대로 연합작전을 펼치는 대신, 자신들의 이익만을 챙긴 셈이 되고 말았다. 뒤늦게 사태를 파악한 석호가 대노했다.

"아니, 이것들이 형제간에 짜고 치는 놀음도 아니고, 우리와 논의도 없이 단부의 땅을 제멋대로 차지하다니……. 이는 화친의 맹약을 깨뜨린 것이나 다름없다. 결코 좌시해선 안 될 일이다."

그렇게 요서 귀퉁이 단부段部의 땅을 놓고 〈후조〉와 〈전연〉의 사이가 틀어지더니, 두 나라가 본격적으로 맞붙어 싸우기 시작했다. 격분한 석호가 이참에 〈전연〉의 극성을 공격하기로 했다. 그러자 모용씨의 지배를 받던 낙랑의 많은 縣들이 이를 계기로 다시금 〈고구려〉로 돌아서게 되었고, 이에 전연의 낙랑태수 국팽鞠彭은 아예 서쪽 극성으로 달아나기까지 했다. 상황을 파악한 석호가 도요渡遼장군 조복曹伏을 고구려로 입조시켜 전연과의 전쟁을 도와달라 요청했다.

"대조大趙의 천왕께서 고구려 태왕께 함께 연燕에 대한 양면 협공을 펼칠 것을 제안하셨습니다!"

그러나 고구려에서는 논의 끝에 군량이 떨어져 지원이 어렵다는 핑계를 들어 사양했다. 흉노의 일파인 갈족(후조)과 모용선비(전연)의 싸움에 끼어들고 싶지 않았던 것이다. 그럼에도 북쪽 고구려와의 연합이 절실했던 후조는 이 기회를 결코 포기하려 들지 않았다. 당시 조복은 전연과의 싸움을 위해 3백 척의 대규모 수송단을 꾸려 군량 3백만 석을 산동의 청주靑州로 보냈다.

조복이 그중 1/10에 해당하는 30만 석의 군량을 고구려 낙랑 지역의 점선占蟬으로 일방적으로 보내고는, 남소南蘇로 사신을 보내와 재차 하소연했다.

"군량미를 이렇게 보내왔으니, 부디 고구려가 아국과의 연합에 동참해 주십시오. 연을 깨뜨릴 절호의 기회입니다!"

이쯤 되니 고구려로서도 더 이상 전쟁을 피할 명분이 없게 되었다. 결국 고국원제가 뉴벽紐碧과 조문祖文에게 3만의 병력을 내주면서 별도의 주문을 했다.

"안평安平으로 진격하되, 사태를 잘 관망하면서 움직이지는 말라!"

고구려의 출정을 확인한 후조군後趙軍이 비로소 대대적으로 극성 공략에 나섬으로써, 결국 〈전연-후조〉 연합의 단선비 원정이 〈후조-고구려〉 연합과 모용선비 〈전연〉의 전쟁으로 비화되고 말았다.

얼마 후 과연 석호가 북진을 감행했고, 마침내 모용씨의 도성인 극성을 포위한 채 맹공을 퍼부었다. 다급해진 모용황이 이때서야 모용한의 처를 성 밖에 있는 한翰에게 돌려보내 주면서 〈후조〉의 군대를 상대할 것을 독려했다. 이에 모용한과 여근與根 등이 성을 포위하고 있던 조군趙軍을 열흘 남짓이나 공격해댔다. 나중에는 현도태수 유패劉佩까지 가담해 용감하게 저항하니, 마침내 조군趙軍이 흩어지게 되었다. 석호는 그때서야 비로소 깨달았다.

"에잇, 구려 놈들이 기어코 싸우려 들지 않으니 어쩔 도리가 없구나. 병력을 서서히 물리라고 전하라!"

조군趙軍의 철수가 시작되자, 모용황의 아들 모용각恪이 곧장 병력을 이끌고 성 밖으로 나와 조군을 추격하기 시작했다. 모용각이 이때 퇴각하는 조군의 후미를 엄습한 끝에 3만여 조군의 수급을 베거나 사로잡았다. 모용한과 여근 등도 재빨리 군대를 나누어 그사이 〈전연〉에 반기를 들었던 성들을 차례대로 복구하고 범성凡城에 이르기까지 그 땅을 넓혔다. 그러자 봉추封抽, 송황宋晃, 유홍游泓과 같은 자들이 달아나 앞을 다투어 〈고구려〉로 귀부해 왔다. 그해 5월의 일이었나.

〈후조〉와 〈전연〉 사이에 벌어졌던 제2의 〈극성전투〉는 결국 후조의 실패로 끝났으나, 많은 아쉬움을 남긴 전쟁이었다. 고구려는 선제先帝인 미천제 때 鮮卑와 연합해 벌인 〈극성진공〉 때 패배해, 결국 요동의 일부를 내주고 말았다. 그 후로 미천제 재위 후반기는 내내 모용씨에 시달리며 다분히 끌려다니는 형국이 지속되었다. 십여 년 전인 325년경 〈후조〉의 지원으로 〈우문씨〉와 〈모용씨〉가 진검승부를 벌였을 때도 미천제는 관망만 했을 뿐, 모처럼의 기회를 날려 버리고 말았다.

그러한 터에 이제 또다시 제2의 〈극성전투〉가 벌어졌고, 이번에는 더욱 강력한 〈후조〉와의 협공이었기에 전연을 깨뜨릴 둘도 없는 기회였다. 그러나 고구려는 이번에도 3만의 병력을 동원하고도 지나칠 정도로 소극적으로 대처했다. 어쩌면 석호의 악명이 드높아 애당초 그와 엮이고 싶지 않았거나, 사후에 오히려 석호에게 시달릴 것을 더 크게 우려했는지도 모를 일이었다. 그러나 세상일이 어디 바라는 대로만 되는 일이던가? 당시 중원을 향해 꿈틀대던 북방민족의 거대한 힘을 제대로 읽어 냈다면, 고구려 또한 국외자로서 바깥에 머물 수만은 없다는 사실을 간파할 수 있었을 것이다.

그랬다면 북방민족의 뿌리 깊은 종주국으로서 고구려 또한 이 기회를 더욱 적극적으로 활용하려 했을 것이고, 그것이 화친이든 전쟁이든 간에 중원으로 진출한 북방민족들과의 경쟁에 기꺼이 동참했어야 했다. 그러나 당시 고구려 조정에서는 태왕을 비롯한 누구도 그런 당찬 포부를 지닌 영웅이 없었다. 그것은 비단 고국원제에게만 국한된 문제가 아니었다. 동천제 사후 고구려 조정의 기상이 한풀 꺾인 이래로 수 代에 걸쳐 문약文弱한 이들이 나라를 다스렸고, 미천제조차도 모용씨와 다투지 말라는 유지를 남겼던 것이다.

당시 고구려軍을 이끌었던 뉴벽과 조문 등은 사후에라도 싸움에 지쳤을 모용씨를 때릴 법했건만, 별일 없었다는 듯 3만의 병력만을 온전히 한 채로 조용히 철수하고 말았다. 처음부터 대군을 출병시킬 때의 전략이 무엇이었는지 알 수 없는 행태였고, 아쉬운 순간이었다. 모용씨를 두려워했던 미천제의 유지가 당시의 상황에서 그토록 옳은 것이었는지 판가름이 나기까지는 그리 오랜 시간이 걸리지도 않았다.

어쨌든 두 번씩이나 극성의 위기에서 벗어난 모용황은 이제 자신을 극한의 두려움에 떨게 했던 적들에 대한 보복을 벼르고 있었다. 그해 모용황은 고구려와 국경을 맞대고 있는 새외 전초기지의 방어를 강화했는데, 먼저 북쪽으로 고북구에서 낙안성에 이르는 통로를 정비했다. 반대로 고구려의 서진을 저지하기 위해 발해만을 따라 난하 하류의 노룡도道로 이어지는 남쪽 해안도로를 봉쇄해 버렸다.

고구려도 이에 맞서기 위해 가만히 있지 않았다. 그해 8월, 고국원제는 동황성東黃城의 역졸 5천 명을 환도성丸都城으로 보내 〈오룡궁五龍宮〉을 수리하게 하는 한편, 낙랑인 2천 명과 대방인 1천 명 및 (서)부여인 2천 명을 동원해 동황성을 수리하게 했다. (창려)평양의 남쪽에 위치한 동황성은 당초 〈백제伯濟〉의 땅이기도 했고, 한때는 〈서나벌〉이 인근까지 내려오면서 탐을 내던 곳이었다. 고국원제는 동황성을 튼튼히 쌓아 장차 남쪽으로부터의 공격에 대비할 밀도密都로 삼는다는 계획이었고, 이를 위해 취불아불화鷲市阿佛和로 하여금 동황성 공사의 감독을 총괄하게 했다.

그 무렵 〈代〉나라에서는 죽음을 앞둔 탁발예괴翳槐가 〈후조〉에 인질로 가 있던 아우 십익건什翼犍을 불러들여 후사를 잇게 했다. 십익건이 자신을 도운 아우 고孤에게 나라의 반을 나누어 주고, 백관을 두어 정사를 두루 간편하게 볼 수 있도록 하니 백성들의 신망이 두터워졌다. 당시 〈대〉나라의 남쪽은 음산陰山이요, 북쪽은 사막, 서쪽에는 파락破落이 있었고, 동쪽으로 모용씨의 전연이 있었다. 이들 모두의 무리만 해도 수십만에 이르는 병력이었다. 〈색두索頭〉가 이곳에서 일어나기 시작했다고 했는데, 탁발拓跋씨가 곧 색두의 후예였기에 나온 말이었다.

이듬해인 339년, 정월부터 〈고구려〉에 대한 〈전연〉 모용황의 대대적인 공세가 개시되었다. 1년 전 〈극성전투〉 때 〈후조〉가 고구려를 끌어들여 협공을 해 온다는 소식에, 모용황은 그야말로 대경실색해 두려움에 치를 떨었을 것이다. 자신들보다 훨씬 강국인 고구려와 후조의 양면 협공이 실제로 이루어졌다면 전연이 파멸되었을지도 모르는 일이기 때문이었다.

운 좋게도 〈후조〉를 몰아낸 모용황은 전쟁이 끝나기 무섭게 즉시 뒤쪽의 〈고구려〉부터 손을 보기로 작심했다. 강력한 후조가 쫓기다시피 달아난 만큼, 당분간은 북쪽에 신경을 쓸 겨를이 없을 것이기에, 후조가 기력을 회복하기 전에 동북의 고구려와 먼저 승부를 겨루고자 했던 것이다. 당시 고구려가 공을 들여 새로 쌓은 신성新城은 왕자 인仁이 성주城主가 되어 지키고 있었다. 그때 평양의 고구려 조정으로 급보가 날아들었다.

"아뢰오, 신성의 성주께서 모용황의 공격에 성을 내주고 물러났다는 보고입니다!"

"무어라? 인이 싸움이나 제대로 해 보기는 한 것이더냐? 에잇! 즉시 고희高喜에게 서부의 병력을 이끌고 나가서 신성을 구하라고 전하라! 모용황이 이토록 빨리 보복을 가해 올 줄이야……"

신성이 함락되었다는 소식에 고국원제가 급히 지원 병력을 보냈으나, 고희 역시 전연의 군대를 이기지 못했다. 다급해진 고구려 조정에서 향후의 대책에 대해 활발한 논의가 이루어진 끝에, 전쟁보다는 일단 화친을 시도해 보기로 하고 전연을 달래는 일에 나섰다.

그해 5월, 고국원제는 동생인 민玟을 신성으로 보내 모용황의 조회에 참석케 했다. 왕자 민이 용케도 모용황을 설득하는 데 성공해 마침내 전연과 화친하기로 하고 신성을 돌려받았으나, 그 대신 왕자 자신과 평곽 태수 오충烏忠 등이 인질이 되어야 했다. 모용황이 이때 고구려로 귀의한 봉추와 송황 등을 내놓으라고 다그쳤으나, 고구려에서는 이들로 하여금 급히 달아나게 했다.

그해 9월, 고구려에서는 모용황에게 고수高穗를 사신으로 보내면서, 귀한 표피와 황금을 바치고 민玟을 돌려줄 것을 요청했다. 그러나 그다음 달에 모용황은 오히려 고구려의 남소南蘇와 신성新城 방면을 또다시 공략해 왔는데, 이때는 방상方象과 우성牛成 두 장수가 용케도 각각 두 城을 지켜 냈다. 그 와중에 11월이 되니, 왕자 민玟이 모용황의 홀로 된 여동생과 혼인을 하고 돌아왔다.

모용황은 그 대신에 고구려 황실에 왕녀 3명을 보내 줄 것을 요구했다. 고국원제는 담기談奇에게 명을 내려, 태왕의 딸 두표씨와 삭朔씨 외에도 여동생인 절折씨를 호위해 전연에 데려다 주게 했다. 〈전연〉에서 요구했던 송황 등에 대해서는 낙랑과 대방 땅으로 보내서, 이들에게 고구려의 속민들을 위무하는 직분을 내려 주고 살게 했다.

이듬해 2월, 고국원제는 아우인 민玟과 세자 성城을 모용황에게 보내면서 백양 3천 필匹을 공물로 주었다. 이제는 모용황의 처남이 된 왕자

민이 양쪽의 가교 역할을 하고 있었다. 이때 모용황이 황제가 아닌 王을 칭했기에, 고구려 역시 그 수준에 맞춰 '성째을 세자때子라 칭한 듯했고, 그럴 정도로 이미 모용황의 눈치를 보며 끌려다니고 있었다. 고구려에서는 그해 여름 환도丸都의 〈장안궁長安宮〉이 완성되어 주周태후의 행궁으로 삼았다.

그러던 어느 날, 연왕燕王 모용황이 꿈속에서 흑룡과 백룡 두 마리가 서로 머리를 부비며 어우러지다가 용산龍山에 뿔을 떨어뜨리는 것을 보았다. 황皝이 예사롭지 않게 여겨 용산에 새로이 궁을 짓게 했는데 〈화룡궁和龍宮〉이라 이름 짓고, 그 산 위에다가 〈용삭불사龍朔佛寺〉를 세웠다. 불사라는 명칭으로 보아 분명 〈전연〉에는 이미 〈불교佛教〉가 전파된 것으로도 보였다. 그러나 모용황은 이를 공경들의 자제를 가르치는 관학官學(학교)으로 삼아, 나라의 젊은 인재들을 위한 수련장으로 활용한 듯했다.

그 무렵에 〈후조〉에서 석호의 사신이 바닷길을 이용해 고구려에 도착했다. 고국원제가 환도의 신궁 장안궁에서 사신을 맞아들이고, 다시금 〈전연〉을 토벌하는 문제에 대해 서로 논의했다. 한편 모용황은 용꿈을 꾼 이후로 북경 북쪽의 용산으로 장차 도읍을 옮길 생각까지 하게 되었다. 실제로 그는 이듬해 용산의 남쪽에 성을 짓게 하더니 〈용성龍城〉이라 불렀다. 그해 10월 모용황이 아들 각恪을 시켜 통주通州 아래 고구려의 평곽성平郭城(곽濁)을 다시 공격해 왔다. 양쪽에서 교전을 벌였으나, 고구려군이 끝내 이를 지켜 내지 못해 빼앗기고 말았다. 모용각이 옛 관리들을 위무하고 오래 머물러 살도록 배려했는데, 고구려의 계책에 대비하려는 고도의 심리전이었다.

고국원제 12년째 되던 342년 춘정월, 해解씨가 왕자 이련伊連을 낳았는데, 오색구름에 서기가 있어 고국원제가 크게 기뻐했다. 그해 고구려는 옛 궁성의 개조에 부쩍 열을 올렸다. 2월부터 재봉再逢을 시켜 환도성의 지붕을 고쳐 잇게 하더니, 동시에 남국藍國에게 명을 내려 옛 도성이었던 국내성國內城(위나암성)을 다시 쌓게 했다. 결국 8월이 되자 고국원제가 중대한 발표를 했다.

"동천대제 이후 환도성이 불타 버려 부득이 (창려)평양으로 내려왔으나 바다에 면해 수비가 어렵고 지나치게 구석진 데다, 무엇보다 북쪽으로 선비가 지척으로 다가온 만큼 더욱 적극적으로 대처할 필요가 생겼다. 선제先帝 시절부터 그간 환도성을 꾸준히 보수하고 개조한 만큼 다시 환도성을 도성으로 삼아 돌아가고자 한다."

환도성으로의 재천도는 고구려가 鮮卑에 맞서 장차 서진西進을 도모하려는 뜻이었다. 이에 반해 남진南進을 꿈꾸던 모용황은 그해 10월, 부친 외虜 이래로 전연의 임시도성으로 삼았던 극성棘城(북경 아래)을 떠나 오히려 그 서남쪽 탁주涿州 아래에 있는 용성龍城(容城 추정)으로의 천도를 감행했다. 고구려의 서진에 대응해 전연이 살짝 도성을 뒤로 물리는 형국이었으나, 동시에 천도를 단행한 〈전연〉과 〈고구려〉가 강 대 강으로 서로를 겨냥하고 있었으니, 이제 양쪽의 충돌은 불을 보듯 뻔한 것이었다. 조선하를 끼고 동서로 짙은 전운이 감돌고 있었다.

급기야 용성의 〈전연〉 조정에서는 천도 직후임에도 불구하고 고구려에 대한 원정이 본격 논의되기 시작했다. 모용황이 신하들을 모아 놓고 물었다.

"구려와 우문씨 두 나라 중에 어느 곳을 먼저 치는 것이 좋겠느냐?"

그러자 모용한翰이 말했다.

"비록 우문이 강성하다고는 하나 제 땅을 지키려고 할 뿐입니다. 그러나 구려는 다릅니다. 만일 우리가 우문을 공격한다면, 구려는 반드시 우리 뒤를 치려들 것입니다. 그러니 구려를 먼저 쳐야 합니다."

"흐음……"

연왕이 고개를 끄덕이며 수긍하는 표정을 짓고는 이어서 고구려를 공격할 방도를 찾게 했다. 대부분의 사람들이 평탄한 북로北路를 택하자고 했으나, 모용한이 다른 의견을 냈다.

"구려를 치는 데는 남북으로 두 갈래 길이 있습니다. 북쪽 길은 평탄하여 군마가 다니기 용이한 데 반해 남쪽은 산이 높은데다, 바닷가 길은 습지가 많아 상당히 험하고 접근하기 어렵습니다. 그런데 구려가 최근 환도산성의 수축을 마쳤습니다. 또 산성으로 가는 길마다 많은 검문소와 초소를 두어 공격이 결코 수월하지 않을 것입니다. 이는 적들이 주로 북쪽을 지키는데 주력하고 있다는 의미입니다. 그러니 전하께서 비록 힘들더라도 남쪽 길을 택해 불시에 기습을 가한다면, 환도를 얻을 수 있을 것입니다."

사실 환도로 가기 위한 남쪽의 진격로는 아래로 발해만의 해안을 빙 돌아야 하는 데다, 동쪽으로 조선하와 패수, 난하의 하류를 거쳐야 했다. 그렇게 길은 더욱 멀어지는 데다 험하기 그지없는 산과 강을 거듭 넘으려면, 우마牛馬를 끌고 가기도 결코 쉽지 않았다. 그럼에도 모용황이 한翰의 전략을 택하기로 하고 명을 내렸다.

"우장사右長史 왕우王寓는 1만 5천의 군병을 이끌고 北路로 진격하되, 마치 大軍을 이끌고 온 듯이 허장성세를 부리며 진군하라!"

그리하여 왕우의 북로군은 북과 꽹과리를 요란하게 쳐 대고 큰 깃발을 나부끼며 북쪽 길로 나아갔다. 동시에 모용황 자신도 강군强軍 4만을 이끌고 한翰과 수垂를 선봉으로 삼아 직접 험난한 남로南路를 택해 고난의 원정길에 나섰는데, 북도 치지 않은 채 조용히 진격하게 했다. 이로써 그해 11월, 이른바 〈전연〉의 2차 〈고구려 원정〉이 본격 개시되고 말았다.

한편 고구려 조정에서도 〈전연〉이 남북 2로를 통해 침공을 개시했다는 보고에 대비책을 서둘렀다. 고국원제가 아우 무武에게 명령을 내렸다.

"황皝의 대군이 북쪽으로 침투해 들어올 것이다. 너에게 5만 정예병을 내줄 테니 반드시 황의 군대를 막아 내도록 하라!"

사실 북로는 전통적으로 북방의 적들이 고구려로 들어오거나, 반대로 고구려군이 원정을 나갈 때 이용하는 군사 전용도로였다. 고구려에서는 도성의 방어를 위해 난하의 중류로 보이는 대천大川 일대에 초소를 설치하는 외에, 천교구문天橋溝門 일대의 높은 봉우리에서 협곡으로 통하는 세 갈래 길에도 검문소를 설치했다. 이를 삼도관마산장三道關馬山墻이라 불렀는데, (환)도산의 북에서 남으로 넘어오는 길목이 틀림없었다. 이어서 바로 인근에도 소규모지만 수비에 도움이 될 관마산성을 짓고, 중무장한 병력을 파견해 지키게 했다. 고국원제는 왕자 武로 하여금 관마산성을 사수하게 하는 한편, 아예 적들을 관마산성 밖에서 궤멸시킬 것을 주문했다.

아울러 태왕 자신도 환도성을 지키는 소수의 병력을 이끌고 남로를 방어하기 위해 떠났는데, 막강한 정예군사를 북로군에 내주다 보니 환도성에는 상대적으로 나이 들고 약한 병사들이 남게 되었다. 게다가 남로에는 길 자체가 험준하기 그지없다는 안일한 생각으로 오직 왕팔패자령王八孛子嶺 한 곳에만 검문소를 두었을 뿐이었다.

그 와중에 전연의 남로군 선봉을 맡은 모용한이 제일 먼저 왕팔패자령에 당도했다. 그가 지체 없이 명령을 내렸다.

"어렵게 여기까지 왔다. 이제 구려 도성이 얼마 남지 않았고, 뒤로는 대왕의 군대가 따라오고 있으니 망설일 것 없이 공격해야 한다. 자, 전원 돌격하라, 돌격!"

모용한의 선봉대가 고구려 수비군과 일전을 벌이는 사이, 곧 바로 모용황이 이끄는 전연의 주력군이 들이닥치고 말았다. 워낙 수적으로 밀리는 바람에 남로를 맡았던 고구려군은 얼마를 버티지 못한 채 물러나야 했다.

그로부터 얼마 지나지 않아, 〈전연〉의 군사들이 갑자기 북경 동남쪽 일원으로 보이는 사천蛇川과 니하泥河에 하나둘씩 모습을 나타내기 시작하더니, 순식간에 대군이 꼬리에 꼬리를 물고 몰려들었다. 결국 전연 남로군의 대규모 공격으로 인근에 있던 아단阿旦성과 안평성安平城이 차례대로 함락되고 말았다. 이어서 북경 바로 위쪽의 황산黃山을 지키던 우룡右龍장군 아불화阿佛和도 있는 힘을 다해 모용한의 군대에 맞서 일전을 벌였으나, 중과부적으로 이내 싸움에 패해 장렬하게 전사하고 말았다.

보고를 받은 고국원제가 그때서야 적의 주력군이 남쪽에 있다는 것을 깨닫고 모골이 송연해짐을 느꼈다.

"아뿔싸, 적들의 간계에 완전히 말려들고 말았구나, 큰일이로다!"

태왕이 서남쪽 전장에서 패해 흩어진 병력을 모아서 남쪽 평양平壤으로 물러나고자 했는데, 적장 좌장사左長史 한수韓壽 등이 이를 간파하고 곧장 추격해 오기 시작했다.

한편, 왕우王寓가 이끄는 전연의 북로군 또한 관마산성에 당도했다. 북로군은 몇 십리 길에 걸쳐 가능한 넓게 병영을 펼치고는, 깃발을 나부끼며 주야로 북을 쳐 대는 등 요란을 떨어 댔다. 고구려 왕자 무武는 전연 북로군의 군세를 도무지 가늠할 수 없어 함부로 선제타격에 나서지 못한 채, 관마산장의 입구만을 지키고 있었다. 이윽고 왕우의 군대가 관마산벽을 타고 공격을 가해 오니, 왕자 무가 싸움을 독려하고자 자신감에 가득 찬 말을 한바탕 쏟아 냈다.

"하룻강아지 범 무서운 줄 모른다더니, 선비 놈들이 겁도 없이 제 발로 사지로 들어섰구나. 자, 한 놈도 남기지 말고 모조리 목을 베어 버리자. 공격하랏! 총공격하라!"

남로군과 달리 병력 면에서 압도적 우위에 있던 고구려 북로군이 깃발을 날리고 북을 치며, 맹렬한 기세로 달려들면서 양측이 혼전을 벌였다. 전투는 이틀간이나 격렬하게 전개되었는데, 병력에서 훨씬 앞서는 고구려군에 끝내 연군이 밀리기 시작했다. 북로군을 이끌던 〈연〉나라 장사長史 왕우도 이때 목이 달아나고 말았으니, 그는 버리는 패의 역할을 충실히 수행한 셈이었다.

그 무렵, 전연의 남로군에 패해 내쫓기던 고국원제는 긴박한 상황에 일단 깊은 산속으로 숨어들고자 했는데, 다행히도 장수 해발解發이 뒤늦게 군대를 이끌고 단웅곡斷熊谷에 이르렀다. 그때 태왕이 청천벽력 같은 소리를 듣게 되었다.

"황공하옵니다, 태왕폐하. 환도성이 이미 함락되었는데, 그만……. 태후마마께서 적들에게 잡혀 포로가 되셨다는 보고입니다……"

"무어라? 태후마마께서 잡히셨다고? 그게, 어찌……. 아아!"

다급하게 환도성을 나와 단웅곡으로 피하던 중 모후와 왕비 등 가족들이 뒤처진 끝에, 뒤를 추격해 오던 적장 모여니慕輿埿에게 붙잡혀 끌려갔다는 보고였다. 모후와 함께 황실 가족들을 챙기지 못한 데 대한 후회와 부끄러움으로 고국원제가 절규하며 대성통곡을 했다. 곁에서 태왕을 보좌하던 신하들이 겨우 위로의 말을 꺼냈다.

"고정하소서, 폐하! 지금 우리 복로군이 적장 왕우의 목을 베고, 폐하를 구하기 위해 이곳으로 달려오고 있는 중입니다. 적들 또한 편치 않은 상황에 처해 있으니, 폐하께서는 마음을 다잡으셔서 사직을 살피는 데 주력하소서!"

그러나 뒤따라온 추격병들이 이내 단웅곡 일대를 포위해 버렸기에, 태왕 일행은 불안하기 그지없는 상황에 빠지고 말았다. 다행히 이때 장수 우신于莘이 계곡 사이로 잔뜩 복병을 깔아 놓고 전연의 군대를 곳곳에서 깨뜨리는 맹활약을 펼쳤다. 그 틈을 이용해 해발이 고국원제를 모시고 은밀하게 적진을 빠져나온 다음, 단령斷嶺을 넘어 남쪽의 (창려)평양성平壤城으로 들어갈 수 있었다.

모용황은 온갖 고생 끝에 험난한 남로를 뚫고 고구려 도성을 함락시키기는 했으나, 고구려 태왕을 잡지도 못한 데다 고구려 역내로 너무 깊숙이 들어온 터라 불안하기는 마찬가지였다. 황이 인질로 붙잡아 두었던 태왕의 아우인 민玟과 고희高喜, 해현解玄 등을 평양으로 보내, 군주끼리 서로 만날 것을 제안했다. 고심하던 고국원제가 이내 명을 내렸다.

"태후께서 적들에게 잡힌 마당에 지금 황皝을 만나 이로울 것이 무엇이더냐? 그대들 또한 돌아가 보니 인질을 추가하는 것밖에 더 되겠느냐? 그냥 이곳에 남아 머물도록 하라!"

고국원제가 즉답을 주는 대신 이들 모두를 평양에 머물게 해 시간을 벌고는, 그 틈을 이용해 총선總船장군 면강免江을 시켜 水軍 3만을 거느리고 난하의 하류로 추정되는 강구江口를 점령하게 했다. 면강이 신속하게 대군을 인솔해 강구를 차지했고, 이때부터 고구려가 본격적인 반격에 나서기 시작했다. 그 결과 수차례의 크고 작은 전투에서 전연의 침공군을 물리칠 수 있었다.

그 무렵 전연의 북로군을 괴멸시킨 태왕의 아우 武가 이끄는 고구려의 주력군이 곧바로 평양에 도착할 것이라는 반가운 전언이 들어왔다. 반대로 같은 상황을 보고받은 모용황은 이내 불안해하면서 초조함을 드러내기 시작했다. 이를 본 장수 한수가 모용황에게 묘안을 냈다.

"구려 각 성의 구원병이 전부 모여들면 조만간 우리가 힘들어질 것입니다. 또 구려는 험준한 산이 많아 섣불리 추격하기에는 곳곳에 위험이 도사리고 있습니다. 그러니 이참에 구려왕의 아비 묘를 파내서 그 관을 가져가고, 동시에 그 모후와 처자식들을 데려가 인질로 삼는다면 구려왕이 그 아비의 시신과 가족들을 되찾기 위해 굴복할 수밖에 없지 않겠습니까?"

"흐음, 그 방법을 다시 쓰자는 말이로구나……. 할 수 없다, 적들의 대군이 몰려드는 마당에 이것저것 가릴 계제가 아니다. 속히 서두르도록 하라!"

약 50년 전인 296년경 봉상제 시절, 모용외가 서천을 공격해 와서 서천제의 능묘를 파헤치다, 이상한 소리가 들린다며 능을 덮고 포기한 적이 있었다. 다급해진 모용황이 한수의 말을 따르기로 하고, 철군을 서둘렀다. 이어 난하의 하류 서쪽으로 추정되는 마산馬山의 미천릉美川陵을 찾아 파헤치는 무도한 짓을 저지르고 말았다. 당시 고국원제는 장차 주周태후가 천수를 누리고 죽게 되면, 그때 모후를 미천릉에 합장할 계획으로 능陵의 입구를 봉해 두지 않았다. 전연의 병사들이 손쉽게 능문을 열고 들어가 시신을 모신 관인 재궁梓宮을 탈취한 다음, 이를 수레에 싣고 용성으로 향했다.

모용황의 선비군은 이때 철군에 앞서 새로 지은 환도성의 궁실을 불 태우고 성곽을 헐어 파괴시켰으며, 남녀를 물문하고 도성 안에 머물던 5만여 백성들을 포로로 잡아 용성으로 끌고 갔다. 궁실에 보관 중이던 각종 재화와 보물들이 모조리 털려 나간 것은 물론, 국고國庫에 쌓여 있 던 역대 문헌들에도 불을 질렀다. 동천제 때 관구검이 고구려의 고서古 書들을 몽땅 실어가 버린 이래, 어렵게 다시 수집하고 복원해 놓은 사적 史籍들이 백년 만에 또다시 불타 잿더미로 변하고 말았다.

철수하는 전연의 군대와 함께 용성으로 끌려가는 포로들의 길고 긴 행렬이 산과 들판을 가득 메운 채 끝도 없이 이어졌다. 고구려軍이 번번 이 적들의 퇴로를 차단하려 했으나, 그때마다 전연의 장수들은 周태후 가 쓴 조서를 흔들어 대며 고구려軍과 백성들이 막아서지 못하게 했다. 태왕 역시 모후를 비롯한 황실 가족들과 수만에 이르는 백성들의 안위 를 생각해 감히 추격조차 하지 못한 채, 분루憤淚를 삼키며 발만 동동 구 를 뿐이었다. 전연의 군대는 고구려의 포로들과 미천제의 재궁을 챙겨, 유유히 고구려를 빠져나가고 말았다.

그렇게 〈전연〉의 군대가 모두 물러 나간 뒤, 고구려 조정은 그야말로 참담한 분위기 속에 태왕 이하 모든 조정 신료들이 전전긍긍했다. 고구 려의 일방적인 패배도 아니어서 적들의 북로군을 괴멸시켰고, 나중에는 반격에 성공하면서 오히려 승리할 수도 있었던 전쟁이었다. 도성이 털 리고 불에 타 잿더미로 변한 일쯤은 과거에도 겪었고, 시간이 걸리겠지 만 모두 복원하면 될 일이었다.

그러나 태왕의 생모와 후비后妃들을 비롯한 황실가족들과 5만에 달하 는 무고한 백성들이 인질로 끌려갔고, 무엇보다 선제先帝의 시신을 탈취 당한 것은 유례없는 일이었다. 대체 아무리 급하기로서니 어찌 가족들을 두고 홀로 달아날 수 있었단 말인가? 고국원제가 씻을 수 없는 과오에 날마다 치를 떨었으나, 별 뾰족한 방법이 있을 리 없었다. 결과적으로 모든 것이 조급하고 안일하게 굴었던 전략적 실수에서 야기된 것이었기에, 서로의 비난과 원망 속에 태왕의 지도력만 갈수록 흔들릴 뿐이었다. 결국 사태수습을 위해서는 태왕 스스로가 결단을 내려야 했다.

'그래, 모후와 가족들을 모두 인질로 빼앗긴 마당에 이제 와서 태왕의 체면과 위신이 어찌 중요할쏘냐. 일단 황虤에게 머리를 숙여 패배를 인정하고 신하가 되겠다고 달래야 한다. 다음으로 전비戰費를 보상해 준다는 차원에서 황 따위가 상상도 할 수 없을 정도의 공물과 보물을 아낌없이 내주는 것이다. 지금은 수단과 방법을 가리지 말고 무조건 가족들을 데려오는 것이 급선무다. 나머지는 그 이후에 생각하면 될 일이다……'

이듬해 2월, 고국원제는 다시금 아우 민玟을 서둘러 〈전연〉으로 보내, 전후戰後 수습을 위한 협상에 나서게 했다. 고구려는 인질과 함께 미천제의 시신이 담긴 재궁을 돌려줄 것을 요청하는 대신, 모용황에게 진귀한 물건 1천여 점을 바치는 것으로 협상에 임했다. 이때 모용황이 처음 보는 보물에 현혹되어 크게 기뻐하면서 재궁과 왕후들을 돌려보내 주었으나, 제일 큰 어른인 周태후만은 돌려보내 주질 않았다. 고국원제의 태후에 대한 효심을 계속 이용하려는 속셈이었다.

그러나 사실 모용황의 마음을 움직이게 한 것은 따로 있었으니, 바로 〈고구려〉가 스스로 모용선비의 나라 〈전연前燕〉의 신하국臣下國임을 대내외에 선포하기로 한 약속이었다. 한 마디로 북방의 주인과 종주국이 하루아침에 뒤바뀐 셈이었고, 3백 년을 이어온 고구려의 사직이 흔들리는 순간이었다. 그뿐이 아니었다. 고구려는 이때 기록과는 달리 모용황에게 어마어마한 공물을 전쟁배상금으로 물어주어야 했을 것이다. 모용황이 고작 천여 개의 보물 상납에 만족할 상황이 결코 아니었던 것이다.

모용황은 실로 대범한 〈환도성 원정〉과 고구려 태왕의 인질을 통해, 3천 년을 이어 온 고조선의 후예들로부터 북방민족 패자의 지위를 선비鮮卑의 품으로 가져갈 수 있었다. 그렇게 선비 역사상 가장 큰 업적을 남긴 셈이니, 모용황의 기쁨이 어떠했을지 가히 짐작할 만한 것이었다. 그러면서도 그는 끝내 소중한 보물과 같은 周태후를 결코 내주지 않음으로써, 지속적으로 고구려를 좌우할 수 있는 우위를 유지하려 들었다.

모용황은 이렇게 자신의 뜻대로 일거에 동북의 질서를 정리한 것은 물론, 고구려로부터 받아 낸 엄청난 배상금을 재원으로 국력을 키운 끝에, 결국 아래쪽 중원을 넘보는 결정적 계기를 마련했을 것이다. 고국원제가 제아무리 "선先수습, 후後반격"을 염두에 두었다 해도, 결과적으로 전후의 보상이 숙적 〈전연〉을 절대 강국으로 올려 주는 일이 되고 말았으니, 이 역시 또 다른 실책에 다름 아니었다.

모두가 올려다보는 나라의 지존으로서 아무리 부친의 시신과 모후, 가족들이 중요하다고는 해도, 그것이 나라와 백성의 운명은 물론, 전체 사직과 역사 자체를 뒤바꿀 만큼 절체절명의 중대한 사안이었는지, 고국원제는 냉정하게 계산하고 숙고했어야 했다. 사실 고구려는 결코 전쟁에서 완패한 것도 아니었고, 매번 그렇듯이 적들은 기껏 노략질을 일삼은 다음 스스로 물러나길 반복했기 때문이었다.

전쟁 포로의 납치는 고대에서 일상적으로 일어나던 일이었다. 게다가 다 썩은 선제先帝의 시신을 가져가서 모용황이 대체 무얼 할 수 있었단 말인가? 고국원제가 좀 더 대범하고 냉정하게 사태를 바라본 다음, 인내심을 갖고 시간에 승부를 걸 줄 알았다면 상황은 크게 달라질 수도 있었을 것이다. 모든 것을 단숨에 처리해 버리려는 조급증 때문에 한 마디로 간도 쓸개도 모두를 내준 격이 되고 만 것이었다.

반면 모용황은 기민하고 대범한 전략으로 일거에 상대국의 수도를 함락시킨 데 이어 비열한 방법으로 무사 귀환을 이루어낸 것은 물론, 덤으로 데려온 인질과 시신으로 오히려 나라를 살 만큼의 부를 챙겼다. 세계사를 통틀어서도 이토록 어이없는 사례는 결코 흔치 않았을 것이다. 더구나 마지막으로 남은 고구려의 周태후 또한 이런저런 상황에도 불구하고 인질로서의 구차한 삶을 끝까지 이어 간 것은 물론, 그 행적 또한 기묘하기 짝이 없는 것들이었다.

그렇게 전연과의 전후 협상에서 너무 많은 것을 내어준 채 뒷수습을 마무리한 고국원제는, 그해 여름 평양 서쪽의 동황성東黃城으로 임시거처를 옮겼다. 조정 안팎으로 말들이 많았기에 수비 강화를 평계로 분위기 일신에 나섰던 것이다. 상불尙弗을 사신으로 삼아〈동진東晉〉으로 보내, 모용황의 무도함을 알렸으나 전과 같이 메아리 없는 허사일 뿐이었다. 오히려 자신의 실책을 대내외에 선전하고 다닌 꼴이었을 테니, 당시 태왕을 포함한 조정대신들 모두가 어리숙한 상황판단에 도통 부끄러움조차 인식하지 못하는 수준이었던 것이다.

제6권 끝

제6권 후기

2C 후반 하북에서 시작된 〈황건적의 난〉은 후한의 몰락을 예고하는 신호탄이었다. 189년 원소가 〈십상시의 난〉을 일으켰던 환관 세력을 일소했으나, 권력의 공백기를 틈타 일순간에 전국의 군웅들이 발호하면서 중원 전체가 백 년 분열의 시대로 빠져들었다. 변방의 통제가 소홀해진 틈을 타 요동으로 파고든 공손도가 서부여와 손을 잡고 고구려에 맞섰다.

고구려의 고국천제는 을파소를 등용해 진대법을 실시하는 등 중앙 권력을 강화하려 했으나, 종척과 총신들의 반감을 산 나머지 석연치 않은 죽음을 맞고 말았다. 우황후가 산상제를 태왕에 올리니 그 형인 발기가 난을 일으켰다. 발기가 자신의 집권을 위해 공손도를 끌어들였으나, 오히려 요동의 9성을 빼앗기고 말았으니 조국을 저버린 반역행위였다. 209년 공손강이 천진 일대에 〈대방국〉을 세우자 산상제는 아예 도산 아래 환도성으로 천도를 해 버렸다.

중원에서는 헌제를 끼고 있던 조조가 〈관도대전〉에서 하북의 맹주 원소를 꺾고 최강자로 부상했다. 조조가 원소를 돕던 오환족 토벌에 나선 끝에, 북경 서남쪽의 〈백랑산전투〉에서 오환족이 궤멸되는 화를 당하고 말았다. 하북을 평정한 조조가 이듬해 208년, 형주의 유비와 강동 손권의 오촉동맹을 상대로 〈적벽대전〉을 벌였으나 참패하고 말았다. 중원이 위, 촉, 오가 패권을 다투는 三國시대로 접어드는 사이, 북방에선 가비능을 위시해 선비가 일어났다.

197년 사로에선 석씨 벌휴왕이 석연치 않게 죽어 손자인 내해왕이 즉위했다. 낙동강 하류에서는 가야국이 동쪽의 임나를 누르고 〈금관가

378

야〉로 재편되었으나, 변한 지역의 철무역을 놓고 남해안 일대 토착 소국들의 반발을 초래해 〈포상8국〉의 10년 전쟁이 벌어졌다. 사로가 금관가야를 지원해 승리하면서, 비로소 반도 동남부 가야권역의 맹주로 부상했다. 백제는 구수왕이 일찍 과로사해 초고왕이 복귀했는데, 아우 고이왕에 이르기까지 3대 60년에 걸쳐 사로와 치열하게 다투었다.

220년 위왕 조조의 뒤를 이은 조비가 〈위〉를 건국하고 황제를 칭함으로써 4백 년 漢왕조가 완전히 멸망했다. 漢의 부흥을 외치던 유비를 대신해 제갈량이 5차례의 북벌을 시도했으나, 무위로 끝났다. 요동에선 서부여와 공손연의 남북동맹이 고구려와 魏의 동서동맹에 저항했으나, 238년 사마의가 〈양평전투〉에서 승리하면서 3대 50년 만에 공손씨가 멸망했다. 외세를 배경으로 낙랑 땅에 들어와 토착민에게 강압정치를 일삼다 3대 만에 사라지니, 위씨조선과 데자뷰였다.

연이 사라진 땅을 놓고 魏와 고구려가 치열하게 다투기 시작했으나, 246년, 위장 관구검의 2차 침공에 동천제가 역전패당하면서 환도성이 불타고 말았다. 동천제는 이듬해 남쪽의 창려평양으로 천도했으나, 패전의 책임을 지고 시원에서 자결을 택했다. 고구려에 대한 노선갈등을 겪던 서부여는 장화의 이간질로, 남쪽 대방이 魏로 기울면서 사실상 분리되고 말았다. 고구려와 화친을 이어 가던 사로에서는 262년경 미추왕이 석씨 첨해왕을 내치고 처음으로 김씨 왕조를 열었다.

249년 사마의가 정변을 일으켜 실권을 장악하자 관구검을 비롯한 황실지지 세력들이 〈회남 3반〉을 일으켜 저항했으나, 모두 실패하고 말았다. 265년 조씨 魏를 멸하고, 〈서진〉의 황제에 오른 사마염이 280년 吳를 멸망시키면서 백 년 三國시대를 종식시켰으니 최후의 승자가 된 셈이었다. 그러나 혈족 위주의 봉건시대로 역행한 결과 〈팔왕의 난〉이 일어나면서 서진 또한 3대 만에 사라져 갔고, 308년 흉노 출신 유연이 漢(선조)을 일으키면서 3백 년 〈5호 16국〉 시대가 열렸다. 장강 아래 건강으로 달아난 사마예가 316년 〈동진〉을 건국하니, 비로소 장강 이남이 발전하는 계기가 되었다.

적봉 일원에서 일어난 모용선비는 서부여를 함락시킨 후 제일 먼저 고구려에 도전해 왔다. 313년경 낙랑 수복에 성공한 미천제가 모용선비를 토벌코자 우문, 단선비와 연합해 〈극성진공〉을 펼쳤으나, 노련한 모용외에게 참패했다. 이것이 처음으로 선비의 굴기를 허용한 계기였으니, 다음의 고국원제 때는 또다시 환도성이 불타고 주태후를 포함한 5만여 백성이 용성으로 끌려가는 국란을 겪어야 했다. 반도에선 사로가 백제와 다투던 와중에도 알지계가 사로로 이주해 온 오환족을 끌어들이면서, 박, 해, 석씨에 이어 김씨도 왕족에 성씨를 올렸다. 대체로 평화롭고 풍요로운 시대라 금성의 인구가 80만에 달할 정도였고, 옥모, 아이혜와 같은 여인들이 왕위를 좌우하던 시절이었다. 그러나 한강 유역의 한성백제는 미천제에게 내몰린 서부여 대방 세력이 한반도로 들어오면서, 커다란 위기에 직면하게 되었다. 끝내는 남북의 두 백제가 통합되기에 이르렀으니, 이른바 〈백가제해〉의 새로운 시대가 열린 셈이었다.

목차

古國 6

ⓒ 김이오, 2024

초판 1쇄 발행 2024년 11월 11일

지은이   김이오
펴낸이   이기봉
편집   좋은땅 편집팀
펴낸곳   도서출판 좋은땅
주소   서울특별시 마포구 양화로12길 26 지월드빌딩 (서교동 395-7)
전화   02)374-8616~7
팩스   02)374-8614
이메일   gworldbook@naver.com
홈페이지   www.g-world.co.kr

ISBN   979-11-388-3689-0 (03810)